DIE
NAMEN
LOSE

WEITERE TITEL VON LISA REGAN

Detective-Josie-Quinn-Serie

Die verlorenen Mädchen

Das Mädchen ohne Namen

Das Grab ihrer Mutter

Ihre letzte Beichte

Ihre begrabenen Geheimnisse

Ihre stumme Bitte

Die Namenlose

Du musst sie finden

Rette ihre Seele

Nur noch ein Atemzug

Schlaf still, mein Mädchen

Der Unfall

In Englischer Sprache

Detective-Josie-Quinn-Serie

Vanishing Girls

The Girl With No Name

Her Mother's Grave

Her Final Confession

The Bones She Buried

Her Silent Cry

Cold Heart Creek

Find Her Alive

Save Her Soul

Breathe Your Last

Hush Little Girl

Her Deadly Touch

LISA REGAN

DIE NAMEN LOSE

Übersetzt von Reinhard Ferstl

bookouture

Die Originalausgabe erschien 2019 unter dem Titel „Cold Heart Creek"
bei Storyfire Ltd. trading as Bookouture

Deutsche Erstausgabe herausgegeben von Bookouture, 2023
1. Auflage Februar 2023

Ein Imprint von Storyfire Ltd.
Carmelite House
50 Victoria Embankment
London EC4Y 0DZ

www.bookouture.com

ISBN: 978-1-83790-322-1
eBook ISBN: 978-1-83790-321-4

Für Jessie Mae Kanagie

*Auf unserer gemeinsamen Reise durch das Muttersein erkunden
wir neue Wege.*

Du bist mir wichtig.

EINS

Josie wand sich unter dem Gewicht ihrer Mutter. Die Kälte des Fliesenbodens drang durch ihr dünnes Nachthemd. Da bemerkte sie das Messer in Lilas Hand. In seiner Klinge spiegelte sich das Licht der Deckenlampe in der Wohnwagenküche. Vor Entsetzen blieb Josies Herz einen Augenblick lang stehen, um sogleich wieder loszugaloppieren.

»Mommy, nicht!«, stieß sie mit erstickter Stimme hervor.

Lilas blaue Augen blitzten und Josie wusste, dass ihre Mutter nicht mehr bei Sinnen war. Sie hatte einen Zustand erreicht, in dem Josies Schreie sie nicht mehr erreichten. Wenn sie so rasend wurde wie jetzt, hielt sie nichts mehr auf. Sie wurde zur Furie, vor der es für Josie kein Entkommen gab.

Mit ihrer freien Hand drückte Lila die linke Gesichtshälfte ihrer Tochter auf den Boden. Das Messer kam immer näher.

»Mommmmmeeee«, wimmerte Josie. Sie zitterte am ganzen Körper. In ihrem Unterleib gab etwas nach, als sei sie kurz davor, sich nasszumachen.

»Halt's Maul«, fauchte Lila.

Aus den Augenwinkeln sah Josie, wie sich die silbrige Spitze der Klinge ihrem Gesicht näherte. Sie spürte, wie sie zwischen Ohr und Wange in ihre Haut eindrang. Mit stetem Druck zog Lila das Messer nach unten. Ein schneidender Schmerz schoss Josies Kiefer entlang zum Kinn. Sie blinzelte das warme Blut aus ihrem rechten Auge und schrie: »Mommmmeee, nein! Hör auf! Hör doch auf!«

Aber Lila hörte nicht auf. Lila hörte nie auf.

»Dein Daddy denkt, dass du so etwas verflucht Besonderes bist«, zischte Lila und nahm das Messer weg, um ihr Werk zu bewundern. Ein zufriedenes Lächeln erschien auf ihren Lippen. »Dabei bist du überhaupt nichts Besonderes. Du blutest wie jeder andere auch. Meint er, dass er mich einfach so verlassen kann? Dass er dich mitnehmen und mich abservieren kann? Mich zurücklassen? Denkt er wirklich, dass du *wichtiger* bist?«

»Mommy, bitte hör auf«, wimmerte Josie. »Bitte.«

Wieder kam Lila mit dem Messer näher und berührte damit Josies Kinnunterseite – dort, wo sie gerade aufgehört hatte zu schneiden. »Ich zeige es ihm. Mal sehen, für wie besonders er dich noch hält, wenn ich dein hübsches Gesichtchen ruiniert habe.«

Eine Hand packte Josie am Arm.

»Josie«, hörte sie eine Männerstimme sagen.

Als Lila wieder zu schneiden begann, sog Josie die Luft tief ein und schrie vor Schmerz. Plötzlich war Lila verschwunden und alles wurde pechschwarz. Neues Entsetzen packte Josie. Sie blinzelte, konnte jedoch nicht das Geringste sehen. Die Dunkelheit war undurchdringlich. Als sie sich krümmte, spürte sie den rauen Teppich des Schrankbodens unter ihrem blutenden Gesicht. »Nein!«, schrie sie. »Nicht in den Schrank. Du hast es versprochen, Mommy! Nicht in den Schrank!«

»Josie!« Wieder war da die Stimme des Mannes.

Sie sprang auf und schlug gegen die Schranktür. »Ich bin hier! Ich bin hier! Bitte lass mich raus!«

Aber die Tür ging nicht auf. Sie ging nie auf. Sie öffnete sich erst, wenn Lila es wollte.

Salzige Tränen rannen über Josies Gesicht und brannten, wo Lila ihre Haut geritzt hatte. »Bitte«, bettelte sie. »Bitte lass mich raus.«

»Josie. Josie, wach auf!«

Sie setzte sich ruckartig auf, strampelte wild und schlug mit den Armen um sich. Die Angst raubte ihr den Atem. Ihr ganzer Körper war schweißnass, das Nachthemd klebte ihr auf der Haut. Als die Umgebung allmählich Formen annahm, erkannte sie, dass sie nicht im Wohnwagen war. Sie war auch keine sechs Jahre mehr. Sie befand sich in ihrem Schlafzimmer und war erwachsen. Lila saß im Gefängnis, und neben ihr im Bett lag ihr Freund Noah und streckte vorsichtig tastend eine Hand zu ihr herüber.

Josie widerstand dem Drang, sie wegzuschlagen, als die letzten Wellen des Albtraums sie durchliefen. Keuchend saß sie da. Es ist nur Noah, rief sie sich ins Gedächtnis. Sie blinzelte und sah sich im Zimmer um. Noah hatte die Lampe auf seinem Nachtschrank eingeschaltet. Sie warf ein weiches Licht auf ihr großes Doppelbett. Die Decken lagen zerknüllt am Fußende, das Kopfkissen hatte Josie auf den Boden geworfen. Neben ihr saß Noah mit nacktem Oberkörper, das braune Haar zerzaust. In seinen braunen Augen lag ein besorgter Ausdruck.

Josie fasste sich ins Gesicht und fuhr mit den Fingern die dünne Narbe entlang, die sich über ihre rechte Gesichtshälfte zog. Es war ein Albtraum gewesen, zugleich aber auch eine Erinnerung. Eine der schlimmsten aus ihrer Kindheit mit Lila Jensen. Sie schloss die Augen und versuchte, ruhiger zu atmen. Noah strich ihr über den Rücken.

»Was war das?«, fragte er leise.

Sie schüttelte den Kopf, ohne die Augen zu öffnen. Er kannte die Geschichte bereits. Sie wollte nicht darüber reden. »Nur ein schlechter Traum«, antwortete sie.

Noah lächelte. »Das habe ich mir fast gedacht.«

Sie öffnete die Augen, blickte ihn wieder an und sah sein entwaffnendes Lächeln. Hier war sie sicher, rief sie sich ins Gedächtnis. Die schrecklichen Dinge lagen lange zurück.

»Kann ich etwas für dich tun?«, fragte Noah.

»Nein. Ich gehe duschen. Bin klatschnass.«

Er seufzte, verschränkte die Hände hinter dem Kopf und sank in sein Kissen zurück. Der Wecker auf dem Nachtschrank zeigte drei Uhr zweiunddreißig.

Im Bad zog Josie ihr klammes Nachthemd und die Unterwäsche aus und warf beides in den Wäschekorb. Dann drehte sie die Dusche auf. Während das Wasser allmählich wärmer wurde, betrachtete sie ihr blasses Gesicht im Spiegel. Das ist nicht fair, dachte sie bei sich. Sie hatte Lila Jensens Misshandlungen bereits einmal über sich ergehen lassen müssen. Warum erlebte sie die Quälereien immer und immer wieder aufs Neue? Seit den Anrufen und Lilas bevorstehendem ...

»Nein«, sagte sie zu ihrem Spiegelbild. Sie würde nicht hingehen. Nicht jetzt.

Dennoch kreisten ihre Gedanken um Lila. Denn sobald man an etwas nicht zu denken versuchte, setzte es sich umso mehr im Kopf fest. Sie musste vergessen. Musste sich lösen von dem, was geschehen war, und ihre Gedanken in eine andere Richtung lenken. Hin zu etwas, in dem kein Platz für schlimme Erinnerungen und künftige Sorgen war.

Als sie ins Schlafzimmer zurückkehrte, war Noah noch wach und starrte an die Decke. Er setzte sich abrupt auf, als er sie nackt in der Tür stehen sah.

»Wenn ich es mir recht überlege, kannst du doch etwas für mich tun«, sagte sie zu ihm.

Er zögerte keine Sekunde. Zwei Schritte später lag sie in seinen Armen und sein leidenschaftlicher Kuss verdrängte jeden bewussten Gedanken.

ZWEI

Von der Küchendecke tropfte Kaffee. Josie fluchte leise. Sie riss ein paar Küchentücher vom Halter über der Spüle und wischte damit zuerst den Boden, dann die Schränke und schließlich die Arbeitsfläche. Als sie fertig war, zog sie einen Stuhl heran und stieg darauf, um sich der Decke zu widmen.

Noahs Stimme erschreckte sie so, dass sie fast vom Stuhl fiel. »Habe ich da etwas von einem ›verdammten Minibackofen‹ gehört?«, fragte er.

Sie blitzte ihn wütend an. »Allerdings. Ich habe dir ja gesagt, dass wir keinen Minibackofen brauchen. Wir haben einen Toaster, der reicht völlig.«

Er ging in die Küche. Sie sah, dass er T-Shirt und Boxershorts trug. »Du bist noch nicht einmal fertig«, sagte sie vorwurfsvoll.

Er deutete auf die braunen Flecken an der weißen Zimmerdecke. »Was geht denn hier vor?«

Josie stieg vom Stuhl und warf die Papiertücher in den Abfalleimer. Sie sah an sich herunter und befand, dass sie so gut durch den Tag kommen würde. Zum Glück war nur auf ihre Schuhe und den Saum ihrer hellbraunen Stoffhose etwas Kaffee gespritzt. Niemand würde auf ihre Füße achten.

»Ich habe mir eine Tasse Kaffee gemacht, das ist passiert«, antwortete sie ihm. »Dabei habe ich mich von der Arbeitsplatte weggedreht und bin mit dem Handgelenk an diesen überflüssigen riesigen Minibackofen gestoßen, den du ja unbedingt anschleppen musstest. Dabei ist meine Tasse zu Bruch gegangen und der Kaffee hat sich überall in der Küche verteilt. Und zwar wirklich überall. Wir werden die Decke neu streichen müssen.«

Sie sah ihn grinsen und deutete mit einem Finger auf ihn. »Untersteh dich und lach.«

Er hielt sich den Mund mit einer Hand zu.

Sie stapfte an ihm vorbei in den Flur. »Ich hol mir auf dem Weg ins Revier einen Kaffee bei Komorrah's. Jetzt mach dich fertig. Ich will nicht an unserem ersten Tag nach dem Urlaub zu spät zur Arbeit kommen.«

Noah stand am unteren Ende der Treppe. »Du könntest mit mir duschen und wir machen dort weiter, wo wir letzte Nacht aufgehört haben. Danach geht es dir sicher besser.«

Er hatte recht, Sex würde ihre Stimmung heben. Aber dazu hatten sie jetzt keine Zeit. »Der Chief tritt uns in den Hintern, wenn wir zu spät kommen«, entgegnete sie. »Das kann ich heute überhaupt nicht brauchen.«

Josie und Noah arbeiteten beide bei der Polizei von Denton in Mittelpennsylvania – sie als Detective und er als Lieutenant. Der kleine Trupp tat sein Bestes, um in der entlegenen Bergregion mit ihren gewundenen einspurigen Straßen, dichten Wäldern und Wohnsiedlungen, die wie sorglos hingeworfenes Konfetti verstreut lagen, für Ordnung zu sorgen. Auf Dentons rund fünfundsechzig Quadratkilometern lebten etwas über dreißigtausend Einwohner – während des Semesterbetriebs im Frühjahr und Herbst an der Universität sogar ein gutes Stück mehr. Das reichte, um das Revier ordentlich auf Trab zu halten.

Josie und Noah waren seit etwa eineinhalb Jahren ein Paar und erst vor einem Monat zusammengezogen. Die Umstellung bereitete Josie mehr Probleme als gedacht. Sie hatte zuvor jahrelang allein gelebt und in dieser Zeit zwar regelmäßig Besuch von Freunden und Verwandten bekommen, doch das ständige Zusammensein mit Noah forderte ihr unerwartet viele Kompromisse ab.

Zehn Minuten später ließ sich Noah in den Beifahrersitz von Josies Auto sinken. Der Anblick seines noch feuchten, zerzausten braunen Haares besänftigte sie etwas. Für einen kurzen Moment wanderten ihre Gedanken zurück zu den Stunden, die sie während ihres Urlaubs im Bett verbracht hatten – sie waren in jeder Minute so leidenschaftlich gewesen wie die Aktivitäten der letzten Nacht. Wie schön wäre es, jetzt noch am Strand zu sein. Seufzend manövrierte sie das Auto rückwärts aus der Einfahrt hinaus, während Noah sein Poloshirt mit dem Logo der Polizei von Denton zuknöpfte und sagte: »Weißt du, so ein Minibackofen kann viel mehr als ein normaler Toaster.«

Josie stöhnte. »Er ist zu groß. Er nimmt viel zu viel Platz auf der Arbeitsfläche weg.«

»Den du für was gleich wieder brauchst? Bei dem bisschen, was du kochst?«, entgegnete er mit augenzwinkernder Ironie. Josie schlug ihm mit dem Rücken ihrer rechten Hand auf die Schulter. »Eins zu null für dich«, sagte sie.

»Ich habe beim Streit um das Bett nachgegeben. Jetzt gesteh mir wenigstens den Minibackofen zu.«

Josie sah ihn mit hochgezogenen Augenbrauen an. »Das war kein Streit. Mein Bett ist größer und neuer als deines. Es war einfach sinnvoller, meines zu behalten und deines rauszuwerfen.«

Sie waren bei Komorrah's Koffee angekommen. Noah öffnete die Tür. »Ich hole den Kaffee«, sagte er. »Dann vergibst du mir und lässt mir den Miniofen.«

Josie lachte. »Wenn du schon drin bist, nimm ein paar Pekannuss-Croissants für Gretchen mit, dann bin ich vielleicht bereit, dir deinen klotzigen Minibackofen zu lassen, der nicht in meine Küche passt.«

»*Unsere* Küche«, korrigierte Noah sie, bevor er die Tür zuschlug und in das Café lief.

Zehn Minuten später stellte Josie eine braune Papiertüte voller Pekannuss-Croissants vor Detective Gretchen Palmer, die im Herzstück des Polizeireviers von Denton an ihrem Arbeitsplatz saß. Dieses Herzstück bestand aus einer Ansammlung von Schreibtischen mitten im Großraumbüro des ersten Stocks, wo die Polizeibeamten Schreibarbeiten erledigten, Anrufe tätigten und recherchierten. Josie, Noah, Detective Gretchen Palmer und Finn Mettner als Neuester im Bunde hatten jeweils einen eigenen Schreibtisch, während sich die übrigen Polizisten ihre Arbeitsplätze mit anderen teilen mussten. Gretchen hielt sich gerade den Hörer ihres Schreibtischtelefons ans Ohr. Als sie die Tüte von Komorrah's sah, hellte sich ihre Miene auf. Zur Person am anderen Ende der Leitung sagte sie: »Bleiben Sie bitte kurz dran.«

Sie legte den Anrufer in die Warteschleife. Als sie aufblickte, bemerkte Josie die dunklen Ringe unter ihren Augen. »Hattet ihr viel zu tun?«, fragte sie.

Gretchen nickte. »Ich glaube, die Augusthitze macht alle verrückt. Wir hatten viel häusliche Gewalt, ein paar Barschlägereien und einige Autodiebstähle. Was ich hier am Telefon habe, ist allerdings ein paar Nummern größer. Soll ich es zu euch durchstellen?«

Noah setzte sich an seinen Schreibtisch, der dem von Gretchen schräg gegenüberstand. »Worum geht es?«

»Um Leichen im Wald«, antwortete Gretchen.

»Wir übernehmen das«, rief Josie.

Noah lachte. »Nicht so schnell, Quinn. Erst einmal wollen wir Genaueres erfahren.«

»Gretchen war die ganze Nacht hier«, warf Josie ein. »Wenn sie das übernimmt, ist sie auch noch den ganzen Tag lang im Einsatz.«

»Ich weiß«, entgegnete Noah. »War nur Spaß. Trink noch einen Kaffee und dann erzähl, worum es geht.«

Gretchen deutete mit dem Kinn in Richtung ihres Telefons. »Die Beamten der Jagdbehörde waren im Wald und haben dort im Vorfeld der Jagdsaison, die bald anfängt, Kontrollen durchgeführt.«

»Das staatliche Jagdrevier ist doch südlich von uns. Das ist Lenore County, nicht Alcott«, warf Josie ein.

»Stimmt«, erwiderte Gretchen. »Anfangs dachte der Wildhüter, der sie gefunden hat, auch tatsächlich, die Angelegenheit würde in die Zuständigkeit von Lenore County fallen. Aber als er die Leute vom Sheriffbüro zum Fundort der Leichen rief, meinten die, dass er in Alcott County liege. Auch der Typ am Telefon sagt, dass die Stelle, an der die Leichen entdeckt worden seien, zum Gebiet von Denton gehöre.«

Josie spürte das Handy in der Tasche ihrer Jeans vibrieren, ignorierte den Anruf jedoch und wartete, bis er auf die Mailbox umgeleitet wurde. Unterdessen drehte Gretchen den Monitor ihres Computers so, dass Josie und Noah ihn sehen konnten. Sie deutete auf ein dünnes Straßenband, das sich kilometerweit durch den Wald schlängelte und als State Route 9227 gekennzeichnet war. Es handelte sich größtenteils um eine Landstraße, die von Nord nach Süd durch das Stadtgebiet von Denton bis Lenore County verlief und dabei bebautes Gebiet touchierte.

»Er sagt, es sei hier, ein paar Kilometer von der Stelle, an der die Straße die ...« – Gretchen setzte ihre Lesebrille auf und beugte sich näher zum Bildschirm – »... Otto Road kreuzt.«

»Ich bin nicht sicher, in wessen Zuständigkeit das fällt, aber das können wir ja feststellen, wenn wir vor Ort sind«, meinte Josie.

»Ein Mord?«, fragte Noah.

Gretchen schüttelte den Kopf. »Wissen sie nicht. Deshalb soll jemand hinfahren und sich die Sache ansehen. Ich habe gerade einen Deputy des Sheriffbüros von Lenore County, Josh Moore, am Apparat. Seiner Ansicht nach sieht es aus, als habe das Paar im Wald campiert und sei dort gestorben. Er findet das Ganze seltsam, aber Genaueres wollte er mir nicht sagen.«

»Hm«, brummte Josie, als sie sich die Karte auf dem Bildschirm ansah. Da vibrierte das Handy in ihrer Tasche ein weiteres Mal.

»Ich glaube, dein Telefon klingelt«, sagte Noah hinter ihr.

Josie holte das Smartphone heraus, doch genau in diesem Moment hörte es auf zu vibrieren. Sie bekam ein flaues Gefühl im Magen. Schon jetzt wusste sie, welche Nummer auf dem Display angezeigt würde: zwei nicht angenommene Anrufe vom State Correctional Institute Muncy, dem Frauengefängnis von Pennsylvania.

»Alles okay?«, fragte Noah. Josie drückte das Handy an ihre Brust, damit er die Nummer nicht sehen konnte.

»Klar«, erwiderte sie. Sie deutete auf Gretchens Schreibtischapparat, auf dem einer der Knöpfe orange blinkte – ein Zeichen, dass Deputy Moore noch in der Warteschleife hing. »Gib ihm meine Handynummer und sag ihm, dass wir ihn an der Kreuzung Route 9227/Otto Road treffen. Dann kann er uns zum Tatort bringen. Noah, besorg dir ein paar tragbare GPS-Geräte. Wir werden sie so tief im Wald brauchen.«

DREI

Josie ging, dicht gefolgt von Noah, am Rand des kleinen Zeltlagers entlang. Josh Moore, Deputy des Sheriff's Office von Lenore County, hatte sich bisher hinter ihnen gehalten. Nun blieb er stehen und sah ihnen nach. Josie machte neben einem großen Rotahorn eine Pause und wischte sich den Schweiß von der Stirn. Insekten umschwirrten ihr Gesicht. Sie wedelte sie mit der Hand fort und drehte sich zurück zu Moore, um erstaunt festzustellen, dass er nicht annähernd so stark schwitzte wie sie und Noah. Josie schätzte ihn auf Mitte vierzig. Er war groß und breit wie ein Baumstamm, aber offensichtlich topfit, denn er hatte sie ohne Probleme über drei Kilometer weit durch den Wald zu dem kleinen Zeltlager geführt.

Noah drückte an den Knöpfen seines tragbaren GPS-Geräts herum und versuchte, den Standort zu erfassen. Das Gerät brauchte mehrere Sekunden, um zu starten und die Karte zu laden. Frustriert knurrte Noah: »Wie weit sind wir von der County-Grenze entfernt?«

Moore zuckte die Schultern. »Schwer zu sagen. Vielleicht achthundert Meter. Ich bin aber ziemlich sicher, dass wir uns auf dem Gebiet von Denton befinden.«

Josies GPS-Gerät arbeitete schneller. Sie sah sich den Monitor an und pflichtete ihm bei. »Sie haben recht. Wir sind schätzungsweise vierhundert Meter von der County-Grenze entfernt. Damit fällt die Sache in unsere Zuständigkeit. Es war in Ordnung, dass Sie uns angerufen haben.«

»Gut. Dann mache ich mich mal auf die Socken«, sagte Moore.

»Gibt es bei Ihnen etwas Dringenderes als zwei Leichen?«, fragte Noah.

Moore lachte freudlos auf. »Ich bin nicht zuständig.«

Noah deutete auf die andere Seite des Zeltlagers. »Sie haben gehört, was Detective Quinn gesagt hat. Ihre Zuständigkeit beginnt nur vierhundert Meter weiter.«

»Aber die Toten sind hier. In Denton.«

»Deputy Moore, ich weiß, dass Sie zurück zu Ihrer Arbeit in Lenore County müssen, aber könnten Sie trotzdem noch ein paar Minuten bleiben, während wir die Lage sondieren? Nur für den Fall, dass wir Ihre Hilfe brauchen«, sagte Josie.

Moore verdrehte leicht die Augen. Noah öffnete den Mund, um etwas zu erwidern, aber Josie warf ihm einen warnenden Blick zu. »Nur ein paar Minuten«, sagte sie zu den beiden und drehte sich wieder zu der Lichtung mit dem Zelt.

Sie nahm das Areal von der Waldgrenze aus in Augenschein. Zu ihrer Rechten stand ein kleines blaues Zelt. Eine der Öffnungsklappen war zur Seite geschlagen und festgeschnürt. Es wirkte leer. Ein paar Meter davon entfernt sah man die Reste eines Lagerfeuers – einen Kreis aus Steinen mit noch schwelendem Holz und Asche darin. An einen Baum gegenüber war ein eingerollter Schlafsack gelehnt. Auf der ganzen Lichtung lagen verschiedene Campingutensilien verstreut, als sei jemand mit umgedrehtem, offenem Rucksack herumgelaufen, sodass der Inhalt – anscheinend überwiegend Kleidungsstücke – herausgefallen war. Auf der nackten Erde sah Josie zwei Körper mit den Füßen zum Lagerfeuer liegen, einen

Mann und eine Frau. Mit klopfendem Herzen trat sie einen Schritt näher.

Noah schloss zu ihr auf und murmelte: »Sieht fast aus, als würden sie schlafen.«

Die Leichen lagen Seite an Seite auf dem Rücken und hielten sich an den Händen. Der Mann trug einen dicken Ehering. Beide waren jung, vermutlich noch keine dreißig Jahre alt. Sie trugen kakibraune Shorts. Der Mann hatte ein blaues T-Shirt mit dem Nike-Logo an, die Frau ein eng anliegendes Tanktop. Ihre schlanken, trainierten Körper und die abge-nutzten Wanderschuhe deuteten darauf hin, dass sie viel Zeit draußen verbracht hatten. Sie konnten noch nicht lange tot sein, ansonsten hätten sie in der schweren Augusthitze mitten in den Wäldern von Pennsylvania einen wesentlich schlim-meren Geruch verbreitet.

Josie zog sich ein Paar Handschuhe an und trat an die beiden Toten heran. Sie kniete sich neben den Kopf der Frau hin und deutete auf ihren Mund. »Das sieht mir nach Zyanose aus. Ihre Lippen sind blau. Das auf dem Kinn scheint getrock-neter Schaum zu sein.«

Moore verließ seinen Platz unter den Bäumen und trat vorsichtig auf den Zeltplatz. »Wie lange, glauben Sie, sind sie schon tot?«

»Nicht lange«, antwortete Josie. »Die Körper sind noch nicht aufgedunsen. Bei dieser Hitze setzt der Zersetzungspro-zess sehr rasch ein.« Sie hob vorsichtig den Arm der Frau. Er war steif und ließ sich kaum bewegen. »Die Totenstarre hat sich noch nicht gelöst.« Sie sah zu dem Mann hinüber und deutete auf eine Blase an seiner Wange. »Vielleicht drei bis sechs Stunden?«

Noah blickte auf seine Uhr. »Wir haben jetzt acht Uhr fünfzehn. Also sind sie heute Nacht oder früh am Morgen gestorben.«

Josie seufzte, stand auf und ließ den Blick ein weiteres Mal über das Zeltlager schweifen. »Ich glaube eher, dass sie vergiftet wurden. Man sieht keine Spuren von Gewalteinwirkung. Weder Schnitte noch Kratzer noch Hämatome. Keine Stich- oder Schusswunden. Keine zerrissene Kleidung.«

Noah deutete auf die Spur aus Kleidern und Toilettenartikeln. »Was ist damit?«

»Ich bin mir nicht sicher, ob das auf einen Kampf hindeutet. Einer der beiden könnte etwas gesucht haben.«

Von den Bäumen hinter dem Zelt ertönte Moores Stimme. »Ich glaube, hier haben wir etwas.«

Josie und Noah gingen in den Wald hinein, von wo aus sie seine Stimme gehört hatten. Moore hielt sich Nase und Mund mit einer Hand zu und sah auf etwas, das auf dem Boden lag. Josie stieg der Geruch von Erbrochenem in die Nase. Sie bemerkte mehrere große Lachen zwischen den Bäumen.

»Sieht aus, als hätten sie etwas zu sich genommen, wovon ihnen ordentlich übel wurde, bevor sie starben«, meinte Noah.

Josie sah Moore an. »Können Sie nachsehen, ob Sie auf dem Zeltplatz noch so etwas in der Art finden?«

Moore runzelte die Stirn. »Ich sollte gar nicht hier sein. Ich habe in meinem eigenen County genug zu tun.«

Josie lächelte gequält. »Dann suchen Sie doch direkt an der Grenze zum Lenore County. Wäre das okay für Sie?«

Mit einem tiefen Seufzer stapfte Moore in den Wald. Josie und Noah gingen zurück zu den Campern.

»Wenn ihnen übel wurde«, fragte Noah, »warum haben sie dann nicht Hilfe geholt?«

»Bis zu den nächsten Spuren menschlicher Zivilisation sind es mindestens drei Kilometer«, entgegnete Josie. »Vielleicht ging es ihnen so schlecht, dass sie nicht mehr weit laufen konnten.« Sie holte ihr Smartphone heraus und tippte den Zahlencode ein, um ihren Startbildschirm aufzurufen. Jemand hatte auf ihre Mailbox gesprochen. Sie brauchte sie gar nicht erst abzuhören, um zu wissen, dass der Anruf aus Muncy gekommen war. Plötzlich kam die Erinnerung an den Albtraum von letzter Nacht wieder. Sie merkte erst, dass sie wankte, als sie Noahs Stimme hörte.

»Alles okay mit dir?«

Josie hob den Kopf und sah, dass er sie fragend anblickte. Sie lehnte sich an den nächsten Baum und brachte Körper und Geist wieder unter Kontrolle. Das hier war Arbeit. Darauf musste sie sich jetzt konzentrieren.

»Mir geht es gut.« Sie hielt das Handy in die Luft. »Ich habe nur einen Balken. Der Empfang hier draußen ist alles andere als gut.«

»Könnte es sein, dass die beiden Hilfe holen wollten, aber dass ihre Telefone nicht funktioniert haben?«

Josie nickte.

Noah ging zum Zelt, beugte sich nach vorn und warf einen Blick hinein. »Wir sollten versuchen, die Handys zu finden.«

»Warte«, hielt Josie ihn zurück. »Ich möchte Hummel anrufen. Die Spurensicherung soll kommen, bevor wir hier alles auf den Kopf stellen.«

Noah wandte sich ihr zu. »Glaubst du, dass sie ermordet wurden?«

»Es sieht zumindest verdächtig danach aus.«

Noah warf noch einmal einen Blick auf die Leichen. »Wäre es ihnen wirklich so elend gegangen, wären sie ins Zelt gekrochen und hätten sich nicht zum Sterben auf die nackte Erde gelegt.« Er deutete mit dem Daumen zurück zum Zelt. »Ich habe da drinnen einen dieser tragbaren Ventilatoren gesehen, die man oben ans Zeltgestänge hängen kann. Der hätte ihnen sicher gutgetan, so übel, wie ihnen war.«

»Genau das denke ich auch«, pflichtete Josie ihm bei. Sie drückte sich vom Baum weg und testete ihre Standfestigkeit.

»Vielleicht haben sie eine Art Selbstmordpakt geschlossen«, spekulierte Noah.

»Möglich. Oder jemand hat sie vergiftet und ihre Leichen so drapiert.«

Noah runzelte die Stirn. »Das erscheint mir nicht sehr plausibel. Aber für solche Mutmaßungen wissen wir noch nicht genug.«

»Exakt«, erwiderte Josie. Sie hielt ihr Smartphone noch in der Hand und tippte Hummels Handynummer ein. Er nahm beim vierten Klingeln ab. Sie instruierte ihn in aller Kürze und gab ihm den ungefähren Standort durch. »Noah geht zur Straße zurück und wartet dort auf dich«, sagte sie zu ihm. »Ich habe hier keinen guten Empfang. Ruf deshalb du die Rechtsmedizinerin an, bevor du losfährst.«

Sie warf einen Blick zurück zu dem toten Paar. Noah stand wie ein Wachtposten zu ihren Füßen. Sein Gesicht war gerötet, die Haut schweißnass. Laut Wettervorhersage hatten sie einen Tag mit Höchsttemperaturen von zweiunddreißig Grad Celsius vor sich. Die Leichen würden sehr bald in einen fortgeschrittenen Zustand der Verwesung übergehen, was nicht angenehm sein würde. »Ich möchte die beiden so schnell wie möglich aus dem Wald heraushaben«, fügte sie hinzu.

VIER

Es dauerte eine halbe Stunde, bis Hummel und die Leute der Spurensicherung eintrafen. Noah ging hinter ihnen her. Soweit man es durch die Baumkronen erkennen konnte, zogen dicke Wolken heran, aber die Hitze wurde trotzdem immer drückender. Die Neuankömmlinge hatten alle schweißnasse Kleidung. »Ich habe einen Beamten draußen an der Straße postiert, bis Dr. Feist eintrifft. Sie müsste bald hier sein«, informierte Hummel Josie. »Außerdem versucht Dr. Feist, zwei Rettungswagen zu bekommen, damit wir beide Leichen gleichzeitig aus dem Wald hinaustransportieren können.«

Josie warf einen Blick auf die Toten. Ihre Haut trocknete bereits aus und nahm eine hellgrüne Farbe an. Der Verwesungsgeruch wurde mit jeder Minute stärker. »Das ist eine gute Idee«, meinte sie.

Während Hummel und sein Team den Fundort fotografierten und untersuchten, warteten Josie und Noah am Rand.

»Ist Moore noch nicht wieder zurück?«, fragte Noah.

Josie schüttelte den Kopf.

»Denkst du, dass er sich aus dem Staub gemacht hat? Wie lang dauert es, Erbrochenes zu suchen?«

»Anscheinend ziemlich lange«, erwiderte sie.

»So ein Kotzbrocken«, schimpfte Noah.

Josie reagierte nicht darauf, sondern sah sich erneut um. »Zum Zelten ist das hier ganz schön tief im Wald«, meinte sie.

Noah holte wieder sein GPS-Gerät heraus. »Stimmt«, pflichtete er ihr bei. »Merkwürdig, dass sie sich ausgerechnet diesen Platz ausgesucht haben.« Er zoomte von dem roten Pin auf dem Display weg und sah, dass sie von vielen Quadratkilometern Wald umgeben waren. »Wenn sie weit weg von jeder Zivilisation sein wollten, dann war das hier ein guter Ort dafür, schätze ich.«

Hummel tauchte mit einem Rucksack in jeder Hand aus dem kleinen Zelt auf. »Ich glaube, ich habe ihre Ausweise gefunden«, sagte er.

Josie und Noah zogen ihre Handschuhe wieder an und gingen zu Hummel hinüber. Er reichte Noah einen der Rucksäcke, während er den anderen durchsuchte und schließlich eine Herrenbrieftasche hervorzog, die er Josie gab. Sie öffnete sie, entdeckte einen Führerschein und las den Namen. »Tyler Yates, siebenundzwanzig Jahre. Wohnhaft in Fox Mill.«

»Fox Mill?«, wunderte sich Noah. »Das ist bei Philadelphia.«

»Mindestens zwei Autostunden von hier«, fügte Josie hinzu.

»Wir befinden uns an der Grenze zum Lenore County«, sagte Hummel. »Die Gegend ist ein großes Jagdgebiet. Viele kommen zum Wandern und Campen hierher. Das ist das Einzige, was Lenore County für Touristen zu bieten hat.«

»Stimmt«, pflichtete Josie ihm bei. Sie holte ihr Handy heraus und machte ein Foto von dem Führerschein, bevor sie ihn wieder in die Brieftasche zurücksteckte.

Noah durchsuchte den anderen Rucksack, bis er eine große Frauengeldbörse entdeckte. Nachdem er die Kreditkarten durchgeblättert hatte, fand er darin ebenfalls einen Führerschein. »Valerie Yates, neunundzwanzig«, las er. »Die gleiche Adresse. Womöglich ein Mord mit anschließendem Suizid. Vielleicht hat der Mann seine Frau vergiftet. Als sie tot war, nahm auch er Gift, legte sich neben sie zum Sterben und nahm ihre Hand.«

»Kann sein«, räumte Josie ein. »Wir befassen uns mit ihren Lebensverhältnissen, wenn wir wieder auf dem Revier sind.« Sie machte auch von Valeries Führerschein ein Foto, bevor sie ihn Noah wiedergab. Dann sah sie sich abwechselnd beide Bilder an und studierte die jungen, lebendigen, lächelnden Gesichter. Traurigkeit ergriff sie. Die beiden waren nicht viel jünger als sie und Noah. Sie fragte sich, wie lange sie wohl verheiratet gewesen waren. Hatten sie den Campingausflug als romantische Auszeit geplant? Josie selbst hätte dafür zwar nicht unbedingt einen Campingurlaub gewählt, aber er kostete zumindest nicht viel. Außerdem war eine so entlegene Gegend wie dieser Wald ideal für ein Paar, das etwas Zeit für sich allein haben wollte.

»Gib mir mal den Rucksack«, bat Josie Hummel. Er reichte ihn ihr und sie durchsuchte in aller Eile den Inhalt, fand aber nichts weiter als kurze Hosen, zwei Garnituren Herrenunterwäsche, ein Deo, ein Feuerzeug, ein Handy und ein Ladegerät. »Wir müssen uns das Handy später noch genauer ansehen«, sagte Josie und gab Hummel den Rucksack zurück.

Valeries Rucksack enthielt wesentlich mehr: ein paar Sport-BHs, mehrere Shorts, ein halbes Dutzend T-Shirts, Unterwäsche, Socken, Hygieneartikel, eine Bürste, Haargummis, etwas Make-up, ein Taschenbuch und wie schon der Rucksack ihres Mannes ein Deo, ein Handy und ein Ladegerät.

»Was denkst du?«, fragte Noah.

Bevor Josie Noahs Frage beantwortete, wandte sie sich an Hummel: »Wie hast du die Rucksäcke vorgefunden? Waren sie offen oder verschlossen?«

»Offen«, erwiderte Hummel. »Genauso, wie du sie hier siehst.«

Josie blickte Noah an. »Vielleicht haben die beiden ihre Rucksäcke offen gelassen, doch könnten sie auch von jemandem durchwühlt worden sein. Sieh dich mal um. Hier ist nichts zu essen. Kein Wasser. Keine Campingausrüstung. Keine Taschenlampen, keine Akkus, keine Töpfe, Pfannen und Wasserflaschen. Weder Mückenspray noch Sonnencreme. Kein Erste-Hilfe-Set, weder Seife noch Handtücher noch Waschlappen – nichts für den Abwasch. Man fährt doch nicht mit nichts weiter als ein bisschen Wäsche und Deos zum Campen.«

Josie gab Noah den Rucksack, drehte sich um und ließ den Blick über die auf dem Zeltplatz verstreuten Sachen schweifen. Da lagen weitere Kleidungsstücke und ein paar Zahnbürsten. Sie bückte sich und steckte ihren Kopf in das Zelt. Drinnen stand eine kleine Kühlbox. Josie klappte sie auf, aber sie war leer. Außer der Box enthielt das Zelt nur noch zwei nebeneinander liegende Schlafsäcke.

»Shit«, murmelte sie und kam wieder aus dem Zelt. Sie sah von Hummel zu Noah. »Wir haben ein Problem.«

Die beiden sahen sie verdutzt an. Josie deutete auf den zusammengerollten Schlafsack, der an einem Baum lehnte. »Wir haben drei Schlafsäcke, aber nur zwei Leichen.«

FÜNF

»Wir brauchen mehr Leute«, sagte Josie und holte ihr Smartphone aus der Tasche. »Und Suchhunde.« Sie musste bis zum Rand der Lichtung gehen, damit auf dem Display auch nur ein einziger Empfangsbalken erschien und sie die Leitstelle anrufen und bitten konnte, weitere Einheiten aus Denton zu schicken und vom Sheriffbüro in Alcott County schnellstmöglich Hundestaffeln anzufordern. Sie steckte das Handy wieder ein und drehte sich um, um zum Zeltplatz zurückzugehen. Plötzlich sträubten sich ihr die feinen Haare auf den Unterarmen und in ihrem Nacken. Das Gefühl, beobachtet zu werden, war wie eine kalte Hand, die langsam über ihr Rückgrat wanderte. Trotz der drückenden Hitze erschauderte sie. Sie versuchte, ruhig zu bleiben, blickte sich um und scannte die Umgebung. Nichts deutete darauf hin, dass außer ihren Leuten noch jemand in der Nähe war. Im Wald bewegte sich nichts.

»Boss?«, schreckte Hummels Stimme sie auf.

Sie machte kehrt, schüttelte den Kopf, als wollte sie das seltsame Gefühl loswerden, und ging wieder auf den kleinen Zeltplatz. War das Schlafmangel? Waren es die Nachwirkungen des bedrückenden Albtraums und der Anrufe auf ihrem

Handy? Oder war da draußen jemand? Jemand, der sie beobachtete? Moore konnte es nicht sein. Er war in die entgegengesetzte Richtung davonmarschiert und vermutlich zu seinem Streifenwagen gegangen, um zum Sheriffbüro von Lenore County zurückzufahren. Sein Verhalten war frustrierend gewesen, doch hatte sie sich von ihm nicht bedroht gefühlt. War es womöglich der dritte Camper? Oder etwas Schlimmeres?

Sie sah sich noch einmal die Leichen an. Der analytische Teil ihres Verstandes, der sich allein an dem orientierte, was sie sah, erkannte und einordnete, sagte ihr, dass nichts auf Gewalt hindeutete. Doch ein tieferer Instinkt signalisierte ihr, dass sie die Reaktion ihres Körpers nicht so rasch abtun sollte. Ihre Hand wanderte zur Glock an ihrer Hüfte. Sie gab ihr Sicherheit. Und falls sich jemand im Wald befand, würde ihr Team das bald herausfinden.

»Wie viele Leute hast du dabei?«, fragte sie Hummel.

»Fünf.«

»Schick vier davon in den Wald, damit sie ihn durchkämmen«, wies sie Hummel an. »In der Zwischenzeit arbeitest du mit jemandem, der dir hilft, hier weiter. Vielleicht ist da draußen ein kranker oder sterbender Camper. Sobald die anderen Einheiten eintreffen, müssen sie sich ebenfalls auf die Suche machen. Sie sollen ihre GPS-Geräte mitnehmen. Ich will, dass alle auf der Hut sind. Wir wissen noch nicht, was hier abgeht, und ich möchte nicht, dass jemand verletzt wird. Wenn die Hundestaffel eintrifft, soll sie versuchen, ihre Tiere am Schlafsack den Geruch des dritten Campers aufnehmen zu lassen.«

Hummel nickte und begann, den Beamten der Spurensicherung Kommandos zuzurufen. Sie schwärmten bis auf einen in den Wald aus. »Wirf auch einen Blick in den Schlafsack«, fügte Josie hinzu. »Vielleicht ist etwas drin, womit wir die vermisste Person identifizieren können.«

»Wird gemacht, Boss«, antwortete Hummel.

Josie rann der Schweiß den Nacken und Rücken hinunter. Das Poloshirt klebte ihr auf der Haut. Mit jeder Minute wurde die Augusthitze drückender. Die Wolken am Himmel hatten eine dunkelgraue Farbe angenommen. Sie lagen bleiern schwer über dem Land. Ein Gewitter zog herauf. Für die Spurensicherung war das nicht gut. Sie holte ein weiteres Mal ihr Handy hervor und ging auf der Lichtung umher, bis auf dem Display zwei Empfangsbalken erschienen. Sie wählte Deputy Moores Nummer.

»Wo sind Sie?«, fragte sie ohne Umschweife.

Er klang verärgert. »Ich bin in diesem verdammten Wald und suche nach Kotze, wie Sie es verlangt haben.«

Sie war sich nicht sicher, ob das stimmte, aber das spielte nun keine Rolle mehr. Es gab zu tun. Sie erläuterte, was sie gefunden hatten, informierte ihn, dass sie weitere Einheiten sowie die Hundestaffel angefordert hatte, und fragte: »Sind bei Ihnen Berichte über jemanden eingegangen, der sich heute Morgen im Wald verdächtig benommen hat?«

»Nicht, dass ich wüsste«, erwiderte Moore, »aber ich kann in der Leitstelle nachfragen, ob man dort etwas gehört hat, und jemanden im nächstgelegenen Krankenhaus anrufen lassen. Es ist allerdings ein ziemliches Stück von hier.«

»Das würde uns wirklich sehr helfen«, sagte Josie.

»Ich laufe zu meinem Streifenwagen zurück und erledige ein paar Anrufe.«

»Einige meiner Leute werden auf dem Gebiet von Lenore County wahrscheinlich nach dem dritten Camper suchen.«

Sie konnte förmlich hören, wie er gleichgültig die Achseln zuckte. »Tun Sie, was Sie nicht lassen können.«

Sie beendete das Gespräch, bevor sie etwas Unprofessionelles sagte. Dann rief sie die Leitstelle an und fragte, ob Meldungen über verdächtiges Verhalten eingegangen waren oder jemand auf dem Gebiet von Alcott County mit einer Vergiftung in ein Krankenhaus eingeliefert worden war. Sie wartete am Rand, während Hummel und sein Kollege weiter den Tatort untersuchten. Noah stand neben ihr. Als die zusätzlichen Einheiten eintrafen, wies Josie sie an, die weitere Umgebung nach dem vermissten Camper abzusuchen.

»Die Hundestaffel ist in frühestens zwei Stunden da«, informierte Noah sie, nachdem er selbst einige Anrufe erledigt hatte. »Allerdings zieht ein heftiges Gewitter herauf. Wenn es blitzt, können die Leute nicht gefahrlos arbeiten. Dann müssen wir mit der Suche womöglich bis morgen warten.«

»Verdammt«, schimpfte Josie. »Natürlich können wir die Leute hier nicht während eines Gewitters arbeiten lassen. Aber geht durch den Regen nicht die Duftspur verloren?«

Noah schüttelte den Kopf. »Nein. Sie sagen, die Hunde können die Fährte aller Wahrscheinlichkeit nach trotzdem aufnehmen. Wasser vernichtet anscheinend die Duftspur einer Person nicht. Auch Zeit spielt keine Rolle, meinte die Hundeführerin. Sie könnten morgen oder auch in zwei Monaten herkommen und der Hund würde die Fährte noch immer finden.«

»Wir haben keine zwei Monate. Was, wenn der dritte Camper im Sterben liegt?«, fragte Josie.

»Zwei Monate waren ja nur als Beispiel gedacht. Sie sind in ein paar Stunden hier und machen sich an die Arbeit, falls das Wetter es zulässt. Unterdessen starten wir eine Rastersuche. Wir können weitere Einheiten und zusätzliche Leute von der Feuerwehr dafür anfordern.«

»Das machen wir«, stimmte Josie zu. Was sie nicht sagte: Auch eine Rastersuche war bei schlechtem Wetter unmöglich. Ihr Team tat sein Möglichstes, aber das Letzte, was sie brauchte, war ein vom Blitz oder einem herabfallenden Ast getroffener Suchhelfer.

»Ich habe ein paar Stiefelspuren gefunden«, rief Hummel vom Zeltplatz aus. »Ich versuche, Abdrücke davon zu machen, bevor der Regen sie wegwäscht.«

»Danke, Hummel«, rief Josie zurück.

Die Rechtsmedizinerin von Alcott County, Dr. Anya Feist, traf ein und bahnte sich vorsichtig einen Weg durch den Wald. Ihr silberblondes Haar hatte sie zu einem Pferdeschwanz gebunden. Auf ihrer blassen Haut glänzte ein dünner Schweißfilm. Hinter ihr marschierten vier Sanitäter mit zwei Schaufeltragen, die sie an Baumstämme in der Nähe lehnten. Sie hielten sich im Hintergrund, während Dr. Feist sich an die Arbeit machte. Josie warf einen Blick auf ihr GPS-Gerät. Es zeigte an, wo sich die übrigen Beamten der Polizei von Denton bei ihrer Suche nach dem dritten Camper gerade befanden. Die Funkgeräte schwiegen, also hatte noch niemand etwas entdeckt. Sie drehte sich um und sah zu den Leichen. Dr. Feist kniete neben Tyler Yates und prüfte seinen Arm auf Leichenstarre.

Josie stellte sich neben Valerie Yates, sodass sie Dr. Feist gegenüberstand, und fragte: »Was denkst du?«

»Todeszeitpunkt vermutlich erst vor ein paar Stunden. Ich bin ziemlich sicher, dass sie an etwas gestorben sind, das sie zu sich genommen haben. Möglicherweise Gift. Hummel hat mir gezeigt, was ihr hinter dem Zelt gefunden habt. Ob es ein Unfall war oder nicht, kann ich nicht sagen. Das müsst ihr herausfinden.«

Josie seufzte. »Ja, sieht so aus.«

»Nach der Autopsie weiß ich mehr. Allerdings habe ich das hier entdeckt.«

Dr. Feist beugte sich über Tylers Leiche und hob seine große Hand hoch. Darunter kam Valeries kleine Hand zum Vorschein, die er in seiner gehalten hatte. Die Rechtsmedizinerin deutete auf eine Verletzung an Valeries Handgelenk.

»Ist das ein Schnitt oder eine Verbrennung?«, fragte Josie und beugte sich nach vorn.

»Weiß ich nicht«, räumte Dr. Feist ein. »Aber die Verletzung ist frisch.«

»Fesselspuren?«, fragte Josie.

»Kann ich noch nicht mit Sicherheit sagen. Wie schon erwähnt, sobald ich sie auf meinem Tisch habe, weiß ich mehr.«

Josie richtete sich wieder auf und untersuchte Valeries rechtes Handgelenk. »Hier sehe ich keine Spuren.«

Dr. Feist nickte. »Stimmt. Merkwürdig, aber vielleicht hat es auch nichts zu bedeuten.«

»Wir können uns ja nach der Autopsie noch einmal damit befassen«, meinte Josie.

Ihr Telefon klingelte. Angst stieg wieder in ihr hoch. Sie nahm das Handy, warf einen Blick auf das Display und stellte erleichtert fest, dass es diesmal nicht das Gefängnis, sondern Deputy Moore war. Sie nahm den Anruf entgegen. »Es gibt keine Meldungen über Personen, die sich in der Waldgegend von Lenore County verdächtig verhalten haben«, teilte Moore ihr mit. »Ich habe auch beim nächstgelegenen Krankenhaus angerufen und gefragt, ob dort jemand mit Beschwerden hereingekommen ist, die auf eine Vergiftung hindeuten. Aber sie hatten in den letzten achtundvierzig Stunden nichts dergleichen.«

»Okay, danke«, erwiderte Josie und beendete das Gespräch.

»Vielleicht hat der dritte Camper sie vergiftet und sich dann aus dem Staub gemacht«, mutmaßte Noah, der neben sie getreten war.

»Möglich ist alles«, erwiderte Josie und dachte wieder an das bedrohliche Gefühl von vorhin. »Aber wenn ich ein paar Leute vergiftet hätte, würde ich keine Beweise meiner Anwesenheit am Tatort liegen lassen.«

»Da hast du recht«, entgegnete Noah. Er sah Dr. Feist an. »Hast du schon eine Vorstellung davon, was sie zu sich genommen haben könnten?«

Dr. Feist stand auf und streifte sich die Handschuhe ab. Sie winkte die Sanitäter herbei und sie begannen, die Toten für den Abtransport aus dem Wald heraus in Leichensäcke zu packen. Josie, Dr. Feist und Noah traten zur Seite, damit sie ihre Arbeit erledigen konnten. »Das finden wir nur mit einer toxikologischen Untersuchung heraus«, erklärte Dr. Feist. »Aber wie ihr wisst, dauert das Wochen. Und dabei wird nicht auf Pflanzen oder Beeren getestet, die im Wald wachsen.«

»Denkst du, dass sie an etwas gestorben sind, das sie hier draußen im Wald gefunden haben?«, fragte Noah.

Dr. Feist zuckte die Achseln. »Das erscheint mir die plausibelste Erklärung. Hummel sagt, in ihrem Gepäck seien weder Medikamente noch illegale Drogen noch Alkohol gefunden worden.«

»Aber auch kein Essen und Trinken«, hob Josie hervor.

»Vielleicht hat der oder die andere mitgenommen, was noch vorhanden war«, meinte Noah. »Aber irgendwie ist es seltsam, dass ein Paar mit einer dritten Person hier campt, findet ihr nicht?«

Josie nickte. »Ich denke schon den ganzen Morgen darüber nach. Du könntest recht haben, Noah. Es würde erklären, warum so viel fehlt, zum Beispiel die typischen Dinge, die man zum Zelten normalerweise mitnimmt, und wieso wir keine weitere Leiche im Wald gefunden haben.«

Dr. Feist wedelte sich Luft zu. »Das Labor konzentriert sich bei seinen Tests auf die üblichen Substanzen: Alkohol, Opiate, Amphetamine, Barbiturate, Marihuana und so weiter. Aber am besten ist es, ihr tütet etwas von dem Erbrochenen ein und seht, ob es Spuren von ungewöhnlichen Blättern, Wurzeln oder Beeren enthält, die sie womöglich im Wald gefunden und zu sich genommen haben.«

»Ich glaube, das ist Hummels Aufgabe«, meinte Noah nur und rümpfte die Nase.

Von irgendwoher hinter dem Zelt war Hummels Stimme zu hören. »Schon geschehen.«

»Welche Pflanzen verursachen so etwas?«, fragte Josie. »Die Übelkeit, die Zyanose und den Schaum vor dem Mund? Stechapfel? Adlerfarn? Fingerhut?«

Dr. Feist nickte. »Zum Beispiel. Oder Gefleckter Schierling, Oleander und Wasserschierling. Außerdem gibt es jede Menge giftiger Beeren – die von Eiben und Stechpalmen können sogar zum Tod führen.«

Josie kannte sie. Sie war in den Wäldern um Denton aufgewachsen und hatte einen Großteil ihrer Kindheit damit verbracht, sie zu erkunden und darin zu spielen. Schon bevor sie sechs Jahre alt war, hatte ihr Vater ihr die Namen der meisten Wildblumen beigebracht und sie auswendig lernen lassen, welche Pflanzen und Beeren giftig für Menschen waren.

»Wenn ich ihr wäre«, sagte Dr. Feist, »und das Ganze wirklich eingrenzen wollte, würde ich im Umkreis von mindestens einem Kilometer nach Giftpflanzen suchen, die die beiden mitgenommen und in ihr Essen oder ihren Tee getan haben könnten.«

Josie nickte. Die Sanitäter begannen Tyler und Valerie Yates wegzutragen. Dr. Feist folgte ihnen. »Ich mache mich so schnell wie möglich an die Autopsie und melde mich, wenn ich etwas Ungewöhnliches finde.«

Hummel kam mit einem großen Pappkarton hinter dem Zelt hervor. »Boss«, sagte er und ging zu Josie. »Das wird dich interessieren.«

SECHS

Hummel griff in den Karton und holte einen transparenten Spurensicherungsbeutel heraus. Er enthielt etwas, das nach einer dünnen Goldkette aussah. Josie nahm den Beutel und sah sich den Inhalt genauer an.

»Ist das eine Halskette?«, fragte Noah.

»Ja«, antwortete sie. »Sieht aus wie ein Goldkettchen mit herzförmigem Anhänger.« Das goldene Herz war in der Mitte durchbrochen und am Rand mit kleinen, funkelnden Diamanten besetzt. »Ich würde sagen, das gehört einer Frau. Die Kette ist zerrissen. Wo hast du das gefunden?«

»Im eingerollten Schlafsack«, erwiderte Hummel.

Josie und Noah sahen sich an. »Wir haben es also mit einem Ehepaar zu tun, das mitten in einem entlegenen Waldgebiet zusammen mit einer Frau gecampt hat«, sagte Noah.

Und Josie fügte hinzu: »Der Mann und seine Frau sind tot, ihre Begleiterin wird vermisst.«

»Vielleicht war die dritte Person ihr Kind?«, warf Hummel ein.

Josie dachte an ihre Gesichter und die in den Führerscheinen angegebenen Geburtsdaten. »Das bezweifle ich. Sofern Valerie Yates nicht gerade im Teenageralter Mutter geworden ist, wäre ihre Tochter noch ziemlich jung. Ich denke auch nicht, dass sie hier draußen ein Kind im Freien übernachten lassen hätten. Es hätte doch eher bei ihnen im Zelt geschlafen, oder?«

»Um die zehn Jahre alt könnte sie durchaus sein«, meinte Hummel.

»Höchstens zehn bis zwölf«, entgegnete Josie. »Ich glaube aber nicht, dass das hier der Schmuck eines Mädchens in diesem Alter ist. Ich würde, wenn ich ihre Mutter wäre, ein Kind um die zehn außerdem im Wald nicht allein draußen schlafen lassen, während ich sicher im Zelt läge. Hier gibt es wilde Tiere.«

Noah nahm den Beutel und hielt ihn hoch. »Die Kette könnte schon einem Kind gehören. Schwer zu sagen, ob das wertvoller Schmuck ist oder nicht.«

Hummel pflichtete ihm bei. »Ich kann nicht sagen, ob die Diamanten echt sind und es sich um 14-karätiges Gold handelt.«

»Gut«, räumte Josie ein. »Wir können es zumindest nicht ausschließen.« Ihr drehte sich der Magen bei dem Gedanken um, dass ein junges Mädchen hier allein und krank im Wald herumirrte – oder noch Schlimmeres mit ihr passiert war. Da sträubten sich ihr für einen kurzen Moment wieder die Haare am ganzen Körper. Noah klatschte sich mit der Hand auf den Nacken. »Verfluchte Mücken«, schimpfte er.

Josie sah sich um und nahm die Lücken zwischen den Bäumen um das Zeltlager in Augenschein. Sie versuchte, etwas Ungewöhnliches zu entdecken, fand aber nichts und verdrängte das seltsame Gefühl. Lediglich die Gewissheit, dass bereits Suchtrupps im Wald unterwegs waren, zumindest bis das Gewitter losbrach, dämpfte ihre Sorge etwas. Sie hoffte, dass das Wetter noch ein paar Stunden lang stabil blieb. Das könnte entscheidend für die Suche sein. »Wenn wir wieder auf dem Revier sind und etwas über das Ehepaar Yates herausgefunden haben, kommen wir sicher ein Stück weiter. Bis dahin soll unser Team die Suche fortsetzen. Ich schlage vor, dass wir drei uns nach giftigen Pflanzen in der Umgebung umsehen.«

Josie marschierte los, doch Noah blieb zurück und starrte auf sein Handy. »Alles okay?«, fragte Josie.

Er sah sie an und verzog das Gesicht. »Ich weiß nicht so recht, wonach ich suchen soll.«

Josie lachte. »Echt jetzt?«

Noah zuckte die Schultern. »Ich war eher so der Sporttyp.«

Josie sah Hummel an. Der wischte sich den Schweiß von der Stirn und lächelte. »Ich bin Jäger. Mein Dad hat mir von Anfang an beigebracht, was ich besser nicht anfasse und in den Mund stecke. Ich verstaue schnell die Beweise und schnappe mir dann ein paar Leute für die Suche.«

»Danke, Hummel«, sagte Josie und meinte zu Noah gewandt: »Komm mit mir. Ich gebe dir einen Crashkurs.«

Sie gingen in die eine Richtung, Hummel in die andere.

Während sie zwischen den Bäumen herumstapften, warfen sie immer wieder einen Blick auf ihre GPS-Geräte, um zu sehen, welche Bereiche sie bereits abgesucht hatten. Josie meinte: »Hast du, seit wir hier draußen sind, irgendwann einmal das Gefühl gehabt, dass wir ...?« Sie brach ab. Was sollte sie sagen? Dass sie den Eindruck hatte, jemand würde sie beobachten? Oder dass da draußen eine unsichtbare Bedrohung lauerte?

»Dass was?«, fragte Noah.

Josie winkte ab. »Vergiss es. Ich bin einfach nur müde.«

Noah blieb stehen. »Jetzt sag schon.«

Auch Josie hielt an. Sie stützte eine Hand auf ihre Hüfte. »Wenn außer uns noch jemand hier draußen wäre, hätten wir ihn schon entdeckt, oder?«

Noah zuckte die Schulter. »Wenn nicht, hätten wir wenigstens Spuren von ihm entdeckt. Etwas, was er zurückgelassen hätte. Oder Fußabdrücke. Warum? Denkst du, dass sich noch jemand hier aufhält? Ich meine, außer unseren Beamten und der dritten Camperin?«

»Ich weiß nicht«, sagte Josie. »Nein. Es ist nur … Vielleicht habe ich bloß einen schlechten Tag. Lass uns einfach weitersuchen.«

»Klar«, erwiderte Noah und marschierte wieder los. Josie blieb an seiner Seite. Noah brummte: »Mein T-Shirt ist zum Auswinden nass.«

»Ja, es ist unerträglich heiß«, pflichtete Josie ihm bei.

Sie blickte verstohlen zu ihm und sah, dass er zu hinken begann. Er hatte sich vor einigen Monaten das Bein gebrochen, als er aus einem brennenden Haus gesprungen war. Zwei Monate lang hatte er einen Gips tragen und anschließend sechs Wochen zur Physiotherapie gehen müssen. Josie wusste, dass ihm das Bein gelegentlich noch Schwierigkeiten bereitete. Sie verkniff es sich, auf sein Hinken hinzuweisen, denn sie wusste, er würde keinesfalls auf ihre Bitte hin zurückgehen und beim Auto auf sie warten. Sie musste sich darauf verlassen, dass er selbst merkte, wenn es ihm zu viel wurde. Ansonsten würde er am nächsten Tag ziemliche Schmerzen haben.

»Sag mir, wonach wir suchen«, bat er sie.

Sie ging langsamer, damit er mit ihr mithalten konnte, und zählte ihm die Giftpflanzen auf, von denen sie wusste, dass sie in der Waldgegend um Denton wuchsen und schwere Vergiftungserscheinungen hervorrufen oder sogar zum Tode führen konnten: Stechapfel, Oleander, Fingerhut, Gefleckter Schierling und Wasserschierling. Sie beschrieb sie alle genau, damit Noah wusste, wonach er suchen musste. Dann nannte sie ihm die Beeren, die die beiden Opfer möglicherweise krank gemacht oder umgebracht hatten: Baumwürger, Zwergmispel, Stechpalme, Wacholder und Kermesbeere.

Josie deutete vor sich. »Ist da ein Bach?«

»Sieht ganz danach aus«, antwortete Noah.

Josie stapfte mit Noah durch eine Baumreihe und sah einen Wasserlauf durch den Wald fließen. Sie holte ihr GPS-Gerät heraus. »Das ist der Cold Heart Creek«, las sie vom Display ab. »Wir sind ungefähr achthundert Meter vom Zeltplatz entfernt und befinden uns definitiv auf dem Gebiet von Lenore County.« Sie blickte nach links und rechts. »Es ist zwar etwas weit bis hierher, aber durchaus möglich, dass die beiden Yates' hergekommen sind, um Wasser zu holen. Allerdings hätten sie dazu einen tragbaren Wasserfilter dabeihaben müssen oder wenigstens einen Topf, um das Wasser abzukochen. Und einen Behälter, aus dem sie es trinken konnten.«

Noah wischte sich mit dem Saum seines T-Shirts das Gesicht ab. »Vielleicht haben sie das Wasser getrunken, ohne es zu filtern. Allerdings glaube ich nicht, dass sie das so schnell umgebracht hätte.«

Sie gingen zusammen den Bachlauf entlang. Unter ihren Füßen knirschten Steinchen. Josie hatte große Lust, in das Wasser zu springen und sich abzukühlen, obwohl es von da aus, wo sie standen, nicht sonderlich tief wirkte. Als hätte er ihre Gedanken gelesen, blieb Noah stehen, ging in die Hocke, nahm etwas Wasser in die hohle Hand und spritzte es sich ins Gesicht. »Du denkst also, jemand war bei dem Lagerplatz«, sagte er. Es war keine Frage.

»Ja«, gab ihm Josie recht. »Ich denke, jemand hat ihre Sachen genommen, ob sie oder er die beiden vergiftet hat oder nur ihre Habseligkeiten mitgehen ließ, nachdem sie bereits tot waren, weiß ich nicht.« Sie sagte nicht, dass sie den Verdacht hatte, dass die Person noch in der Gegend war. Denn eigentlich hatte Noah recht: Sie hätten etwas sehen oder hören müssen.

»Die Leichen könnten in der Tat absichtlich so hingelegt worden sein«, pflichtete Noah ihr bei. »Jemand gibt ihnen etwas Giftiges in das Essen oder das Wasser, wartet, bis sie tot sind, legt sie Hand in Hand nebeneinander und nimmt ihre Sachen mit.«

Er stand auf und ging weiter. Der Cold Heart Creek floss Richtung Süden, weg vom Zeltplatz und hinein nach Lenore County. »An so etwas habe ich auch gedacht«, meinte Josie. »Aber warum sollte sie jemand nur deshalb vergiften, um sie zu bestehlen? Sie oder er hätte lediglich auf den Zeltplatz zu schleichen brauchen, während sie schliefen, und sich das Zeug schnappen. Und wieso die beiden Händchen haltend hinlegen? Ich habe das Gefühl, das würde nur jemand tun, der sie kannte.«

»Wenn wir also von einem Verbrechen ausgehen, landen wir wieder bei der dritten Person als Verdächtiger.«

Josie seufzte. »Wir haben einfach noch nicht genügend Informationen.«

Sie gingen einige Minuten lang schweigend weiter, bis Josie die Hitze nicht länger ertrug. Sie kniete sich auf einen großen Stein am Bach und spritzte sich Wasser in Gesicht und Nacken. Seine Kühle fühlte sich himmlisch an. Als sie widerwillig aufstand, bemerkte sie einen großen Schierling auf der anderen Seite des Wasserlaufs. Sie deutete darauf. »Da.«

Noah sah in die Richtung, in die sie zeigte. »Das müsste ein Schierling sein, oder?«

»Genau.«

Sie ließen den Blick den Bach entlangwandern. Es sah nicht so aus, als würden sie auf die andere Seite kommen, ohne nass zu werden. Als hätte Noah ihre Gedanken erraten, sagte er: »Wir können doch einfach hindurchgehen, wir sind sowieso schon schweißnass. Was für einen Unterschied macht es da noch?«

Josie ging als Erste. Sie watete vorsichtig durch das felsige Bachbett. An der tiefsten Stelle stand sie nicht weiter als bis zur Hüfte im Wasser. Seine Kühle tat ihr gut, musste sie sich eingestehen, obwohl sie wusste, dass sie mit Blasen an den Füßen rechnen musste, wenn sie in nassen Sneakers weiterlief. Und auch das Gehen mit durchtränkter Hose würde mühseliger werden. Wenn sie allerdings in Regen gerieten, würden sie sowieso bis auf die Haut nass werden.

Als sie bei der Pflanze waren, zog Noah Handschuhe aus der Tasche und sah Josie an. »Hast du einen Spurensicherungsbeutel dabei?«

Lächelnd holte Josie ein Exemplar hervor. »Ich habe ein paar von Hummel bekommen. Aber warte mal. Sieh dir das an.«

Sie deutete auf einen kleineren Trieb. »Hier ist ein Stängel abgebrochen.«

Noah beugte sich vor und sah ihn sich genauer an. »Mach ein paar Fotos«, bat er sie. »Und markier die Stelle auf der GPS-Karte, damit wir wissen, wie weit wir vom Zelt entfernt sind.«

»Mach ich«, sagte Josie, kennzeichnete den Standort in ihrem Gerät und holte ihr Handy heraus. Während sie Bilder von der Pflanze schoss, legte Noah Teile davon in den Beutel. Gerade als sie ihr Smartphone wieder einsteckte, fiel ihr etwas hinter dem Schierling auf. »Was ist das?«, fragte sie.

Noah steckte den Beutel in die Tasche und zog seine Handschuhe aus. »Was ist was?«

Josie ging ein paar Schritte weiter. »Dort, hinter den Bäumen. Da glänzt etwas. Könnte ein Zaun sein.«

»Sehen wir es uns an«, meinte Noah. Er ging voran und führte sie durch das dichte Unterholz am Bach. Josie schätzte die Entfernung vom Ufer, wo sie den Schierling entdeckt hatten, zum Maschendrahtzaun, der sich, so weit sie sehen konnten, in beide Richtungen erstreckte, auf etwa zwanzig Meter. Auf der anderen Seite ging der Wald einfach weiter. Josie stapfte den Zaun entlang, bis sie zu einer schwarzen Tafel mit roten Lettern gelangte, auf der stand: »Privateigentum. Betreten verboten.«

»Warum steht hier mitten in diesem verdammten Wald ein Zaun?«, brummte Noah und kam zu ihr.

»Privateigentum«, sagte Josie und deutete auf das Schild. »Wir sollten Moore anrufen und ihn fragen. Vielleicht lohnt es sich ja, der Sache auf den Grund zu gehen.«

SIEBEN

Hummel wartete beim Zeltplatz unter einer schattigen Eiche auf sie. Die weitere Suche hatte nichts ergeben. Noah gab ihm den Beutel mit dem Schierling und Josie schickte ihn zurück auf das Revier, damit er die Beweisstücke registrieren, die Proben zur serologischen Abteilung des staatspolizeilichen Labors schicken und die Gipsabdrücke von den Fußspuren, die sie entdeckt hatten, den für die Analyse von Schuhen und Fußbekleidung zuständigen Experten des Labors übergeben konnte. Die übrigen Polizeibeamten aus Denton waren als kleine Pinnnadeln auf der GPS-Karte zu erkennen – sie durchsuchten den Wald kilometerweit in jede Richtung. Ein uniformierter Beamter aus Denton wartete an der Straße auf die Hundestaffel. Bislang hatte noch niemand eine Spur der dritten Camperin entdeckt.

Josie und Noah machten sich langsam auf den Weg zurück zur Straße, wo ihre Fahrzeuge standen. »Mal sehen, was wir über das Ehepaar Yates herausfinden«, meinte Josie. »Überprüfe ihren Hintergrund und versuche, die Angehörigen aufzuspüren. Vielleicht bekommen wir ja heraus, wer mit ihnen unterwegs war.«

»Rufst du Moore an oder soll ich das machen?«, fragte Noah.

Mit einem tiefen Seufzer holte Josie ihr Handy hervor. »Ich mach's.«

Moore ging nach dem sechsten Klingeln ans Telefon.

»Wir wollten Sie wegen eines Maschendrahtzauns fragen, auf den wir im Wald gestoßen sind. Er befindet sich in Lenore County, also Ihrem Zuständigkeitsbereich, und ist als Privateigentum gekennzeichnet. Wissen Sie, wem das Areal gehört?«

»Es gehört einer Kommune. Sie besitzt dort rund vierzig Hektar, wenn ich mich recht erinnere. Das Grundstück ist eingezäunt.«

»Eine Kommune?«, fragte Josie.

»Ja«, antwortete Moore. »Da lebt eine Handvoll Leute. Sie bauen ihr eigenes Gemüse an und so Zeug. Sind schon seit Jahren dort draußen und nennen ihre Anlage ›Sanctuary‹ – Zuflucht.«

»Ist das eine religiöse Gemeinschaft?«, fragte Josie. »Eine Art Sekte?«

»Ich bin mir nicht sicher«, erwiderte Moore. »Ich weiß nicht allzu viel über sie.«

»Woher wissen Sie dann, dass es sich um eine Kommune handelt?«, bohrte Josie nach.

»Meine ... Warum wollen Sie das alles überhaupt wissen?«

»Weil das Grundstück so nah am Zeltplatz liegt, dass die dritte Camperin von dort aus auf das Gelände der Kommune gelangt sein könnte. Gibt es ein Problem?«

Einen Augenblick war es still am anderen Ende, dann hörte sie Moore seufzen. »Nein, nein, kein Problem. Hören Sie, das sind einfach nur ein paar Leute, die von dem leben, was das Land hergibt. Wir hatten nie Probleme mit irgendjemandem dort. Sie zahlen ihre Grundsteuer und bleiben unter sich.«

»Also können sie nichts dagegen haben, wenn wir mit ihnen reden, oder?«

Wieder Stille. Einen Moment lang dachte Josie, Moore habe aufgelegt. »Sie sollten sie nicht belästigen, wenn Sie nicht unbedingt müssen.«

»Ich muss aber«, entgegnete Josie mit Nachdruck. »Gibt es dort Verantwortliche, nach denen ich mich erkundigen sollte?«

»Eine ältere Frau führt den Laden, Charlotte ...« Er verstummte. Josie merkte, dass er versuchte, sich an ihren Nachnamen zu erinnern. »Fadden. Genau. Charlotte Fadden.«

»Wie viele Leute leben dort?«, fragte Josie.

»Hören Sie, ich habe Ihnen gesagt, dass ich nicht viel über sie weiß. Das Letzte, was ich gehört habe, war, dass dort ungefähr fünfzehn bis zwanzig Leute leben. Aber das ist mindestens zehn Jahre her.«

»Sie waren vor zehn Jahren dort? Wegen eines Verbrechens?«

»Nein, nein. Ich sagte ja, die machen keine Schwierigkeiten. Ich habe nur zufällig mit jemandem geredet, der damals dort gelebt hat.«

Josie verstand nicht, warum er so ausweichend antwortete. Verbarg er etwas? War er womöglich selbst irgendwann Mitglied der Kommune gewesen?

»Wo ist der Eingang zu der Anlage?«

Moore beschrieb ihr den Weg dorthin.

»Können wir uns dort treffen, sodass Sie uns vorstellen? Wir befinden uns schließlich in Ihrem Zuständigkeitsbereich.«

»Haben Sie irgendwelche Beschädigungen am Zaun entdeckt?«, fragte Moore. »Wenn nicht, sehe ich keinen Grund, die Leute zu belästigen.«

Noah hatte die ganze Zeit neben ihr gestanden und hatte sein Ohr in Richtung des Handys gehalten, um zu hören, was Moore sagte. Er sah Josie an und verdrehte die Augen.

»Ich werde die Leute definitiv belästigen, Moore. Sie können mir dabei helfen – schließlich fällt es in *Ihre Zuständig-*

keit – oder es lassen. Dann kreuze ich dort eben allein mit meinen Leuten auf. Ganz, wie Sie wollen.«

Ein weiterer tiefer Seufzer war von Moore zu hören. »In Ordnung. Ich treffe Sie vor Ort.«

Das Sanctuary bestand lediglich aus einem alten Farmhaus mit weißen Wänden, die das Wetter und die Jahre grau gefärbt hatten, sowie einer Veranda mit durchhängendem Dach. Eine kurze Zufahrt führte zu einer breiten Eingangstreppe. Farbenfrohe Blumenbeete und sorgsam gemähter Rasen rahmten das große Gebäude ein. Es war alt, aber in gepflegtem Zustand. Josie sah sich um. Auf seiner Rückseite standen mehrere Autos älteren Baujahres im Gras neben einer ausgebleichten roten Scheune. Dahinter erspähte sie ein kurzes Stück des Zauns, der sich in den angrenzenden Wald hineinschlängelte. Als Josie und Noah Moore auf die Veranda folgten, streckte sie den Hals, um einen Blick auf die Rückseite des Hauses zu erhaschen, doch sah sie lediglich ein großes Feld mit Gemüsereihen, zwischen denen ein Mann und eine Frau mit Schaufeln arbeiteten. Sie trugen ausgebeulte hellbraune Hosen, ausgebleichte Tanktops und auf dem Kopf Bandanas, die verhinderten, dass ihnen der Schweiß ins Gesicht lief. Gelegentlich hoben sie den Kopf und blickten hinauf in den immer düsterer werdenden Himmel.

Moore klopfte an die schwere Holztür und wartete. Josie fiel auf, dass die Fenster offen waren und die Vorhänge drinnen im Wind flatterten. Offensichtlich gab es hier keine Klimaanlage. Sie fragte sich, ob sie überhaupt Strom hatten.

»Sind Sie sicher, dass da drinnen jemand ist?«, fragte Noah.

»Wenn nicht, können Sie ja zu den Leuten draußen im Garten gehen und mit ihnen reden.«

Ein paar Augenblicke später ging die Tür knarzend auf und das blasse, schmale Gesicht einer Frau erschien. Sie war jung, zwischen dreißig und vierzig, und trug ausgewaschene, abgeschnittene Jeans sowie ein weißes T-Shirt. Sie warf einen Blick auf die drei Polizisten und sagte: »Ich hole Charlotte. Warten Sie hier.«

Die Tür schloss sich wieder. Josie sah Noah an. Moore drehte sich zu ihnen. »Sie leben hier ziemlich isoliert und bekommen nicht oft Besuch.«

Während sie warteten, entdeckte Josie einen Schaukelstuhl auf der Veranda. Sie setzte sich hinein und holte ihr Handy heraus, um Anrufe abzuhören. Sergeant Dan Lamay hatte auf die Mailbox gesprochen. Er teilte ihr mit, dass sie keine Meldungen über Frauen erhalten hätten, die auf dem Gebiet von Denton aus dem Wald nahe der Countygrenze gekommen seien. Genauso wenig seien verdächtige Personen in das Denton Memorial Hospital eingeliefert worden. Seufzend steckte Josie ihr Smartphone wieder ein. Die Hundestaffel war weit draußen im Wald unterwegs, zudem zog ein Sturm auf. Deshalb fanden sie die Identität der dritten Person wohl leichter heraus, wenn sie die Social-Media-Konten von Valerie und Tyler Yates sowie ihre Handys durchforsteten und mit den Angehörigen der beiden Toten sprachen.

Die Tür öffnete sich wieder mit einem Knarren. Josie sprang auf, als eine ältere Frau heraustrat. Sie trug ein formloses blaues Kleid, das ihr bis zu den Knöcheln reichte und beim Gehen über ihre Sandalen strich. Ihr weißes Haar fiel in Wellen über ihren Rücken. Ein aus Hanf geflochtenes Armband umschloss ihr Handgelenk. Mit einem warmen Lächeln streckte sie Deputy Moore die Hand zur Begrüßung hin. Ihre Wangen waren voll und glänzend, die krepppapierartige Haut spannte sich fest über ihre Wangenknochen. In ihren Augenwinkeln und um den schmalen Mund kräuselten sich Falten. »Hallo, Officers«, begrüßte sie die drei Beamten. »Charlotte Fadden.«

Sie gab Noah und anschließend Josie die Hand. Einen

Moment lang musterte sie Josie, dann sagte sie: »Ich bin zweiundsiebzig.«

»Bitte?«, fragte Josie.

Charlotte hielt nach wie vor Josies Hand fest. »Sie haben sich gefragt, wie alt ich bin. Ich bin zweiundsiebzig. Wie heißen Sie, meine Liebe?«

Josie war kurzzeitig aus dem Konzept gebracht und brauchte einen Augenblick, um sich wieder zu fangen. »Detective Josie Quinn vom Polizeirevier Denton. Das ist mein Kollege, Lieutenant Noah Fraley.«

Charlotte ließ ihre Hand los, lächelte jedoch weiter. »Denton? Was führt Sie zu mir?«

»Wir haben soeben zwei Leichen in dem Teil des Waldes gefunden, der in den Zuständigkeitsbereich von Denton fällt. Bei den Toten handelt es sich um Camper. Der Fundort befindet sich etwa eineinhalb Kilometer von dem Zaun entfernt, der ihr Land einschließt. Wir glauben, dass sich eine dritte Person, eine Frau, bei den beiden befunden hat, und fragen uns, ob Sie oder jemand hier etwas gesehen oder gehört hat. Hat in den letzten vierundzwanzig Stunden jemand Ihr Grundstück betreten?«

Charlotte runzelte die Stirn. »Nicht, dass ich wüsste. Aber kommen Sie doch herein. Ich frage einige meiner Leute. Sie wollen sich sicher umsehen.«

»Ja«, antwortete Josie. »Das wäre gut.«

»Ich verabschiede mich dann mal«, schaltete sich Moore ein. Er tippte sich mit Blick zu Charlotte an seine Mütze. »Mrs Fadden.«

Sie sah auf sein Namensschild und sagte: »Officer Moore.«

Sie kannten sich also nicht. Oder taten zumindest so, dachte Josie bei sich, als Moore zu seinem Streifenwagen zurückging. Sie sahen zu, wie er wegfuhr. Leise, sodass nur Josie es hören konnte, murmelte Noah: »Ich schätze, ohne ihn wäre es auch gegangen.«

Josie und Noah folgten Charlotte in das Haus, in dem es selbst ohne Klimaanlage überraschend kühl war. Sie gingen durch den Flur in eine große Küche, in der zwei Frauen an einem zerschrammten Tisch saßen und Gemüse hackten.

»Hallo, ihr beiden«, begrüßte Charlotte sie. »Diese beiden Beamten hatten letzte Nacht im Wald Probleme. Sie suchen nach einer vermissten Frau. Ruft ihr bitte alle draußen bei der Scheune zusammen, damit wir mit ihnen reden können?«

Mit einem Nicken eilten die Frauen zur Hintertür hinaus. Josie sah sich im Raum um und bemerkte einen Kühlschrank.

»Wir haben Strom hier im Haus«, sagte Charlotte. »Sie beide müssen sehr durstig sein. Möchten Sie einen Schluck kühles Wasser?«

»Das wäre sehr nett«, antwortete Noah.

Charlotte nahm einen großen Krug aus dem Kühlschrank und holte zwei Gläser aus einem der Schränke. Während sie um den Tisch standen, goss sie ihnen ein Glas Wasser ein. Josie musste sich zügeln, um es nicht in einem Zug hinunterzukippen. Charlotte lächelte erneut und stellte den Krug in die Tischmitte. »Nehmen Sie sich ruhig noch etwas, wenn Sie möchten. Haben Sie den ganzen Vormittag draußen gearbeitet?«

»Ja«, erwiderte Noah.

Josie stellte ihr leeres Glas wieder auf den Tisch und zog ihr Handy hervor. Auf dem Weg vom Zeltplatz zum Sanctuary hatte sie die Fotos aus Tyler und Valerie Yates' Führerscheinen mit einer Editor-App zugeschnitten und nebeneinandergestellt. Sie hielt Charlotte das Display hin, damit sie die lächelnden Gesichter des Paares sehen konnte. »Kennen Sie die beiden?«

Charlotte sah sich die Bilder kurz an. Ihr Lächeln verflog etwas und zwischen ihren Augenbrauen bildete sich eine kleine senkrechte Falte. »Nein. Ich kenne sie nicht. Ich glaube nicht, dass ich ihnen je begegnet bin. Aber zeigen Sie die Bilder doch auch den anderen. Falls sie schon einmal hier gewesen sind, sollte sich jemand an sie oder wenigstens einen der beiden erinnern. Mein Gedächtnis ist nicht mehr so gut, wie es einmal war.«

Josie schickte Noah eine Kopie der Fotos, bevor sie ihr Handy wieder einsteckte. »Deputy Moore erzählte uns, dass Sie hier vierzig Hektar Grund haben«, sagte sie.

»Ja«, antwortete Charlotte. »Aber das meiste nutzen wir nicht. Wir haben unseren Garten, der recht groß ist, und ein Areal mit Wohnquartieren.«

»Wohnquartieren?«, hakte Noah nach.

Charlottes Lachen klang wie das Klimpern eines Windspiels. »Das ist vielleicht ein bisschen übertrieben ausgedrückt. Unser Schwerpunkt liegt hier auf der Natur. Wir bauen unsere eigene Nahrung an und ernähren uns von dem, was uns das Land bietet. Feste Wohnbauten haben wir eigentlich nicht. Die Menschen hier leben größtenteils in Zelten.«

»Und wenn es regnet? Es sieht aus, als würde ein ziemliches Gewitter heraufziehen«, hakte Josie nach.

»Wenn es stürmt, hole ich alle in die Scheune oder das Haus. Ganz einfach.«

»Und im Winter?«, wollte Josie wissen.

Charlotte behielt ihr Lächeln. »Das Haus und die Scheune sind beheizt. Jeder darf während der Wintermonate drinnen schlafen oder draußen bleiben, wie er möchte. Wir haben die Ausrüstung, auch bei kalter Witterung in Zelten schlafen zu können. Am anderen Ende unseres Grundstücks stehen ein paar kleine Holzhütten, aber sie sind leider nicht beheizt und ziemlich renovierungsbedürftig. Ich glaube nicht, dass jemand sie nutzt.«

»Sie wissen also nicht, ob jemand darin wohnt?«, hakte Josie nach.

»Nein, meine Liebe, ich spiele hier nicht die Mutter. Wenn die anderen sie benutzen möchten, können sie das gerne tun. Aber ich weise hier keine Unterkünfte zu.« Sie lachte. »Wir sind hier alle erwachsen. Ich war das letzte Mal vor ungefähr einem Monat bei den Hütten hinten, hatte aber nicht den Eindruck, dass jemand darin wohnt.«

»Wir würden sie uns gerne ansehen, wenn es Ihnen nichts ausmacht«, meinte Noah.

»Natürlich«, entgegnete Charlotte unbekümmert.

»Wie versorgen Sie sich im Winter mit Essen?«, fragte Noah.

»Wir haben ein kleines Gewächshaus. Außerdem versuchen wir, so viel wie möglich einzumachen oder einzufrieren.«

»Wie viele Menschen leben hier?«, fragte Josie.

Charlotte zuckte die Schultern. »Um ehrlich zu sein, ich weiß es nicht genau.«

»Sie wissen es nicht genau?«, wiederholte Josie, unfähig, ihre Skepsis zu verbergen.

Charlotte lachte wieder. »Detective Quinn, die Leute kommen und gehen hier, wie es ihnen gefällt. Wir nennen unsere Anlage ›Sanctuary‹, Zuflucht, weil wir möchten, dass die Menschen sich aus freien Stücken hier einfinden und auch wieder gehen, wenn ihnen danach ist. Ich besitze dieses Land seit Jahrzehnten und hatte nie das Bedürfnis, Buch über jeden zu führen, der kommt und geht.«

»Wie sieht es mit Sicherheitsprüfungen aus?«, fragte Josie. »Wie stellen Sie sicher, dass nicht jemand auf Ihr Anwesen kommt, von dem eine Gefahr ausgeht?«

Charlotte beugte sich nach vorn, nahm den Krug und goss erneut Wasser in Josies Glas. »Die Leute, die hierherkommen, gehören nicht zu denen, die anderen Schaden zufügen möchten. Sie kommen, weil sie Frieden suchen.«

»Wie können Sie das wissen?«, fragte Noah mit hörbarem Zweifel in der Stimme.

Charlotte blieb unbeeindruckt. »Ich spreche mit allen Neuzugängen. Sie bleiben ein paar Tage lang bei mir im Haus. Wir setzen uns einige Male zusammen und reden über ihren

Werdegang und ihre Bedürfnisse. Dann machen wir einen Rundgang über das Gelände und ich zeige ihnen, wo sie leben und schlafen können. Wenn es ihnen gefällt, bleiben sie. Wenn nicht, gehen sie.«

»Mussten Sie jemals jemanden abweisen?«, fragte Josie. »Oder hinauswerfen?«

»Nie in den ganzen Jahren. Das ist schon außergewöhnlich, finden Sie nicht auch? Aber ich glaube, dass die Energie, die wir in die Welt hinausschicken, in gewisser Weise zu uns zurückkommt. Ich habe immer nur positive Energie ausgesandt und scheine sie auch anzuziehen.«

Josie und Noah tauschten einen skeptischen Blick. Josie fragte: »Was bieten Sie den Menschen, die zu Ihnen finden?«

»Alles, was sie brauchen«, antwortete Charlotte etwas kryptisch.

»Und was brauchen die meisten Leute?«, hakte Noah nach.

Charlotte blieb weiterhin gelassen. »Einkehr. Einen Rückzugsort. Die Welt ist schlecht. Hier finden sie einen Hort des Friedens, in dem sie ihren eigenen Rhythmus leben können. Sie bekommen etwas zu essen und einen Platz zum Schlafen. Ich biete allen, die mit einem psychischen Trauma belastet sind, Meditationskurse und Gesprächstherapie an. Drogen oder Alkohol sind verboten, sodass wir uns darum nicht sorgen müssen. Die meisten wollen einfach nur herkommen, um ganz sie selbst zu sein, ohne dass jemand über sie urteilt.«

»Wie erfahren die Leute von diesem Ort?«, fragte Josie.

»Wenn Sie wissen wollen, ob ich sie anwerbe: Nein, das mache ich nicht. Habe ich noch nie getan. Einfache Mundpropaganda reicht.«

»Haben Sie hier schon immer allein gelebt?«, wollte Noah wissen.

Der Zug um Charlottes Augen verhärtete sich. »Das Land hier hat meinem Mann gehört. Er war älter als ich. Als wir geheiratet haben, war ich neunzehn – und zweiunddreißig, als er an einem Herzinfarkt starb. Ich durchlebte einen langen Prozess der Trauer, in dem ich auch viel trank. Fünf Jahre später traf ich in einer Bar eine Frau, die ihrem gewalttätigen Mann entkommen wollte. Ich bot ihr eine Zuflucht hier an. Sie blieb viele Jahre lang, bis sie wieder in die Welt hinausging. Im Lauf der Jahre luden wir weitere Frauen ein, bei uns zu leben. Schließlich begannen Menschen ganz von selbst vor meiner Tür zu stehen. Das Ganze hier ist also allmählich gewachsen.«

»Gibt es hier auch Lebenslängliche?«, fragte Noah.

Charlotte warf ihm einen verdutzten Blick zu. »Lebenslängliche? Das hört sich ja an, als seien wir ein Gefängnis.«

Noah räusperte sich. »Ich meinte damit Leute, die nicht vorhaben, wegzugehen.«

Charlotte nickte. »Wir haben mehrere Leute, die sehr sesshaft zu sein scheinen. Aber wie gesagt, ich führe kein Buch darüber. Ich finde, das ist nicht nötig.«

Josie ging zu einem Fenster und blickte nach draußen, wo sich mehrere Menschen in abgerissener Kleidung vor dem Scheunentor versammelt hatten. »Sie sind zweiundsiebzig«, sagte Josie. »Was passiert mit den Leuten hier, wenn Sie nicht mehr sind? Haben Sie Kinder?«

Wieder bemerkte Josie die Anspannung hinter ihrem Lächeln. »Ich habe keine Kinder. Wenn ich sterbe? Dann war es das wohl, denke ich. Nichts hält ewig.«

»Haben Sie ein Testament gemacht?«, fragte Noah.

»Lieutenant, finden Sie nicht, dass diese Frage etwas außerhalb des Umfangs Ihrer heutigen Ermittlungen liegt?«, entgegnete Charlotte. Ihre Erwiderung war scharf, doch ihr Ton blieb unverändert ruhig und freundlich. Sie deutete auf die Hintertür. »Sollen wir nun mit den Bewohnern sprechen? Zeigen Sie ihnen Ihr Foto, um herauszufinden, ob jemand Ihre vermisste Camperin gesehen hat.«

Noah und Josie folgten Charlotte nach draußen, wo inzwischen etwa dreißig Personen im Gras stehend oder sitzend vor der Scheune warteten. Josie wollte gerade fragen, ob das alle waren, wusste aber, dass Charlotte ihr lediglich antworten würde, dass sie es nicht wüsste. Auf dem Weg zur Gruppe flüsterte sie Noah zu: »Ich will die Namen aller Anwesenden. Geburtsdatum, wie lang sie schon hier leben und was du sonst noch aus ihnen herausbekommst.«

»Alles klar«, erwiderte Noah und zog ein Notizbüchlein aus seiner Jeanstasche.

ACHT

Als Josie mit Noah bei den Leuten stand, fiel ihr auf, dass die meisten in der Gruppe zwischen fünfundzwanzig und fünfundvierzig Jahre alt waren. Nur eine Handvoll schien älter als fünfzig zu sein. Fast alle blickten zu Boden oder an Josie und Noah vorbei. Diejenigen, die sie direkt ansahen, taten dies mit argwöhnischer Miene. Josie war sich nicht sicher, ob es an der Hitze lag oder etwas anderes der Grund war, aber die meisten um sie herum wirkten mit ihrem leeren Gesichtsausdruck fast wie Zombies. Niemand lächelte. Es kam ihr seltsam vor, dass an diesem Zufluchtsort, der eigentlich ein Hort des Friedens und Rückzugs sein sollte, so viele Menschen dergestalt unglücklich wirkten. Einen kurzen Augenblick lang fragte sie sich, ob alle unter Drogen oder Medikamenten standen. Vielleicht etwas Homöopathisches? Oder verursachte ihnen nur die Anwesenheit der Polizei Unbehagen?

Sie ging zu einem hochgewachsenen Mann etwa Mitte zwanzig. Sein blond gelocktes Haar quoll unter einem Tuch hervor, das er sich um die Stirn gebunden hatte. Josie streckte ihm die Hand hin. Nervös wischte er sich eine Hand an seiner abgeschnittenen Jeans ab und schüttelte die ihre kraftlos. »Ich bin Detective Josie Quinn«, begann Josie. Er war mindestens einen Kopf größer als sie, blickte sie aber nicht an. Josie beugte sich daher nach vorn und sah ihm direkt in die Augen. »Wie heißen Sie?«

Er hatte blaue Augen. »Tru«, antwortete er.

Josie nahm ihr Notizbuch heraus und schrieb es auf. »Tru?«

»Truman. Sie wissen schon, wie Truman Capote oder Harry Truman.«

»Alles klar. Und Ihr Nachname, Tru?«

»Dreyer.«

»Wie alt sind Sie?«

»Sechsundzwanzig.«

»Wie lange sind Sie schon hier im Sanctuary?«

»Seit vielleicht neun Monaten.«

Sein Blick wanderte wieder zur nackten Erde zwischen ihnen. Josie fragte sich, ob seine roboterhaften Antworten eine Folge seiner Unsicherheit waren oder ob man ihn instruiert hatte, so wenig wie möglich mit der Polizei zu sprechen.

»Wo haben Sie gelebt, bevor Sie hierherkamen, Tru?«

»In Lewisburg.«

Das war fast drei Autostunden weiter nördlich. Josie sah sich um und bemerkte, dass Charlotte sie mit wachsamem Blick beobachtete. »Warum sind Sie ins Sanctuary gekommen?«, fragte Josie.

»Ich wollte eben mehr in der Natur sein.«

»Was haben Sie gemacht, bevor Sie hierherkamen? Sind Sie aufs College gegangen?«

Er zuckte die Schultern. »Naja, ein bisschen. Das war aber nichts für mich. Ich ... ich bin lieber hier.«

Danach sah es aber nicht aus, dachte Josie. Sie warf einen Blick hinüber zu Noah, der mit einer jungen Frau in einem ausgebleichten roten T-Shirt und einer kakifarbenen Caprihose sprach. Sie hatte ihre Hände über der Taille gefaltet und wie Tru die Augen auf den Boden gerichtet; ihre Antworten fielen ebenso einsilbig aus wie seine. Was ungewöhnlich war, denn Frauen reagierten auf Noahs umgängliche, entgegenkommende Art und sein gutes Aussehen normalerweise offener.

Josie wandte sich wieder dem Mann zu. »Was machen Sie hier, Tru?«, fragte sie ihn.

»Ich, äh, pflege quasi die Anlagen. Mähe zum Beispiel das Gras in den Bereichen, die von allen genutzt werden.«

»Dafür brauchen Sie sicher einen Rasentraktor.«

»Nein, nein. Wir haben Handrasenmäher zum Schieben.«

Von dort, wo sie stand, konnte Josie sehen, dass das Gelände größtenteils sehr gepflegt wirkte. Es musste Tage dauern, bis alles von Hand gemäht war. Andererseits, wenn man nichts zu tun hatte, außer Nahrungsmittel anzubauen und sich um das Anwesen zu kümmern, blieb wohl auch genug Zeit, sich mit einer solchen Herkulesarbeit abzuplagen. »Wo schlafen Sie, Tru?«, wollte Josie wissen.

Er deutete hinter sich, wo sich ein Feld bis zu einem Wald erstreckte. Zwischen den Bäumen lugten mehrere bunte Zelte hervor.

»In einem Zelt?«

»Ja.«

Sie steckte ihren Notizblock weg. »Haben Sie letzte Nacht auch in Ihrem Zelt geschlafen?«

Er nickte.

»Haben Sie in der Nacht etwas gehört?«

Jetzt sah er sie direkt an. »Was zum Beispiel?«

»Irgendetwas Ungewöhnliches? Etwas im Wald. Jemanden, dem es schlecht ging? Jemand, der um Hilfe rief?«

»Hm, also nein. Ich habe die ganze Nacht geschlafen.«

»Wann sind Sie schlafen gegangen?«

»Weiß ich nicht. Wir haben hier keine Uhren. Wir richten uns nach der Sonne.«

Natürlich.

Josie holte ihr Handy heraus und blätterte durch die Fotos,

bis sie die Bilder von Valerie und Tyler Yates gefunden hatte. Sie zeigte Tru die Aufnahmen. »Haben Sie die beiden schon einmal gesehen?«

Er warf einen kurzen Blick auf die Fotos und schüttelte den Kopf. »Nein. Die kenne ich nicht.«

Sie steckte das Smartphone wieder ein und wischte sich den Schweiß aus den Augen. »Wie oft verlassen Sie das Sanctuary?«, fragte sie ihn.

Er sah sie unvermittelt an. »Was?«

»Ich habe gefragt, wie oft Sie das Gelände verlassen.«

Seine Augen waren groß und ernst. »Gar nicht. Ich war nicht mehr fort, seit ich hergekommen bin.«

»Warum nicht?«

»Ich will nicht weg.«

»Gehen Sie manchmal in den Wald hinter dem Zaun?«

»Nein. Es gibt keinen Grund. Charlotte sagt, es sei ein Jagdrevier, das dem Staat gehört. Wir versuchen, Jägern und so nicht in die Quere zu kommen.«

Sie dankte ihm, dass er sich Zeit für sie genommen hatte, und ging zur nächsten Person, einer Frau namens Jeanne Downey. Sie war etwa in den Vierzigern und stammte aus Pittsburgh. Jeanne antwortete genauso kurz und knapp wie Tru. Sie war vor fünf Jahren hergekommen, nachdem sie wegen einer Rückenverletzung mit einer Opiatabhängigkeit zu kämpfen gehabt hatte. Sie half in der Küche und flickte Kleidung und Zelte. Das Foto von Valerie und Tyler Yates sah sie sich etwas länger an als Tru, aber auch sie schüttelte den Kopf. »Nie gesehen«, sagte sie. »Sind wir fertig?«

»Noch nicht«, erwiderte Josie und steckte ihr Handy in aller Ruhe wieder ein. »Wo schlafen Sie, Jeanne?«

»Im Haus.«

»Wann sind Sie gestern Abend zu Bett gegangen?«

»Ich weiß die Uhrzeit nicht. Es war schon dunkel. Nach dem Abendessen.«

Josie stellte ihr die gleichen Fragen wie Tru, aber die Frau hatte nichts Ungewöhnliches gehört oder gesehen und war angeblich nie jenseits des Zauns gewesen. Kaum hatte Josie ihr für ihre Zeit gedankt, drehte sich Jeanne um und stapfte eilends zum Haus. Als Nächstes war Megan Rodriguez an der Reihe, eine neunundzwanzigjährige Krankenschwester aus Hazelton, die unter Fibromyalgie sowie einer Depression und Angststörung gelitten hatte, bis sie in das Sanctuary gekommen war.

»Seit ich hier bin, habe ich keine Schmerzen mehr«, erklärte sie.

»Worauf führen Sie das zurück?«, fragte Josie.

Megan fuhr sich durch ihr langes braunes Haar, hob es aus ihrem Nacken und ließ es wieder fallen. »Ich denke, ich habe es Charlottes Arbeit mit mir zu verdanken.«

»Worin besteht die?«

Megans Augen wanderten überallhin, nur nicht zu Josie. »Yoga. Meditation. Auch das, was wir essen, was wir anbauen. Ich denke, die Ernährung hier tut mir gut.«

»Wie lange sind Sie schon hier?«

»Etwas über ein Jahr, glaube ich. Ich kann es nicht genau sagen, aber ich bin letztes Frühjahr hergekommen und jetzt haben wir wieder Sommer.«

Megan war die Krankenschwester der Gemeinschaft. Sie behandelte Schürfwunden und Prellungen, beurteilte, ob die Mitglieder mehr Behandlung brauchten, als sie zu geben imstande war, fuhr sie ins örtliche Krankenhaus, falls es nötig war, und verabreichte Medikamente, allerdings nur Rezeptfreies wie Ibuprofen und Paracetamol. Sie schlief in einem der Zelte, verließ die Kommune nie und hatte in den letzten vierundzwanzig Stunden nichts Ungewöhnliches gehört. Valerie und Tyler Yates hatte sie noch nie gesehen.

Josie sah ein weiteres Mal zu Noah hinüber, der damit beschäftigt war, einen mürrischen Afroamerikaner mit abweisend vor der Brust verschränkten Armen zu befragen. Noah erwiderte ihren Blick kurz und schüttelte kaum merklich den Kopf, als wollte er ihr signalisieren, dass auch er nicht weiterkam. Mit seinem Stift deutete er auf das Scheunentor. Josie glaubte durch das geöffnete Tor eine Bewegung in der Dunkelheit der Scheune wahrzunehmen. Sie dankte Megan für ihre Zeit und ging beiläufig hinüber.

Drinnen war es nur geringfügig kühler als draußen. In den Boxen, in denen normalerweise das Vieh untergebracht war, standen Pritschen mit Kissen und sauber gefalteten leichten Decken darauf. Auf dem Heuboden unter dem Dach stapelten sich Kartons. Eine hängende Glühbirne an der Decke in der Mitte der Scheune spendete ein schwaches Licht. Josie blinzelte, während sich ihre Augen an die Dunkelheit gewöhnten. Langsam ging sie die Boxen entlang. Nur die letzte auf der linken Seite war besetzt.

Die Frau war noch jung, vielleicht neunzehn oder zwanzig Jahre alt, wie Josie schätzte. Sie saß auf dem Rand ihrer Pritsche und hatte die Arme um sich geschlungen. Hinter ihr lag ein zerknittertes Laken. Das stumpfe braune Haar fiel ihr in weichen Wellen über die Schultern. Ihre Haut war so blass, dass sie fast durchsichtig wirkte.

Sie blickte nicht auf, als Josie in ihren privaten Raum eindrang. Stattdessen begann sie sich sanft vor und zurück zu wiegen, während sie den Blick auf die Wand gegenüber gerichtet hielt. Sie trug ein hellbraunes, langärmeliges Herrenhemd und eine zu große kakibraune Hose, die bis zu ihren Knöcheln reichte und über einem wuchtigen Paar Stiefeln endete.

»Ich bin Detective Josie Quinn«, sagte sie leise zu dem Mädchen.

Das Mädchen hörte auf, sich zu wiegen, und sah Josie an. Sie hatte blaue Augen. Über ihre rechte Wange zogen sich Sommersprossen. »Charlotte hat gesagt, ich soll mit Ihnen reden«, antwortete sie tonlos.

Josie ging einen weiteren Schritt auf sie zu. »Hat sie Ihnen gesagt, was Sie mir erzählen sollen?«

Ihr Blick wurde eine Spur stechender, kaum merklich, aber Josie entging es nicht. »W...was?«, stotterte sie.

»Wie heißen Sie?«, fragte Josie.

»Renee.«

»Und wie noch?«

»Kelly.«

»Gut, Renee Kelly. Freut mich, dass wir uns kennenlernen.«

Das Mädchen wandte den Blick ab und bewegte nervös die Arme, ließ sie fallen und verschränkte sie wieder. Josie konnte auf dem Ärmel ihres linken Arms kurzzeitig etwas erkennen, das nach Flecken aussah. Dunkel. Rot oder braun. »Haben Sie sich verletzt?«, fragte sie.

Renees Augen blitzten. »Was?«

Josie machte einen weiteren Schritt auf sie zu und stand nun direkt vor dem Mädchen. Sie deutete auf ihren Ärmel. »Das sieht nach Blut aus.«

Renee hob den Arm, sah die Flecken – Josie zählte sechs unterschiedlich große – und presste anschließend rasch den Arm an ihren Körper, sodass sie nicht mehr zu sehen waren. »H...hab ich nicht.«

»Hat Ihnen jemand wehgetan?«, bohrte Josie nach.

Keine Antwort. Behutsam setzte sich Josie neben Renee. Sie wartete darauf, dass das Mädchen zurückwich, aber sie tat es nicht. Ihrer beider Knie berührten sich einen Augenblick lang. Josie atmete hörbar aus, entspannte sich und tat ihr Bestes, um möglichst viel Ruhe auszustrahlen. So, als würden zwei Frauen lediglich locker miteinander plaudern.

Josie sah sich in der Box um. »Schlafen Sie immer hier?«

Renee nickte.

»Ich wäre auch lieber hier als in einem Zelt. Wer schläft noch bei Ihnen?«

Renee nannte ein paar Namen von Männern und Frauen, die Josie noch nicht gehört hatte. »Ist es unangenehm, mit Männern in einem Raum zu schlafen?«

Renee schüttelte den Kopf. »Ist schon okay so.«

»Ich bin aus Denton«, setzte Josie das Gespräch fort. »Und Sie?«

»Aus Cherry Hill«, murmelte Renee.

»Ist das nicht in New Jersey?«

Sie nickte.

»Wie alt sind Sie, Renee?«

»Neunzehn.«

Wenigstens redete sie.

»Sind Sie gern hier?«

Energisches Nicken.

»Ich kann verstehen, dass es Ihnen hier gefällt«, pflichtete Josie ihr bei. »Es ist schön hier. Ruhig. Hier kann man sich auf das Wesentliche besinnen, zur Natur zurückkehren. Ich weiß aber nicht, ob es mir gelingen würde, innerlich zur Ruhe zu kommen. Ich habe ein echtes Problem damit.«

Josie sah, wie sich in Renees Mundwinkeln der Hauch eines Lächelns bildete. »Charlotte sagt, ihr meditiert hier viel. Das habe ich nie ausprobiert. Hilft das?«

Renee sah ihr in die Augen. »Ich glaube schon. Ich mag die Meditationskurse am liebsten. Aber wenn ich das für mich allein mache, fangen meine Gedanken wieder an zu kreisen.«

Josie lachte leise. »Mir würde es wahrscheinlich genauso gehen. Hier scheint jeder seine feste Arbeit zu haben. Gärtnern, Kochen, Rasen pflegen. Was ist mit Ihnen?«

»Ich helfe im Garten oder Gewächshaus mit.«

»Warum sind Sie hierhergekommen?«

»Ich hatte das Gefühl, mit meinem Leben nichts anfangen zu können. Das College konnte ich mir nicht leisten. Ich hatte ein paar elende Jobs, die mir nicht gefielen und fast kein Geld einbrachten. Dann wurde ich wegen Alkohol am Steuer verhaftet. Jemand in der Beratungsstelle hat mir von dieser Gemeinschaft hier erzählt. Es klang, als sei es genau das Richtige für mich.«

»Und was halten Sie davon? Ist es das Richtige für Sie?«

Sie schlang ihre Arme noch fester um sich und fing wieder an, vor und zurück zu schaukeln. Als Josie sie an der Schulter berührte, zuckte sie zurück. »Renee«, sagte Josie sanft. »Wenn hier Dinge mit Ihnen geschehen, mit denen Sie nicht einverstanden sind, kann ich Ihnen helfen. Sie können jetzt sofort mit mir von hier weggehen.«

Keine Reaktion.

»Ich kann Sie beschützen.«

Ein kaum hörbares Wispern kam über Renees Lippen. Josie war nicht sicher, was das Mädchen gesagt hatte, aber sie hätte schwören können, es hatte sich angehört wie: »Nein, können Sie nicht.«

»Wir müssen hier nicht weiterreden«, flüsterte Josie. Sie stand auf und warf einen Blick in die anderen Boxen, um zu sehen, ob sie noch alleine waren. Sie hielt Renee die Hand hin. »Kommen Sie mit mir. Wir gehen spazieren oder fahren mit dem Auto umher, wenn Sie möchten. Ich sehe, dass Sie etwas bedrückt, Renee. Ich möchte Ihnen helfen.«

Eine lange, quälende Stille breitete sich zwischen ihnen aus. Schließlich fuhr Josie fort: »Möchten Sie mir Ihren Arm zeigen? Ich kann von Megan einen Verband holen.«

»Nein, nein«, erwiderte Renee rasch. »Bitte.«

Josie wartete noch eine Weile, aber Renee sagte nichts mehr, sondern schaukelte unentwegt vor und zurück. Schließlich holte Josie ihr Handy hervor, rief das Foto von Tyler und Valerie Yates auf und zeigte es Renee. »Erkennen Sie diese Leute?«

Sie sah sich das Foto einige Sekunden lang an und schüttelte den Kopf.

»Nein, tut mir leid.«

»Haben Sie letzte Nacht oder heute Morgen etwas Ungewöhnliches gehört oder gesehen?«

»Nein.«

Josie deutete auf den Dachboden über Renees Box. »Was ist da oben?«

»Vorräte. Medikamente. Alte Kleider, weitere Pritschen, Decken.«

»Darf ich?«, fragte Josie und deutete auf die Leiter.

Renee zuckte die Schultern.

Josie steckte ihr Smartphone wieder ein und stieg die Holzleiter hoch. Die Hitze auf dem Dachboden lastete drückend auf ihr, während sie herumging, um sicher zu sein, dass sich niemand dort versteckte. Sie öffnete ein paar Schachteln und stellte fest, dass Renee die Wahrheit gesagt hatte. Das hier war lediglich ein Lagerplatz für Vorräte. Als sie wieder nach unten geklettert war, sah sie sich Renee noch einmal genau an. Sie überlegte, ob sie ihr eine Visitenkarte geben sollte, war aber nicht sicher, ob das gut für das Mädchen war.

»Renee«, sagte sie. »Wenn Leute herkommen, was macht ihr dann mit ihren Handys?«

»Wir machen sie kaputt.«

»Was, wenn es einen Notfall gibt?«

»Wir haben ein paar Leute mit Führerschein, die andere ins Krankenhaus fahren können. Allerdings gibt es hier nicht viele Notfälle. Seit ich hier bin, hatte nur ein Typ einen Blinddarmdurchbruch. Megan hat ihn in die Notaufnahme gebracht. Er ist wieder ganz gesund geworden.«

»Was wäre, wenn jemand von euch weggehen wollte?«

»Charlotte oder jemand anderer würde sie oder ihn in die nächste Stadt fahren und dort absetzen.«

»Möchten Sie von hier weg?«

Keine Antwort.

Josie holte trotzdem eine Visitenkarte heraus und legte sie dem Mädchen in den Schoß. »Meine Handynummer ist darauf.

Wenn Sie Probleme haben und an ein Telefon kommen, rufen Sie mich an. Jederzeit. Tag und Nacht.«

Renee starrte auf die Karte. Ihr Gesichtsausdruck wechselte von teilnahmslos zu ängstlich zu hoffnungsvoll und zurück zu einer gleichgültigen Miene. Josie drehte sich um und wollte gehen. Als sie durch das Scheunentor ging, hörte sie hinter sich noch einmal Renees Stimme. »D...danke.«

NEUN

Draußen befragte Noah weiterhin Mitglieder des Sanctuary. Jemand berührte Josie sanft an der Schulter. Sie drehte sich um und sah Charlotte direkt hinter sich stehen. »Detective, einer meiner Leute sagte mir gerade, dass unser Zaun an einer Stelle eine Lücke hat. Er hat sie vor einer Woche entdeckt. Möchten Sie sie sehen? Ich kann mit Ihnen hingehen, während sich Ihr Kollege auf dem Anwesen umsieht.«

Noah stand nur ein, zwei Meter von ihr entfernt und warf ihr einen warnenden Blick zu. Aber sie fühlte sich von Charlotte nicht bedroht. Die Frau war seltsam, keine Frage, aber Josie konnte sich nicht vorstellen, dass sie versuchen würde, ihr Schaden zuzufügen, während sich Noah auf dem Gelände befand. Gleichzeitig war sie sicher, dass etwas Schlimmes mit Renee Kelly hier passierte. Sie konnte es nicht beweisen, aber selbst wenn das Mädchen in Nöten war, würden ihre Peiniger wohl kaum versuchen, Josie oder Noah anzugreifen, insbesondere da sie in einer offiziellen polizeilichen Angelegenheit hier waren. Ein Blick zum Himmel ließ zwar Zweifel in ihr aufkommen, ob nun der rechte Zeitpunkt war, um in den Wald zu gehen, aber da sie keinen Donner mehr gehört und auch länger keine Blitze gesehen hatte, würde ihnen vermutlich noch etwas Zeit für die Suche bleiben. »Das wäre sehr hilfreich«, antwortete Josie so laut, dass Noah es hören konnte, und fügte hinzu: »Mein Kollege wird sich unterdessen das Gewächshaus und die von Ihnen erwähnten Hütten ansehen.«

»Natürlich«, erwiderte Charlotte. Sie wies mit dem Arm zur Wiese auf der anderen Seite der Scheune. Josie ging durch das Gras. Vor ihnen schob sich eine Baumreihe ins Blickfeld. Als sie näher kamen, erkannte Josie im Schatten der Gehölze mehrere kleine Zelte. Manche Bewohner hatten sogar Wäscheleinen zwischen die Bäume gespannt und fadenscheinige Kleidung daran aufgehängt. Außerdem waren ein paar Campingstühle und eine Hängematte zu sehen. Josie zählte die Zelte in aller Eile durch – es waren etwa fünfzehn.

»Wie gesagt, nicht alle leben in Zelten«, sagte Charlotte. »Wir haben auch noch das Haus und die Scheune.«

Für einen kurzen Augenblick fragte sich Josie, ob die Frau übersinnliche Kräfte hatte. Oder war Josie einfach nur so leicht für sie zu lesen?

»Das bereitet Ihnen Kopfzerbrechen, nicht wahr?«, fragte Charlotte.

»Was?«, entgegnete Josie, ohne der Frau in die Augen zu sehen.

»Dass ich Ihnen Ihre Fragen ansehe.«

Josie rang sich ein gequältes Lächeln ab. »Ich hätte nicht gedacht, dass ich so durchschaubar bin.«

»Ich denke, das sind Sie auch nicht. Ich habe nur viel Erfahrung darin, Leute zu lesen. Ich hoffe, Sie halten das nicht für übergriffig.«

»Schon in Ordnung«, erwiderte Josie.

Als sie an den Zelten vorbei in den Wald gingen, meinte Charlotte: »Einige Leute hier teilen sich Zelte. Ich fördere Beziehungen nicht, rate aber auch nicht davon ab.«

»Kinder gibt es hier aber keine, oder?«, fragte Josie.

»Von Kindern rate ich tatsächlich ab. Ich habe keine Erfahrung mit ihnen und bin mir nicht sicher, ob das hier der richtige Ort für sie ist. Ich arbeite mit Erwachsenen, die ernsthafte persönliche und emotionale Probleme haben. Wenn jemand bereit ist, eine Familie zu gründen, gehört er nicht hierher.«

»Wenn jemand schwanger werden würde, müsste das Paar die Gemeinschaft dann verlassen?«, wollte Josie wissen.

»Erst, wenn es eine Bleibe gefunden hätte. Ich bin nicht kaltherzig. Ich würde ihnen nach Kräften helfen und dafür sorgen, dass sie etwas bekämen, wo sie sicher wären.«

»Ist es schon passiert, dass jemand schwanger wurde?«

»Im Lauf der Jahre ist es schon einige Male passiert. Aber es gab immer eine Lösung.«

»Soweit Sie wissen.«

Sie waren inzwischen ein gutes Stück in den Wald gegangen. Josie konnte den Himmel über den Baumkronen kaum noch erkennen. Sie fragte sich, wie viele Kilometer sie heute bereits gegangen war. Es fühlte sich an wie hundert. Sie und Noah hatten noch sehr viel Arbeit vor sich, wenn sie wieder auf dem Revier waren. Josie beschleunigte ihre Schritte, um das Ganze schneller hinter sich zu bringen. Charlotte hielt problemlos mit. Leicht irritiert stellte Josie fest, dass sie dabei nicht einmal schwitzte. Ein paar Minuten später gelangten sie zum Zaun. Charlotte deutete nach links und Josie begann in diese Richtung zu gehen. Sie zog ihr GPS-Gerät heraus und markierte die Stelle.

»Wann sind wir endlich an der beschädigten Stelle?«, fragte Josie.

Charlotte lächelte milde. »Es ist nicht mehr weit. Fühlen Sie sich hier draußen nicht wohl? Sie haben doch in Ihrer Jugend viel Zeit in der Wildnis verbracht, oder?«

Josie runzelte die Stirn. »Meinen Sie das bildlich oder wörtlich?«

»Beides.«

»Ja, das habe ich«, gab Josie zu. »Und nein, ich fühle mich nicht wohl. Ich mag die Hitze nicht, außerdem zieht ein Gewitter auf und ich habe heute noch viel zu erledigen.«

»Ist das alles?«, fragte Charlotte.

»Ist was alles?«

»Da ist doch noch etwas, nicht wahr? Sie ... es quält sie etwas.«

»Nein, das ist nicht ...« Aber Josie brachte den Satz nicht zu Ende, denn der Albtraum von heute Nacht und die nicht angenommenen Anrufe aus dem Gefängnis von Muncy kamen wieder in ihr hoch.

»Ich kann Ihnen vielleicht helfen«, unterbrach Charlotte ihre Gedanken. »Falls Sie darüber sprechen möchten.« Sie blieb stehen. Josie machte noch zwei Schritte, bevor sie merkte, dass Charlotte nicht mehr neben ihr war. Sie drehte sich um und sah, dass ihre Begleiterin sie mit irritierender Beharrlichkeit anstarrte. Ihre dunklen Augen waren nachdenklich und zugleich unergründlich wie tiefe Teiche. »Es hat etwas mit dieser Wildnis zu tun, nicht wahr? Eine dunkle Zeit in Ihrer Jugend. Bildlich gesprochen.«

Josie spürte einen Schauder über ihren Rücken laufen und hoffte, Charlotte würde es nicht merken. Sie fühlte sich allmählich komplett entwaffnet und aus dem Konzept gebracht von dieser seltsamen Frau, die lächelte, als wüsste sie etwas, was Josie nicht wusste, die selbst bei Temperaturen von über dreißig Grad Celsius nicht schwitzte und Josies Gedanken zu lesen schien, bevor sie Zeit hatte, sie zu artikulieren. »Hören Sie«, entgegnete Josie. »Wir haben zwei Leichen und eine vermisste Frau, die womöglich krank ist. Ich habe keine Zeit für so etwas.«

Charlotte blieb weiter stehen, unbeweglich wie eine Statue. »Sie haben sich nie Zeit dafür genommen, sehen Sie das nicht?« Sie ging einen Schritt auf Josie zu und berührte ihre Wange an der Stelle, an der sich die lange, verblasste Narbe vom Ohr bis unter das Kinn zog. Sie wollte zurückweichen, doch ihre Beine fühlten sich an wie festgewurzelt. »Jetzt gelangt etwas auf irgendeine Weise an sein Ende, stimmt's? Was immer es sein mag, Sie haben nur eine Chance und fragen sich nun, ob Sie sie ergreifen sollen oder nicht.«

Josie hatte sich wieder gefasst und trat einen Schritt von der Frau weg. »Mrs Fadden, ich muss mich auf die Ermittlungen konzentrieren. Bitte zeigen Sie mir jetzt die Lücke im Zaun.«

Charlotte bedachte sie mit einem wissenden Lächeln, das Josies Unbehagen über das allzu vertrauliche Verhalten der Frau nur verstärkte. Sie bemühte sich sehr um einen neutralen, professionellen Gesichtsausdruck und sah zu, wie Charlotte sich umdrehte und schweigend vorausging. Zehn Minuten später gelangten sie zu einer Stelle, an der eine V-förmige Lücke in den Zaun gedrückt war.

»Sieht aus, als sei ein Baum darauf gefallen«, mutmaßte Josie. »Hat jemand einen Ast entfernt?«

»Das ist durchaus möglich«, erwiderte Charlotte. »Wir sammeln Äste, die wir auf dem Waldboden finden, als Feuerholz und lagern sie für den Winter.«

»Wie lange ist der Zaun schon so?«, fragte Josie.

»Das wissen wir nicht. Es können Wochen oder auch Monate sein. Wie gesagt, einer meiner Leute hat es soeben erst erwähnt. Aber er war nicht sicher, wie lange der Zaun schon niedergedrückt ist. Er hat es erst vor einer Woche bemerkt.«

Josie seufzte. Sie konnte nichts Verdächtiges an dem beschädigten Zaun feststellen, machte aber mit ihrem Smartphone ein paar Fotos und markierte sie auf dem GPS-Gerät. Dabei stellte sie fest, dass es bis zum Zeltplatz rund sechs Kilometer waren.

»Mrs Fadden, eine Hundestaffel ist unterwegs, um die Vermisste zu finden. Die Hundeführer und ihre Tiere müssen womöglich Ihr Grundstück betreten. Wäre das okay für Sie?«

»Aber natürlich, meine Liebe«, antwortete Charlotte mit

einem Lächeln. »Wir tun alles, was wir können, um Ihnen zu helfen.«

In der Ferne war leiser Donner zu hören. Bevor sie wieder zum Farmhaus zurückkehrten, schickte Josie Noah eine Nachricht.

Machen uns jetzt auf den Rückweg. Hoffe, du bist fertig. Ich muss schnellstmöglich hier weg.

ZEHN

Als sie zum Polizeirevier von Denton zurückfuhren, schaltete Josie die Klimaanlage im Auto auf maximale Leistung und drehte die Lüftung vor sich so, dass ihr die eiskalte Luft direkt ins Gesicht blies. Sie stöhnte vor Wohlbehagen, während sie den Wagen über die engen Landstraßen manövrierte, Lenore County hinter sich ließ und in den Süden von Denton fuhr. Der Himmel war inzwischen durch das heranziehende Gewitter fast schwarz geworden. In der Ferne hörten sie Donnergrollen.

Noah ging die Liste der Personen durch, die er befragt hatte. Es waren insgesamt siebenundzwanzig; hinzu kamen die Leute, mit denen Josie gesprochen hatte. Sie waren zwischen achtzehn und dreiundfünfzig Jahre alt. Der letzte Neuzugang war vor drei Wochen eingetroffen, der Bewohner mit der längsten Aufenthaltsdauer lebte seit sieben Jahren im Sanctuary. Die Mitglieder kamen aus dem gesamten Bundestaat, außerdem aus Maryland, Massachusetts und Virginia. Alle hatten sich nach einer Lebenskrise – Sucht, häusliche Gewalt, Obdachlosigkeit, Depression oder einfach nur ein allgemeines Gefühl der Sinnlosigkeit – für das

Sanctuary entschieden. Alle hatten auf Noahs Fragen die kürzestmöglichen Antworten gegeben. Niemand kannte Tyler und Valerie Yates oder hatte in den letzten vierundzwanzig Stunden etwas Verdächtiges und Ungewöhnliches gehört oder gesehen.

»Möglicherweise wurden sie instruiert«, sagte Josie. »Das Mädchen in der Scheune, diese Renee Kelly ... ich glaube, jemand misshandelt sie.« Sie erzählte Noah von ihrer Unterhaltung.

»Denkst du, dass das, was mit ihr passiert, etwas mit dem Yates-Paar oder der vermissten Camperin zu tun hat?«

Josie seufzte. »Ich weiß es nicht. Dazu müsste ich mehr aus ihr herausbekommen.«

»Meinst du, dass du es schaffen würdest, sie zum Reden zu bringen?«

»Ich denke schon. Sofern ich genug Zeit hätte und mir die anderen Bewohner nicht in die Quere kämen.«

»Dann müssen wir noch einmal hinfahren«, meinte Noah. »Je nachdem, was wir sonst noch herausfinden.«

»Da ist noch viel, was wir nicht wissen. Wir müssen uns erst einmal in das Leben von Tyler und Valerie Yates wühlen und sehen, ob wir die Identität der vermissten Camperin feststellen können. Ich möchte außerdem mit Dr. Feist sprechen, sobald sie die Autopsie abgeschlossen hat.«

»Was zum Teufel war mit dieser Fadden?«

»Ich weiß nicht«, räumte Josie ein. »Sie ist sehr seltsam.« Sie wollte ihm von ihrem Verdacht erzählen, dass Charlotte eine Art Gedankenleserin war, obwohl sie nicht an solch übersinnliches Zeug glaubte, hätte dann aber auch die Anrufe aus dem Gefängnis in Muncy erwähnen müssen. So fragte sie stattdessen: »Denkst du, dass ich leicht zu lesen bin? Kannst du zum Beispiel an meinem Gesichtsausdruck erkennen, was ich gerade denke?«

Noah lachte. »Nein. Ich meine, die meiste Zeit kann ich es

schon, weil wir so viel Zeit miteinander verbringen. Aber ein offenes Buch bist du nicht. Warum?«

»Ach, nur so. Einfach Neugierde. Hast du im Sanctuary etwas entdeckt, als du dich dort umgesehen hast?«

»Nichts Besonderes. Ich meine, ich habe keinen Schimmer, wie die Leute dort leben, aber nichts entdeckt, was irgendwie für unsere Ermittlungen relevant ist. Allerdings sollten wir vielleicht ein paar Einheiten hinschicken und die vierzig Hektar gründlicher durchsuchen. Ich habe Charlotte gefragt und sie war einverstanden.«

Blitze zuckten über den Himmel. Sekunden später war lautes Donnern zu hören.

»Ja, sie war auch einverstanden, dass wir unsere Hunde auf das Gelände lassen«, sagte Josie.

»Sie schienen alle recht offen zu sein. Entgegenkommend.«

»Charlotte schon«, stimmte Josie ihm zu. »Die anderen waren irgendwie ... neben sich. Oder man hat sie vorher entsprechend geimpft.«

»Ja, stimmt, das war seltsam. Sicher ist, dass niemand freiwillig mehr gesagt hat als nötig. Andererseits haben sie sich auch nicht gesperrt, sondern sämtliche Fragen beantwortet und uns alles gezeigt, was wir sehen wollten. Ich habe das Gewächshaus unter die Lupe genommen. Nichts. Die Holzhütten sind praktisch am Zusammenfallen. Kein Hinweis darauf, dass da drinnen jemand wohnt. Ich glaube nicht, dass die dritte Camperin bis auf das Gelände der Kommune gelangt ist.«

»Ich auch nicht«, sagte Josie. »Aber der Zeltplatz ist so nah beim Sanctuary, da können wir nichts ausschließen.«

Auf die Windschutzscheibe fielen die ersten Regentropfen.

»Natürlich nicht«, stimmte Noah ihr zu. »Ich sehe mal, ob die Einheiten, die das Areal um das Zelt absuchen, heute noch zur Kommune fahren können. Außerdem habe ich Mett angerufen, während ich auf dich gewartet habe. Er hat die Namen von Tyler und Valerie Yates in das Kfz-Melderegister von Pennsylvania eingegeben und herausgefunden, dass 2017 ein schwarzer Jeep Grand Cherokee auf Tyler Yates zugelassen wurde. Moore sagt, sein Team werde versuchen, ihn in Lenore County ausfindig zu machen. Mett hat die Leitstelle angerufen, damit sie alle Einheiten in Denton informiert, dass wir nach dem Wagen suchen.«

»Hervorragend. Was ist mit ihren Handys? Konnte Hummel etwas damit anfangen?«

»Nein. Sie sind passwortgeschützt. Aber Mett besorgt Durchsuchungsbeschlüsse. Wir schicken sie den Mobilfunkanbietern und sehen, ob wir an die Daten auf den Geräten gelangen.«

»Was ist mit Angehörigen?«

»Dr. Feist ist dran.«

Es begann immer stärker zu regnen. Josie schaltete die Scheibenwischer ein.

»Hast du das Polizeirevier von Fox Mill kontaktiert?«

»Um herauszufinden, ob Tyler und Valerie Yates als vermisst gemeldet wurden?«, fragte Noah. »Ja, habe ich. Du warst ziemlich lange mit dieser Charlotte im Wald.«

»Ich weiß. Was haben sie gesagt?«

»Keiner der beiden wurde als vermisst gemeldet.«

»Das wundert mich nicht. Der Campingausflug war wahrscheinlich geplant. Wenn wir mit den Angehörigen sprechen, erfahren wir sicher mehr. Hast du was in den sozialen Medien herausgefunden?«

»Ich hatte noch keine Zeit, mich damit zu befassen.«

Es hatte inzwischen stetig zu regnen begonnen. Josie schaltete die Wischerstufe höher und sah immer angestrengter auf die Straße vor sich.

»Das machen wir, sobald wir zurück sind«, meinte sie.

»Nachdem wir gegessen haben. Ich habe einen Mordshunger.«

»Wir lassen uns etwas ins Revier kommen. Wir können ja bei diesem ...«

Plötzlich brach sie ab, umklammerte das Lenkrad so fest, dass ihre Fingerknöchel weiß hervortraten, und riss es herum, um einer Frau auszuweichen, die mitten auf der Straße entlangstolperte.

»Was zum Teufel?«, rief Noah. Er stützte beide Hände auf das Armaturenbrett, als Josie abrupt bremste. Sie fuhr an den Straßenrand und hielt an.

»Hast du das gesehen?«, rief sie und öffnete die Tür. »Die Frau. Sie ist aus dem Wald gekommen. Los!«

Sie sprangen hinaus in den Regen und liefen die Straße zurück zu der Stelle, an der die Frau auf der gelben Doppellinie in der Mitte des Asphalts auf die Knie gegangen war. Sie war noch jung. In ihrem nassen braunen, langen und zerzausten Haar steckten Zweige und Blätter. Ihre stark gebräunte Haut starrte vor Schmutz. Die Sohlen ihrer nackten Füße waren schwarz, mit blauen Flecken übersät und blutverkrustet. Einen Augenblick war Josie verwirrt. Sie hatte die Frau nicht angefahren, dessen war sie sich sicher. Warum war sie dann zusammengesunken? War sie auf der regennassen Fahrbahn ausgerutscht? Aber als sie näher kamen, sah Josie, dass sie sich um ihren großen runden Bauch krümmte. Beide Hände umklammerten den Stoff ihres klatschnassen, abgetragenen, schlichten Schlauchkleids, den sie zwischen ihren Beinen zusammengerafft hatte. Sie war schwanger. Hochschwanger.

»Hallo?«, sprach Josie sie an, als sie vor ihr stand. Sie musste laut rufen, um das stete Prasseln des Regens zu übertönen. »Hören Sie mich?«

Die Frau begann so laut und schrill zu schreien, dass Noah und Josie zusammenzuckten.

»Wir müssen sie von der Straße schaffen«, rief Noah.

Beide nahmen einen Arm und halfen ihr auf die Beine. Zunächst wehrte sie sich, dann begann sie wieder zu schreien.

Als sie ihren Körper zum Auto schleppten, bemerkte Josie, dass hellrotes Blut an der Innenseite ihrer Schenkel hinunterlief.

»Himmel«, stieß Noah hervor. »Was ist mit ihr passiert? Hallo? Miss? Wie heißen Sie?«

Kaum waren sie beim Auto, öffnete Josie die Heckklappe. »Sie bekommt ein Kind, Noah.«

Erschrocken hielt er inne. »Was, jetzt?«

»Hast du ihren Bauch nicht gesehen? Hilf mir, sie in den Kofferraum zu legen.«

Die Frau entglitt ihnen fast, als eine weitere Wehe sie erfasste und zusammensacken ließ.

»Ja, also, schon, aber ich hätte nicht gedacht ... sie bekommt jetzt ein Kind? Wir müssen einen Krankenwagen rufen.«

»Das machen wir auch«, rief Josie und stöhnte unter dem Gewicht der Frau. »Aber jetzt hilf mir, sie in den Kofferraum zu hieven, damit wir sie uns ansehen können. Bitte, Noah.«

Sie drehten die Frau mit dem Rücken zum Heck des Fahrzeugs, hakten jeder einen Arm unter ihre Achsel und einen unter ihren Schenkel und hoben sie mit einem Ruck hoch, sodass sie im Heck des Wagens zu sitzen kam. Die offene Heckklappe schützte sie zum Glück vor dem herabprasselnden Regen. In der Ferne war weiterhin Donnergrollen zu hören, während Blitze den schwarzen Himmel erleuchteten.

»Miss?«, versuchte Josie das Stöhnen der Frau zu übertönen und ihre Aufmerksamkeit zu bekommen. Aber ihre Augen waren glasig geworden.

Noah rief die Leitstelle an und forderte sie auf, sofort einen Krankenwagen zu schicken. Er versuchte, ihnen ihren Standort zu beschreiben.

»Wir sind auf der Route 9227«, half Josie ihm. »Knapp fünf Kilometer jenseits der Grenze zu Lenore County. Markiere uns auf dem GPS-Gerät, dann finden sie uns.«

Sie hatte nicht viel im Kofferraum dabei, nur die übliche Notausrüstung: eine Taschenlampe, Starthilfekabel, Spanngurte, einen Wagenheber, eine tragbare Luftpumpe, eine Decke und ein paar Papiertücher. Von Nutzen waren im Augenblick nur die Papiertücher und die Decke. Die Frau schlug wild um sich, als Josie versuchte, die zusammengerollte Decke unter ihren Kopf zu schieben.

»Miss«, rief sie laut, um das Prasseln des Regens auf dem Autodach und der geöffneten Heckklappe zu übertönen.

Schließlich sah die Frau Josie an. Ihre Augen waren schreckgeweitet. »Helfen Sie mir«, stöhnte sie.

»Wir helfen Ihnen«, beruhigte Josie sie.

Noah trat auf sie zu und beugte sich über sie. »Miss«, sagte er. »Wie heißen Sie?«

Josie hielt ihr die Papiertücher vor das Gesicht und deutete auf den Unterleib der Frau. »Ich muss mir das da unten anse-hen, okay? Ich versuche, Sie ein bisschen zu säubern, dann sehen wir weiter.«

Aber als eine weitere Wehe einsetzte, streckte die Frau ihre Arme aus, fasste Noah an der Schulter und zog ihn zu sich. »Hilfe!«, schrie sie. »Helfen Sie mir!«

Josie war beunruhigt über die kurzen Intervalle zwischen den Wehen. Sie schnappte sich ein Paar Handschuhe, die sie normalerweise bei Tatortuntersuchungen anzog, und drückte die Knie der Frau sanft auseinander. Dann nahm sie den Saum ihres Kleides und schob ihn über ihren gewölbten Bauch. Mit einem Bündel Papiertücher wischte sie etwas Blut und Flüssig-keit von der Innenseite ihrer Schenkel. Sie trug keine Unterwä-sche. Als Josie ihre Beine noch etwas weiter spreizte, keuchte sie.

»Was ist los?«, fragte Noah.

Die Frau hatte inzwischen seinen Hals umklammert und zog ihn so stark zu sich, dass er strauchelte. Er war aschfahl. Regen rann über seine Nase und tropfte in das Gesicht der Frau.

»Wir können nicht warten, bis der Krankenwagen kommt«, sagte Josie.

»Was? Wovon zum Teufel sprichst du?«

»Ich sehe schon das Köpfchen.«

»Ich verstehe nicht. Das Köpfchen von was?«

Josie warf ihm einen bösen Blick zu. »Noah«, beschwor sie ihn. »Das Kind kommt jetzt. Ich brauche deine Hilfe. Zieh ihr Bein nach oben in Richtung ihres Kopfs.«

Als er zögerte, nahm Josie eine seiner Hände und legte sie in die Kniekehle der Frau. »Jetzt zieh«, forderte sie ihn auf. »Zieh die Beine so weit hoch, wie du kannst.«

»Hilfe!«, schrie die Frau wieder.

Josie zählte innerlich. Die nächste Wehe musste in wenigen Sekunden kommen. Sie fasste nach oben, löste einen Arm der Frau von Noahs Hals und sah ihr aus wenigen Zentimetern Entfernung fest in die Augen. »Gleich kommen die Schmerzen wieder«, sagte sie zu ihr. »Bei der nächsten Wehe müssen Sie pressen. So fest Sie können. Verstehen Sie? Pressen.«

Ein langer Augenblick verging, dann nickte die Frau heftig. Josie hob ihr zweites Bein hoch, schob das Knie in Richtung ihres Kopfs und legte ihre freie Hand darauf. »Hier festhalten«, befahl sie ihr.

Die Frau gehorchte. Die Finger ihrer anderen Hand krampften sich in Noahs Nacken. Er stöhnte auf. Ihre Augen schlossen sich, als eine weitere Wehe einsetzte. »Pressen«, rief Josie. »Fest!«

Die Frau presste und schrie dabei vor Anstrengung. Der Kopf des Babys erschien. Josie führte ihn heraus, bis er in ihrer Hand lag. Sie hob den Kopf und sah, dass die Frau sie mit einem Blick anstarrte, in dem so etwas wie Entsetzen lag. »Jetzt nicht mehr pressen! Aufhören!«, rief Josie. Für einen Moment wich die Spannung aus dem Körper der Frau. Josie räumte mit einem Finger Schleim aus dem Mund des Neugeborenen. Das musste reichen, einen Nasensauger hatte sie nicht. Sie versuchte, nicht daran zu denken, wie unhygienisch alles hier war, und lächelte stattdessen die Frau an. »Gut«, beschwichtigte sie sie. »Sehr gut. Gleich müssen Sie noch einmal pressen, okay?«

Die Frau nickte. Ihr Blick wanderte zu Noah. Sie ließ ihre Hand auf seine Schulter sinken und packte den Kragen seines T-Shirts. Er lächelte ihr aufmunternd zu. Josie sah, dass sich ihr Gesicht nach einem Augenblick der Erleichterung wieder vor unerträglichen Schmerzen verzerrte, als eine weitere Wehe einsetzte. Josie klopfte ihr auf das Bein. »Jetzt wieder pressen«, rief sie. »Pressen, pressen, pressen!«

Die Frau presste erneut und diesmal rutschte die Schulter des Babys heraus.

»Noch einmal«, rief Josie. »Noch einmal ganz stark pressen!«

Doch die Frau schien sie nicht zu hören. Ihre Augen waren auf Noah gerichtet. »Noch einmal«, sagte er zu ihr. »Sie müssen noch einmal pressen.«

Sie schien ihn verstanden zu haben, schloss die Augen und presste halb stöhnend, halb schreiend ein weiteres Mal. Eine Sekunde später kam das gesamte Kind zum Vorschein und rutschte Josie in die Hände. Sie hielt es mit einer Hand und räumte mit der anderen seine Atemwege frei.

»Ein Junge«, sagte sie.

»Ein Junge«, wiederholte Noah. Sein Blick wanderte vom Baby wieder zum Gesicht der Frau. »Es ist ein Junge.«

Josie versuchte weiter, seine Atemwege freizubekommen, aber der Junge schrie nicht. Er bewegte sich nicht. Sein kleines Gesicht begann blau anzulaufen. »Himmel«, stieß sie hervor. »Noah, etwas stimmt nicht.«

Sie legte das Kind auf den Boden des Kofferraums neben seine Mutter, soweit die Nabelschnur es zuließ, und begann mit Zeige- und Mittelfinger auf seine Brust zu drücken. Zugleich legte sie seinen Mund über seinen, beatmete ihn mit zwei

Atemstößen und begann wieder mit der Herzdruckmassage. Die Frau streckte ihr Bein und stieß Josie damit unbeabsichtigt in die Seite.

»Noah!«, rief Josie.

Er fasste hinüber, hielt das andere Bein der Frau fest und zog es zu sich, damit sie Josie und dem Baby nicht noch einen Stoß versetzen konnte. Josie fuhr mit der Druckmassage und der Beatmung fort. Adrenalin schoss durch ihren Körper. Schweiß mischte sich mit Regen und floss über ihr Gesicht. »Komm schon, Kindchen«, drängte sie. »Atme für mich. Atme für mich, Kleiner.«

Schließlich begann sich das Baby zu winden und seine Gliedmaßen zu bewegen. Josie rieb weiter seine Brust und versuchte, ihn so zum Atmen zu bewegen. Erleichtert sah sie zu, wie er seinen Mund weit öffnete, lang und stotternd Atem holte und schließlich einen Schrei ausstieß, der denen seiner Mutter nicht nachstand. Josie hob ihn hoch und hielt ihn ihr hin.

»Sollen wir die Nabelschnur durchschneiden?«, fragte Noah.

»Ich weiß nicht«, antwortete Josie laut, um das Schreien des Babys zu übertönen. »Ich denke, wir warten auf den Krankenwagen.«

»Was zum Teufel ist das?«

Noah deutete zwischen die Beine der Frau. Josie warf einen Blick darauf und meinte: »Das ist die Plazenta. Das ist schon okay so. Sie muss raus.«

Sie hielt das Baby sanft im Arm und blickte in sein winziges Gesichtchen. »Möchtest du deine Mama sehen, mein Kleiner?«, flüsterte sie.

Sie sah zu seiner Mutter und wollte ihr gerade den Sohn reichen, als sie bemerkte, dass alle Farbe aus ihrem Gesicht gewichen war. Sie versuchte, Blickkontakt zu ihr zu bekommen, doch ihre Augen rollten nach oben. Ihr fester Griff in Noahs

Shirt lockerte sich und ihre Arme fielen schlaff herunter. Blut strömte zwischen ihren Beinen heraus. Viel mehr Blut, als normal war.

»O Gott«, stieß Josie hervor. Sie hielt das Baby Noah hin. »Halte ihn.«

»Stimmt etwas nicht?«, fragte er. Er nahm das Baby und bemühte sich, die Nabelschnur von Josie fernzuhalten.

»Sie verblutet«, rief Josie, riss mehrere Papiertücher von der Rolle und stopfte sie der Frau zwischen die Beine. Aber sie hörte nicht auf zu bluten. Sie griff hinter den Kopf der Frau und zog die Decke hervor. »Ich kann die Blutung nicht stillen. Sie braucht Medikamente, eine Transfusion. Verdammt, wo bleibt der Krankenwagen?«

Ein weiteres Donnergrollen, gefolgt von einem blendenden Blitz, verschluckte ihre Worte. Sie mussten hier weg, doch Josie hatte nur eines im Sinn: die Frau am Leben zu halten. Sie drückte die Decke mit einer Hand gegen ihr Becken und fasste mit der anderen an ihren Hals, um ihren Puls zu fühlen. Er war schwach, aber noch vorhanden. Sie klopfte ihr vorsichtig auf die Brust, um sie aus ihrer Ohnmacht zu holen. »Miss«, rief sie. »Hallo!«

Panik stieg in ihr auf. Dann hörte sie endlich das Heulen der Krankenwagensirene. Sie ließ die Frau bewusstlos im Heck des Wagens liegen, während Noah daneben stand und das schreiende Kind in den Armen hielt, lief auf die Straße und winkte mit ihren behandschuhten, blutigen Händen über dem Kopf, um auf sich aufmerksam zu machen.

Der Wagen blieb stehen und zwei Sanitäter sprangen heraus. Während sie die Frau und das Neugeborene untersuchten, berichtete Josie ihnen in aller Kürze, was passiert war. Dann luden sie Mutter und Kind in den Wagen und rasten davon.

Noah stand mit hängenden Armen am Straßenrand. Der strömende Regen hatte ihn völlig durchweicht. Aber er bewegte sich nicht, sondern starrte auf das Heck des Krankenwagens, der sich rasch entfernte. Josie schlug die Heckklappe zu und kümmerte sich nicht um das Chaos im Kofferraum. Das war jetzt unwichtig. »Komm«, forderte sie Noah auf.

Er bewegte sich nicht, sah sie nicht einmal an.

»Noah, komm schon. Wir fahren hinter ihnen her zum Krankenhaus.«

Als er sich noch immer nicht bewegte, schrie sie ihn an: »Noah, jetzt!«

Er blickte sie erschrocken an, blinzelte und ging langsam zur Tür auf der Beifahrerseite.

Josie wartete nicht einmal ab, bis er sich angeschnallt hatte, sondern raste sofort los und hinter dem Krankenwagen her.

»Du hast gerade ein Kind zur Welt gebracht«, sagte er.

»Ich weiß«, erwiderte Josie. »Wir reden später darüber.«

Als sie im Krankenhaus eintrafen, hatte Noah sich wieder teilweise gefangen. Josie fand einen Parkplatz vor der Notaufnahme. Sie stiegen aus und gingen zum Eingang, wo die Sanitäter gerade Mutter und Kind ausluden. »Wie hast du das gemacht?«

»Was gemacht? Ein Baby auf die Welt zu bringen? Das ist schon das zweite. Beim ersten Mal musste ich ran, als ich vor Jahren auf Streife war.«

»Wirklich?«

Josie lächelte. »Ja. Es ist nicht gerade der Idealfall, kann aber vorkommen.«

»Und woher wusstest du, was zu tun ist?«

Josie zuckte die Schultern. »Beim ersten Mal war ich mit einem erfahrenen Beamten unterwegs, der inzwischen schon eine Weile pensioniert ist. Er hatte ein paarmal selbst bei einer Geburt mitgeholfen und sagte mir, was zu tun war. Danach erklärte er mir ein paar Dinge über Geburten. Hilfreich war, dass er selbst sieben Kinder hatte und jedes Mal bei der Geburt dabei gewesen war.«

Sie gingen durch die Krankenhaustür. Die kühle Luft

drinnen war wie eine Wand und ließ sie frösteln, so durchnässt wie sie waren. »Denkst du, dass sie die dritte Camperin ist?«, fragte Noah.

»Ich weiß nicht. Sie war weit vom Zeltplatz entfernt und ich bezweifle, ob eine hochschwangere Frau meilenweit von jeder Hilfe entfernt campen gehen würde, wenn die Geburt kurz bevorstünde.«

»Sonderbar, nicht wahr? Wir suchen nach einer weiblichen Person, von der wir glauben, dass sie im Wald herumläuft, und dann stolpert diese Frau heraus.«

»Ich glaube normalerweise nicht an solche Zufälle«, sagte Josie. »Aber ich kann mir beim besten Willen nicht vorstellen, dass sie mit Wehen so weit barfuß gelaufen ist. Als wir sie gefunden haben, war sie fast sechzehn Kilometer vom Zeltplatz der Yates' entfernt.«

Nachdem sie die Sicherheitsleute passiert hatten, sahen sie, wie ein Arzt und eine Krankenschwester das Neugeborene in einem Babybettchen den Flur entlangschoben. Noah lief zu ihnen und zeigte seine Dienstmarke. Die Krankenschwester blieb stehen und sah missbilligend auf das Wasser, das von ihm herabtropfte und sich in Pfützen auf dem Boden sammelte, aber er schien das gar nicht zur Kenntnis zu nehmen. Über die Schulter hinweg sagte er zu Josie. »Ich gehe mit ihm. Will nur wissen, ob es ihm gutgeht.«

»Und ich sehe nach seiner Mutter.«

Als sie den Flur entlangging, bemerkte sie einen Wäschewagen herumstehen. Sie schnappte sich ein sauberes Handtuch und tupfte sich damit so gut es ging trocken. Dann warf sie das Handtuch in einen Schmutzwäschebehälter und ging weiter. In einem Einzelzimmer der Notaufnahme entdeckte sie die Mutter. Sie hatte eine Infusionsnadel im Arm. Bei ihr war eine Krankenschwester, die gerade einen Infusionsbeutel aufhängte, und eine weitere, die mehrere Elektroden eines EKG-Geräts an ihrem Körper anbrachte, ihr eine Blutdruckmanschette anlegte und den Clip eines Pulsoxymeters an den Finger steckte. Sie hatte das Bewusstsein wiedererlangt, doch ihr Blick war leer. Ein Arzt kümmerte sich gerade um sie. Er sah zu Josie herüber, als sie eintrat. »Ich habe gehört, dass Sie ihr Kind auf dem Rücksitz Ihres Autos zur Welt gebracht haben.«

»Im Heck meines Kombis«, korrigierte Josie ihn.

»Sie hat keinen Dammriss. Sie haben gute Arbeit geleistet.«

»Ich habe nicht viel getan«, erwiderte Josie. »Das Baby wäre mit oder ohne meine Hilfe gekommen.«

Der Arzt lachte. »Sie haben ihr – und ihrem Baby – wahrscheinlich das Leben gerettet. Gut, dass sie da waren. Was wissen Sie über die Frau?«

»Nur, dass sie gerade ein Kind auf die Welt gebracht hat«, antwortete Josie. »Das ist auch schon alles. Wir konnten vor Ort nichts aus ihr herausbringen. Wie geht es ihr?«

»Sie hatte eine kleinere postpartale Blutung. Wir verabreichen ihr einige Medikamente und führen eine Reihe von Tests mit ihr durch. Sie braucht eventuell eine Bluttransfusion, aber dazu müssen wir sie noch ausführlicher untersuchen. Wir behalten sie auf jeden Fall hier.« Er deutete auf ihre Füße. »Sie hat ein paar schlimme Wunden an den Füßen.«

»Das habe ich gesehen. Als sie aus dem Wald gelaufen kam, hatte sie keine Schuhe an.«

»Außerdem hat sie Narben an den Handgelenken«, fügte der Arzt hinzu.

Josie trat an das Kopfende des Betts und sah sich die Handgelenke der Frau genauer an. Dünne, silbrige Narben zeichneten sich rundherum darauf ab. »Die sind mir noch nicht aufgefallen«, sagte sie zum Arzt. »Das sind keine frischen Wunden.«

Eine Krankenschwester auf der anderen Seite des Betts legte ihre Hand auf die Schulter der Frau. »Miss«, sagte sie sanft. »Können Sie mir sagen, wie Sie heißen? Miss?«

Die Frau antwortete nicht, drehte nicht einmal ihren Kopf

zur Schwester. Der Arzt deckte sie mit einem Laken bis zu ihrer Hüfte zu und holte die Krankenakte aus der Halterung am Fußende, ohne sie aufzuklappen. »Ich brauche einen Namen«, sagte er. »Miss? Können Sie uns sagen, wie Sie heißen?«

Noch immer kam keine Reaktion von ihr. Ihre Lider flatterten. Die Krankenschwester, die die Vitalfunktionen überwachte, drückte einige Knöpfe auf dem Monitor über dem Bett. Die Frau blickte die Schwester an, als sähe sie sie zum ersten Mal. »Hilfe«, krächzte sie.

Die Schwester stand von ihr weggedreht, sagte aber: »Wir sind gerade dabei, Ihnen zu helfen, meine Liebe. Können Sie uns Ihren Namen nennen?«

»Vielleicht brauchen wir ein paar neurologische Untersuchungen«, meinte der Arzt mit einem Stirnrunzeln.

Josie fiel ein, dass die Frau während der Geburt im Auto durchaus auf sie und Noah reagiert hatte. Aber nur, wenn Josie sie direkt angesehen hatte. »Nein«, sagte sie zum Arzt. »Warten Sie.«

Sie drückte die Hand der Frau und wartete, bis sie den Kopf in ihre Richtung drehte. Josie achtete darauf, sie direkt von vorn anzusehen, und fragte: »Können Sie mich hören?«

Die Frau schüttelte langsam den Kopf.

Josie nickte. »Können Sie überhaupt hören?«

Ein Nicken. »Nicht gut«, sagte sie.

»Aber Sie können mir von den Lippen ablesen«, stellte Josie fest.

Wieder nickte sie. »Geht es meinem Baby gut?«

Josie lächelte. »Ja, es geht ihm gut. Sie haben ihn auf die Intensivstation für Neugeborene gebracht. Mein Kollege ist gerade bei ihm.«

»Ein Junge also.«

»Ja.«

Sie schloss kurz die Augen. Josie wartete, während sie mehrmals tief durchatmete. Ihr fiel auf, dass sie zwar zweifellos nicht gut hörte, aber ihre Stimme einen normalen Tonfall und eine unauffällige Aussprache hatte. Sie fragte sich, wann und wie sie ihr Gehör verloren hatte. Als die Frau wieder die Augen öffnete, waren sie tränennass.

»Ich heiße Josie«, sagte Josie. »Detective Josie Quinn von der Polizei in Denton.«

»Denton?«

»Ja. Können Sie uns sagen, wie Sie heißen?«

»Maya Bestler.«

Der Arzt am Fußende des Bettes schrieb den Namen in die Krankenakte.

»Maya, was haben Sie im Wald gemacht?«, fragte Josie weiter.

Vom Monitor war ein Piepen zu hören. »Ich wurde entführt.«

»Entführt?«, hakte Josie nach.

Über dem Bett waren weitere Pieptöne zu hören. »Ihr Blutdruck fällt«, sagte die Schwester. »Und auch die Herzfrequenz.«

»Maya, was meinen Sie mit ›entführt‹? Können Sie mir sagen, was geschehen ist?«

Aber sie schloss die Augen. Ihr Kopf fiel zur Seite. Der Arzt hatte die Krankenakte beiseitegelegt und schob Josie weg. »Ich muss Sie bitten, draußen im Flur zu warten, Detective.«

Josie protestierte nicht. Sie verließ das Zimmer, während der Arzt der Schwester Anweisungen erteilte. Ein Sicherheitsmann ging vorüber und starrte sie mit großen Augen an. Sie sah an sich herunter und stellte fest, dass sie wie jemand aussah, der zwei Stunden lang hinter einem Auto hergeschleift worden war. Ihre Kleidung war nass, zerknittert, starrte vor Schmutz und war mit Blut und den Resten der Nachgeburt beschmiert. War es wirklich erst ein paar Stunden her, seit sie und Noah sich über den Minibackofen in die Haare geraten waren? Sie ging den Flur entlang zum Wartezimmer, überlegte es sich aber, denn so konnte sie sich kaum hineinsetzen. Stattdessen entdeckte sie eine Nische neben einem Verkaufsautomaten, in der sie nicht sofort alle in Panik versetzen würde. Von dort aus rief sie auf dem Revier an und bat darum, zu Detective Finn Mettner durchgestellt zu werden.

»Mett«, sagte sie, als er abhob.

»Die Hundestaffel wurde wegen des Gewitters zurückbeordert«, berichtete er ohne Umschweife. »Ich habe über das Auto der Yates' nichts herausgefunden. Ich denke, in Lenore County hast du mehr Glück. Wahrscheinlich sind sie von dort aus in den Wald aufgebrochen. In diesen staatlichen Jagdrevieren gibt es jede Menge Parkplätze für Jäger, Wanderer, Camper und dergleichen.«

»Ich kläre das mit Deputy Moore«, erwiderte Josie. »Aber hör zu, du musst etwas anderes für mich recherchieren.«

»Habt ihr die dritte Camperin gefunden?«

»Nein, nicht direkt.«

Sie erzählte, was ihnen auf dem Weg zurück nach Denton widerfahren war. Als sie fertig war, war es eine Zeit lang still am anderen Ende der Leitung, bis sie fragte. »Mett? Bist du noch dran?«

»Ja, klar. Sorry, ich habe nur ... sie hat in deinem Auto ein Kind auf die Welt gebracht?«

»Darum geht es jetzt doch gar nicht, Mett.«

»Ich weiß, ich weiß. Tut mir leid.«

»Kannst du etwas über sie herausfinden? Sie ist wahrscheinlich Mitte zwanzig. Ich befrage sie ausführlicher, sobald es ihr besser geht. Aber es wäre hilfreich, wenn du ein paar Hintergrundinformationen über sie auftreiben könntest.«

»Natürlich, Boss.«

»Josie. Nur Josie«, korrigierte sie ihn, aber da hatte er bereits aufgelegt.

ZWÖLF

Noah stand vor dem Fenster zur Neugeborenen-Intensivstation und starrte auf die fahrbaren Kinderbettchen, die auf der anderen Seite der Scheibe aufgereiht waren. Er sah geringfügig besser aus als Josie, denn er hatte nicht ganz so viele Körperflüssigkeiten abbekommen, doch schon allein der Geruch, der von ihm ausging, ließ sie würgen. Wie schlimm sie selbst roch, konnte sie nur erahnen. Sie brauchten eine Dusche, bevor sie zum Revier zurückkehrten. Josie trat neben Noah und folgte seinem Blick. Sie las die kleinen Plaketten, die an jedem Bettchen angebracht waren, bis sie eines fand, auf dem »Baby Doe« stand. Der Station hatte man noch nicht Bescheid gesagt, dass seine Mutter Maya Bestler hieß. Deshalb hatte man sie einfach Jane Doe und ihr Kind Baby Doe genannt, eine in den USA gebräuchliche Bezeichnung für jemanden, dessen Name unbekannt war. Die Belegschaft der Station hatte den Kleinen in eine weiße Krankenhausdecke gewickelt. Unter dem Fußende der Decke ragten Drähte heraus; sie führten zu einer Maschine, die neben dem Bettchen stand. Auf dem Kopf hatte das Kind ein kleines blaues Mützchen. Nur sein rosa Gesichtchen lugte heraus.

Jetzt, da er es warm hatte und trocken war, schlummerte er friedlich.

»Geht es dir gut?«, fragte Josie Noah.

Er räusperte sich. »Du warst großartig da draußen.«

»Danke«, erwiderte sie. »Ich bin nur froh, dass wir sie gefunden haben und die Ambulanz rufen konnten.«

Er warf ihr einen kurzen Blick zu. Einen Augenblick glaubte sie Tränen in seinen Augen zu sehen. »Ich wusste nicht, dass es so abläuft.«

»Was?«

»Eine Geburt. Als meine Schwester ihr Kind bekam, waren wir nicht dabei. Wir haben sie erst später besucht.«

»Normalerweise wird man auch nur in den Kreißsaal gelassen, wenn man aktiv an der Produktion des Kindes beteiligt war«, scherzte Josie.

»Du weißt schon, was ich meine. Ich habe so etwas noch nie gesehen. Es war … erstaunlich.«

Josie spürte ein leichtes Unbehagen in ihrer Brust aufsteigen. »Ja, also, natürlich«, erwiderte sie. »Wie geht es ihm?«

»Sie sagen, sein Zustand sei stabil. Möglicherweise hat er infantile Apnoe oder Bradykardie, einen verlangsamten Herzschlag. Vielleicht ist es aber auch nur eine einmalige Sache, nichts Chronisches. Man kann es jetzt noch nicht sagen. Sie haben ihn an einen Herz- und Lungenmonitor angeschlossen und behalten ihn noch eine Weile hier, um ihn zu überwachen und ein paar Untersuchungen durchzuführen.«

»Großartig.«

»Er ist süß, nicht wahr?«

»Ja, klar«, antwortete Josie. »Ich habe den Namen der Mutter herausbekommen, aber auch nicht recht viel mehr.« Sie sprach weiter, um ihn auf den neuesten Stand zu bringen, bis sie merkte, dass er gar nicht zuhörte. Sie legte ihm eine Hand auf die Schulter. »Noah.«

Er sah sie wieder an. »Ja?«

Sie wollte etwas sagen, doch ihr Handy brummte. Es war Mettner. Sie nahm das Gespräch an, während Noah weiter Baby Doe anstarrte. »Was ist, Mett?«

»Du wirst es nicht glauben, Boss.«

»Was denn?«

»Bist du sicher, dass die Frau Maya Bestler heißt?«, fragte Mettner.

»Natürlich, Mett. Jetzt sag schon.«

»Maya Bestler ist als vermisst gemeldet.«

Josie fielen wieder Mayas Worte ein, bevor sie weggedämmert war: *Ich wurde entführt.* »Seit wann gilt sie als vermisst? Und von wo ist sie verschwunden?«

»Sie verschwand vor zwei Jahren in Lenore County. Und jetzt pass auf. Sie zeltete im staatlichen Jagdgebiet mit ihrem Freund, einem gewissen Garrett Romney. Romney sagte aus, dass er am Abend der zweiten Nacht im Wald das Bewusstsein verloren habe. Er sei am nächsten Morgen mit einer leichten Kopfverletzung aufgewacht, doch seine Freundin sei verschwunden gewesen. Das ist alles, was ich bis jetzt herausgefunden habe. Ich bleibe weiter dran, aber ich dachte, das solltest du sofort wissen.«

»Vielen Dank«, sagte Josie. Maya Bestler war also nicht die dritte Camperin, die mit Valerie und Tyler gezeltet hatte. Irgendwo da draußen musste noch eine Frau herumirren – schutzlos in diesem heftigen Gewitter.

»Wo haben Bestler und Romney gewohnt?«, fragte sie.

»In Doylestown«, antwortete Mettner.

»Das ist ein paar Autostunden von hier. Und nicht der Ort, von dem Valerie und Tyler stammten. Allerdings auch nicht weit davon entfernt.«

»Stimmt«, pflichtete Mettner ihr bei. »Ich habe kurz dazu recherchiert und konnte keine Verbindung zwischen Bestler und den beiden Yates' finden. Aber wie gesagt, ich bleibe dran.«

»Gut«, erwiderte Josie. »Versuch, das Foto von Bestlers Führerschein aufzutreiben, und schick es mir bitte.«

»Ist schon unterwegs.«

»Und sieh, dass du herausfindest, wo Bestler verschwand, damit wir es mit dem Fall Yates vergleichen können.«

»Alles klar, Boss.«

»Eine letzte Sache noch: Halte mich über die Ergebnisse der Suchaktion mit den Hunden auf dem Laufenden. Wir gehen jetzt erst einmal duschen und kümmern uns anschließend weiter um den Fall.«

»Ich bleib dran«, versprach Mettner.

Josie beendete das Gespräch und sah, dass Noah nach wie vor unbeweglich dastand und das Baby beobachtete. Da zwitscherte ihr Handy – Mettners Nachricht war eingetroffen. Sie rief Maya Bestlers Führerschein auf. Als das Bild gemacht worden war, hatte sie dunkleres Haar gehabt, aber es bestand kein Zweifel, dass es sich um Maya handelte. Die Frau, die im Heck von Josies Auto ein Kind zur Welt gebracht hatte, war dieselbe, die vor zwei Jahren beim Zelten verschwunden war.

Josie ging zurück zu Noah, nahm seine Hand, verschränkte ihre Finger mit seinen und zog ihn zum Eingang. »Noah, wir müssen gehen. Wir brauchen eine Dusche und etwas zu essen. Dann wartet viel Arbeit auf uns. Komm schon. Ich erzähle dir unterwegs, was Mettner herausgefunden hat.«

DREIZEHN

Noch nie hatte sich eine heiße Dusche so gut angefühlt. Josie wäre am liebsten eine halbe Stunde darunter stehen geblieben und hätte das Wasser den Schweiß und das Blut wegwaschen lassen, das an ihr klebte. Aber sie wusste, dass sie keine Zeit dafür hatte. Der Gedanke an die geheimnisvolle dritte Camperin irgendwo da draußen ließ sie nicht los. War die Frau krank? Oder eine irre Mörderin?

»Du bist dran«, sagte sie zu Noah, als sie ins Schlafzimmer zurückkam.

Er zog sich wortlos aus und schlurfte ins Badezimmer. Josie blickte ihm nach und fragte sich, ob er ebenso erschöpft war wie sie oder noch immer an das Baby dachte. Bevor sie ihm nachgehen und ihn fragen konnte, hörte sie schon, wie er das Wasser aufdrehte. Sie zog sich saubere Kleidung an, ging in die Küche und schlang eilends die Reste einer Pizza hinunter, die sie am Vorabend bestellt hatten. Dann warf sie einen Blick auf ihr Handy und sah einen verpassten Anruf von Deputy Moore.

»Mist«, murmelte sie und drückte auf das Anrufsymbol neben seiner Nummer.

»Detective Quinn«, antwortete er. »Ich dachte, es würde

Sie interessieren, dass wir das Auto der Yates' hier in Lenore County gefunden haben.«

Josie hatte die geringe Hoffnung, dass sich im Fahrzeug ein Hinweis auf die Identität der dritten Person finden würde. »Wie weit ist es vom Zeltplatz entfernt?«

»Es steht knapp sechs Kilometer weiter südlich an der Route 9227. Dort gibt es einen Parkplatz speziell für Leute, die das staatliche Jagdgebiet entlang der Straße nutzen möchten. Wir wissen aber nicht, wie lange das Auto schon dort steht.«

»Ist es abgeschlossen?«

»Natürlich. Es gewittert noch immer ziemlich heftig, deshalb haben wir es nicht angerührt.«

»Sehr gut«, erwiderte Josie. »Ich würde gern ein Team hinschicken, damit es den Wagen auf Fingerabdrücke und DNA untersucht, wenn Sie nichts dagegen haben. Wie Sie wissen, versuchen wir immer noch, die Frau aufzuspüren, die mit den beiden im Wald war. Wenn wir etwas finden, irgendeinen Hinweis, wer sie ist, könnte uns das bei der Suche sehr helfen. Außerdem wissen wir noch nicht, was bei dem Zelt geschehen ist. Es besteht nach wie vor die Möglichkeit, dass noch jemand bei ihnen war oder dass sie jemandem beim Fahrzeug begegnet sind.«

»Wir rühren den Wagen nicht an, bis Ihre Spurensicherung eintrifft.«

»Danke. Ich rufe sofort Hummel an. Halt, warten Sie, ich wollte Sie noch etwas fragen.«

»Schießen Sie los.«

»Wie lange arbeiten Sie schon in Lenore County?«

»Seit ungefähr zehn Jahren. Warum?«

»Erinnern Sie sich an einen Vermisstenfall vor rund zwei Jahren? Es geht um eine Frau namens Maya Bestler.«

»Ja, natürlich«, antwortete Moore. »Eine junge Brünette Mitte zwanzig. Hat mit ihrem Freund gezeltet. Ist mitten in der Nacht verschwunden. Bestler und ihr Freund haben rund acht

Kilometer südlich von dem Platz gecampt, an dem Valerie und Tyler Yates gefunden wurden. Aber die Fälle haben nichts miteinander zu tun.«

»Wie können Sie sich da so sicher sein?«, fragte Josie.

»Maya Bestler wurde von ihrem Freund umgebracht.«

»Das glaube ich nicht. Sie ...«

Aber er fiel ihr ins Wort. »Wir konnten es nie beweisen, aber ich sage Ihnen, dieser Kerl – Garrett Romney heißt er – hat es hundertprozentig getan. Alle, mit denen wir gesprochen haben und die die beiden kannten, sagten, dass er sie ständig verprügelt hat. Wir haben uns mit der Polizei in Doylestown in Verbindung gesetzt. Sie wurde ein paarmal wegen häuslicher Gewalt alarmiert und zu der Wohnung der beiden geschickt, aber Maya hat ihn nie angezeigt. Auf jeden Fall hat er sie immer wieder misshandelt. Außerdem ergab seine Aussage keinen Sinn. Er behauptete, er habe mit Maya nach einer langen Wanderung am Lagerfeuer gesessen, das sie angemacht hätten, und habe mit ihr Bier getrunken. Das Nächste, an das er sich erinnerte, war, dass er am Morgen in einer Schlammpfütze aufgewacht sei und eine Wunde am Kopf gehabt habe. Er sagte, er könne sich an nichts erinnern. Weder an einen Kampf noch an einen Angreifer. Er wusste nicht mehr, ob er mit ihr gestritten hatte. Sagte, alles in seinem Kopf sei völlig ausradiert. Die Kopfwunde war allerdings nur oberflächlich, der Schlag hätte nicht ausgereicht, um ihn bewusstlos zu machen. Auch hatte er keine Gehirnerschütterung.«

»Hat man ihn toxikologisch untersucht, ob er unter Drogen gesetzt worden war?«

Moore lachte. »Unter Drogen gesetzt? Wer hätte ihn unter Drogen setzen sollen?«

Als Josie nicht antwortete, seufzte er. »Okay, okay, wir haben tatsächlich eine toxikologische Untersuchung veranlasst, aber sie war negativ.«

»Er könnte mit GHB außer Gefecht gesetzt worden sein«, warf Josie ein.

»Was? Mit dieser Vergewaltigungsdroge?«, entgegnete Moore.

»Ja. Sie lässt sich schon nach zwölf Stunden, manchmal auch noch schneller, nicht mehr im Blut oder Urin nachweisen.«

Moore stieß einen weiteren tiefen Seufzer aus. »Hören Sie, ich weiß zu schätzen, was Sie tun. Sie suchen eine Verbindung zwischen den Fällen. Sie denken, dass vielleicht jemand da draußen im Wald ist, der Frauen überfällt, und Sie ihn stoppen können. Aber ich sage Ihnen, Garrett Romney stand nicht unter Drogen. Er log.«

»Moore«, sagte Josie. »Er hat Maya Bestler nicht umgebracht. Ich weiß das, weil sie jetzt in diesem Augenblick im Denton Memorial Hospital liegt.«

»Was?«, stieß er mit scharfem Tonfall hervor.

Sie erzählte ihm, was geschehen war, nachdem sie das Sanctuary verlassen hatten, um nach Denton zurückzufahren. Als sie fertig war, fragte er: »Sind Sie sicher, dass es sich um die echte Maya Bestler handelt?«

»Jemand aus meinem Team hat ihre Führerscheindaten überprüft. Sie hat Ähnlichkeit mit dem Foto. Ich hatte noch keine Gelegenheit, sie ausführlich zu befragen oder Angehörige ausfindig zu machen, bin aber ziemlich sicher, dass es sich um sie handelt. Glauben Sie denn an eine Art Schwindel?«

»Ich weiß nicht, was ich noch glauben soll. Ich sage nur, dass Garrett Romney kein Unschuldslamm ist. Würde es Ihnen etwas ausmachen, wenn ich vorbeikomme und mit ihr rede? Ich kann ihre Familie kontaktieren. Die Sache gehörte in meinen Zuständigkeitsbereich.«

Schon wieder kam er mit seiner Zuständigkeit. Doch Josie entgegnete nichts darauf. Sie konnte jede Hilfe gebrauchen, selbst von jemandem, der so unangenehm war wie Moore.

»Natürlich«, antwortete Josie. »Sie liegt im Krankenhaus, kann also nirgendwohin. Noah und ich fahren bald zu ihr, um uns nach ihrem Zustand zu erkundigen und zu versuchen, mehr Informationen aus ihr herauszubekommen.«

»Ausgezeichnet«, erwiderte Moore.

»Eine letzte Sache«, sagte Josie, bevor er auflegte. »Als Sie mit Mayas Freund und ihrer Familie gesprochen haben, hat jemand da erwähnt, dass sie fast taub war?«

»Was? Nein. Davon hat niemand etwas gesagt.«

VIERZEHN

Als sie wieder im Krankenhaus eintrafen, war Maya bereits in ein Einzelzimmer im dritten Stock verlegt worden. Ihr Kind befand sich nach wie vor auf der Neugeborenen-Intensivstation. Josie und Noah trafen sich im Schwesternzimmer der Station mit dem Arzt. »Ihr Zustand ist stabil«, informierte er sie. »Wir konnten die Blutung stoppen. Sie ist stark dehydriert und hat viele Schnittwunden und Blutergüsse. Zum Glück muss keine der Verletzungen an ihren Füßen genäht werden. An ihren Handgelenken sind einige alte Narben, wie Detective Quinn bereits bemerkt hat. Wir haben die Patientin auch geröntgt. Sie hat mehrere verheilte Frakturen – Rippen, der Kiefer, beide Unterarme und das rechte Schienbein, sie alle waren schon einmal gebrochen.«

»Wurde sie misshandelt?«, fragte Noah.

Der Arzt kratzte sich am Kinn. »Das lässt sich nicht mit Sicherheit sagen, aber wenn jemand in ihrem Alter so viele verheilte Frakturen hat, vor allem im Gesicht und an den Rippen, dann könnte durchaus häusliche Gewalt im Spiel sein.«

»Wie alt sind die Brüche?«, wollte Josie wissen.

»Auch das lässt sich schwer beziffern, aber im Durchschnitt drei bis fünf Jahre, würde ich sagen.«

»Das passt zu dem, was uns Moore über ihren Freund erzählt hat«, meinte Josie zu Noah. »Was ist mit ihrem Gehör?«

»Sie wissen ja bereits, dass sie schwerhörig ist«, sagte der Arzt. »Nach dem, was wir bis jetzt herausgefunden haben, ist Narbengewebe die Ursache.«

»Was könnte Narbengewebe im Ohr verursachen?«

»Aller Wahrscheinlichkeit nach eine nicht behandelte Ohrenentzündung«, erklärte der Arzt. »Sie hat noch ein Restgehör, aber nicht mehr viel. Ansonsten ist sie in einem ziemlich guten Allgemeinzustand. Nicht unterernährt. Normales Gewicht. Da sie uns nicht viel erzählen kann, haben wir ihr Blut toxikologisch untersuchen lassen. Wir mussten sichergehen, dass sie nichts im Körper hatte, was dem Kind schaden konnte.«

»Wie geht es ihm?«, fragte Noah. »Ist es okay?«

»Soweit ich weiß, ja. Wir führen die üblichen Untersuchungen durch.«

»Hat sie noch etwas gesagt?«, wollte Josie wissen.

Der Arzt schüttelte den Kopf. »Nein. Wir haben ihr ein Schmerzmittel gegeben, das sie ein wenig schläfrig gemacht hat. Sie bittet uns nur immer darum, ihr zu helfen. Ein paarmal hat sie außerdem gefragt, ob es dem Kind gut gehe. Das war's. Sie ist müde, aber klar genug, damit Sie ihr Fragen stellen können, wenn Sie möchten. Nur nicht allzu lange, okay?«

Leise schlichen sie in Mayas Zimmer. Jemand hatte die Jalousien heruntergelassen, sodass sie den sintflutartigen Regen draußen nicht sehen konnte, obwohl noch gelegentlich Donnergrollen zu hören war. Ein Monitor über ihrem Kopf überwachte Puls, Blutdruck, Atmung und Sauerstoffsättigung. Ein Infusionsschlauch führte von ihrer rechten Armbeuge zu einem mit Flüssigkeit gefüllten Beutel, der neben dem Bett hing. Sie hatte die Augen geöffnet und starrte auf einen ausgeschalteten TV-

Bildschirm am anderen Ende des Zimmers. Josie und Noah traten neben das Bett. Maya erschrak, als sie die beiden sah, und hob beide Hände vor das Gesicht.

»Schon gut«, beschwichtigte Noah sie.

»Denk dran, sie muss dein Gesicht sehen«, erinnerte Josie ihn. »Sie liest von den Lippen ab. Wie deine Ex-Freundin, du weißt schon.«

»Stimmt«, erwiderte Noah. Er beugte sich über das Bett und bewegte sich dabei langsam und vorsichtig. Behutsam berührte er ihren Unterarm. Sie zuckte zusammen, ließ ihn aber dann sinken. Ihr Blick sprang von ihm zu Josie und zurück. Noah positionierte sein Gesicht so, dass sie seinen Mund sehen konnte, wenn er sprach. »Alles okay«, beruhigte er sie. »Wir sind die Polizei. Wir müssen Ihnen ein paar Fragen stellen.« Er stellte sie beide vor und sowohl er als auch Josie zeigten ihr die Dienstmarke.

Maya sah Josie an. »Ich habe schon einmal mit Ihnen geredet.«

»Ja«, sagte Josie. »Sie haben mir Ihren Namen verraten und mir gesagt, dass Sie entführt wurden.«

Ihr Blick wanderte zu Noah. »Sie haben mein Baby zur Welt gebracht.«

Er lächelte und deutete auf Josie. »Das war Detective Quinn.«

Sie drehte den Kopf wieder zu Josie und streckte ihr eine Hand hin. Josie nahm sie und spürte einen leichten Druck. »Danke«, sagte Maya.

Nun, da sie ihre Aufmerksamkeit hatte, sagte Josie: »Maya, ich weiß, dass Sie erschöpft sind, möchte Ihnen aber sagen, dass Sie jetzt in Sicherheit sind.«

»Sicher«, wiederholte sie. Eine Träne lief über ihre Wange.

»Wir möchten, dass Sie uns erzählen, was mit Ihnen geschehen ist. Schaffen Sie das?«, fragte Josie.

»Wo bin ich?«

»In Denton, Pennsylvania«, antwortete Josie. »Rund zwei Autostunden westlich von dem Ort, an dem Sie gelebt haben.«

»Welchen Tag haben wir? Welches Datum?«

Josie und Noah sahen sich kurz an, dann sagte Josie es ihr. Weitere Tränen liefen ihr über die Wangen. Sie ließ Josies Hand los und bedeckte ihr Gesicht mit beiden Händen. Schluchzer erschütterten ihren Körper. Josie und Noah ließen ihr ein paar Minuten Zeit. Als sie die beiden zwischen ihre Hände hindurch ansah, reichte Josie ihr ein Papiertaschentuch. Sie nahm es und betupfte damit Augen und Nase. Ihr Blick wanderte zu Noah. »Kommt Garrett? Mein Freund?«

Josie hatte Noah alles erzählt, was sie auf dem Weg zum Krankenhaus von Deputy Moore erfahren hatte. Noah antwortete: »Nein, er kommt nicht. Er wurde nicht einmal darüber informiert, dass man sie ... gefunden hat.«

»Jemand sollte es ihm sagen«, meinte Maya. »Er wird sich Sorgen machen.«

»Möchten Sie ihn wirklich sehen?«, fragte Noah.

Sie presste das zerknüllte Taschentuch auf ihren Mund und nickte.

Josie berührte ihren Unterarm, um ihre Aufmerksamkeit auf sich zu lenken. »Garrett hat der Polizei erzählt, dass sie beide zelten gewesen seien. Dann sei er ohnmächtig geworden und als er aufgewacht sei, seien sie weg gewesen.«

Wieder nickte sie und begann: »Wir hatten ein Lagerfeuer angemacht. Es war schön. Eine kühle Nacht. Ein klarer Himmel. Wir hatten ... endlich wieder ein bisschen Spaß zusammen. Tranken Bier. Dann bin ich ... bin ich aufgewacht und war an einen Baum gefesselt. Alles war weg, auch Garrett.«

»Sie erinnern sich nicht, was passiert ist?«, fragte Josie.

»Ich war bei Garrett. Es war Nacht. Dann war es plötzlich Morgen und ich war angebunden. Irgendwo anders im Wald. Ich kannte mich nicht mehr aus.«

»Womit waren Sie festgebunden?«, wollte Josie wissen. »Mit einem Strick?«

»Ja, einem dicken Strick.«

»Wer hat Sie entführt? Und gefesselt?«

»Ein Mann. Ich hatte ihn noch nie zuvor gesehen. Er kam mir vor wie ... wie ein Monster. War schon etwas älter. Er roch und sah aus, als hätte er schon seit Jahren nicht mehr gebadet und die Kleider gewechselt. Ich wollte ihn nicht in meiner Nähe haben, aber er war stark. Ich konnte mich nicht wehren.«

Der Monitor über dem Bett piepste leise. Josie warf einen Blick darauf und sah, dass Mayas Puls und Atemfrequenz nach oben gingen. »Schon okay«, beschwichtigte sie Maya. »Schon okay. Wir müssen jetzt nicht darüber reden. Atmen Sie einfach nur tief durch. Sehen Sie mich an.« Josie deutete auf ihre Augen. »Konzentrieren Sie sich auf mich. Atmen Sie tief durch. Sie sind jetzt in Sicherheit.«

Maya blickte Josie an. Ihre Brust begann sich wieder langsamer zu heben und zu senken. Als Josie sah, dass Puls und Atemfrequenz allmählich normale Werte erreichten, stellte sie eine weitere Frage. »Wo hat er Sie festgehalten?«

Maya leckte sich über die Lippen. »Lange Zeit im Wald. Ich hatte ständig die Hände gefesselt.« Sie hob sie und legte demonstrativ die Gelenke aneinander. »Er hat mich tagelang durch den Wald geschleppt. Nachts band er mich an einen Baum. Jeden Morgen sind wir weitergezogen. Dann kamen wir zu einer Höhle.«

»Einer Höhle?«, fragte Noah, aber Maya hörte ihn nicht.

»Was für eine Höhle?«, wollte Josie wissen.

»Unterirdisch. Nicht so eine kleine Aushöhlung in einer Felswand. Größer. Riesig. Ein richtiges Höhlensystem unter der Erde, mit Gängen und sogar einem Bach, der hindurchfloss. Es war dunkel. So dunkel.« Sie schauderte. »Drinnen war eine Kammer, fast wie ein Zimmer. Manchmal hat er ein Feuer angemacht. Es war so groß in der Höhle und so kalt. Dann wieder hatte er eine Taschenlampe. Ich weiß nicht, wo er sie herhatte, aber als die Batterien leer waren, war's das. Diese Kammer war ziemlich weit oben in dem Höhlensystem, in der Nähe der Oberfläche. Manchmal wurde das Höhlensystem überschwemmt, dann mussten wir da oben warten, bis das Wasser wieder abgelaufen war.«

»Wovon haben Sie sich ernährt?«, fragte Josie.

»Von Pflanzen. Fischen. In der Nähe war ein Bach. Er hatte ein altes Holzboot, das er herausholte, wenn er angeln wollte. Manchmal hat er auch einen Hasen oder einen Fasan in Fallen gefangen und gebraten. Ich war aber oft krank.« Sie fasste sich an ihr linkes Ohr. »Meine Ohren taten mir weh. Mir wurde schwindlig und übel. Ich hatte das Gefühl, dass das viele Wochen dauerte, aber wie lange, weiß ich nicht – ich musste ständig im Dunkeln bleiben. Irgendwann ging es mir so schlecht, dass ich mich nicht einmal mehr gegen ihn wehren konnte. Da hat er angefangen, mich nach draußen zu bringen. Ich versuchte, sein Vertrauen zu gewinnen, damit er mich ohne Fesseln hinausließ. Und ich irgendwann flüchten konnte. Gleichzeitig versuchte ich, wieder gesund zu werden, damit ich genug Kraft hatte wegzulaufen. Er hat aus Pflanzen und so Zeug Sachen zubereitet, die ich trinken und essen musste. Er sagte, dann würde ich mich besser fühlen. Manchmal stimmte das sogar, manchmal aber auch nicht. Ich habe mich daran gewöhnt, aber irgendwann gemerkt ...«

Sie brach ab. Wieder flossen Tränen über ihr Gesicht. Sie legte eine Hand auf ihren Bauch, der sich nun nicht mehr so stark wölbte. Sie räusperte sich und fuhr fort. »Ich habe gemerkt, dass ich schwanger war. Wie viel Zeit mir noch blieb, wusste ich nicht. Mir war nur klar, dass ich weg von ihm musste, bevor das Kind kam. Eine Geburt dort hätte ich nicht überlebt.«

»Wie sind Sie entkommen?«

»Er hat immer so eine Brühe zubereitet. Sie war ekelhaft.

Wenn ich sie nicht trinken wollte, hat er mich geschlagen. Er sagte, sie würde alles enthalten, was ich bräuchte, um gesund zu bleiben, und ich sollte dankbar sein, dass ich etwas zu essen hätte. Irgendwann habe ich etwas Fingerhut mit in die Höhle geschmuggelt und als er draußen war und jagte, habe ich ihn zerdrückt und ihm in die Brühe getan. Ich musste sehr lange warten, aber dann begann es ihm sehr schlecht zu gehen. Das ging stundenlang so. Irgendwann ist er eingeschlafen. Da bin ich davongelaufen.«

Josie sah Noah an und bemerkte seinen verwunderten Blick. Er berührte Maya am Arm, damit sie ihn ansah. »Woher wussten Sie, dass Fingerhut giftig ist?«

»Einmal, als er mich aus der Höhle ließ, ging er Kräuter sammeln. Er fesselte mich an sich und nahm mich mit. Da sah ich Fingerhüte. Sie waren so schön. Ich hatte schon lange nichts Schönes mehr gesehen und pflückte sie. Da ist er ausgerastet. Er erzählte mir, sie würden mich sehr krank machen. Später sah ich unweit des Höhleneingangs welche wachsen. Ich wusste, dass ich an sie herankommen und sie heimlich pflücken musste, wenn ich eine Chance haben wollte, von ihm wegzukommen.«

Sie drehte sich wieder zu Josie. »Ich wusste, dass das Kind bald kommen würde. Ich musste weg. Aber ich hätte nie gedacht, dass ich es tatsächlich schaffe.«

»Als Sie aus der Höhle geflohen sind, war es da Tag oder Nacht?«, fragte Josie.

»Nacht«, antwortete Maya. »Ich bin einfach losgegangen, obwohl ich keine Ahnung hatte, wo ich war. Ich wollte nur weg. Da setzten die Wehen ein – ich nehme zumindest an, dass es Wehen waren – und das Laufen fiel mir immer schwerer. Dann habe ich die Straße gesehen und dachte, vielleicht sieht mich ja jemand, der dort unterwegs ist.«

»Wir hätten Sie beinahe überfahren«, sagte Noah, aber Maya sah ihn nicht an.

»Hat er Ihnen je gesagt, wie er heißt?«, fragte Josie. »Irgendetwas, was seine Identität verriet?«

Maya schüttelte den Kopf. »Nein, nichts. Ich habe ihn nie auch nur angeredet. Er sagte nicht viel, höchstens wenn er mich anschnauzte, ich solle den Mund halten. Oder wenn er mich … sich an mir v-vergriff und mir befahl, was ich mit ihm tun müsse.«

Ihre Schultern zuckten, als eine neue Welle von Schluchzern ihren Körper durchlief. Josie nahm wieder ihre Hand. »Ist schon okay«, beschwichtigte sie Maya. »Ich denke, das reicht für heute. Wir haben nur noch eine letzte Frage.« Sie rief auf ihrem Handy das Foto von Tyler und Valerie Yates auf. Wie sie Noah schon im Auto gesagt hatte, hielt sie es für unwahrscheinlich, dass die beiden Fälle zusammenhingen, aber um Gewissheit zu bekommen, gab es nur eine Möglichkeit. Sie hielt Maya das Display so hin, dass sie das Foto sehen konnte. Josie wartete, bis sie sich die beiden Gesichter genau angesehen und sich wieder ihr zugewandt hatte. »Kennen Sie eine der beiden Personen?«

Maya schüttelte den Kopf. »Nein, tut mir leid.«

»Das habe ich mir gedacht«, sagte Josie. Sie lächelte, woraufhin Maya sich mit einem leichten Lächeln bedankte. »Sie brauchen jetzt Ruhe. Anordnung des Arztes. Wir sehen später noch einmal nach Ihnen, okay?«

FÜNFZEHN

Noah und Josie gingen den Flur entlang zu den Aufzügen. Josie warf einen Blick auf ihr Handy, doch hatte noch niemand aus ihrem Team angerufen. »Gehen wir in die Rechtsmedizin«, sagte sie zu Noah. »Mal sehen, ob Dr. Feist die Angehörigen von Valerie und Tyler Yates ausfindig machen konnte.«

Sie drückte auf den Fahrstuhlknopf nach unten. Noah steckte die Hände in die Taschen. »Denkst du, dass sie die Wahrheit sagt?«

Josie atmete durch. »Ich weiß nicht. Sie ist ganz offensichtlich traumatisiert. Zwei Jahre lang galt sie als vermisst. Sie hat ein Kind von jemandem bekommen. Aber ein Mann, der in einer Höhle im Wald lebt?«

»In Pennsylvania gibt es viele unterirdische Höhlensysteme«, gab Noah zu bedenken. »Aber ich habe noch nie gehört, dass darin jemand hausen würde.«

Die Tür zum Aufzug öffnete sich mit einem Pling und sie traten ein. Josie drückte den Knopf in den Keller. Noah streckte den Arm an ihr vorbei und drückte auf den Knopf in den ersten Stock. »Ich sehe nur nach, ob es dem Baby gut geht«, sagte er. »Ich treffe dich dann unten, okay?«

»Der Arzt hat gesagt, sein Zustand sei stabil«, entgegnete Josie.

»Ich weiß, aber ich möchte wissen, ob sich etwas verändert hat.«

Bevor Josie etwas erwidern konnte, öffnete sich die Tür zum ersten Stock und Noah war verschwunden. Sie sah ihm nach, als er den Flur hinunterlief, bis sich die Tür schloss und der Aufzug in den Keller fuhr. Als er hielt, trat sie hinaus in einen fensterlosen, nüchternen Korridor mit vergilbten Bodenfliesen. Sie folgte dem Geruch von Chemikalien und biologischem Verfall bis zu einer kleinen Abfolge von Räumen, dem Reich von Rechtsmedizinerin Dr. Anya Feist.

Im Hauptuntersuchungsraum lag Tyler Yates auf einem Tisch, der Körper bis zum Kinn bedeckt mit einem weißen Tuch. Dr. Feist stand neben der Arbeitsfläche aus Edelstahl an der gegenüberliegenden Wand und schrieb etwas in eine Akte vor ihr. Sie lächelte finster, als sie Josie sah. »Ich bin froh, dass du hier bist. Ich habe die Autopsie des Mannes abgeschlossen.«

»Wo ist Valerie?«, fragte Josie.

»Bei Ramon. Er röntgt den Leichnam komplett.« Ramon war Dr. Feists Assistent. »Er wird in ein paar Minuten zurück sein.«

»Wie lautet deine Diagnose im Fall Tyler? Atemstillstand?«

Dr. Feist hob eine Augenbraue, während sie die Arbeitsfläche entlang zu einem Präparat ging, das auf einem Oberflächenschutz lag, wie Josie erkennen konnte. Es war rosa und rot vor Blut. »Er hatte entzündete Stellen in Mund und Rachen. In den Blutgefäßen um seinen Magen hatte sich Blut gestaut. Mageninhalt war nicht mehr viel vorhanden – es sieht aus, als hätte er fast alles in den Wald erbrochen. Aber er hat definitiv Gift zu sich genommen.«

»Wir haben rund achthundert Meter vom Zeltplatz entfernt Schierling im Wald gefunden«, verriet ihr Josie.

»Ja, das hat man mir gesagt. Das kann durchaus große

Beschwerden verursacht haben, aber umgebracht hat ihn das nicht.«

»Nicht?«, fragte Josie überrascht.

Dr. Feist winkte sie herbei, damit sie sich das Präparat näher ansah. Von Nahem erkannte Josie, dass es eine Hufeisenform hatte und vielleicht zwei bis drei Zentimeter lang war. Es sah fast aus wie die winzigen Knöchelchen eines Vogels, aber Josie wusste, dass es von Tyler Yates stammte.

»Das ist sein Zungenbein, nicht wahr?«, meinte sie und fühlte plötzlich einen kalten Schauder ihr Rückgrat hochkriechen.

Dr. Feist lächelte. »Korrekt.«

Josie sah, wo es zerbrochen war und Dr. Feist es wieder zusammengesetzt hatte. »Es ist förmlich zermalmt worden.«

»Genau«, gab Dr. Feist ihr recht. »Das Zungenbein befindet sich hier, wie du weißt.« Sie deutete auf ihre Kehle knapp unterhalb des Kinns. »Gewalteinwirkung auf das Zungenbein kann zum Ersticken führen.«

»Jemand hat ihn erwürgt.«

»Mit enormem Kraftaufwand, ja.«

Josie wandte sich wieder Tylers Leiche zu. »Auf seinem Hals waren keine Blutergüsse zu sehen.«

»Weil er so schnell tot war«, erläuterte Dr. Feist. »Er war wahrscheinlich durch die Vergiftung ziemlich geschwächt. Ich konnte keine Abwehrverletzungen finden. Er wurde schnell erwürgt, aber zugleich mit so viel Kraft, dass das Zungenbein an vier Stellen brach. Dafür war eine enorme Gewalteinwirkung nötig.«

»Wäre eine Frau dazu imstande?«

»Kann ich nicht ganz ausschließen, aber ich bezweifle es stark. Ich denke, eine solche Kraft in den Händen, wie dafür nötig ist, hat eher ein Mann.«

»Also ist die Todesursache Ersticken infolge manueller Strangulation und die Todesart ...«

»... Mord«, ergänzte Dr. Feist mit düsterem Blick.

»Was ist mit Valerie?«

»Ich muss sie, wie gesagt, noch obduzieren, aber wenn ihr Mann ermordet wurde, liegt es nahe, dass wir auch bei ihr Hinweise auf einen gewaltsamen Tod finden. Ich habe sie bisher nur äußerlich untersucht. Sie hatte Blutergüsse an der Innenseite der Schenkel, aber Anzeichen sexueller Gewalt im Körperinneren habe ich nicht entdeckt. Das heißt nicht, dass nicht in irgendeiner Weise ein sexueller Übergriff stattgefunden hat. Ich habe solche Blutergüsse in anderen Fällen gesehen, in denen das Opfer vergewaltigt wurde. Aber bei ihr habe ich bis jetzt keine inneren Blutungen oder Risse und auch keine DNA einer anderen Person entdeckt.«

Wieder ergriff Josie ein kalter Schauder. »Vielleicht hat jemand versucht, sie zu vergewaltigen, ist aber nicht so weit gekommen?«

»Möglich«, antwortete Dr. Feist. »Das scheint mir zumindest die wahrscheinlichste Erklärung.«

»Was ist mit der Verletzung an ihrem Handgelenk?«

»Sie ist frisch. Sieht aus, als würde sie von Fesseln stammen, aber sie ist klein. Wenn jemand ihre Handgelenke fixiert hat, dann entweder nur kurz oder sie hat sich nicht gewehrt.«

»Kannst du mit Sicherheit sagen, dass es sich um Fesselspuren handelt?«, fragte Josie. »Oder kann die Verletzung auf eine andere Art und Weise zustande gekommen sein?«

»Ich bin mir nicht sicher. Es sieht wie Fesselspuren aus, aber wenn ich vor Gericht aussagen müsste, wie sicher ich wäre, würde ich sagen, nicht mehr als fünfzig Prozent.«

Die Flügeltür zum Obduktionsraum öffnete sich. Ramon schob einen Autopsietisch auf Rädern herein und stellte ihn neben den mit Tyler Yates. Valeries Körper war komplett zugedeckt. Dr. Feist ging zu ihr, schlug die Decke zurück und faltete sie unter Valeries Kinn.

Sie seufzte, als sie sich das Gesicht der jungen Frau ansah. »Ich liebe meinen Beruf, aber ich hasse meine Arbeit.«

Josie nickte und lehnte sich mit der Hüfte gegen die Arbeitsfläche. Wieder dachte sie daran, dass Tyler und Valerie Yates in etwa so alt gewesen waren wie sie und Noah. Traurigkeit überkam sie. Die beiden würden nicht mehr zusammen alt werden. Zwischen ihnen würde es nie wieder eine jener dummen Auseinandersetzungen geben, wie man sie von alten Ehepaaren kannte – etwa, ob ein Minibackofen besser sei als ein Toaster. »Geht mir genauso«, pflichtete Josie ihr bei.

Sie schwiegen einen Augenblick lang für das junge Paar. Dann sagte Ramon: »Dr. Feist, sehen Sie sich das bitte gleich einmal an.«

Er ging zu einem aufgeklappten Laptop auf der Arbeitsfläche neben der Akte von Tyler Yates und begann zu klicken, bis er eine Reihe von Röntgenbildern aufgerufen hatte. Dann ging er zur Seite, damit Dr. Feist sie sich genauer ansehen konnte. Josie blickte ihr über die Schulter, während sie die digitalen Bilder durchblätterte und bei einem innehielt, das Valeries oberen Brustkorb mit Schultern und Halswirbeln zeigte – sowie ein Objekt, das definitiv nicht dorthin gehörte. Es war als weißer Umriss zwischen den unterschiedlichen grauweißen, grauen und schwarzen Schattierungen auf dem Röntgenbild zu erkennen. Sie sahen einen langen, geschlungenen, fast schnurartigen Gegenstand. Damit verbunden war ein weiteres, unregelmäßig geformtes, aber nahezu rundes Objekt. Es saß über den Schlüsselbeinen mitten in der Kehle.

Josie sog erschrocken die Luft ein. »Was ist das?«

Dr. Feist runzelte die Stirn. Sie holte sich aus einer Schachtel auf der Arbeitsfläche Vinylhandschuhe und ging zu Valeries Leiche. »Ramon«, sagte sie. »Ich brauche eine Zange. Die mit ...« Aber er hatte das Instrument bereits in der Hand und reichte es ihr. Sie rückte die bewegliche Oberleuchte über Valeries Körper zurecht. Dann kippte sie Valeries Kopf etwas zurück und drückte mit beiden Händen ihren Kiefer nach unten, um den Mund zu öffnen. »Ich brauche meine Stirnlampe, Ramon«, sagte sie.

Sekunden später setzte sie sich die Lampe auf und sah in Valeries Mund. »Aus diesem Winkel kann ich nichts erkennen.«

Sie ging um den Tisch herum, stieg hinauf und beugte sich über die Leiche. Ramon schob die Leuchte so zurecht, dass sie Dr. Feist nicht im Weg war. Sie drückte einen Finger auf Valeries Kinn und öffnete ihren Mund so weit wie möglich. Josie zuckte schaudernd zusammen, als Dr. Feist die Zange tief in den Hals der toten Frau einführte.

»Das Ding könnte zu tief drinstecken«, meinte Ramon. »Vielleicht brauchen Sie ein Endoskop.«

Dr. Feists Gesicht war nur wenige Zentimeter von Valeries offenem Mund entfernt. Konzentriert kniff sie die Augen hinter ihrer Schutzbrille zusammen. Mit der Zange fuhr sie im Rachen der Leiche herum. »Unsinn«, murmelte sie. »Ich kann ein Stück sehen. Ich muss es nur zu fassen bekommen. Jetzt!«

Sie drückte die Zange zusammen und zog vorsichtig an dem Objekt. Josie wusste, dass sie versuchte, kein Gewebe in Valeries Mund zu verletzen, während sie das, was da drinnen war, herausholte. Im Leichenschauhaus war es eiskalt, aber auf Dr. Feists Oberlippe hatten sich Schweißperlen gebildet.

Schließlich zog sie den Gegenstand heraus. Er war lang und schmal und mit Schleim bedeckt. Ramon stand bereits mit einer kleinen Edelstahlschale neben der Ärztin bereit. Sie ließ das Objekt klappernd hineinfallen.

Dr. Feist stieg wieder herunter und folgte Ramon zu einem leeren Tisch, auf den er die Schale stellte. Als Josie zu ihnen trat, drehte Ramon die Leuchte über dem Tisch so, dass sie direkt auf die Schale leuchtete. Alle drei starrten hinein.

»Eine Halskette«, sagte Josie. Sie deutete auf die lange Schnur, die nur wenige Millimeter dick und vielleicht dreißig

Zentimeter lang war. Sie hatte keinen Metallverschluss, sondern war an den Enden zusammengeknotet. »Sieht aus wie Leder.«

»Würde ich auch sagen«, stimmte Dr. Feist ihr zu. Mit der Zange schob sie die Halskette so zurecht, dass man den etwa zwei Zentimeter großen Anhänger am Leder besser sehen konnte. Er war nicht an einer Halterung befestigt, man hatte das Lederband lediglich durch ein Loch im Anhänger gefädelt, der aussah wie ein kleines Holzstück. Die zu ihnen gedrehte Seite war flach und braun und hatte zwei tiefe, nebeneinander liegende Löcher in der Mitte, wie zwei Ohrläppchen oder die beiden Hälften eines Herzchens. Eingefasst wurden sie von winzigen, unregelmäßigen, wie mit der Nadel gestochenen Löchern und tieferen, längeren Einkerbungen. Das Ganze war sehr ungleichmäßig geformt. Dr. Feist drehte den Anhänger um. Die Rückseite war rundlich, gerillt, schwarz und rau. Fast wie eine angekohlte Minikokosnuss.

»Das ist eine Schwarznuss«, sagte Josie.

»Eine was?«, fragte Ramon.

Dr. Feist sah sie an und wartete darauf, dass sie weitersprach.

»Eine Schwarznuss«, wiederholte Josie. »Man sieht das an der Farbe auf der Rückseite. Sie wurde in der Mitte durchgeschnitten. Schwarznussbäume kommen in ganz Pennsylvania vor. Die Nüsse ähneln denen von Walnüssen. Sie reifen in großen grünen Fruchthüllen und sind schwer zu ernten. Ich habe schon gesehen, wie sie mit Hämmern aufgeklopft wurden. Das hier ist nur die Schale. Die eigentliche Nuss wurde entfernt.«

»Jemand bastelt eine Halskette aus einer halben Schwarznussschale und stopft sie diesem Mädchen in den Hals?«, fragte Dr. Feist ungläubig.

»Sieht so aus.« Josie spürte Beklemmung in sich hochsteigen. Sie holte ihr Handy heraus und machte ein paar Fotos.

»Aber warum?«, fragte Dr. Feist.

Josie trat einen Schritt vom Tisch zurück und lehnte sich an eine Arbeitsfläche. Ihr war leicht schwindlig. Erschöpfung und Schlafentzug erschwerten ihr das Denken. »Es ist eine Signatur.«

Dieses Mal erntete sie einen fragenden Blick von Ramon. Dr. Feist fragte: »Was meinst du damit?«

»Eine Signatur«, wiederholte Josie. »Etwas, was ein Mörder zu seiner eigenen Befriedigung macht, was aber für die Durchführung des Verbrechens nicht unbedingt notwendig ist. Mit anderen Worten: Er hat sie nicht dadurch umgebracht, dass er ihr die Halskette in den Rachen gestopft hat. Er hat das aus ganz bestimmten Gründen gemacht. Es bedeutet ihm etwas.«

»Die Halskette könnte durchaus ihren Tod verursacht haben«, widersprach Dr. Feist. »So tief, wie sie in ihrem Hals steckte.«

»Das stimmt. Sie hätte sie natürlich umbringen können. Aber ich glaube, bei der Autopsie wirst du feststellen, dass ihr Zungenbein ebenfalls gebrochen war. Oder dass sie an der Schierlingsvergiftung gestorben ist.«

Leise sagte Ramon: »Wer das getan hat, wollte sie also umbringen, egal wie.«

Josie nickte. Sie schloss für einen Augenblick die Augen. Da fühlte sie Dr. Feists Finger auf der Innenseite ihres Handgelenks und öffnete sie wieder. Dr. Feist kannte Josie gut genug, um gar nicht erst zu fragen, ob alles in Ordnung mit ihr war. »Dein Puls rast«, sagte sie nur. »Setz dich doch in mein Büro. Ramon verstaut Mr Yates unterdessen wieder und macht Mrs Yates für die Autopsie fertig.«

Ramon nickte und machte sich sogleich an die Arbeit. Er schien froh, etwas zu tun zu haben, statt über die Schwarznuss-Halskette zu reden.

Dr. Feists Büro befand sich direkt neben dem Untersuchungsraum. Obwohl die Mauern aus blau gestrichenen Betonziegeln bestanden, war das Licht hier weicher. Die Ärztin hatte die Wände außerdem mit mehreren abstrakten Gemälden in Pastellfarben behängt, sodass die Atmosphäre im Raum fast beruhigend wirkte. Josie ließ sich in den Gästestuhl vor Dr. Feists Schreibtisch sinken. »Schnauf mal fünf Minuten durch«, beschied ihr die Ärztin.

Sie ging aus dem Zimmer. Josie konnte hören, wie sie draußen Ramon Anweisungen gab. Als sie zurückkehrte, hatte Josie sich wieder etwas gefangen. Dr. Feist setzte sich auf die Kante ihres Schreibtischs und fragte: »Du meinst, dass die Schwarznuss eine Bedeutung hat? Und auch die Herzform in der Mitte?«

Josie nickte. »Es kann durchaus sein. Vielleicht ist es irgendein Liebessymbol – oder was dieser kranke Typ für Liebe hält.« In Gedanken ging sie noch einmal das bisschen durch, was sie über die Tat wusste. »Ich glaube, der Täter hat die beiden mit Schierling getötet. Vielleicht hatte er es auf Valerie abgesehen, konnte aber nur an sie herankommen, indem er Tyler umbrachte. Da es beiden durch die Vergiftung schlecht ging, hatte er keine Schwierigkeiten, Tyler zu ermorden. So hätte er Valerie für sich allein gehabt.«

»Nur, dass es auch ihr äußerst schlecht ging«, warf Dr. Feist ein. »Wie du schon gesagt hast.«

»Und dann ist da noch die dritte Camperin«, fügte Josie hinzu. »Aber wir wissen nicht, wo sie waren, als das alles passiert ist. Wir nehmen im Moment an, dass die dritte Person eine Frau war, weil wir im Schlafsack eine goldene Halskette gefunden haben.«

»Vielleicht hat er sie entführt«, mutmaßte Dr. Feist.

»Genau das befürchte ich.«

Einen Augenblick lang herrschte zwischen ihnen Stille, als beide ihre Gedanken sortierten. Schließlich sagte Dr. Feist: »Was weißt du sonst noch über Schwarznüsse?«

Josie rieb sich die Schläfen. Sie spürte die ersten Anzeichen eines Kopfschmerzes. »Ich weiß, dass die Wurzeln der Schwarz-nussbäume eine Substanz namens Juglon enthalten.«

»Das ist ein natürliches Herbizid, nicht wahr?«, meinte Dr. Feist.

»Genau«, pflichtete Josie ihr bei. »Es tötet alles in der Umgebung des Baums ab.«

SECHZEHN

Ramon steckte seinen Kopf in das Büro. »Valerie Yates ist bereit für Ihre Untersuchung, Doc«, sagte er.

Dr. Feist lächelte ihn an. »Danke, Ramon. Ich komme gleich.« Zu Josie gewandt meinte sie: »Ich weiß nicht, wie es mit dir ist, aber ich könnte eine Tasse Kaffee gebrauchen, bevor ich mich an die nächste Autopsie mache. Soll ich schnell einen in der Cafeteria oben holen?«

»Ich muss zurück zur Arbeit«, entgegnete Josie.

»Nur eine Tasse«, insistierte Dr. Feist. »Ist Noah mit dir mitgekommen?«

»Ja. Er ist auf der Neugeborenen-Intensivstation.«

Dr. Feist zog erstaunt eine Augenbraue hoch. Anscheinend war die Nachricht von der dramatischen Geburt heute Vormittag noch nicht bis in die Eingeweide des Krankenhauses vorgedrungen. Josie rekapitulierte, was sich ereignet hatte.

»Dann brauchst du den Kaffee noch mehr, als ich dachte«, sagte Dr. Feist. »Bleib hier. Ich hole ihn und versuche, Noah zu finden.«

Josie hatte nicht die Kraft zu widersprechen. Sie dachte an

den Grund, weswegen sie eigentlich gekommen war, und fragte: »Hast du etwas über Angehörige herausbekommen?«

»Ich habe dabei ein bisschen Unterstützung durch deine Abteilung bekommen. Detective Mettner ist recht hilfsbereit.«

»Ja, er ist großartig«, stimmte Josie ihr zu. Sie sah unauffällig auf ihr Handy. »Eigentlich warte ich auf eine Nachricht von ihm, ob er die Smartphones von Valerie und Tyler Yates knacken konnte. Ich habe versucht, über mein Handy ihre Profile in den sozialen Medien zu checken, aber dort gibt es rund ein Dutzend Tyler Yates' und fast ebenso viele Valerie Yates'. Keines der Profilbilder ähnelt ihnen.«

Dr. Feist lächelte und deutete hinüber zu ihrem Schreibtisch, auf dem ihr Laptop aufgeklappt lag. »Setz dich rüber«, bat sie Josie. »Wir haben einen Angehörigen von Tyler ausfindig gemacht. Sein Vater heißt Wesley Yates und lebt ebenfalls in Fox Mill. Ich habe den dortigen Rechtsmediziner angerufen. Man wird den Vater in den nächsten vierundzwanzig Stunden über den Tod seines Sohnes informieren. Du kannst seine Nummer haben. Ich schätze, du möchtest mit ihm reden.«

»Ja, das wäre sehr wichtig«, antwortete Josie, während sie zu Dr. Feists Schreibtischstuhl ging.

Dr. Feist beugte sich über Josies Schulter und klickte ein paarmal. Es erschien ein Dokument, das unter anderem das Foto aus Wesley Yates' Führerschein enthielt. Josie holte ihr Smartphone heraus und schrieb in ihre Notiz-App seine Adresse sowie die Telefonnummer, die unter dem Führerscheinfoto stand.

»Wo du schon mal da bist, kannst du dich hier auch gleich in Facebook einloggen, wenn du willst«, schlug Dr. Feist vor. »Und nach Wesley Yates suchen.«

»Kann ich später mit dem Handy machen«, sagte Josie.

»Ich weiß. Aber ich bin froh, wenn ich Gesellschaft habe.« Damit zog sie los, um Kaffee zu holen.

Die Liste der Wesley Yates' auf Facebook war noch länger

als die der Tylers und Valeries, zum Glück verwendete allerdings der Wesley, den sie suchte, eine Aufnahme von seinem Gesicht als Profilbild. Das konnte sie gut mit dem Foto aus dem Führerschein abgleichen. Sie ging die Liste seiner Freunde durch und fand dort Tylers Account. Er hatte als Profilbild eine Aufnahme von einem Wald in der Abenddämmerung, doch mehrere seiner übrigen Fotos waren öffentlich. Josie klickte durch und stieß auf mehrere Bilder von ihm und Valerie. Sie konnte anhand des Aufnahmedatums einiger Hochzeitsfotos herausfinden, dass sie vor vier Jahren geheiratet hatten. Es sah aus, als wären sie ein- oder zweimal im Jahr zum Zelten gefahren. Valerie war fast auf allen Fotos dabei, aber kein einziges Mal getaggt. Außerdem fehlte sie sowohl auf Tylers als auch auf Wesleys Freundesliste, was darauf hindeutete, dass sie kein Facebook-Konto hatte.

Josie ging die Fotos von Tyler Yates ein letztes Mal durch. Ihr fiel auf, dass auf mehreren Bildern von ihm und Valerie ein weiteres Paar ähnlichen Alters zu sehen war. Aber auch diese beiden waren in keinem Bild getaggt. Josie ging die Kommentare zu vielen Aufnahmen durch, doch in keinem wurden Namen außer denen von Tyler und Valerie genannt. Sie blätterte zurück und sah sich die Fotos genauer an. Dabei fiel ihr der Unterschied zwischen dem durchtrainierten Yates-Paar und ihren Freunden auf. Tyler hatte blaue Augen, war durchschnittlich groß und drahtig wie ein Läufer. Auf den Bildern lachte er schief. Sein sandblondes Haar war kurz und manchmal zu einer Stachelfrisur gekämmt. Der andere Mann war größer und ein dunklerer Typ. Sein zotteliges braunes Haar reichte bis zu seinem Kragen und fiel in seine dunkelbraunen Augen. Er lächelte etwas verhalten, als würde er die Zähne zusammenbeißen. Die weibliche Begleitung, von der Josie annahm, dass es sich um seine Freundin oder Frau handelte, war klein, kurvig und hatte aschblondes Haar bis hinunter zum Po. Valerie dagegen war brünett, etwas größer als sie und hagerer. Die ältesten Fotos zeigten die Unbekannte mit einem breiten Lächeln, perfekt regelmäßigen Zähnen und einem Grübchen in der rechten Wange. Auf späteren Aufnahmen war der Mann mit dem zottigen Haar nicht mehr mit von der Partie, doch schien er auch ihr Lächeln mitgenommen zu haben. In den neuesten Aufnahmen stand sie zwischen Tyler und Valerie Yates und lächelte mit zusammengekniffenen Lippen recht gezwungen und freudlos in die Kamera.

Josie überprüfte das Aufnahmedatum der Fotos und stellte fest, dass die ältesten vor sechs Jahren gemacht worden waren. Die männliche Hälfte des zweiten, namenlosen Paares verschwand nach dreieinhalb Jahren aus den Bildern. Josie fragte sich, was aus dem jungen Mann geworden war. War er gestorben? Oder hatten sich die beiden einfach nur getrennt beziehungsweise scheiden lassen?

Dr. Feist kam zurück in den Raum mit einem Becherhalter, in dem sich drei Pappbecher mit Kaffee und eine Auswahl an Zucker, Milch und Rührstäbchen befanden. Noah lief hinter ihr her. »Sieh mal, wen ich auf dem Flur gefunden habe«, scherzte Dr. Feist.

»Hallo«, begrüßte Noah sie. »Anya hat mir von der Autopsie erzählt. Ich habe mir gerade die ... Halskette angesehen.«

»Ziemlich schockierend, nicht wahr?«, sagte Josie. »Wie geht es dem Baby?«

Noah lächelte. »Es macht sich großartig. Ich habe auch Moore oben getroffen.«

»Wie nett von ihm, dass er sich für uns aus seinem Zuständigkeitsbereich herausbequemt hat.«

Noah lachte. »Hast du Angehörige von Valerie und Tyler Yates aufgespürt? Zum Beispiel über die sozialen Medien?«

Josie erzählte ihm von Wesley Yates und zeigte ihm, was sie in den Profilen entdeckt hatte. »Sieh dir die Frau auf den Fotos an«, riet sie ihm. »Ihr Freund oder Mann – oder wer auch immer der Typ ist – war irgendwann weg, aber trotzdem ist sie weiter viel mit den beiden zusammen gewesen.«

»Ja und? Vielleicht ist er gestorben und sie haben sie getröstet«, spekulierte Noah.

Josie klickte noch einmal zu einigen Bildern zurück. »Aber sieh dir das hier an: Hier ist eines mit den dreien während eines Kinofilms. Hier sieht man sie alle drei bei einem Feuerwerk. Hier in einem Kunstmuseum. Und hier auf einem Gastro-Event.«

»Was denkst du?«, fragte Noah.

»Ich frage mich, ob diese Frau die dritte Camperin ist.«

»Weil sie so viel mit den anderen beiden rumgehangen hat?«

»Sie hängt nicht nur mit ihnen rum. Sie nehmen sie überallhin mit.«

»Du siehst nur die Fotos, die auf öffentlich gestellt sind«, warf Noah ein.

Josie entfuhr ein frustrierter Laut aus tiefster Kehle. »Da draußen läuft ein Mörder herum. Gut möglich, dass er diese Frau in seiner Gewalt hat.«

»Josie, du weißt, dass wir keinen Fehler machen dürfen. Er könnte die dritte Camperin festhalten, da gebe ich dir recht. Möglicherweise ist sie auch in Gefahr, aber bevor wir etwas Unüberlegtes tun, brauchen wir einen Beweis, dass die Frau auf den Fotos aus den sozialen Medien auch wirklich die dritte Camperin ist.«

»Es gibt genug Fotos von den dreien bei gemeinsamen Unternehmungen, um mit gutem Grund anzunehmen, dass die Frau beim Campen mit dabei war. Wir müssen mit dem arbeiten, was wir haben. Ich nehme in Kauf, falsch zu liegen, was ihre Identität angeht. Aber wenn wir herausfinden, wer sie ist, können wir besser einschätzen, ob sie diejenige ist, nach der wir suchen.«

»Wesley Yates kennt sie vermutlich.«

»Ich weiß nicht, ob ihm die Todesnachricht bereits übermittelt wurde«, sagte Josie. Sie deutete auf die Frau, die im Foto auf dem Bildschirm während eines Baseballspiels der Phillies zwischen Tyler und Valerie Yates stand. »Aber wenn es sich bei ihr um die Camperin handelt und sie tatsächlich abgängig ist, müssen wir das sofort wissen.«

»Ich rufe den Rechtsmediziner in Fox Mill an und versuche herauszufinden, ob man Wesley Yates bereits informiert hat«, sagte Dr. Feist. »Wenn nicht, frage ich, wann sie es zu tun gedenken.«

»Danke«, erwiderte Josie. »Ich schicke Mett den Link zu diesem Profil und bitte ihn, jeden auf Tyler Yates' Freundesliste zu kontaktieren, den er auftreiben kann. Vielleicht weiß jemand ihren Namen. Ich möchte auch, dass unsere Leute weiter draußen im Wald nach der vermissten dritten Person suchen, sobald das Gewitter nachlässt.«

Sie holte ihr Handy heraus, aber bevor sie Mettner anrufen konnte, kam ein Anruf von Moore. Sie hielt Noah das Display hin. »Ich rufe Mettner an«, sagte er. »Sprich du mit Moore.«

»Quinn«, nahm sie das Gespräch an.

»Ich habe Mr und Mrs Bestler angerufen«, teilte ihr Moore mit. »Sie sollten in der nächsten Stunde in Denton sein. Ich bin gerade im Denton Memorial Hospital. Sind Sie noch dort? Wissen Sie, in welchem Zimmer diese Frau ist, die behauptet, Maya Bestler zu sein?«

»Dritter Stock, Zimmer vierhundertachtundzwanzig. Wir sind im Leichenschauhaus und kommen gleich hoch.«

SIEBZEHN

Moore wartete vor dem Schwesternzimmer auf sie. Er schien ebenfalls geduscht zu haben, dachte Josie bei sich, denn seine Haare wirkten sauber und frisch gekämmt; außerdem trug er eine legerere Uniform: ein hellbraunes Poloshirt mit dem Abzeichen des Sheriffs von Lenore County und marineblaue Slacks. Unter den Arm hatte er einen Manila-Dokumentenordner geklemmt. Josie sorgte dafür, dass sie zehn Minuten lang den Pausenraum der Belegschaft für sich hatten, damit sie Informationen austauschen konnten. Die Akte, die Moore mitgebracht hatte, war eine Kopie der Unterlagen über Bestlers Verschwinden. »Können Sie behalten«, sagte er zu Josie, als sie die Seiten durchblätterte. Noah fasste zusammen, was Dr. Feist bislang über das Yates-Paar herausgefunden hatte, und fragte Moore, ob er veranlassen könne, dass Einheiten das zu Lenore County gehörige Areal am Zeltplatz nach der dritten Camperin absuchten.

Moore kratzte sich mit saurer Miene am Kinn. »Denke schon, dass ich das arrangieren kann.«

Aber er machte keine Anstalten, zu seinem Handy zu greifen.

»Das können Sie doch jetzt erledigen, oder?«, sagte Noah.

Moore deutete an die Decke. »Hören Sie das nicht? Es regnet in Strömen. Außerdem donnert und blitzt es. Mein Boss schickt bei diesem Wetter keine Leute raus.«

»Aber er kann die Leute in Bereitschaft versetzen, damit sie loslegen können, sobald es aufklart.«

Moore blieb stumm und machte keinerlei Anstalten anzurufen. Josie sah, dass auf Noahs Hals eine Ader hervortrat. »Vielleicht sollten wir einfach die Staatspolizei hinzuziehen«, sagte sie betont beiläufig und widmete sich wieder der Akte vor sich.

Mit verärgertem Schnaufen zog Moore sein Handy heraus und verließ das Zimmer.

»So ein Arsch«, schimpfte Noah. »Was ist mit dem los? Es scheint ihm völlig egal zu sein, dass eine Frau da draußen in Gefahr ist.«

»Er ist ein Idiot«, erwiderte Josie. »Wir sollten über seinen Kopf hinweg entscheiden. Und dem Chief sagen, dass er seinen Chief anrufen soll.«

»Das kommt sicher gut an«, bemerkte Noah.

Bevor Josie antworten konnte, stapfte Moore zurück in das Zimmer. »Mein Boss hält einen Suchtrupp auf Abruf bereit. Zufrieden?«, murrte er.

»Na klar«, entgegnete Josie.

Moore funkelte sie wütend an. Sie widmete sich wieder der Akte, während Noah ihn in aller Kürze darüber informierte, was Bestler gesagt hatte.

Moore schüttelte langsam den Kopf. »Ich war sicher, dass Garrett Romney diese Frau umgebracht und ihre Leiche versteckt hat.« Er deutete auf die Akte in Josies Hand. »Sie können den Unterlagen entnehmen, dass unser Fall glasklar war.«

Wäre dem tatsächlich so gewesen, würde Garrett Romney in diesem Augenblick im Gefängnis verrotten, dachte Josie, behielt es jedoch für sich. Mit seinem Auftauchen hier im Denton Memorial mitsamt der Akte wollte er ihnen lediglich demonstrieren, dass seine Leute alles in ihrer Macht Stehende getan hatten, um bei der Aufklärung des Falls mitzuhelfen. Jemand in Lenore County wollte nicht dafür verantwortlich gemacht werden, sich nur auf Garrett konzentriert und alles andere außer Acht gelassen zu haben. Wenn Maya oder ihre Familie beweisen konnte, dass das Sheriffbüro von Lenore County die Sache verbockt hatte, hätte es eine saftige Klage am Hals.

»Auf jeden Fall können wir mit Sicherheit sagen, dass Romney nichts mit der Sache zu tun hatte«, stellte Noah fest. »Jetzt müssen wir nur noch herausfinden, wer sie entführt hat.«

»Ich dachte, sie hätte Ihnen das gesagt«, sagte Moore.

Josie blickte von der Akte auf. »Sie behauptet, es sei ein Mann gewesen, der im Wald in einer unterirdischen Höhle leben würde. Hören Sie, ich denke, es gibt keinen Zweifel daran, dass jemand sie tatsächlich entführt und in den letzten zwei Jahren gefangen gehalten hat. Sie ist eindeutig traumatisiert, hat Narben an den Handgelenken und ist wegen nicht behandelter Ohrenentzündungen so gut wie taub. Ich weiß nur nicht, ob ...« Sie suchte nach den rechten Worten.

Bevor sie fortfahren konnte, ergänzte Noah: »Wir müssen natürlich bei unseren Ermittlungen davon ausgehen, dass stimmt, was sie uns erzählt hat, haben aber Bedenken, dass es möglicherweise etwas weit hergeholt ist.«

»Sie verschwand in Lenore County«, fuhr Josie fort, »und ist nur einige Kilometer nördlich der Bezirksgrenze in unserem Zuständigkeitsbereich aufgetaucht. Wir reden hier von einem staatlichen Jagdgebiet, in dem es viel Privatbesitz, Jagdhütten und Landhäuser gibt. Es dauert zwar eine Weile, bis man das Gelände zu Fuß durchsucht, andererseits ist es zu klein, als dass ein Mann dort jahrelang unentdeckt leben könnte – vor allem in dem verwahrlosten Zustand, in dem er sich ihren

Angaben zufolge befand. Sie hat ihn quasi als Monster beschrieben.«

Moore verzog das Gesicht und kratzte sich am Kopf.

»Was ist?«, fragte ihn Josie.

Moore sah von Josie zu Noah und wieder zurück. »Die Sache ist die, dass wir tatsächlich so einen in Lenore County haben.«

»Ein Monster im Wald, das Frauen entführt und in unterirdischen Höhlen festhält?«, fragte Noah ungläubig.

Moore nickte und lachte leise. »Nicht ganz so, wie Sie es beschreiben, aber wir haben tatsächlich ein paar Höhlen in Lenore County.«

»Davon gibt es in Pennsylvania viele«, stellte Josie klar. »den Crystal Cave, die Indian Echo Caverns, die Lost River Caverns.«

»Das sind Touristenattraktionen«, widersprach Moore. »Ich rede von Höhlen im Jagdgebiet, um die sich niemand kümmert. Ihre Eingänge sind ziemlich schwer zu finden, wenn ich mich recht erinnere, weshalb die Jagdbehörde nicht allzu viel Aufhebens um sie macht.«

»Und darin soll ein Mann hausen?«, hakte Noah nach.

»Vor fünf Minuten hätte ich noch Nein gesagt«, erwiderte Moore. »Aber jetzt, da ich gehört habe, was Sie erzählen, kann ich es nicht mehr ausschließen. Wir haben da einen Typen in Lenore County. Jeder nennt ihn den ›Einsiedler‹. Ich habe ihn noch nie gesehen, andere aber schon.«

»Einsiedler?«, hakte Josie nach.

»Ja, ein Kerl, der im Wald lebt. Belästigt niemanden. Wie gesagt, nur wenige haben ihn je gesehen.«

»Woher wissen Sie dann, dass es nicht nur ein Gerücht oder moderner Mythos ist?«, fragte Noah.

»Weil ihn im Lauf der Jahre schon so viele gesehen haben, dass seine Existenz zweifelsfrei feststeht. Aber wie gesagt, er belästigt niemanden. Hat sich unseres Wissens nie mit Jägern oder Wanderern angelegt. Wahrscheinlich hält er sich in den Höhlen auf. Das erscheint mir zumindest plausibel – vor allem im Winter – und würde auch erklären, warum er so selten gesichtet wird.«

»Wie alt ist er?«, wollte Josie wissen.

Moore zuckte die Schultern. »Keine Ahnung. Manche sagen, zwischen fünfzig und sechzig.«

»Wie lang haust er schon im Wald?«, fragte Noah.

»Wir glauben, so um die zwanzig Jahre, vielleicht auch länger. Es heißt, dass er Witwer sei, sich nach dem Tod seiner Frau in den Wald zurückgezogen habe und nie wieder herausgekommen sei.«

»Wer ist er?«, bohrte Josie weiter. »Wie heißt er?«

»Das weiß ich nicht. Niemand weiß es.«

»Und woher wissen Sie dann, dass seine Frau gestorben ist?«, fragte Noah ungläubig.

»Wir wissen es ja nicht. Wie gesagt, es ist eine Legende. Ein Gerücht.«

»Würden Sie die Höhlen finden? Könnten Sie uns hinbringen?«, drängte Josie.

»Wahrscheinlich schon. Aber sind Sie sicher, dass wir in Lenore County dafür zuständig sind?«

»Sie ist auf unserer Seite der County-Grenze aus dem Wald gekommen«, räumte Noah ein. »Es könnte also in unseren Zuständigkeitsbereich fallen.«

»Aber er hat sie in Lenore County, entführt, festgehalten und missbraucht«, fügte Josie hinzu.

»Ich könnte Ihnen eine Karte besorgen.«

»Oder Sie können Ihre verdammte Arbeit machen«, knurrte Noah, der sich nicht länger beherrschen konnte. Rasch stand Josie auf und trat zwischen die beiden Männer, das Gesicht zu Moore gewandt, der Noah über ihre Schulter hinweg mit rotem Gesicht wütend anstarrte.

Sie schnippte mit den Fingern vor seinem Gesicht und er sah sie an.

»Wenn das ein Fall ist, für den Lenore County zuständig ist, muss Ihr Team ihn für den Prozess aufbereiten. Ihr Bezirksstaatsanwalt wird Ermittlungen einleiten müssen.«

Er verschränkte die Arme vor seiner Brust. »Also?«

Noahs Brustkorb drückte gegen Josies Rücken. »Also hören Sie auf, sich um die Arbeit zu drücken.«

Josie hob die Hand, um Noah zum Schweigen zu bringen. Zu Moore gewandt sagte sie: »Also müssen wir zusammenarbeiten. Sollten Sie es vergessen haben: Da draußen im Wald laufen irgendwo ein Mörder und eine Vermisste herum. Sie erzählen mir, dass so ein Kerl dort lebt, während wir hier eine Frau haben, die berichtet, dass sie von jemandem gekidnappt wurde, dessen Beschreibung ziemlich genau auf ihn passt. Da ist es nicht weit hergeholt, zu vermuten, dass die beiden Fälle zusammenhängen. Wir müssen Ihren Einsiedler finden und herausfinden, ob er derjenige ist, der die beiden Yates' ermordet und ihre Bekannte mitgenommen hat. Ich möchte nicht für einen weiteren Mord verantwortlich sein. Und glauben Sie mir, mein Freund, Sie auch nicht.«

»Ich bin nicht Ihr Freund«, warf ihr Moore entgegen.

»Damit kann ich leben«, erwiderte Josie. »Wir müssen nach der Arbeit kein Bier zusammen trinken gehen. Ich will nur, dass Sie uns zu den Höhlen führen.«

Man hörte ein kurzes Klopfen, dann ging die Tür auf und eine Krankenschwester steckte den Kopf herein. »Officers«, meldete sie. »Hier sind ein paar Leute, die sagen, dass sie Maya Bestler suchen.«

»Wir kommen sofort«, antwortete Moore.

ACHTZEHN

Die Bestlers standen, ein paar Schritte voneinander entfernt, zwischen dem Schwesterntresen und den Aufzügen. Moore stellte Gus Bestler vor, einen großen und drahtigen, schlanken, grauhaarigen Mann mit kakibraunen Shorts und kurzärmeligem Button-down-Hemd. Er tigerte rastlos in immer gleichen Bewegungen herum – drei Schritte zum Lift, Hände in die Taschen, Hände aus den Taschen, drei Schritte zurück zum Tresen des Stationspersonals. Josie sah keinen Ehering an seiner Hand und auch Mrs Bestler trug keinen. Sie fragte sich, ob Mayas Verschwinden ihre Ehe zerrüttet hatte und sie geschieden waren.

Sandy Bestler stand still herum, aber Josie sah, dass sie ebenso nervös war wie Gus. Als Moore sie vorstellte, gab sie Josie eine schlaffe, verschwitzte Hand. Sie fasste immer wieder in die große Handtasche über ihrer Schulter, zog aber die Hand leer heraus und fuhr sich anschließend mit den Fingern durch das Haar. Es war kurz, doch modisch und stilvoll geschnitten und komplett in Richtung ihres schmalen Gesichts frisiert, was ihr spitzes Kinn etwas weicher erscheinen ließ. Josie konnte nicht so recht entscheiden, wem von ihnen Maya mehr ähnelte, beschloss aber schließlich, dass sie ein recht ausgeglichener Mix aus beiden war.

Nachdem sie sich vorgestellt hatten, sprach Moore leise mit ihnen und berichtete ihnen in Kürze, was Maya Josie und Noah von ihrem Martyrium erzählt hatte. Auch die Geburt ihres Enkels ließ er nicht aus. Gus wirkte völlig vor den Kopf geschlagen, doch Sandys Gesicht blieb ausdruckslos. Wie aufgewühlt sie war, sah man nur an den weiß hervortretenden Knöcheln ihrer Finger, mit denen sie den schwarzen Riemen ihrer Handtasche umklammert hielt. »Ist es wirklich Maya?«, fragte Sandy.

Moore warf Josie, die direkt hinter ihm stand, einen Blick zu. »Detective Quinn hat sie anhand des Fotos aus ihrem Führerschein identifiziert. Wir glauben, dass es sich um Maya handelt.«

»Wo ist sie? Können wir sie sehen?«, fragte Gus mit zittriger Stimme.

»Natürlich«, erwiderte Moore.

Josie trat nach vorn und wies sie auf Mayas Verletzungen und insbesondere ihre Gehörlosigkeit hin. »Sie müssen sie direkt ansehen, wenn Sie mit ihr sprechen. Sie muss Sie reden sehen.«

»Gut, gut«, sagte Gus und schaukelte auf Fersen und Ballen vor und zurück.

Josie und Noah führten sie in das Zimmer. Maya sah aus, als hätte sie sich nicht mehr bewegt, seit sie das letzte Mal mit ihr gesprochen hatten. Allerdings hatte sich jemand Zeit genommen, die verfilzten Stellen aus ihrem Haar zu bürsten. Ihre Augen wurden groß, als sie zu fünft in das Zimmer traten. Bevor jemand etwas sagen konnte, drängte Gus sich an allen vorbei und lief zum Bett. »Maya!«, rief er und nahm sie in seine Arme. Der Monitor über Mayas Kopf protestierte, Puls- und Atemfrequenz erhöhten sich merklich. Gus schluchzte und nahm seine Tochter fest in seine Arme. Langsam schlang Maya ihre Arme um den Hals ihres Vaters und schloss die Augen.

Josie, Noah und Moore blieben in der Nähe der Tür stehen. Sandy stand zurückhaltend am Fuß des Betts und beobachtete die beiden. Sie hängte ihre Handtasche von einer Schulter auf die andere und wieder zurück. Kurz darauf blickte sie zur Tür, als wollte sie gehen. Als sie die drei Polizisten nebeneinander an der Wand stehen sah, drehte sie sich rasch wieder zu ihrer Tochter.

Gus löste seine Umarmung kurz, um Maya ins Gesicht zu sehen. Er nahm ihr Gesicht in seine Hände und sah sie einen Augenblick lang intensiv an. »Sie ist es«, sagte er. Er wandte den Blick zu Moore und lächelte. »Sie ist es tatsächlich.« Dann küsste er ihre Stirn und drückte ihren Kopf an seine Schulter.

Mit zögerlichen Schritten ging Sandy zur anderen Seite des Betts und nahm die Hand ihrer Tochter.

»Warten wir draußen«, sagte Josie. »Wir können mit Mr und Mrs Bestler reden, nachdem sie mit Maya gesprochen haben.«

Sandy kam zwanzig Minuten später aus dem Zimmer. Sie war noch genauso nervös wie zuvor und fuhr sich ständig mit den Fingern durch das Haar. Sie lächelte nicht, als sie die drei sah, ging jedoch zu ihnen und fragte: »Mein ... mein Enkel?«

»Es geht ihm gut«, beruhigte sie Noah.

»Ich möchte ihn sehen.«

Noah deutete zu den Aufzügen. »Ich zeige Ihnen, wo er ist.«

Moore wartete, bis sie weg waren, dann wandte er sich an Josie. Sein Ärger von vorhin hatte Verwirrung Platz gemacht. »Das sieht nicht gerade nach einem Happy End aus. Doch eigentlich sollte es eines sein.«

Josie seufzte. »In unserem Beruf gibt es kein Happy End.«

»Wenn das von Ihnen kommt, klingt das ziemlich zynisch.«

»Was soll das heißen?«

»Ich habe eine Reportage über Sie in der Sendung *Dateline* gesehen.«

Josie stöhnte auf. Während ihrer Zeit bei der Polizei von Denton hatte sie einige der aufsehenerregendsten Fälle im ganzen Bundesstaat gelöst. Manche waren so spektakulär gewesen, dass sie landesweit Schlagzeilen gemacht hatten. Sie hatte ihre Gründe gehabt, warum sie mit der Presse kooperiert hatte – der wichtigste war ihre Zwillingsschwester, die für eines der bekanntesten Morgenmagazine der amerikanischen TV-Landschaft als Moderatorin arbeitete. Trinity ließ sich kaum je abwimmeln und hatte es mit ihrer Beharrlichkeit geschafft, Josie schon dreimal zu einer *Dateline*-Reportage zu überreden. Trotzdem hatte Josie sich noch nicht daran gewöhnt, berühmt zu sein.

»Welche haben Sie gesehen?«, fragte Josie.

Moore blinzelte. »Welche?«

»Es waren drei.«

»Wow. Das wusste ich nicht. Ich habe nur die eine gesehen, in der es um die Wiedervereinigung mit Ihrer richtigen Familie ging. Deshalb meinte ich, dass Sie zynisch klängen. Sie wurden im Alter von drei Wochen von Ihrer Familie getrennt. Sie hielt Sie dreißig Jahre lang für tot. Dann finden Sie wieder zusammen. Das nenne ich Happy End.«

Josie schenkte ihm ein gequältes Lächeln. Man konnte es wohl tatsächlich als Happy End bezeichnen, dachte sie bei sich. Es war seither kein Tag vergangen, an dem sie nicht Dank dafür empfunden hatte, dass sie mit ihrer echten Familie vereint worden war. Aber Moore verstand nicht, dass sie zugleich dreißig Jahre verloren hatten, drei Jahrzehnte ohne gemeinsame Ferien, Geburtstage, Ausflüge, Erinnerungen, Insiderspäße. Dreißig Jahre, ohne eine Beziehung zueinander aufbauen zu können. Das ließ sich nicht nachholen. Josie und ihre biologischen Eltern und Geschwister bemühten sich sehr darum und verbrachten möglichst viel Zeit zusammen, aber nichts konnte ihnen die verlorene Zeit zurückgeben. Nichts würde die Wunden heilen, die diese dreißig Jahre gerissen hatten. Obwohl Josie wusste, dass ihre Familie unter ihrem Verlust schwer gelitten hatte, fühlte sich ihr eigener Schmerz noch quälender und unendlich komplizierter an. Denn die Frau, die sie ihrer Familie weggenommen und aufgezogen hatte, hatte sie schrecklich misshandelt und beinahe gebrochen. Josie kämpfte nach wie vor mit den emotionalen Narben, die Lila Jensen ihr zugefügt hatte. Sie würde sie ihr ganzes Leben mit sich tragen. Das konnte auch ein Happy End nicht wiedergutmachen. Nichts konnte das gutmachen. Nichts würde die Albträume vertreiben. Sie dachte an die Anrufe aus dem Gefängnis in Muncy. Sie beschloss, dass sie keine Rolle spielten. Nichts konnte ihren Schmerz lindern.

Josie deutete auf die geschlossene Tür zu Mayas Zimmer. »Sicher, man könnte das als Happy End bezeichnen. Aber Maya wird mit dem Trauma, das sie erlitten hat, bis ans Ende ihrer Tage leben müssen. Außerdem muss sie nun ein Kind großziehen, ob sie will oder nicht. Und es wird sie ständig daran erinnern, was mit ihr passiert ist. Deshalb halte ich das nicht unbedingt für ein Happy End.«

Sie spürte ein leichtes Unbehagen. Etwas sagte ihr, dass das nicht der einzige Grund war und dass etwas Wichtiges in Mayas Geschichte fehlte. Aber was das war, wusste sie nicht.

Mayas Tür ging wieder auf und Gus kam mit tränenüberströmtem Gesicht heraus, doch sein Lächeln war so breit wie das eines stolzen Vaters, der das erste Mal sein Kind in den Armen hält. »Danke«, sagte er, schüttelte ihrer beider Hände und zog sie in eine harte, unbeholfene Umarmung. »Vielen, vielen Dank.«

»Wir machen nur unsere Arbeit, Mr Bestler«, wehrte Moore ab.

Gus schüttelte den Kopf. »Ich kann es noch gar nicht glauben. Ich dachte wirklich, Garrett hätte sie umgebracht. Tief in meinem Herzen habe ich es geglaubt. Wir wussten, dass er sie geschlagen hatte. Sie wollte ihn einfach nicht verlassen. Da lag es nahe zu glauben, dass er ihr etwas angetan hatte. Er war allein mit ihr da draußen. Seine Geschichte wirkte völlig unglaubwürdig. Ich kann es noch nicht fassen. Ich bin einfach nur froh, ja, überglücklich, dass er sie nicht umgebracht hat. Es ist wirklich unglaublich, ein Wunder. Ja, das ist es: ein Wunder.«

Er hielt inne und holte mehrmals tief Atem. Dann sah er sich um. »Wo ist Sandy?«

»Sie ist mit Lieutenant Fraley nach unten zur Neugeborenen-Intensivstation gegangen, um Ihren Enkel zu sehen.«

Sein Lächeln wurde noch breiter. »Ein Enkel! Ich kann es noch gar nicht glauben. Ich wünschte, die Umstände wären andere, aber wir werden dieses Kind so lieben, wie wir Maya lieben.«

Josie dachte an das Unbehagen, das Sandy ausgestrahlt hatte, als sie eingetroffen war. Sie war sich nicht sicher, ob Sandy das Kind ebenso in ihr Herz schließen würde wie Gus, sagte jedoch nichts. Stattdessen lächelte sie und legte eine Hand auf seinen Arm. »Ich freue mich, dass Maya und ihr Kind in Sicherheit und wieder bei Ihnen sind, Mr Bestler.«

»Ich bleibe heute Nacht bei ihr. Das geht in Ordnung, oder? Ich kann doch bleiben?«

»Solange das medizinische Personal damit einverstanden ist, haben wir nichts dagegen«, sagte Moore. »Wir lassen Sie in Ruhe, damit Sie Zeit füreinander haben. Wenn wir noch Fragen an Maya oder Sie haben, kommen wir vorbei. Wäre das für Sie in Ordnung?«

»Ja«, erwiderte Gus. »Vielen Dank.«

»Eigentlich habe ich nur eine Frage an Maya«, schaltete sich Josie ein. »Dann lassen wir Sie in Frieden.«

»Natürlich«, sagte Gus.

Josie ließ Moore mit Mayas Vater im Flur stehen und ging in Mayas Zimmer, um ihr ein Foto von der Halskette mit der Schwarznuss zu zeigen. Sie fragte Maya, ob sie eine solche Kette je gesehen hatte, und ob der Mann, der sie entführt hatte, so etwas gehabt oder hergestellt hatte. Aber Maya verneinte.

NEUNZEHN

Als Josie und Noah zum Polizeirevier zurückkehrten, war ihre Schicht längst zu Ende, doch sie wussten, dass sie so schnell nicht nach Hause kommen würden. Da waren noch einige Spuren, mit denen sich Josie befassen wollte. Außerdem würde es Stunden dauern, bis sie nach diesem ereignisreichen Tag den ganzen Papierkram erledigt hatten. Gretchen traf ein paar Minuten nach ihnen zu ihrer Schicht ein. Während sie Styropor-Imbissschachteln aus Josies Lieblingsrestaurant auf Josies und Noahs Schreibtisch stellte, rann Wasser ihren Regenmantel herunter und sammelte sich auf dem Boden. »Ich habe unten gerade mit Sergeant Lamay gesprochen«, begrüßte sie die beiden. »Er hat mich auf den neuesten Stand der Dinge gebracht – einschließlich dieser gruseligen Sache mit der Halskette. Ihr scheint ja einen Mordstag gehabt zu haben.«

Josie öffnete die Schachtel, aus der ihr cremige, köstlich aussehende Nudeln mit Hummerstückchen und Shrimps entgegenlachten. Sogleich lief ihr das Wasser im Mund zusammen.

Von seinem Schreibtisch nebenan rief Mettner: »Hey, was ist mit mir? Ich hatte auch einen Mordstag!«

Noah lachte. »Hast du heute das Gebäude überhaupt schon verlassen?«

»Ich hatte *einen Haufen* Arbeit heute«, antwortete Mettner mit gespielt beleidigter Miene.

»Hast du ein Baby zur Welt gebracht?«, fragte ihn Josie zwischen zwei Bissen Fettuccine.

Mettner sah auf seinen Schreibtisch. »Nein, aber ich habe die Suche nach der vermissten Camperin koordiniert.«

»Von deinem Schreibtisch aus«, sagte Noah. »Bei einem Gewitter. Was im Prinzip heißt, dass du die Suche abgeblasen hast. Das nennst du Koordinierung?«

»Ich habe noch mehr gemacht«, protestierte Mettner.

Noah lächelte ihn an, um ihm zu zeigen, dass er es nicht ernst meinte, und fügte hinzu: »Du weißt, dass wir heute über dreißig Grad hatten. Josie und ich mussten unsere Kleidung wegwerfen, als wir zu Hause waren. Die Art von Schweißflecken, die darauf waren, hätten sich nicht mehr herauswaschen lassen.«

Gretchen steckte die Hand in die große Papiertragetasche, die sie mitgebracht hatte, holte eine weitere Schachtel heraus und stellte sie vor Mettner. »Ach komm, Mett«, sagte sie. »Denkst du wirklich, dass ich dich vergessen hätte?«

Er lächelte mit kindlicher Freude, als er die Schachtel öffnete, einen riesigen Cheeseburger herausholte, aus dem Schinkenscheiben heraushingen, und hineinbiss. Während die drei aßen, herrschte einen Augenblick lang Stille.

Josie hatte ihre Nudeln in Rekordzeit vertilgt. »Ah, hat das gut geschmeckt. Du weißt genau, was ich mag. Danke.«

»Hey«, schaltete sich Noah ein. »*Ich* weiß auch, was du magst.«

Josie sah ihn mit unschuldigen großen Augen an. »Ja, aber ich wette, Gretchen hat keinen Minibackofen.«

Noahs Plastikgabel traf ihre Schulter und sie lachte.

Gretchen hängte ihren Regenmantel über einen leeren

Stuhl und setzte sich an ihren Schreibtisch. Sie schüttelte das Wasser aus ihrer kurzen braunen Stachelfrisur. In ihrer Hand hielt sie nur einen Becher Kaffee. »Ich habe gegessen, bevor ich hergekommen bin«, sagte sie. »Klärt mich auf. Wie weit sind wir mit der vermissten Camperin und der Sache mit Maya Bestler?«

»Tylers Vater Wesley wurde inzwischen über den Tod seines Sohnes informiert«, berichtete Noah. »Ich habe ihm gerade auf die Mailbox gesprochen.«

Und Mettner fügte hinzu: »Der Boss hat auf Tylers Facebookseite Fotos von einer Frau gefunden, mit der die Yates' viel unterwegs waren. Sie meint, es könne sich um die dritte Person handeln.«

»Wir hoffen, dass Wesley Yates uns entweder sagen kann, mit wem Tyler und seine Frau campen waren, oder den Namen der Frau auf den Fotos kennt«, ergänzte Josie.

»Inzwischen gehe ich Tylers Freundesliste durch«, sagte Mettner. »Vielleicht finde ich jemanden, der mir etwas über den Campingausflug erzählen kann und den Namen der Frau weiß.«

»Wir warten außerdem darauf, dass Hummel aus Lenore County zurückkommt«, informierte Josie Gretchen noch. »Er war mit der Spurensicherung dort, um das Auto der Yates' zu untersuchen. Und jetzt rufe ich Garrett Romney an, Maya Bestlers ehemaligen Freund. Ich sage ihm, dass sie gefunden wurde, und frage ihn, ob er das Yates-Paar kennt.«

»Inzwischen checke ich die Datenbank des National Crime Information Center«, sagte Gretchen. »Vielleicht sind dort weitere Morde gespeichert, bei denen eine primitive selbst gebastelte Schwarznuss-Halskette im Körper eines Opfers gefunden wurde.«

»Gute Idee«, sagte Josie. Sie nahm ihr Smartphone und wählte Romneys Nummer. Nach vier Klingeltönen hörte sie die Stimme eines Mannes.

»Mr Romney?«, fragte Josie. »Spreche ich mit Garrett Romney?«

Das Misstrauen in seiner Stimme war nicht zu überhören. »Wer ist dran?«

»Mein Name ist Josie Quinn. Ich bin Detective bei der Polizei von Denton.«

»Denton?«, fragte er. »Wo ist denn das?«

»Wir sind etwa zwei Autostunden westlich von Ihnen«, erklärte sie ihm. »Nördlich von Lenore County.«

Eisige Stille folgte.

»Mr Romney?«

»Wann hört ihr Arschlöcher endlich damit auf? Ich habe meine Freundin nicht umgebracht. Das ist jetzt zwei Jahre her. Sie sind auf dem Holzweg. Ich rufe meinen Anwalt an.«

»Maya lebt«, sagte Josie schnell.

Wieder Stille. Dann hörte sie zwei kurze Atemzüge. »Maya lebt?«

»Ja. Wir haben sie heute gefunden. Sie liegt im Krankenhaus, doch ihr Zustand ist stabil. Ich dachte, die Neuigkeit würde Sie interessieren.«

»Ich habe ... Ich kann nicht ...«, stotterte er. »Warum erzählen Sie mir das?«

Josie war sich nicht sicher, ob sie Maya Bestler wieder mit jemanden in Kontakt bringen wollte, der sie mutmaßlich misshandelt hatte. Aber Maya hatte darum gebeten, dass man Garrett informierte. Und früher oder später würde er es sowieso erfahren. »Ich habe eigentlich ein paar Fragen an Sie, was einen Fall betrifft, der nichts damit zu tun hat ...«

Er fiel ihr ins Wort. »Versuchen Sie jetzt, mir etwas anderes anzuhängen? Was hat Maya gesagt? Sie hat gesagt, dass nicht ich es war, stimmt's? Das hat sie doch gesagt, oder?«

»Ja«, pflichtete Josie ihm bei. »Ihr zufolge hatten Sie nichts mit ihrer Entführung zu tun.«

»Entführung?« Der fragende Ton in seiner Stimme überraschte Josie.

»Ja, Entführung«, wiederholte sie. »Jemand hat sie gekidnappt und gefangen gehalten. Was dachten Sie, was mit ihr passiert sei?«

Er lachte humorlos auf. »Ehrlich jetzt? Ich dachte, sie sei abgehauen und hätte sich irgendwo versteckt, um mir die ganze Sache in die Schuhe zu schieben. Ich dachte, sie wollte mich verlassen.«

Und doch war Garrett die erste und einzige Person, nach der Maya gefragt hatte.

»Nein, sie wurde entführt«, bekräftigte Josie. »Sie ist in Sicherheit. Würde es Ihnen etwas ausmachen, wenn Sie mir ein paar Fragen beantworten würden?«

»Ja, das würde mir etwas ausmachen.«

»Kennen Sie jemanden mit Namen Tyler oder Valerie Yates?«

»Nie gehört«, antwortete er. Seine Feindseligkeit war nicht zu überhören.

Bevor er auflegen konnte, stellte Josie eine weitere Frage.

»Wann waren Sie das letzte Mal in Lenore County?«

»Vor achtzehn Monaten. Und ich fahre auch nicht wieder dorthin, also fragen Sie erst gar nicht.«

»Es gibt auch keinen Grund für Sie, nach Lenore County zu kommen«, erwiderte Josie. »Aber Sie dürfen gern nach Alcott County kommen, wenn Sie Maya sehen wollen.«

»Sie denken, ich will dieses Miststück sehen? Ich sage Ihnen was – warum richten Sie ihr nicht etwas von mir aus? Sagen Sie ihr, sie soll sich zum Teufel scheren.«

Die Verbindung wurde unterbrochen. Josie nahm das Handy von ihrem Ohr und starrte es an, als sähe man Garrett Romneys Wut herausquellen.

»Was war los?«, fragte Noah.

Josie zuckte die Schultern. »Das weiß ich auch nicht so recht.«

Sie hoffte inständig, dass Garrett Romney nicht doch noch den Entschluss fasste, Maya einen Besuch abzustatten. »Also, wenn meine Freundin vor zwei Jahren mitten in der Nacht beim Zelten verschwunden wäre und ich nichts mit ihrem Verschwinden zu tun gehabt hätte, würde ich mich freuen, zu hören, dass sie lebend gefunden wurde.«

»Das wäre die normale Reaktion«, stimmte Josie zu.

»Der Typ hat ganz offensichtlich Probleme«, schaltete sich Mettner ein. »Ich konnte ihn bis hierher hören.«

»Denkst du, wir sollten ihn persönlich befragen?«, fragte Noah.

»Nein«, entgegnete Josie. »Sollten wir nicht. Maya hat ihn nicht belastet.«

»Meinst du, dass er etwas mit dem neuen Fall zu tun hat?«, wollte Mettner wissen.

»Das bezweifle ich sehr«, erwiderte Josie. »Ich denke eher, dass im Fall Yates eher der Kerl, der Maya entführt und gefangen gehalten hat, als Verdächtiger infrage kommt.«

»Ich habe mir die Akte angesehen, die uns Moore gegeben hat«, sagte Noah. »Der Platz, auf dem Bestler und Romney gecampt haben, war nur etwa acht Kilometer von dem Zeltplatz entfernt, auf dem wir die Valerie und Tyler Yates gefunden haben.«

»Denkst du, Romney hat gelogen, als er sagte, er kenne die Yates' nicht?«, fragte Gretchen.

Josie schüttelte den Kopf. »Nein. Er hat mit der Antwort nicht gezögert. Ich glaube nicht, dass er sie kannte. Ich habe seinen Namen auch nicht auf der Liste von Tylers Facebook-Freunden gefunden. Wir könnten nach anderen Verbindungen suchen, vielleicht aus dem Arbeitsumfeld, aber ich bin mir nicht sicher, ob es sie gibt. Ich denke, wir sollten uns im Moment nicht weiter mit ihm beschäftigen.«

»Finde ich auch«, pflichtete Gretchen ihr bei. »Ich habe außerdem nichts in der Datenbank des National Crime Information Center im Zusammenhang mit Schwarznüssen oder Schwarznuss-Halsketten gefunden.«

Hummel kam in das Großraumbüro. In der Hand hielt er eine kleine, braune Beweissicherungstasche aus Papier. »Ich habe was für dich, Boss.«

Josie machte Platz auf ihrem Schreibtisch und Hummel ließ den Inhalt der Tasche herausgleiten: ein leicht zerfleddertes Taschenbuch mit dem Titel *Strength: Mark of Nexus – Band 1* von Carrie Butler. Noah kam herbei und sah es sich an. »Scheint ein gutes Buch zu sein«, meinte er. »Aber was soll uns das bringen?«

Mit gespieltem Ernst sagte Hummel: »Pass auf, Fraley, sonst tütest du das nächste Mal deine eigene Kotze ein.« Mit Handschuhen schlug er den vorderen Buchdeckel auf. Auf die Innenseite hatte jemand in die linke obere Ecke mit dickem Filzstift *E. Gresham* geschrieben.

»Wo war das?«, fragte Josie.

»Auf dem Rücksitz des Autos der beiden Yates'«, antwortete Hummel.

Mettner kam und warf einen Blick darauf. »Ich weiß nicht, ob uns das weiterbringt. Kann ein Second-Hand-Buch sein.«

»Es ist ziemlich zerlesen«, meinte Josie. »Wer E. Gresham auch sein mag, sie hat das Buch oft gelesen.«

»Woher wissen wir, dass es eine Frau ist?«, fragte Gretchen.

Noah sah sich das Buch an und sagte: »Ein Liebesroman mit übersinnlichen Elementen und einem muskulösen Mann mit nacktem Oberkörper auf dem Einband. Das deutet eher darauf hin, dass es einer Frau gehört hat.«

»Vielleicht gehörte es Valerie Yates«, warf Mettner ein.

»Nein«, widersprach Josie. »Valerie Yates hatte schon ein Taschenbuch in ihrem Rucksack. Hummel, hast du ein Foto davon?«

»Ich habe es schon in die Akte hochgeladen«, sagte er, steckte das Buch wieder in die Beweissicherungstasche und streifte die Handschuhe ab.

Josie zog mit der Maus die Fotos vom Yates-Tatort auf ihren Computermonitor. Sie klickte durch mehrere Aufnahmen, bis sie zum Inhalt von Valeries Rucksack gelangte. »Es heißt *Too Blessed to be Stressed: Three Minute Devotions for Women* und ist von Debora M. Coty.« Sie rief Amazon auf und sah sich das Buch dort an. »Das Buch richtet sich an christliche Frauen; es soll sie inspirieren und ihren Glauben stärken. Das ist eine ganz andere Ecke. Ich denke, wir können davon ausgehen, dass das Buch im Auto E. Gresham gehört.«

Noah saß bereits am Computer. »Gab es eine Person namens Gresham auf der Liste von Tyler Yates' Facebook-Freunden?«

»Nicht, dass ich wüsste«, erwiderte Josie.

»Nein, ganz sicher nicht«, fügte Mettner hinzu.

Noah klickte ein paarmal. »Mal sehen, ob ich jemanden in Fox Mill, Pennsylvania, finde, der E. Gresham heißt.«

Josie ging um die Schreibtische herum, um ihm über die Schulter zu sehen. Sie beobachtete, wie er den Nachnamen in die TLOxp-Suchdatenbank eingab. In Fox Mill lebten keine Greshams, im Bundesstaat Pennsylvania jedoch mehrere. Sieben hatten einen Vornamen, der mit »E« begann. Davon waren vier weiblich. Noah begann ihre Führerscheinfotos aufzurufen. Bei der dritten Aufnahme rief Josie: »Halt! Das ist sie!«

Gretchen las den Vornamen über Josies Schulter hinweg: »Emilia Gresham, achtundzwanzig Jahre. Woher willst du wissen, dass sie diejenige ist, nach der wir suchen?«

»Sie ist die auf den Fotos mit Tyler und Valerie«, entgegnete Josie.

»Wohnhaft in Furlong. Das ist nur ein paar Kilometer von

den Yates' entfernt«, sagte Gretchen. »Ruf die Polizei dort an und bitte sie, bei ihr vorbeizufahren.«

»Bin schon dabei«, entgegnete Noah und griff zu seinem Telefon.

Gretchen schob ihn beiseite und klickte auf ein paar Schaltflächen, bis einer der Drucker am anderen Ende des Raums Seiten auszuspucken begann. »Hier sind einige mögliche Verwandte«, sagte sie. »Ich überprüfe sie.«

»Perfekt«, rief Josie. »Ich möchte mit Sicherheit wissen, ob sie mit Tyler und Valerie Yates unterwegs war. Wenn wir es nicht bestätigt bekommen, sollten wir den Sender WYEP anrufen und ihn bitten, ein Foto der vermissten Camperin zu veröffentlichen.«

»Ist das nicht ein bisschen voreilig?«, fragte Mettner. »Wir wissen nicht hundertprozentig, ob sie die Dritte im Bunde war.«

»Stimmt«, räumte Josie ein. »Aber sollte ich recht haben und sie war es tatsächlich, dann steckt sie in Schwierigkeiten und wir müssen sie so schnell wie möglich finden. Wenn ihr Leben in Gefahr ist, dürfen wir kein Risiko eingehen. Bei diesem Wetter können wir die Hundestaffel nicht vor morgen losschicken, falls es überhaupt aufklart. Vielleicht findet Gretchen über Kollegen heraus, ob sie auf einen Campingausflug gegangen ist. Aber egal, was sich ergibt, ich will ihr Foto heute Abend in den 23-Uhr-Nachrichten sehen. Ich setze ihr Leben nicht aufs Spiel. Sollte ich falsch liegen, können wir später immer noch einen Rückzieher machen.«

»Ich kümmere mich darum«, sagte Gretchen, »und hole Chitwoods Einwilligung, dass wir die Sache an die Presse geben können.«

»Danke«, entgegnete Josie. »Außerdem will ich noch einmal kurz bei der Kommune vorbeischauen und den Leuten dort Emilia Greshams Foto zeigen.«

Mettner sprang auf. »Ich komme mit.«

Noah lachte. »Hast du ein schlechtes Gewissen, weil du den ganzen Tag im Trockenen gesessen hast und dir die kühle Luft der Klimaanlage um die Ohren wehen lassen hast?«

Mettner wurde böse. »Ich habe einfach nur das Gefühl, dass ich auch ein bisschen externe Polizeiarbeit leisten sollte.«

»Nimm einen Regenumhang mit und rechne damit, dass es schweißtreibend wird«, warnte Josie ihn. »Los geht's.«

Gretchen verabschiedete sie mit einem Winken. »Ich sehe mal, was ich über Ms Gresham herausfinde.«

»Und ich kümmere mich um die Kollegen von Valerie und Tyler Yates«, fügte Noah hinzu.

»Jemand sollte auch die Liste der Leute durchgehen, die im Moment in der Kommune leben, und ihren Hintergrund über-prüfen«, schlug Josie vor.

»Machen wir«, versicherte ihr Gretchen.

ZWANZIG

Josie gelang es, Charlotte während ihres Besuchs im Sanctuary mit Mettner aus dem Weg zu gehen. Die Frauen, die beim ersten Besuch in der Küche gearbeitet hatten, erinnerten sich an sie und ließen sie auf dem Anwesen herumgehen und jedem, dem sie begegneten, das Foto von Emilia Gresham zeigen. In ihren Regenumhängen und mit den Taschenlampen, die Mettner aus dem Kofferraum geholt hatte, stapften sie durch das nasse Gras zu den Zelten. Nur wenige waren dort geblieben, unter ihnen auch Megan, die Krankenschwester der Kommune. Aber niemand kannte Emilia Gresham. Zum Glück hatte das Gewitter fast alle Sanctuary-Bewohner in die Scheune getrieben, wo sie sein Ende abwarteten. Die meisten saßen in der Mitte an die Boxen gelehnt. Josie und Mettner gingen die Leute der Reihe nach bis zum hinteren Ende der Scheune durch, doch sie reagierten auf ihre Fragen nur mit ausdruckslosen Blicken und einsilbigen Antworten. Josie behielt die letzte Box der rechten Reihe im Auge, in der sich Renee befand. Tru stand von Josie und Mettner weggedreht am Eingang zur Box. Er hatte den Kopf gesenkt, als richte er den Blick auf den Boden oder, was wahrscheinlicher war, auf

Renees Pritsche. Er redete so leise, dass Josie ihn nicht einmal verstehen konnte, als sie näher an ihn herantrat.

Irgendwann hatten sie sich bis zum Ende der Reihe durchgefragt. Josie trat in die Box und fand Renee zusammengerollt auf der Pritsche vor. Sie trug noch das langärmelige Hemd, die Hose und die Stiefel, die sie schon beim ersten Mal angehabt hatte. Tru sah Josie mit großen Augen an. »Sie sind ja schon wieder da. Ist etwas passiert?«

Josie lächelte beruhigend. »Nein, wir wollten allen hier nur noch ein Foto zeigen.« Sie hielt ihm Emilias Bild vor das Gesicht, doch nichts in seiner Reaktion deutete darauf hin, dass er sie kannte. »Sorry«, sagte er. »Nie gesehen.«

»Vielen Dank, dass Sie sich das Bild angesehen haben«, erwiderte Josie und lächelte ihn weiter freundlich und friedfertig an. »Würde es Ihnen etwas ausmachen, wenn ich kurz mit Renee spreche?«

Tru blickte von Josie zu Renee und zurück. »Sie sagt, sie fühlt sich nicht wohl.«

»Es dauert nur eine Minute.«

Er warf einen Blick über die Boxenbegrenzung nach draußen, als suche er jemanden – vielleicht Charlotte? Oder jemand anderen? Als seine Suche ergebnislos blieb, meinte er nur: »Na gut, dann eben.«

Er verließ die Box, blieb aber in Hörweite. Josie fragte sich, ob man ihm den Auftrag erteilt hatte, Renee im Auge zu behalten. Sie holte ihr Handy heraus und schickte Mettner eine Nachricht.

Blonder Typ hinten rechts. Lenk ihn ab.

Sie steckte das Handy wieder ein und setzte sich an den Rand von Renees Pritsche. »Hallo, Renee« sagte sie leise. »Ich bin wieder da. Tru sagt, Sie fühlen sich nicht wohl. Tut mir leid, das zu hören.«

Keine Antwort.

Um Zeit zu gewinnen, bis Mettner ihr Tru vom Hals geschafft hatte, fuhr Josie fort: »Ich verspreche Ihnen, Ihre Zeit nicht zu sehr in Anspruch zu nehmen. Ich will Ihnen nur das Foto einer jungen Frau zeigen. Warten Sie, ich rufe es noch einmal auf. Wo habe ich es nur?«

Sie sah Mettners Kopf, als er den Gang entlangmarschierte. Als er etwa zwei Meter von Renees Box entfernt war, sackte er plötzlich ab. Sie hörte einen dumpfen Aufprall, dann brummte er: »Mist«. Tru lief zu ihm. »Alles okay, Mann?«, fragte Tru, bevor auch sein Kopf hinter der Oberkante der Boxenbegrenzung verschwand. Während Mettner viel Aufhebens um sein »lädiertes Knie« machte und damit Trus ganze Aufmerksamkeit in Anspruch nahm, beugte sich Josie näher zu Renees Gesicht.

Ihr Herz schlug einen Takt schneller, als sie auf Renees Hand einen Blutfleck entdeckte, der sich unter ihren Ärmel zog. Er war frisch. »Renee«, flüsterte Josie. »Sie müssen ehrlich mit mir sein. Tut Ihnen jemand weh?«

Das Mädchen sagte nichts, doch in ihren Augen glänzten Tränen. Sie kniff sie fest zusammen. Ihr ganzer Körper verkrampfte. »Sie müssen hier nicht bleiben«, fuhr Josie fort. »Ich weiß, dass Sie denken, Sie könnten hier nicht weg, aber das stimmt nicht. Ich verspreche, dass Ihnen nichts passiert, wenn Sie mit mir mitkommen.«

»Ich ... ich kann nicht«, stieß Renee mit heiserer Stimme hervor. Sie hatte die Augen weit aufgerissen und starrte mit glasigem Blick vor sich hin.

Josie hob den Kopf, sah aber weder Tru noch Mettner. Die Leute, deren Köpfe sie im Blick hatte, schienen sich auf Mettners gespielten Sturz und seine Knieverletzung zu konzentrieren.

»Okay«, redete Josie weiter auf sie ein. »Sagen Sie mir, was hier abläuft. Ich kann Ihnen helfen.«

»Ich kann nicht.« Ihre Stimme war so leise, dass Josie sie kaum verstehen konnte.

»Doch, das können Sie.«

»So läuft das hier nicht.«

Die Zeit wurde knapp. »Dann gehe ich, fahre ein Stück weit die Straße hinunter und warte dort auf Sie. Um Mitternacht ...«

»Wir haben hier keine Uhren«, murmelte Renee.

Mettner stand inzwischen wieder und stützte sich schwer auf Tru, der immer wieder einen Blick zu Renees Box warf. »Stimmt«, sagte Josie. »Dann machen wir es so. Ich schnappe mir meinen Kollegen und gehe. Wir fahren die Straße nach rechts hinunter. Dort ist ein Hügel. Am Fuß des Hügels warten wir zwei Stunden. Sagen Sie, dass Sie auf die Toilette müssen oder einen Spaziergang machen wollen oder irgendetwas. Suchen Sie nach uns und wir nehmen Sie mit, weg von hier. Wir bringen Sie in Sicherheit, das verspreche ich Ihnen.«

Sie berührte Renees Schulter. Renee zuckte zurück. »Können Sie das für mich tun?«, fragte Josie.

Keine Antwort.

»Können Sie es wenigstens versuchen?«

Sie schloss wieder die Augen und nickte kaum merklich.

Als Tru Mettner zu Renees Box zurückschleppte, fiel Josie noch etwas ein. »Können Sie überhaupt diese Box verlassen? Oder hält man Sie gegen Ihren Willen hier fest?«

Bevor Renee antworten konnte, stolperten Tru und Mettner herein. »Boss«, stöhnte Mettner mit schmerzverzerrtem Gesicht. »Ich glaube, mein Knie ist kaputt.«

»Okay«, antwortete Josie. »Wir fahren zurück.« Sie warf einen Blick auf ihr Handy. »Hier ist das Foto. Renee?«

Das Mädchen öffnete die Augen und starrte das Bild von Emilia Gresham an. »Sie ist nicht hier.«

Josie und Tru begannen gleichzeitig zu reden.

»Sie ist jetzt gerade nicht hier. Aber haben Sie sie gesehen? Kennen Sie sie?«, fragte Josie.

»Renee braucht Ruhe«, sagte Tru.

Er ließ Mettner an die Boxentür gelehnt stehen und kam zu ihr, kniete sich hin und schob sich zwischen Josie und Renee.

Josie dachte nach. Wenn sie weiter drängte, würden sie noch mehr zumachen. Sie würde Renee vielleicht in Schwierigkeiten bringen und dann überhaupt nichts mehr erreichen. Emilia bliebe nach wie vor verschwunden und die Lage könnte sich für Renee weiter verschlechtern. Sie überlegte, Charlotte zu suchen und direkt auf Renee anzusprechen, war jedoch überzeugt, dass Charlotte keinesfalls die Wahrheit sagen würde. Ganz sicher würde sie niemals zugeben, dass auf ihrem Grundstück etwas Ungesetzliches vor sich ging. Wenn sie mitschuldig an dem war, was mit Renee geschah, würde Josie damit nur preisgeben, dass sie einen Verdacht hatte. Was würde dann mit Renee geschehen? Nein, Josie musste sehr vorsichtig sein. Sie hatte keine andere Wahl, als sich zurückzuziehen und zu hoffen, dass Renee ihr Angebot annehmen und sie später ein Stück weiter die Straße hinunter treffen würde.

Josie stand auf und reichte Mettner den Arm. »Tut mir leid«, sagte sie zu Tru und Renee. »Wir lassen Sie in Ruhe. Komm, Mett.«

EINUNDZWANZIG

Nachdem sie die Scheune verlassen hatten, gingen sie das restliche Gelände auf der Suche nach versprengten Mitgliedern durch. Dabei schwenkten sie die Lichtkegel ihrer Taschenlampen vor sich hin und her. Mettner tat weiter so, als würde er hinken. Sie stießen nur noch auf zwei weitere Leute im Gewächshaus, aber auch sie kannten Emilia Gresham nicht. Die Hitze und Schwüle hatte trotz des Regens nicht nachgelassen. Nachdem sie einen großen Teil des Sanctuary abgesucht hatten, stapften sie schweißnass zurück zu Mettners Fahrzeug. Als Josie sich anschnallte, drehte Mettner die Klimaanlage auf volle Leistung. »Was war das gerade? Mit dem Typen und dem kranken Mädchen?«

»Ich habe heute schon einmal mit ihr gesprochen. Ich glaube, sie war verletzt. Jemand tut ihr weh, vermute ich. Sie wollte es mir nicht direkt sagen, aber alles deutet darauf hin.« Josie schilderte ihre beiden Begegnungen mit Renee Kelly.

»Der große Blonde war also da, um dafür zu sorgen, dass sie der Polizei nichts erzählt«, meinte Mettner.

»Du hast ihn übrigens großartig abgelenkt«, lachte Josie.

»Sorry, aber auf die Schnelle fiel mir nichts Besseres ein.

Außerdem dachte ich, wenn ich auf diese Weise Aufsehen erregen würde, würden sich alle auf mich konzentrieren und nicht auf dich.«

»Gut gedacht.«

Als sie am Fuß des Hügels an der Straße zum Sanctuary angelangt waren, fuhr Mettner an den Straßenrand und schaltete die Scheinwerfer aus. »Also müssen wir jetzt zwei Stunden hier rumsitzen.«

»Wenn sie kommt, war es das wert«, versprach Josie. »Du hast gehört, was sie sagte, als ich ihr Emilias Foto gezeigt habe.«

»Ja. ›Sie ist nicht da.‹ Alle anderen sagten ›Nie gesehen‹ oder ›Kenne ich nicht‹.«

»Genau. ›Sie ist nicht da‹ bedeutet, dass sie irgendwann da war. Renee weiß etwas, von dem die anderen nicht wollen, dass sie es verrät.«

»Aber ich dachte, diese Charlotte sei so eine Art Bio-Naturgöttin, bei der sich alles nur um Liebe und Frieden und so Zeug dreht. So hat es zumindest Fraley dargestellt.«

»Das stimmt auch«, erwiderte Josie. »Genauso hat Charlotte ihr Sanctuary präsentiert. Aber die Leute dort verbergen etwas.«

»Alle Sekten haben etwas zu verbergen, oder nicht?«

»Da ist was dran«, räumte Josie ein. »Wir müssen herausfinden, ob das, was sie uns verheimlichen, mit dem Mord an Tyler und Valerie Yates oder dem Verschwinden der dritten Camperin zu tun hat.«

Sie lehnte sich in ihrem Sitz zurück, zog ihr Handy hervor und dimmte die Display-Helligkeit so weit herunter, dass sie gerade noch etwas erkennen konnte, ohne dass der Lichtschein von draußen sichtbar war. Dann schickte sie Noah und Gretchen Nachrichten und brachte sie auf den neuesten Stand.

Der Regen trommelte auf das Autodach und ließ Josie schläfrig werden. Ihre Augen brannten vor Müdigkeit. Der Albtraum der letzten Nacht und der frühmorgendliche Sex mit

Noah schienen bereits Ewigkeiten her zu sein. Sie behielt die Straße im Auge und begann Theorien über den Fall auszutüfteln, um nicht einzuschlafen. Eine Stunde verging, dann noch eine.

Renee Kelly kam nicht.

»Verflucht«, schimpfte Josie.

»Was sollen wir tun?«, fragte Mettner.

Josie legte den Kopf in die Hände. »Sie weiß etwas, Mett. Sie ist in Schwierigkeiten.«

»Du kannst sie nicht zwingen, herauszukommen, Boss. Und du kannst auch nicht das Anwesen stürmen lassen und sie herausholen – oder herausschmuggeln. Mist, wir sind nicht einmal in unserem eigenen Zuständigkeitsbereich.«

Josie sah zur regennassen Windschutzscheibe und fluchte erneut.

»Willst du noch etwas warten?«, fragte Mettner.

»Gretchen hat doch die ganze Nacht Dienst, oder? Wir bitten sie, zu kommen und hier zu warten. Wenigstens für eine Weile.«

Mettner holte sein Handy heraus und rief auf dem Revier an. Zwanzig Minuten später stellte Gretchen ihr Auto hinter dem ihren ab. Josie stieg aus und lief zu Gretchens Wagen. »Danke, dass du gekommen bist«, sagte sie durch das Fenster.

»Kein Problem, Boss«, antwortete Gretchen.

»Ist Noah noch auf dem Revier?«

»Er sagte, er wolle ins Krankenhaus fahren und nachsehen, wie es dem Baby geht.«

»Hat jemand angerufen?«, fragte Josie. »Geht es dem Kind gut?«

»Niemand hat angerufen. Er hat die Überprüfung der Leute, mit denen ihr im Sanctuary gesprochen habt, abgeschlossen. Keine heiße Spur, nichts Ungewöhnliches. Ein paar waren betrunken am Steuer erwischt worden oder zu schnell gefahren, aber das war es auch schon. Dann befasste er sich mit Tyler

Yates. Als er fertig war, stand er auf und sagte, er wolle ins Krankenhaus fahren und sehen, wie es dem Bestler-Baby geht.«

Josie spürte, wie eine leichte Angst in ihr aufkeimte, aber sie schob sie beiseite und konzentrierte sich auf den Fall. »Ist er bei Tyler Yates weitergekommen?«

»Er hat mit ein paar Freunden von ihm gesprochen, die aber nicht allzu viel wussten. Bei den Facebook-Freunden, die er ausfindig machen konnte, handelt es sich um Leute, mit denen Tyler auf der Highschool war oder zusammengearbeitet hat, als er mit sechzehn in einem Fast-Food-Restaurant jobbte. Sie haben ihn in den letzten zehn Jahren weder getroffen noch mit ihm geredet. Immerhin hat Noah herausgefunden, wo Tyler gearbeitet hat.«

»Klingt vielversprechend.«

»Er war Berater für das Bratina Property Management, eine Immobilienverwaltung. Noah hat dort angerufen und erfahren, dass er noch eine Woche frei gehabt hätte. Der Urlaub war also geplant.«

Josie wischte sich den Regen aus den Augen. Zu spät fiel ihr ein, dass sie sich eigentlich für das Gespräch ins Auto hätte setzen können. »Das bringt uns nicht viel weiter. Was ist mit Valerie Yates?«

»Sie war Lehrerin an der Grundschule von Fox Mill und gerade mitten in den Sommerferien.«

»Familie?«, wollte Josie wissen.

»Wie sich herausstellte, stammt sie aus Australien. Noah konnte ihre Eltern kontaktieren, aber sie werden erst in ein paar Tagen eintreffen. Über ihre Freunde konnten sie nicht viel sagen. Noah hat ihnen per E-Mail ein Foto von Valerie und Tyler mit Emilia Gresham geschickt, um zu sehen, ob sie sie kannten oder irgendetwas über sie wussten. Er hat noch keine Antwort bekommen.«

»Ich schätze, er wartet im Krankenhaus.«

Im schwachen Licht der Armaturenbeleuchtung bemerkte

Josie Gretchens fragenden Blick. »Er hat eine E-Mail-App auf seinem Smartphone. Ich bin sicher, er sagt uns Bescheid, sobald er etwas erfährt.«

Josie rang sich ein Lächeln ab. »Sicher. Hast du etwas über Emilia Gresham herausgefunden?«

»Ich habe das Polizeirevier an ihrem Wohnort gebeten, bei ihrer Wohnung vorbeizufahren. Es hat niemand geöffnet. Auf LinkedIn habe ich ein Karriereprofil von ihr gefunden. Sie leitete die kirchliche Vorschule einer Baptistengemeinde und hat zwei Wochen bezahlten Urlaub genommen. Die Vorschule ist zwar zurzeit geschlossen, aber sie bieten Sommercamps an, die Emilia ebenfalls leitet.«

»Vermutlich war tatsächlich sie es, die mit den Yates' gezeltet hat«, mutmaßte Josie.

»Es sieht immer mehr danach aus. Aber jetzt wird es interessant. Ich habe nachgefragt, ob sie eine Kontaktperson für Notfälle genannt hat. Man sagte mir, sie hätte ihren Mann, Jack Gresham, angegeben.«

»Das muss der Kerl auf den Fotos von Tyler Yates sein«, vermutete Josie. »Hast du die Aufnahmen mit seinem Führerscheinfoto abgeglichen?«

»Er taucht in der Datenbank als möglicher Angehöriger von Emilia auf. Und ja, ich habe sein Führerscheinfoto mit den Aufnahmen von Tyler Yates verglichen. Es handelt sich um ein und dieselbe Person. Er hat die gleiche Postadresse wie Emilia. Allerdings ist seine Handynummer nicht mehr gültig. Und sein Führerschein ist letztes Jahr abgelaufen und wurde nicht verlängert.«

Josie runzelte die Stirn. »Hast du nach einer Sterbeurkunde gesucht?«

»Ja. Gibt es nicht. Auch keine Todesanzeige. Emilias Chef meinte, dass er lebe und es ihm gutgehe. Das denkt übrigens auch ihre Familie.«

»Was?«

»Ich konnte eine Schwester von ihr kontaktieren. Anscheinend stammt Emilia aus Rhode Island und ist eines von sieben Kindern. Ihre Mutter starb, als sie in die Oberstufe der Highschool ging, und ihr Vater kämpft gerade gegen Prostatakrebs. Nach Angaben ihrer Schwester ruft sie einmal die Woche an. Sie haben zuletzt vor zwei Tagen von ihr gehört, sagen aber, dass sie von einem Campingausflug nichts erzählt habe.«

»Hast du die Schwester gefragt, ob Emilia ihren Mann erwähnt hat?«, fragte Josie. Sie hatte plötzlich ein ganz mulmiges Gefühl, wenn sie an Emilia dachte und daran, dass ihr Mann Jack vor zwei Jahren plötzlich von allen Fotos auf Tylers Account verschwunden war.

»Sie sagt, dass Emilia ihr erzählt habe, es gehe Jack gut, aber dass er viel arbeite.«

»Wirklich? Wo arbeitet er?«

Gretchen setzte ihre Lesebrille auf, nahm ihr Notizbuch heraus und blätterte ein paar Seiten durch. Sie hielt es in das Licht der Armaturenbeleuchtung und las ihre Aufzeichnungen. »Er hat in der Serviceabteilung von Cloudserve Technologies gearbeitet. Sie vermieten Kopierer und andere Büroausstattung.«

»Was haben sie gesagt, als du sie angerufen hast?«

»Dass er vor dreieinhalb Jahren wegen Sparmaßnahmen entlassen wurde.«

»Wirklich?«

»Ja«, antwortete Gretchen. »Wirklich. Ich habe die Polizei vor Ort wie schon erwähnt gebeten, bei der Adresse der Greshams vorbeizufahren, aber sie haben dort niemanden angetroffen. Sie haben sich nach beiden Greshams erkundigt. Eine der Nachbarinnen sagte, sie habe Jack schon seit einer Ewigkeit nicht mehr gesehen. Aber was sie genau unter ›Ewigkeit‹ verstand, konnte sie nicht sagen – Monate oder Jahre. Die gleiche Nachbarin erinnerte sich allerdings auch daran, dass Emilia vor ein paar Tagen mit einigen Taschen weg ist.«

Das würde passen, dachte Josie bei sich. »Ich nehme an, Jack Gresham wurde nicht als vermisst gemeldet.«

»Nein.«

»Hast du Emilias Schwester mitgeteilt, dass wir sie möglicherweise für vermisst halten?«

»Ich habe ihr gesagt, dass wir Valerie und Tyler Yates tot beim Campen gefunden haben, aber nicht von Mord gesprochen. Sie kannte ihre Namen. Sie seien seit vielen Jahren Freunde von Emilia und Jack gewesen, meinte sie. Sie war sehr in Sorge. Ich habe ihr gesagt, dass wir denken, Emilia habe sie begleitet, aber sie meinte, Emilia hätte nichts von einem Campingausflug erzählt, als sie das letzte Mal mit ihr gesprochen habe. Sie fragte mich, ob Jack dabei gewesen sei, da sie alles zusammen unternehmen würden. Ich antwortete, dass es nicht so aussähe. Sie sagte, sie glaube nicht, dass Emilia mit den beiden campen gewesen wäre. Ich habe ihr ein Foto von dem Goldkettchen mit dem herzförmigen Anhänger geschickt, den wir im Schlafsack gefunden haben, aber sie kannte es nicht.«

»Sie lebt in Rhode Island und hat Emilia deshalb vielleicht nicht oft genug getroffen, um zu wissen, welchen Schmuck sie regelmäßig trägt«, entgegnete Josie. »Hast du sie wegen des Buchs angesprochen, das wir im Auto gefunden haben?«, fragte Josie.

»Ja, sie kannte das Buch und sagte, es gehöre zu Emilias Lieblingsreihe. Sie habe es sicher schon Dutzende Male gelesen, meinte sie.«

»Lass mich raten: Sie sagte, da sie so viel Zeit mit Valerie und Tyler verbringen würde, könnte sie das Buch durchaus im Auto liegen lassen haben.«

Gretchen hob einen Finger und ergänzte: »Da sie und *Jack* so viel Zeit mit ihnen verbringen würden, ja.«

»Sie verschließt die Augen vor der Wahrheit. Ginge mir genauso«, sagte Josie. »Niemand will so etwas wahrhaben – dass die besten Freunde der Schwester tot gefunden werden und sie womöglich vermisst wird oder noch Schlimmeres. Und wenn sie auch noch mit der Krebserkrankung ihres Vaters fertig werden muss ...«

»Dann kann einen das schon fertig machen«, brachte Gretchen Josies Gedanken zu Ende.

»Wie seid ihr verblieben?«

»Sie sagt, sie wolle morgen nach Furlong fahren und mit Jack reden. Allerdings nur, sofern sie Emilia heute Abend nicht mehr erreicht. Ich habe Emilias Handynummer von ihr bekommen und schon einen Durchsuchungsbeschluss organisiert, damit wir das Handy orten können, denn auf dem Zeltplatz haben wir es nicht gefunden. Ich habe den Beschluss dem Provider geschickt und gebeten, die Angelegenheit schnellstmöglich zu erledigen.«

»Hervorragend«, sagte Josie. »Ich bin gleich nass bis auf die Knochen. Mett und ich fahren jetzt zum Revier zurück. Falls Renee nicht noch auftaucht, treffen wir uns morgen.«

»Alles klar.«

Mettner fuhr Josie zum Revier, damit sie noch etwas Papierkram erledigen konnte. Während sie Berichte schrieb, ging sie in Gedanken noch einmal alles durch, was sie wussten. Valerie und Tyler waren gut mit Emilia und Jack Gresham befreundet gewesen. Sie hatten alles zusammen unternommen, wie man aus Tyler Yates' Facebookfotos schließen konnte. Alle vier waren junge, gut ausgebildete Fachkräfte. Zwei verheiratete Paare. Dann war etwas passiert. Jack wurde entlassen. Er verschwand aus den Fotos. Die Nachbarin der Greshams hatte ihn nicht mehr gesehen.

Sie rief Gretchen an. »Kein Lebenszeichen von dem Mädchen«, teilte sie Josie mit.

»Ich glaube nicht, dass sie noch aufkreuzt. Hör zu, ich habe über die Greshams nachgedacht. Es sieht so aus, als sei er schon seit einer Weile wie vom Erdboden verschwunden.«

»Nach alledem, was wir bis jetzt wissen, ja.«

»Aber Emilia scheint es niemandem erzählt zu haben. Wenn er vor drei Jahren entlassen worden ist, warum erzählt sie ihrer Schwester, dass er so viel arbeiten würde?«

»Vielleicht hat er eine neue Stelle angetreten.«

»Gut möglich.«

»Wir kennen seine derzeitige Lebenssituation nicht«, räumte Gretchen ein. »Er kann eine Affäre haben. Sie können getrennt leben. Er kann drogenabhängig sein.«

Josie nickte bei jedem Satz, obwohl Gretchen es nicht sehen konnte. »Aber in all diesen Fällen müsste er trotzdem noch ein Handy haben.«

»Außer, Emilia hätte die Kosten nicht mehr getragen und er hätte eine neue Nummer.«

»Stimmt«, pflichtete Josie ihr bei, doch dachte sie bereits in eine neue Richtung. Ihr fielen wieder die ausdruckslosen Gesichter der Leute ein, die sie heute im Sanctuary befragt hatten. Zwar konnte sie sich nicht an jemanden dort erinnern, der Jack Gresham ähnelte, doch waren die Fotos, die sie von ihm gesehen hatte, schon ein paar Jahre alt. Möglicherweise hatte er inzwischen eine andere Frisur, zu- oder abgenommen oder sich einen Bart wachsen lassen. »Wo ist die Liste der Leute, die im Sanctuary leben?«

»Liegt auf Noahs Schreibtisch«, antwortete Gretchen. »Du denkst, dass Jack Gresham im Sanctuary lebt?«

Josie griff hinüber zu Noahs Schreibtisch, holte sich die Liste und überflog sie. »Ich weiß nicht, aber ein komischer Zufall ist es schon, findest du nicht? Niemand weiß, wo er sich aufhält, und zwar schon seit längerer Zeit nicht. Seine Frau verschweigt sein Verschwinden und dann campen sie und ihre beiden besten Freunde nur wenige Kilometer von der Kommune entfernt?«

»Um irgendwelche Schlüsse in dieser Richtung zu ziehen, haben wir zu wenig Informationen«, gab Gretchen zu bedenken.

»Ist weit hergeholt, das gebe ich zu«, räumte Josie ein. Sie war die Liste inzwischen durchgegangen und stieß einen langen Seufzer aus. »Außerdem hast du recht: Er steht nicht auf der Liste.«

Sie warf sie wieder auf Noahs Schreibtisch und ließ sich auf ihren Stuhl fallen. Hinter ihren Augen begannen erste Anzeichen von Kopfschmerzen zu pulsieren. »Was ist mit den Handys von Valerie und Tyler Yates? Haben wir schon etwas von den Providern bekommen?«

»Nein. Wird wohl bis morgen oder übermorgen dauern.«

Josie hörte, wie sich am Ende des Raums Chief Bob Chitwoods Tür öffnete. Schon dröhnte seine Stimme: »Quinn, wo sind die anderen drei?«

Josie wirbelte mit ihrem Stuhl herum. Sie empfand die übliche Mischung aus Schreck und Verärgerung, die Chitwood bei so ziemlich allen Beamten des Reviers auslöste. Er war vor fast einem Jahr von der Bürgermeisterin zum Chief ernannt worden, nachdem Josie diese Stelle für kurze Zeit innegehabt hatte.

»Ich telefoniere gerade mit Gretchen«, erwiderte Josie. »Noah ist im Krankenhaus und Mettner musste nach Hause, duschen. Er sollte jede Sekunde zurück sein.«

Als Chitwood näherkam, schwebten weiße Strähnen seines lichter werdenden Haars über seinem Kopf. Er verschränkte die Arme vor seiner schmalen Brust und starrte auf sie herab. »Stellen Sie Palmer laut, ja?«

Josie berührte den Freisprechknopf auf dem Display ihres Handys. »Chief?«, hörte sie Gretchen sagen.

»Wir haben zwei Leichen und eine Vermisste. Sie wissen, was ich von Leichen und vermissten Frauen halte, nicht wahr?«

Josie starrte ihn verdutzt an und fragte: »Was denn, Sir?«

Er beugte sich nach vorn, schwebte drohend über ihr und rief: »Ich will sie in meiner Stadt nicht haben!«

»Falls Ihnen das etwas hilft: Quinn hat heute eine Vermisste *gefunden*«, sagte Gretchen.

Einen Augenblick lang zuckte Chitwoods Mundwinkel, als verkneife er sich ein Lachen. Dann deutete er mit einem langen, knochigen Finger auf das Smartphone. Josie hätte ihn zu gern daran erinnert, dass Gretchen ihn nicht sehen konnte, wagte es aber nicht auszusprechen. »Niemand mag Klugscheißer, Palmer.« Er wandte sich wieder Josie zu. »Gute Arbeit, das mit dem Baby, Quinn.«

Das Kompliment kam so unerwartet und war so ganz und gar untypisch für Chitwood, dass Josie kaum ein »Danke, Sir« herausbrachte.

Er fuhr fort, als hätte er sie nicht gehört. »Ich will, dass wir in beiden Fällen zügig vorankommen. So bald nach dem Ross-Fall kann ich nicht noch einen Pressezirkus brauchen. Verstanden?«

Weder Gretchen noch Josie erwiderten etwas darauf. »Teilen Sie sich die Aufgaben untereinander auf«, fuhr Chitwood fort. »Quinn und Fraley bleiben an der vermaledeiten Bestler-Geschichte dran. Palmer, Sie und Mettner kümmern sich um das Chaos im Fall Yates und Gresham.«

»Quinn und Fraley haben sich als Erste mit dem Yates- und Gresham-Fall befasst«, widersprach Gretchen. »Also ist es ihre Angelegenheit.«

Chitwood verdrehte die Augen und beugte sich nach vorn, um in das Handy zu brüllen. »Sie haben fünfzehn Jahre Erfahrung mit Mordfällen. Und nun stellen Sie sich mal vor: Ich bin Ihr Boss. Ich sage, Sie übernehmen diesen Fall. Quinn hat bei Entführungen in der Vergangenheit gar nicht so schlechte Arbeit geleistet, also kümmert sie sich um die Bestler-Sache. Weil ich gerade von Ihnen rede, Quinn.« Er fixierte sie erneut. Sie widerstand dem Drang, sich unter seinem stechenden Blick zu krümmen. »Verziehen Sie sich nach Hause und schlafen Sie gefälligst aus. Ich habe gerade mit dem Sheriffbüro von Lenore

County gesprochen. Sie, Fraley und ein paar von deren Leuten gehen morgen in die Höhlen und versuchen, den Typen zu schnappen, der Maya Bestler entführt hat. Fraley hat mir erzählt, dass Moore den Hintern nicht hochkriegt, also habe ich seinen Chief angerufen. Er hat Moore in das Krankenhaus geschickt, damit er Maya Bestler ein paar Karten zeigt und sie eine Skizze vom Inneren der Höhle zeichnen lässt, falls sie das hinkriegt. Sie treffen ihn morgen um acht Uhr an der County-Grenze auf der Route 9227. Ist das klar?«

In die Höhle.

Der Gedanke schnürte ihr die Kehle zu. Panik ergriff sie und legte sich wie ein Schraubstock um ihren Hals.

»Quinn«, bellte Chitwood. »Ist. Das. Klar?«

Josie brachte kein Wort heraus und nickte nur.

ZWEIUNDZWANZIG

Josie beendete das Gespräch mit Gretchen, verließ das Revier und fuhr nach Hause. Sie überlegte, beim Krankenhaus Halt zu machen und mit Noah zu sprechen, war aber nach wie vor wie gelähmt vor Angst und nicht sicher, ob sie sich an einem öffentlichen Ort unter Kontrolle hatte. Außerdem wohnte Noah inzwischen bei ihr. Irgendwann würde er heimkommen.

Zu Hause schaltete sie alle Lichter im Erdgeschoss ein. Sie konnte sich nicht auf den Fernseher konzentrieren und ging daher von Zimmer zu Zimmer. Ihre Nerven waren zum Zerreißen gespannt.

In die Höhle.

Sie konzentrierte sich auf ihre Atmung. Ein, aus. Ein, aus.

Dann setzte sie sich an den Küchentisch und zog ihr Handy aus der Tasche. Sie wollte Noah bitten, nach Hause zu kommen. Aber ihr Blick wanderte zur Liste der Anrufe auf der Mailbox. Ohne zu überlegen öffnete sie die Mailbox-App und spielte eine Nachricht ab. Sie stammte von der Sozialarbeiterin im Staatsgefängnis von Muncy. »Detective Quinn«, begann sie und stellte sich vor. »Ich rufe Sie an, um Sie darüber zu informieren, dass Häftling Lila Jensen sehr krank ist. Die letzte Chemotherapie war nicht so erfolgreich, wie die Ärzte sich erhofft hatten. Wir haben sie in ein Hospiz gebracht. Soweit ich das verstanden habe, geht es nur noch um Tage. Ich dachte, Sie sollten es erfahren. Sie hat immer wieder nach Ihnen gefragt. Bitte rufen Sie mich an, damit wir einen Besuch vereinbaren können.«

Angewidert warf Josie ihr Handy durch das Zimmer. Es flog an die Tür des Küchenschranks neben der Spüle und fiel zu Boden. »*Einen Besuch vereinbaren*«, murmelte sie. Das klang, als hätte sie keine Wahl, als wäre es ihre Pflicht, eine sterbende Frau zu besuchen. Spielte es denn gar keine Rolle, was Lila ihr angetan hatte? Hatte Lilas letzter Wunsch mehr Gewicht als die grausamen Misshandlungen, die Josie erleiden hatte müssen, als sie noch ein unschuldiges Kind war?

Ohne sich dessen bewusst zu sein, war Josie durch die Küche gegangen und hatte einen der Oberschränke geöffnet. Vor ihr stand eine ungeöffnete Flasche Wild Turkey Whiskey. Nur ein Schluck, dachte sie, dann würden die Dämonen, die in ihr wüteten, verstummen. Wenigstens für eine Weile. Aber Wild Turkey war immer nur eine Kurzzeitlösung ihrer Probleme gewesen – und es war nie gut ausgegangen, wenn sie ihn getrunken hatte. Vor über einem Jahr hatte sie dem Alkohol abgeschworen. Als Noah nach der Ermordung seiner Mutter vor fünf Monaten Abstand zu ihr gesucht hatte, war sie wieder schwach geworden. Die Folgen der durchzechten Nacht wollte sie nicht noch einmal erleben. Sie hatte sich fest vorgenommen, nicht mehr zu trinken.

Nur ein Glas, drängte eine Stimme in ihrem Hinterkopf.

Sie schlug die Schranktür zu. Es blieb doch nie nur bei einem Glas, oder? Wenn Noah nach Hause kam, würde die halbe Flasche leer sein und sie Dinge von sich geben, von denen sie wusste, dass sie sie bereuen würde. Sie würde Fragen stellen, deren Antworten sie nicht hören wollte – etwa, ob er bei ihr bleiben würde, falls sie beschließen würde, keine Kinder zu bekommen. Inzwischen war ihr klar geworden, dass sie darüber sprechen hätten sollen, bevor sie zusammengezogen waren. Als sie noch mit ihrem mittlerweile verstorbenen Mann Ray verheiratet gewesen war, waren sie sich darüber stets einig gewesen, denn beide hatten Schreckliches in ihrer Kindheit erlebt. Beide waren misshandelt worden und wollten ihre Gene nicht weitergeben. Aber inzwischen hatte sich herausgestellt, dass die Frau, die sie für ihre Mutter gehalten hatte, gar nicht ihre Mutter war, und dass sie eine gute, liebevolle Familie hatte. Sie war überhaupt nicht genetisch vorbelastet.

Dennoch zweifelte sie sehr stark daran, dass sie eine gute Mutter sein konnte. Sie war zufrieden damit, durch ihren Beruf anderen etwas Gutes tun zu können. Einem Beruf, von dem sie befürchtete, dass er ihre Fähigkeit, eine gute Mutter zu sein, beeinträchtigen konnte. Sie hatte schlichtweg Angst, so einfach war das. Nun kam auch noch hinzu, dass Noah sich nicht von dem Bestler-Baby fernhalten konnte. Er hatte eine Nichte und Josie oft dabei geholfen, auf den Sohn ihrer Freundin Misty aufzupassen, aber nie so einen Narren an ihnen gefressen wie an Mayas Neugeborenem. Lag es daran, dass er dabei gewesen war, als das Baby auf die Welt gekommen war, fragte sie sich. Konnte er sich deshalb nicht von dem Kleinen losreißen? Oder hatte er einen Punkt erreicht, an dem er eigene Kinder wollte?

»Es ist doch erst einen Tag her«, sagte sie leise zu sich selbst. Es schienen Wochen vergangen zu sein, seit sie ihre Kaffeetasse an dem sperrigen Minibackofen zerbrochen hatte. Sie tapste zurück zum Küchentisch und verscheuchte die Gedanken an den Wild Turkey.

Dann setzte sie sich und blätterte die Akte Maya Bestler durch, die Moore ihr gegeben hatte. Darin stand alles, was er ihr bereits mitgeteilt hatte. Selbst Fotos von dem oberflächlichen

Schnitt auf Garrett Romneys Stirn lagen dabei. Er war rasiermesserdünn und nur fünf Zentimeter lang; weitere Verletzungen waren kaum zu erkennen. Kein Wunder, dass die Ermittler davon ausgegangen waren, dass er ihn sich selbst zugefügt hatte. Das runde, zornige Gesicht darunter trug auch nicht unbedingt dazu bei, den Verdacht zu zerstreuen, dass Romney gewalttätig war. Aus seinen blitzenden braunen Augen sprach der blanke Hass und seine dünne Oberlippe war zu einem höhnischen Grinsen hochgezogen. In den ersten Berichten wurde er als aggressiv und unkooperativ beschrieben. Trotzdem war das noch kein Grund für eine Mordanklage. Selbst nach aufwendigen Suchaktionen hatte man Maya nicht gefunden, was angesichts der von ihr geschilderten Entführung ungewöhnlich war. Hatte der Einsiedler sie in die Höhle verschleppt, bevor die Suchtrupps sie entdecken konnten? Waren sie nicht auf die Idee gekommen, in den Höhlen nachzusehen? Josie machte sich eine Notiz, um Moore das am nächsten Morgen zu fragen.

Die Akte war ziemlich umfangreich angesichts der dürftigen Hinweise, die die Polizei um das Zelt gefunden und aus Garrett Romney herausbekommen hatte. Es sah aus, als hätten sich die Strafverfolgungsbehörden sehr bemüht, Indizien gegen ihn zusammenzutragen – vielleicht, um ihn eines Tages auch ohne Leiche anklagen zu können. Es gab Aussagen von Nachbarn, Freunden und Mayas Kollegen, die angaben, dass sie oft mit blauen Flecken und Schmerzen erschienen sei. Manche Nachbarn berichteten, sie hätten Maya häufig hinter verschlossenen Türen schreien hören. Viermal war die Polizei von Doylestown wegen häuslicher Gewalt zur Wohnung von Maya und Garrett gerufen worden, aber jedes Mal hatte Maya behauptet, dass Garrett ihr nichts getan habe. Die Akte enthielt auch ärztliche Berichte, in denen drei Knochenbrüche dokumentiert wurden, nachdem sie die Notaufnahme aufgesucht hatte. In allen Fällen hatte Maya angegeben, gefallen zu sein. Dennoch war Garrett die erste und einzige Person gewesen, nach der Maya gefragt hatte, als sie gefunden worden war. Was Josie allerdings nicht überraschte: Opfer häuslicher Gewalt kamen oftmals nicht von ihren gewalttätigen Partnern los, selbst wenn sie wollten. Sich von diesen Männern emotional zu lösen war genauso schwierig wie eine räumliche Trennung. Stellten sie sich gegen ihre Peiniger, konnte sie das ihr Leben kosten – was auch tatsächlich oft vorkam.

Josie kam der Anblick von Renee Kelly, wie sie in ihrer Box kauerte, in den Sinn. Wurde sie von jemandem aus der Kommune misshandelt oder kam es dort zu systematischeren Formen von Gewalt? Kein anderes Mitglied des Sanctuary schien verletzt oder in seelischen Nöten zu sein. Man mochte ihnen vorgegeben haben, was sie zu sagen hätten, aber so verzweifelt wie Renee Kelly waren sie nicht gewesen.

Das war jedoch nun nicht mehr ihre Angelegenheit. Chitwood hatte ihr den Fall Yates/Gresham abgenommen. Damit konnte sie möglichen Verbindungen zum Sanctuary nicht mehr nachgehen. Normalerweise hätte sie aufgebracht sein müssen, aber Chitwood hatte recht: Gretchen war die Beste für diese Aufgabe. Mit ihrer Erfahrung, die sie bei der Mordkommission von Philadelphia gesammelt hatte, war sie Josie ein Stück voraus. Was völlig in Ordnung ging. Josie wollte den Fall gelöst sehen – ihr Ego konnte sie da gut hintanstellen.

Sie schloss die Akte und rieb sich ihre brennenden Augen. Die Flasche Wild Turkey rief wieder nach ihr. Sie konnte förmlich spüren, wie der wärmende Whiskey ihre Kehle hinunterlief. Aber nein. Sie brauchte Schlaf, keinen Alkohol, beschloss sie, hob ihr Handy vom Küchenboden auf und ging nach oben. Dort zog sie ihr T-Shirt aus und kroch ins Bett. Sie wusste nicht, ob sie noch wach sein würde, wenn Noah nach Hause kam, und schrieb ihm, dass sie sich am nächsten Morgen mit Moore treffen würden, um die unterirdischen Höhlen nach dem Einsiedler zu durchsuchen.

Er antwortete sofort.

Bin bald zu Hause.

Aber schon nach wenigen Minuten war sie eingeschlafen.

DREIUNDZWANZIG

Josie weinte, bis ihr dünner, siebenjähriger Körper nicht mehr konnte. Ihre Tränen versickerten im rauen, muffigen Teppich des Schrankbodens. »Du hast es versprochen, Mommy«, stieß sie immer wieder hervor. »Du hast es versprochen.« Hatte sie anfangs noch laut und kräftig protestiert, kamen ihre Worte nun leise und brüchig, unterbrochen von einem Zittern, das ihren kleinen Körper immer wieder erschütterte. Lila hatte versprochen, dass sie Josie nicht in den Schrank sperren würde, wenn sie niemandem erzählte, dass sie es gewesen war, die ihr den Schnitt im Gesicht zugefügt hatte. Aber Lila hatte sie trotzdem hineingesteckt.

»Halt dein Maul«, brüllte Lila von der anderen Seite der Schranktür. Josie kauerte in absoluter Dunkelheit. Sie hörte, wie ein Stuhl über den Boden schrammte, als Lila ihn vor die Schranktür schob und damit den letzten Lichtstrahl blockierte, der noch darunter hereingedrungen war. Josie rollte sich vor und zurück, schlug gegen die Tür, dann gegen die Wand, die Tür, die Wand. Sie stemmte ihre Beine gegen die Wand und schrie. Der Schrank war so klein, dass sie ihre Beine nicht ausstrecken konnte. Taumelnd stand sie auf und stieß ihre

Hände nach vorn. Plötzlich waren die drückend nahen Wände des Schranks verschwunden. Sie machte ein paar Schritte, zuerst vorsichtig tastend, dann laufend, doch die Dunkelheit wollte nicht enden. Ganz gleich, wohin sie sich wandte, nirgends war ein Licht. Sie war auf ewig in der Dunkelheit gefangen. Panik schnürte ihr die Brust zusammen, sodass sie kaum atmen konnte.

»Mommy, bitte«, weinte sie wieder. »Ich habe Angst.«

Von irgendwoher kam Lilas schneidende, gehässige Stimme. »Ich lasse dich nie wieder raus, JoJo. Ich habe dich gewarnt, wenn du auch nur ein Wort sagst, bleibst du für immer im Schrank.«

»Ich habe niemandem etwas gesagt«, beharrte Josie und torkelte durch die Dunkelheit, um etwas zu finden, an dem sie sich festhalten konnte. An irgendetwas in dieser unerbittlichen, grenzenlosen Schwärze.

Plötzlich spürte sie eine Hand auf ihrem Kinn und der Wange, über die sich die Narbe zog. Sie schlug mit den Armen um sich, aber da war niemand. Doch dann erschien Lilas hell erleuchtetes Gesicht nur Zentimeter von ihrem entfernt. Sie fletschte ihre Zähne, die sich in spitze Reißer verwandelt hatten. »Nur ein Wort«, knurrte sie.

Josie schlug nach ihr, doch da war nichts außer Luft. Sie spürte, wie etwas Warmes ihre Beine hinunterlief. Der Geruch von Urin drang in ihre Nase. Sie versuchte, den Kopf zu bewegen, aber Lilas geisterhafter Griff hielt ihn fest. Josie starrte in Lilas Mund, der sich weit öffnete. Eine Schwarznuss fiel heraus.

Ihre Schreie wurden von der Schlafzimmerdecke und den Wänden zurückgeworfen. Noahs Stimme holte sie aus ihrem Albtraum. »Josie. Josie, wach auf.« Sie tastete in die Dunkelheit und spürte erleichtert Noahs Brust. »Ich brauche Licht«, keuchte sie. »Mach das Licht an.«

Er zog sie in seine Arme und drehte sich etwas, um zum

Nachtschrank zu gelangen. Sie hörte ein Klicken, dann durchflutete weiches Licht den Raum. Ihren Raum. Ihr großes, schönes Doppelbett. Die Fenster an einer Wand, durch die die Sonne schien, sobald sie sich über den Horizont schob. Den türlosen Schrank, ihre und Noahs Kleider, die an Stangen hingen, und ihre auf dem Boden aufgereihten Schuhe. Sie klammerte sich an Noah und spürte seinen festen Körper. Seine beruhigende Nähe verdrängte allmählich die Panik. Sanft strich er ihr das Haar aus dem Gesicht und nahm ihr Kinn in seine Hand – zart, behutsam und so völlig anders als Lilas Finger, die sich in ihre Haut gekrallt hatten.

Sie sah in seine braunen Augen.

Mit seinem Daumen fuhr er über ihren Wangenknochen und wischte eine Träne weg. Himmel, sie weinte. Dabei war sie alles andere als nah am Wasser gebaut. »Wir können die Lichter in der Nacht anlassen, wenn es dir hilft«, schlug Noah vor.

Dass er keine Fragen stellte, sie nicht wegen ihrer Albträume löcherte und auch nicht wissen wollte, warum sie in letzter Zeit immer häufiger kamen, ließ ihre Tränen noch reichlicher strömen. Sie nickte und drückte ihr Gesicht in seine Brust. Er hielt sie fest und lehnte sich dabei an das Kopfende. Sie sah auf die Uhr. Es war vier Uhr siebenundvierzig. Sie wusste, dass an Schlaf nicht mehr zu denken war. Immer wenn sie die Augen schloss, kam die Erinnerung an Lilas Gesicht, ihren aufgerissenen Mund und die herausfallende Schwarznuss zurück und ließ ihren Körper erzittern. Doch jedes Mal nahm Noah sie fest in seine Arme. Irgendwann schlief er wieder ein, aber sie blieb wach, atmete seinen Geruch ein und musterte ihn. Dunkle Stoppeln zeigten sich auf seinem Kinn. Sie strich mit den Fingern darüber und sah in sein Gesicht, das im Schlaf gelöst und ausdruckslos war. Augenblicklich spürte sie Dankbarkeit dafür, dass er bei ihr war, doch stieg zugleich Angst in ihr auf, dass das, was sie hatten, ihm eines Tages nicht mehr genügen würde. Würde ihre Beziehung das überstehen? Würden ihre Dämonen ihn vertreiben?

Als der Morgen anbrach und das Tageslicht durch die Fenster fiel, wischte sie diese Gedanken beiseite und stupste ihn wach. »Hey«, begrüßte sie ihn. »Wir müssen aufstehen.«

Er murmelte etwas Unverständliches, hielt die Augen aber weiter geschlossen.

»Noah«, drängte sie ihn. »Wach auf.«

Sie strich ihm durch sein dichtes braunes Haar, bis er die Augen öffnete. Ihren Albtraum erwähnte sie nicht mehr und fragte stattdessen: »Wie geht es dem Baby? Alles okay?«

Einen Augenblick lang wirkte er verwirrt. Dann blinzelte er ein paarmal, setzte sich auf und löste sich von ihr. »Ja, ja. Es geht ihm gut. Alles okay. Und du – bist du auch okay?«

»Mir geht's gut.«

»Hast du überhaupt geschlafen?«

Sie lächelte. »Ja, natürlich. Wir müssen aufstehen und bald los, wenn wir Moore und sein Team um acht Uhr in Lenore County treffen wollen.«

»Stimmt«, pflichtete er ihr bei. »Ich habe deine Nachricht gestern Abend bekommen. Also geht es in die Höhle?«

Er streckte sich zu ihr, um ihr sanft auf den Arm zu klopfen, aber sie sprang aus dem Bett, bevor er sie berühren konnte. Sie nahm das Handy von ihrem Nachtschrank und sah nach, ob eine Nachricht von Gretchen gekommen war.

Renee Kelly ist nicht aufgekreuzt. Sorry, Boss, stand da.

Sie hatte es erst kurz zuvor geschickt. Josie steckte das Smartphone wieder an das Ladekabel und ging zum Badezimmer.

»Ja«, antwortete sie. »Heute ist Höhle angesagt.«

»Josie«, sagte er. »Sieh mich an.«

Widerwillig drehte sie sich zu ihm. »Was?«

»Vielleicht sollten wir über die Albträume reden, die du in letzter Zeit hast?«

»Ja, klar. Aber ein andermal, okay?«

»Josie.«

»Die Arbeit wartet auf uns, Noah.«

Er rutschte zum Bettrand und stellte seine Beine auf den Boden. »Denkst du, dass du es schaffst, in die Höhle zu gehen? Wir können dich auch draußen postieren und gehen ohne dich hinein.«

»Alles bestens«, log sie.

VIERUNDZWANZIG

Noch den ganzen Morgen quälte Josie innerlich die Angst. Mit Noah fuhr sie nach Lenore County und traf sich dort mit Moore und einem weiteren Mitglied seines Teams namens Nash. Sie stellten das Auto auf einen Parkplatz des Jagdgebiets und sahen sich die Zeichnung an, die Maya vom Höhlensystem erstellt hatte. Moore war unwirsch und distanziert. Josie fragte sich, ob sein Vorgesetzter ihm nach Chitwoods Anruf den Kopf gewaschen hatte. Es regnete leicht aus schwarzen, schweren Wolken. Sie wandte sich an Moore und Nash. »Dem Wetterbericht zufolge sind weitere Gewitter möglich. Ist es okay für Sie, heute hier draußen zu sein?«

Ein Muskel zuckte in Moores Gesicht, aber er meinte nur: »Ihre Entscheidung.«

Also war er tatsächlich gemaßregelt worden und machte vermutlich sie und Noah dafür verantwortlich. Sie warf einen Blick zu Noah, der ihr kaum merklich zunickte. Er würde sich ganz nach ihr richten. Sie konnten abwarten und wären hier in Sicherheit, sollte das Gewitter losbrechen. Aber Josie wurde den Verdacht nicht los, dass der Mann, der Maya Bestler entführt und gefangen gehalten hatte, auch für Valerie und

Tyler Yates' Ermordung und Emilia Greshams Verschwinden verantwortlich war. Vielleicht lag sie falsch, aber wenn nicht, dann würde jede Sekunde, die sie warteten, die Chance verringern, Emilia rechtzeitig retten zu können. Bestand auch nur die geringste Möglichkeit, dass beide Fälle zusammenhingen und sie durch das Aufspüren von Mayas Entführer auch die Fälle Yates und Gresham lösten, dann musste Josie das Risiko eingehen.

»Dann machen wir uns auf den Weg«, beschloss sie.

Sie marschierten in Regenkleidung und ausgestattet mit Taschen- und Stirnlampen in den Wald. Fünf Stunden später regnete es immer noch, wenn auch nur leicht. Zweimal waren sie in ein Gewitter geraten und gezwungen gewesen, abzuwarten, sich in fünfzehn Meter Entfernung zueinander zu postieren und auf den Boden zu kauern, bis die Gefahr vorüber war. Jedes Mal überlegten sie umzukehren, aber inzwischen waren sie so tief im Wald, dass die Gewitter sich verzogen hätten, bis sie wieder bei ihren Autos gewesen wären.

Als sie einmal stehen blieben, um einen Blick auf ihre GPS-Geräte zu werfen, bedauerte Josie bereits ihre Entscheidung, trotz des Regens mit der Suche zu beginnen. Sie war verschwitzt und hungrig und konnte im Augenblick an nichts anderes denken als an die Blasen an ihren Füßen.

Noah wandte sich an Moore: »Haben Sie nicht gesagt, dass Sie wüssten, wo die Höhlen sind?«

Moore ging neben einem großen Baumstamm in die Hocke und trank den Rest seiner Wasserflasche leer. Er wischte sich mit Daumen und Zeigefinger den Regen aus den Augen. »Ich bin schon seit zwanzig Jahren nicht mehr hier gewesen. Hätte gedacht, dass sie leichter zu finden wären.«

Josie blickte von ihrem GPS-Gerät hoch. »Wir haben die County-Grenze schon mindestens ein halbes Dutzend Mal überquert. Im Moment befinden wir uns auf dem Gebiet von

Denton. Sind Sie sicher, dass wir nicht weiter südlich gehen müssen?«

Moore holte eine alte topografische Karte aus seinem Rucksack. Er breitete sie auf dem Waldboden aus, obwohl der Regen sie fast sofort durchnässte. Noah kam herbei und kniete sich daneben, um sie sich anzusehen. Josie beugte sich über sie und hielt zugleich das GPS-Gerät vor sich, um dessen Darstellung mit der Landkarte auf dem Papier zu vergleichen. Noah und Moore diskutierten mehrere Minuten lang, in welche Richtung sie gehen sollten, während Nash ein paar Schritte davon entfernt stand und genervt wirkte. Als sie sich geeinigt hatten, wollte Moore seine inzwischen klatschnasse Karte einpacken, doch Josie stellte einen Fuß darauf. »Moment«, sagte sie. Sie ging in die Hocke und deutete auf den Punkt gut sechs Kilometer weiter südwestlich, an dem sich nach Ansicht von Moore und Noah die Höhle befinden musste. »Wie weit von der Höhle entfernt stand das Zelt, aus dem Maya verschwand?«

Moore klopfte sich mit einem Finger auf die Lippen und studierte die Karte. »Ich kann mich nicht genau erinnern, bin aber ziemlich sicher, dass es irgendwo hier war.«

Er deutete auf einen Kartenabschnitt südlich des Gebiets, in dem sich seiner Ansicht nach der Höhleneingang befinden musste.

»Wie weit ist das?«, fragte Josie. »Vom Zeltplatz bis zur Höhle, meine ich.«

Er zuckte die Schultern. »Um die zwanzig Kilometer.«

»Haben Sie auf dem Gebiet von Lenore County eine groß angelegte Suchaktion nach Maya Bestler gestartet, nachdem sie als vermisst gemeldet worden war?«, wollte Josie wissen.

»Selbstverständlich«, entgegnete er. »Aber es hat nichts gebracht.«

»Haben Sie Hunde eingesetzt?«

Er hörte auf, mit seiner Karte zu hantieren, und sah sie

direkt an. Josie entging auch Noahs Blick nicht, mit dem er ihr bedeutete: *Muss das ausgerechnet jetzt sein?*

»Natürlich hatten wir Hunde dabei.«

»Wie lange nach der Vermisstenmeldung haben Sie mit der Suche begonnen?«

»Schwer zu sagen. Wir hatten nur Garrett Romneys Aussage und dachten alle, dass er nicht die Wahrheit sagte. Er behauptete, er sei desorientiert und verletzt aufgewacht und aus dem Wald gelaufen, bis er Handyempfang gehabt hätte. Aber wie viel Zeit zwischen Bestlers tatsächlichem Verschwinden und Garretts Vermisstenmeldung vergangen ist, wissen wir nicht sicher. Der Einsiedler könnte einen ordentlichen Vorsprung gehabt haben. Wieso?«

»Das war nur eine Frage, die mir in den Sinn gekommen ist, nachdem ich mir die Akte angesehen habe. Aber jetzt wissen wir nicht einmal, wie weit die Höhle vom Zeltplatz entfernt ist ...«

Moore stand auf und knüllte die Karte in seinen Händen. »Ich weiß, wo sie ist«, sagte er.

»Also, dann los«, schaltete sich Noah ein. »Ich will den Typen nicht im Dunkeln aus dem Wald zerren – oder in noch ein paar Gewitter geraten.«

Mit diesen Worten stapfte er davon. Moores Kollege folgte ihm. Josie und Moore starrten sich einen weiteren langen Moment an, dann sagte sie: »Ich wollte damit nicht sagen, dass Ihr Team nicht ordentlich gearbeitet hätte. Es ist nur seltsam, dass Maya sagt, der Einsiedler hätte sie mehrere Tage lang durch die Gegend geschleppt, bevor sie zur Höhle gelangten. Trotzdem hat man sie nicht gefunden, nicht einmal mit Hunden.«

Moore nickte. »Für jemanden, der mir nicht unterstellen will, dass ich nicht weiß, wie man seine Arbeit macht, reden Sie eine ganze Menge Müll daher.«

»Noch einmal: Ich habe das nie behauptet«, widersprach

Josie. »Ich sage nur, dass es ungewöhnlich ist, dass nicht einmal die Hunde Maya Bestler aufspüren konnten. Die Tiere der Hundestaffel sind sehr verlässlich.«

»Ach, wirklich?«, blaffte Moore. »Genau deshalb hat jeder Garrett Romney verdächtigt, dass er etwas damit zu tun hatte. Wir haben sogar Leichenspürhunde eingesetzt und gehofft, dass sie die Stelle finden würden, an der er sie versteckt hatte. Wie Sie wissen, hat es nichts gebracht.«

Er ließ sie stehen und marschierte hinter Noah und Nash her. Josie folgte ihm.

Nach weiteren eineinhalb Stunden erreichten sie den Eingang zur Höhle, der überhaupt nicht wie ein Eingang aussah. Er befand sich an der Flanke eines kleinen Hügels. Man hatte den Eindruck, als seien mehrere Felsen, gefolgt von einigen Baumstämmen, den Hang herabgekullert und hätten sich davor angehäuft. Moore deutete auf das Durcheinander. »Ich glaube, hier ist es.«

»Hier?«, fragte Noah ungläubig. »Sieht aus wie ein Haufen Geröll.«

Moore drehte sich von den Felsen und Baumstämmen weg und deutete hinter sie. »Dort drüben, etwa zehn Meter von hier, fließt ein kleiner Zufluss zum Cold Heart Creek.«

»Ich habe keinen Cold Heart Creek gesehen, als wir dort langgegangen sind«, wandte Noah ein.

»Weil es nicht der Fluss selbst ist, sondern nur ein Bächlein, das sich füllt, wenn der Creek Hochwasser führt. Im Grund ist es ein Rinnsal, das aber manchmal so viel Wasser hat, dass es die ganze Gegend unter Wasser setzt.«

Josie sah sich um und bemerkte die Schlammpfützen in der Umgebung. Sie waren nass und matschig vom Regen der letzten Tage. »Sieht tatsächlich morastig aus«, meinte sie. Sie ging mehrere Schritte in die Richtung, in die Moore gedeutet hatte, bis sie etwas Farbiges bemerkte. »Hier«, rief sie.

Die anderen folgten ihr durch die Bäume, bis sie zu einem

alten Ruderboot gelangten, das auf Felsen lag. Der Rumpf hatte eine ausgeblichene blaugrüne Farbe. Alle Sitzbänke waren zerbrochen. Auf dem Boden lag ein abgenutztes Paddel. Das hintere Ende des Boots steckte tief im Schlamm. Josie konnte die lange, breite Rinne erkennen, die der Nebenfluss des Cold Heart Creek während der diesjährigen Regenperioden in den Waldboden gegraben hatte. Er begann sich bereits wieder mit dem ablaufenden Wasser der jüngsten Niederschläge zu füllen.

»Das ist das Boot, von dem uns Maya erzählt hat«, stellte Josie fest. »Wir sind hier richtig.«

Sie gingen wieder den Hügel hoch zu der Stelle, an der Moore auf das Geröll hingewiesen hatte, und sahen sich um.

»Maya sagte, man habe den Eingang wegen Felsen und umgefallener Bäume nicht sehen können«, sagte Moore.

Er hüpfte über einen Baumstamm und die anderen folgten ihm. Sie kletterten über mehrere Felsbrocken und näherten sich dem Fuß des kleinen Hügels. Ein weiterer Baumstamm versperrte ihnen den Weg. Dahinter hing ein filziger Schopf aus krautigen Gewächsen und Kletterpflanzen von einer Ansammlung von Steinen an der Hügelflanke herunter. Er wirkte wie ein natürlicher Vorhang, stellte Josie fest. Niemand, der beiläufig vorbeispazierte, würde ihn bemerken, weil so viele umgefallene Bäume und Felsen davor lagen, wie Maya es beschrieben hatte. Moore schob den Bewuchs beiseite. Da war er, der Eingang – ein Spalt in der Erde, unregelmäßig geformt wie ein mannsgroßes, schiefes Sechseck. Am unteren Ende hatte er eine Breite von etwa sechzig Zentimetern, aber nach oben zu wurde er breiter, dann wieder schmaler und noch einmal breiter, bis er oben in einem etwa dreißig Zentimeter breiten Riss endete. Gebückt passte eine durchschnittlich große Person gut hindurch.

Moore setzte sich die Stirnlampe auf, Nash sowie Noah taten es ihm nach. Josie konnte den Anblick der Öffnung keine Sekunde mehr ertragen. Ihr Atem ging immer schneller. Sie holte ihr GPS-Gerät heraus, warf einen Blick darauf und blinzelte ungläubig. »Wir sind nicht in Lenore County«, stellte sie fest.

Noah sah sie an. »Was?«

Sie hielt ihm das Gerät hin. »Das hier ist Alcott County. Wir sind in Denton.«

Moore trat neben Noah und sah sich die Karte auf dem Display ebenfalls an. Er deutete auf das Gebiet rechts von Josie. »Aber wenn man einen knappen Kilometer in diese Richtung geht, landet man in Lenore County.«

»Wenn die Höhle in unserem Zuständigkeitsbereich ist, erleichtert das die Sache etwas«, meinte Noah. Und zu Josie gerichtet sagte er: »Markier den Eingang, damit wir ihn wiederfinden.«

Josie speicherte den Standort der Höhle auf ihrem GPS-Gerät. Sie hoffte, dass niemand bemerkte, wie ihre Hand zitterte.

»Wenn das in Ihrem Zuständigkeitsbereich liegt, heißt das, dass Sie uns ohne Grund hierhergescheucht haben«, brummte Moore. Ohne auf eine Antwort zu warten, ging er zurück zum Eingang und steckte einen Fuß in die Dunkelheit, bis sein gesamter Unterschenkel in der Höhle verschwunden war. Josie sog scharf die Luft ein. Ihr Herz pochte wie wild. Der Albtraum von letzter Nacht drängte sich wieder in ihr Bewusstsein – und damit auch der Schrank, in dem sie so viele Stunden ihrer Kindheit in nicht enden wollender Dunkelheit verbracht hatte. »Einen Augenblick noch«, rief Noah Moore hinterher.

»Gib mir deine Stirnlampe«, sagte er leise zu Josie.

Wie benommen streckte sie ihm ihr Gerät hin. Er gab vor, die Batterien zu überprüfen, doch sie wusste, dass er ihr nur Bedenkzeit verschaffen wollte. »Du musst da nicht mit hinein«, flüsterte ihr zu, sodass es niemand hören konnte. »Wir können dich hier draußen lassen. Du kannst als Wache vor dem

Eingang bleiben, falls der Einsiedler nicht drinnen ist und zurückkommt, während wir die Höhle durchsuchen.«

»Nein«, stieß Josie hervor. »Ich muss da rein. Das ist mein Job.«

Noah sah ihr in die Augen. Sie wusste, dass er sie in den Arm nehmen wollte, sie irgendwie beruhigen. Aber vor den Kollegen hielt er sich zurück. Das rechnete sie ihm hoch an, obwohl sie sich in diesem Augenblick nichts mehr wünschte, als dass er sie drückte und ihr sagte, dass sie draußen bleiben solle. Nur Noah wusste, was Lila Jensen angerichtet und wie sehr sie Josie traumatisiert hatte, als sie ein Kind gewesen war und endlose Stunden im Schrank eingeschlossen verbringen hatte müssen, bis die Dunkelheit so drückend wurde, dass sie nicht einmal mehr atmen konnte.

»Niemand stellt deine Fähigkeit, deine Arbeit zu machen, infrage, Josie«, entgegnete Noah. »Einer von uns muss hier draußen bleiben. Warum nicht du?«

Josie warf einen Blick über seine Schulter hinüber zu Moore, der halb im Eingang zur Höhle stand und mit Nash plauderte. Noah hatte recht. Weder Moore noch Nash würden es als ungewöhnlich empfinden, wenn sie vorschlagen würde, draußen Wache zu schieben. Aber dann hätte Lila Jensen gewonnen. Sie würde ihr selbst nach all diesen Jahren noch etwas antun. Josie war Polizistin. Eine gute. Das war ihr Leben. Sie hatte keine Kinder. Sie hatte ihre Arbeit. Sie konnte nicht zulassen, dass diese böse Frau nach so langer Zeit noch ihr Leben beeinträchtigte. Sie fahndeten nach einem Kidnapper, aber eines Tages mussten sie vielleicht nach einer vermissten Person suchen, nach jemandem, der Hilfe brauchte. Konnte sie sich dann auch drücken? Sie dachte an ihren kleinen Freund, Mistys Sohn Harris. Er war inzwischen fast drei Jahre alt und zu einem wichtigen Teil ihres Lebens geworden. Sie liebte diesen kleinen Kerl über alles und würde sogar eine Kugel für ihn abfangen. Was, wenn er an einem dunklen Ort eingeschlossen wäre? Würde sie dann auch draußen ausharren und wegen eines vergangenen Traumas zittern?

»Das ist meine Arbeit«, wiederholte Josie und schob trotzig ihr Kinn nach vorn in Richtung Noah. »Und die mache ich verdammt noch mal auch.«

Er lächelte sie an. Sie hätte ihn am liebsten umarmt dafür, dass er kein zweifelndes Gesicht machte. Er setzte ihr die Stirnlampe auf, rückte sie zurecht und testete sie, um sicherzugehen, dass das Licht funktionierte. Dann sagte er laut, sodass Moore und Nash es hören konnten: »Jetzt funktioniert sie.«

Josie steckte das GPS-Gerät ein und holte ihre Taschenlampe hervor. Sie ging zu Moore. »Ich bleibe direkt hinter Ihnen«, sagte sie. Und stieg, dicht gefolgt von Noah, in die Dunkelheit.

FÜNFUNDZWANZIG

Josie erschrak über die kalte, feuchte Luft, die sich drinnen auf ihre nackten Arme und den Nacken legte. Nash blieb draußen. Josie, Noah und Moore trugen Taschen- und Stirnlampen. Hektisch tanzten die Kegel der sechs Lichtquellen durch die Dunkelheit. Hinter dem Eingang befand sich ein kurzer Tunnel von etwa einem Meter Länge, dann kamen sie in etwas Größeres. Josie spürte, wie sich die Energie und Luft um sie veränderte, als sie in eine geräumige Kammer gelangten. Sie leuchtete herum und sah schmutzigweiße, gelbe und graue Felsformationen, die an geschmolzenes Speiseeis erinnerten, außerdem weitere Steingebilde, die Hunderten Eiszapfen ähnelten. An manchen Stellen war die Höhle wenigstens vier Meter hoch, wenn nicht noch höher. Über den Boden zog sich etwas, das aussah wie ein schmaler Trampelpfad.

Noah legte eine Hand auf ihre Schulter. Sie erschrak. »Ich bin's«, sagte er. »Geht's?«

Sie hörte ihn kaum, so sehr pochte ihr Herz, nickte jedoch. Selbst in der Kammer mit der hohen, unförmigen Decke, unter der die Lichter hin und her hüpften, spürte sie den ihr allzu vertrauten Würgegriff der Angst. Sie war wieder das im

Schrank eingesperrte Kind, das schrie und weinte und Lila anbettelte, hinausgelassen zu werden. Sie hatte nichts falsch gemacht. Lila hatte versprochen, sie nicht mehr in den Schrank zu stecken. Aber die Dunkelheit und Qual nahmen nie ein Ende.

»Was ist das für ein Geräusch?«, fragte Moore und blieb stehen.

Josie wäre beinahe in ihn hineingerannt.

»Welches Geräusch?«, fragte Noah.

»Als ob etwas pfeifen würde«, sagte Moore. »Ist das jemand von Ihnen?«

Es war Josie, die zu hyperventilieren begann. Sie öffnete den Mund, um zu sagen, dass alles okay war, doch kam außer einem hörbar pfeifenden Atem kein Laut über ihre Lippen.

»Hat sie Asthma oder so etwas?«, fragte Moore.

Oder so etwas, dachte Josie bei sich, brachte aber kein Wort hervor.

»Ja«, stimmte Noah ihm zu. »Aber es ist alles okay. Gehen Sie weiter.«

Als Moore sich wieder umdrehte und weiter in die Höhle hineinging, schloss Josie für den Bruchteil einer Sekunde fest die Augen, öffnete sie wieder und konzentrierte sich darauf, einen Fuß vor den anderen zu setzen. Noah behielt seine Hand auf ihrer Schulter und führte sie. »Atme«, flüsterte er ihr zu. »Du schaffst das.«

Als sie noch ein Kind war, hatte ein Junge – Ray, ihr späterer, inzwischen verstorbener Ehemann – ihr einen Rucksack voller Vorräte gegeben, damit sie ihn im Schrank versteckte, wenn Lila sie wieder einmal einsperrte. Er hoffte, sie würde sich mit ihm nicht so allein fühlen. Jetzt spürte sie Noahs beruhigende Hand auf ihrer Schulter und rief sich ins Bewusstsein, dass sie diesmal wirklich nicht allein war.

Sie betraten einen weiteren Gang. Er war so breit, dass zwei Personen nebeneinander gehen konnten, aber länger als der erste – sieben bis zehn Meter, wie Josie schätzte. Mayas Zeichnung war nicht exakt, womit Josie jedoch gerechnet hatte. Sie war desorientiert und verängstigt gewesen, als der Einsiedler sie festgehalten hatte, dessen war sich Josie sicher. Aber die Beschreibungen, die sie Moore gegeben hatte, waren dennoch recht genau. Sie kamen in eine größere Kammer und traten in Wasser. Josie senkte den Kopf, damit ihre Stirnlampe nach unten leuchtete. Das Wasser stand etwa fünf Zentimeter hoch. Moore wurde langsamer, stapfte jedoch weiter durch das Wasser, dass es spritzte. Wieder gelangten sie in einen Gang und dahinter in eine Kammer, die so riesig war, dass das Licht von Josies Lampe nicht einmal bis zur Decke reichte.

Sie schauderte, woraufhin Noah ihre Schulter drückte. Sie dachte an etwas, das Ray zu ihr gesagt hatte, kurz bevor er starb. *Die Dunkelheit kann dir nichts anhaben.* Die Worte gingen ihr wie in einer Endlosschleife durch den Kopf. Sie und Noahs fester Griff ließen ihre Atmung etwas ruhiger werden, wenn auch nur geringfügig.

Moore blieb stehen und leuchtete nach oben. Noah und Josie schlossen zu ihm auf, doch selbst als alle Lampen nach oben gerichtet waren, durchdrangen die Lichtstrahlen nicht die Dunkelheit über ihnen.

»Ob das hier die Höhle ist, in der er haust?«, fragte Noah.

Wieder versuchte Josie zu sprechen. Der logische Teil ihres Verstandes war nach wie vor in der Lage, die Situation zu analysieren. Wenn Mayas Karte stimmte, führte ein Gang nach links und in eine weitere große Kammer.

»Ich bin nicht sicher«, wandte Moore ein.

Josie schüttelte Noahs Hand ab, ging an Moore vorbei und bog nach links ab. Sie tastete sich mit einer Hand die unebene Wand entlang, während sie in der anderen die Taschenlampe hielt und damit die Umgebung ausleuchtete. Hinter ihr hüpften Moores und Noahs Lichtkegel und sorgten um sie herum für einen eigentümlichen Stroboskopeffekt. Einen Augenblick später entdeckte sie einen kleinen Gang zu ihrer Linken, gerade so groß, dass sie hindurchschlüpfen konnte, wenn sie sich zusammenkauerte. Moore und Noah waren wesentlich größer als sie, deshalb wurde es für sie sehr eng, doch sie hörte sie nach wie vor hinter sich. Dann war der Gang zu Ende und sie trat ins Leere. Mit ausgestreckten Armen stürzte sie auf den dunkelgrauen Boden und schlug mit beiden Knien und Handflächen auf dem Stein auf. Der Schmerz schoss ihr von den Handgelenken in die Arme.

Schon waren Moore und Noah bei ihr und halfen ihr auf die Beine. »Maya hat gesagt, beim Zugang zu dieser Kammer sei eine große Stufe«, flüsterte Moore. »Trotzdem gut gemacht. Wir sind hier.«

Josie nickte. Sie brachte nach wie vor kein Wort heraus. Ihr Atem ging etwas langsamer, doch ihr Herz pochte weiter wie verrückt. Alle drei sahen sich in dem riesigen Hohlraum um. Auch hier reichte das Licht ihrer Taschenlampen nicht aus, um die Dunkelheit über ihnen zu durchdringen. Der Geruch eines gelöschten Lagerfeuers stieg Josie in die Nase.

Als habe er ihre Gedanken gelesen, flüsterte Noah: »Hier sind wir richtig.«

»Hallo? Sir?«, rief Moore in die gähnende Dunkelheit. »Hier ist die Polizei. Wir müssen mit Ihnen reden.«

Die Stille verschluckte seine Worte. Er versuchte es weiter, doch niemand antwortete. Außer Moores Stimme war nichts zu hören. Josie blickte nach oben und leuchtete mit ihrer Stirnlampe herum, bis sie eine Art Treppe sah, die sich an einer Wand hochzog. Sie war nicht von Menschenhand gemacht worden, vielmehr handelte es sich um natürliche, trittsteinartige Abstufungen – ausreichend, um einen Fuß darauf zu setzen. Josie berührte Noah am Arm, damit er sich zu ihr drehte, und zeigte auf die Stufen.

»Hier muss es zur oberen Kammer gehen«, meinte Noah.

»Zu dem Hohlraum, den Maya Bettkammer nannte. Ich gehe hoch.«

Er machte Moore auf sich aufmerksam und signalisierte ihm, dass er nach oben gehen wolle. Moore nickte und folgte ihm. Josie wartete unten und leuchtete die Umgebung mit ihrer Stirn- und Taschenlampe aus, fand aber nichts außer Steingebilden, die wie geschmolzenes Wachs aussahen. Noah und Moore riefen weiter nach dem Einsiedler, während sie die Stufen hochstiegen.

»Polizei. Kommen Sie heraus, sodass wir Sie sehen können. Wir müssen mit Ihnen reden.«

Ohne Noahs beruhigende Nähe begann sich Josies Atem wieder zu beschleunigen. Ihr wurde schwindelig. Die Höhle schien sich um sie zu drehen wie ein Strudel pechschwarzer Dunkelheit. Sie streckte eine Hand aus, tastete nach der Wand und stolperte nach vorn. Da war er wieder, ihr Albtraum. *Die Dunkelheit kann dir nichts anhaben*, hörte sie Rays Stimme in ihrem Kopf.

Über ihr war der schwache Lichtschein von Noahs und Moores Lampen zu erkennen. Sie blickte nach oben, in der Hoffnung, sie zu sehen. Da hörte sie ein Geräusch über sich – eine Mischung aus Grunzen und Schreien – und gleich darauf etwas durch die Luft fliegen. Jedes Haar ihres Körpers sträubte sich. Etwas Schweres fiel auf ihren Rücken und warf sie zu Boden. Die Taschenlampe wurde ihr aus der Hand geschleudert. Sie hörte, wie sie aufschlug und zerbarst, als ihr Gesicht auf den kalten Steinboden prallte. Das Licht ging aus. Ihre Stirn brannte wie Feuer, doch sie erkannte, dass die Stirnlampe, die ein paar Zentimeter nach vorne ragte, sie vor weitaus schlimmeren Gesichtsverletzungen bewahrt hatte. Auf ihrem Rücken lastete etwas Schweres. Sie versuchte, sich auf die Knie zu hieven, doch etwas – nein, jemand – lag auf ihr. Der Geruch nach Verwesung und stinkender Ungewaschenheit ließ sie würgen. Etwas Borstiges rasierte über ihren Nacken und jetzt erst löste sich der Kloß in ihrem Hals. Ein tiergleicher, ohrenbetäubender Schrei drang aus ihrem tiefsten Inneren nach draußen. Der Panikknoten in ihrer Brust zerbarst und verdrängte jede weitere Empfindung – die brennende Abschürfung auf ihrer Stirn, ihre lädierten Knie, den wunden Nacken und ihre schmerzenden Rippen.

Sie hörte lautes Schreien – es kam von Noah und Moore –, aber ihr Körper war so auf das eigene Entsetzen fixiert, dass sie nicht registrierte, was sie riefen. Sie befand sich in kompletter Dunkelheit in einem beengten Raum und auf ihr saß ein Mann. Er erhob sich langsam wie eine nasse, schleimige Kreatur. Sein Gewicht, das auf ihren Hüften gelastet hatte, verringerte sich und damit ließ auch der Druck auf ihrer rechten Seite nach. Sie trat mit dem Fuß nach ihm, doch der Schlag ging ins Leere. Finger krochen ihren Nacken hoch und in ihr Haar. Stinkender Atem strich über ihre Wange. Sie spürte die Galle in sich aufsteigen.

»Raus hier«, keuchte eine raue Stimme in ihr Ohr.

Josie zog ihr rechtes Bein an und stützte sich auf ihr Knie. Jede Bewegung verursachte unerträgliche Schmerzen in ihren Knochen und Gelenken. Sie presste ihre rechte Handfläche und den Unterarm auf den Boden und warf den auf ihr sitzenden Mann mit aller Kraft von sich. Als ihr Körper auf seinen rollte, schlug sie mit dem rechten Ellbogen nach ihm, immer und immer wieder, bis sie einen Knochen brechen spürte. Er stieß ein Grunzen aus. Sie nutzte die Gelegenheit, drehte sich so, dass sie auf ihm zu sitzen kam, und ertastete seine Brust und seinen Bart. Seine Hand schoss nach oben und suchte ihre Kehle, aber sie schlug sie weg und rutschte nach oben, bis ihre Knie in seinen Achseln lagen.

»Halt« rief sie außer Atem. »Nicht bewegen.«

Schließlich sah sie Lichter um sich herumschwirren. Noah fiel neben ihnen auf die Knie. Seine Stirnlampe erhellte das zerklüftete, hagere Gesicht des Mannes, sein langes, verfilztes

graues Haar und den mächtigen zerzausten, grau melierten
Bart. Mit weit aufgerissenen dunkelbraunen Augen starrte er
sie hasserfüllt an.

»Helft mir«, stieß Josie hervor. »Helft mir, ihn auf den
Bauch zu drehen und ihm Handschellen anzulegen.«

SECHSUNDZWANZIG

Josie hielt Noahs und Moores Taschenlampen, während die beiden den Einsiedler in ihre Mitte nahmen. Sie hatten ihm die Hände vor dem Körper mit Handschellen gefesselt und zerrten ihn mit sich. Josie ging voraus und führte sie durch das Labyrinth aus Gängen und Kammern. Sie zitterte am ganzen Körper, hoffte jedoch, dass keiner es bemerkte. Der Einsiedler sprach kein Wort. Moore fragte immer wieder nach seinem Namen, erntete aber nichts als Schweigen. Als sie sich dem Höhleneingang näherten und Josie endlich einen Schimmer Tageslicht durch den Spalt fallen sah, traten Tränen der Erleichterung in ihre Augen. Sie blinzelte sie weg, während sie nach draußen in das gedämpfte Tageslicht traten.

Alle atmeten tief durch. Noah und Moore setzten den Einsiedler auf einen großen Stein in der Nähe des Höhleneingangs. Nash postierte sich neben ihm, um ihn zu bewachen. Regen prasselte auf sie herab, doch die frische Waldluft war eine solche Erleichterung, dass Josie sie in jeder Zelle ihres Körpers spürte. Im Tageslicht sah sie, dass Mayas Beschreibung ihres Entführers korrekt gewesen war: Er sah exakt aus wie jemand, der schon seit Jahrzehnten abwechselnd im Wald und in unterirdischen Höhlen hauste. Sein wildes, ungekämmtes Haar hatte die Konsistenz von Stroh. Der buschige Bart ging ihm bis zum Solarplexus und strotzte vor Blättern, Zweigen und Stückchen, die nach Essensresten aussahen. Seine Haut war bleich, aber wettergegerbt. Er trug ein altes, fadenscheiniges T-Shirt, das einmal weiß gewesen zu sein schien, und abgeschnittene Jeans, die tief auf seinen Hüften saßen. Beide waren durchnässt. An seinen Armen und Beinen traten die Muskeln hervor und kräuselten sich bei der kleinsten Bewegung.

Das Einzige, wovor Maya sie nicht gewarnt hatte, war der überwältigende Gestank, der von ihm ausging. Sie hatte zwar erwähnt, dass er übel roch, aber das hier war weitaus mehr. Selbst an der frischen Luft umgab ihn eine entsetzliche Ausdünstung, die in der Nase brannte. Auch der Ekel in den Gesichtern ihrer Kollegen blieb ihr nicht verborgen. »Der Typ braucht eine Dusche«, brummte Moore leise, als er an ihr vorbeiging. Er hielt sein Handy in die Luft, um Empfang zu bekommen.

Josie zog ihr GPS-Gerät aus der Tasche. »Wir befinden uns auf dem Gebiet von Denton«, erinnerte sie ihn. »Ich rufe unsere Leute an.«

Noah kam herbei. »Da ist einiges Zeug in der oberen Kammer. Wir sollten Hummel und sein Team anfordern, damit sie nach Fingerabdrücken von Maya suchen oder anderen Spuren, die beweisen, dass sie in der Gewalt dieses Kerls und in seiner Höhle war. Das wäre für eine Anklage gegen ihn von Vorteil. Und wenn da drinnen etwas ist, das darauf hindeutet, dass er auch mit Emilia Greshams Verschwinden zu tun hat, findet es die Spurensicherung.«

Josie holte ihr Handy aus der Tasche. Keine Balken. Sie stieg über zwei Baumstämme, entfernte sich vom Höhleneingang und ging in Richtung des Bachs. Immer wieder sah sie dabei auf ihr Display, bis sie einen Ort fand, an dem sie Empfang hatte. Freudig überrascht bemerkte sie sogar zwei

Balken in der Anzeige. Sie wählte Hummels Handynummer. Nach einem langen Gespräch und einem Vergleich der GPS-Koordinaten vereinbarte sie mit ihm, sich an der nächstgelegenen Straße zu treffen. Josie würde den Einsiedler mit ihren Begleitern zu den Streifenwagen bringen und von dort konnte jemand von ihnen Hummel und sein Team mit deren Ausrüstung zurück zur Höhle führen.

Sie beendete das Gespräch und ging wieder zur Höhle, wo Noah auf sie wartete. Einen Augenblick raubte er ihr den Atem, wie er so dastand in seiner taktischen Ausrüstung, dem zerzausten, im Wind wehenden Haar und einem Ausdruck im Gesicht, aus dem die Sorge um sie sprach. Er trat auf sie zu, hob seine Hand und strich ihr das Haar aus dem Gesicht. Mit zwei Fingern berührte er ihre Stirn.

»Au«, rief Josie und zuckte zurück.

»Du hast da eine ziemliche Druckstelle«, sagte er zu ihr. »Sie hat die Form der Stirnlampe.«

»Er hat mich ganz schön erwischt«, erwiderte Josie.

»Er ist aus der oberen Kammer gesprungen. Hat uns gesehen, ist ein paar Schritte gelaufen und direkt in die Dunkelheit gehüpft.«

»Ich weiß. Er ist auf meinem Rücken gelandet.«

Er musterte sie von oben bis unten. »Alles okay mit dir?«

»Was denkst du?«

Noah lächelte sie schief an. »Ich weiß, du antwortest das, was du immer antwortest, aber ich frage dich hier und jetzt als dein Lebensgefährte und Mitbewohner: Bist du okay?«

Sie blickte hoch zu den Baumkronen, hörte den Wind durch das Geäst rauschen, sah darin Vögel herumfliegen, die Schutz vor dem Regen suchten, und atmete die feuchte Luft ein. »Ja«, antwortete sie. »Ich denke schon.«

Sie gingen zurück zu Moore und Nash, die gerade den Einsiedler über Felsen und umgefallene Baumstämme manövrierten. Er wehrte sich und wollte wissen, wohin sie ihn brachten.

»Sie sind verhaftet«, sagte Josie. »Wegen der Entführung und Misshandlung von Maya Bestler.«

Er erstarrte einen Moment lang. Etwas Schattenhaftes schien ihn zu durchlaufen und aufzuwühlen. Zorn blitzte in seinen Augen auf. Eine Ader trat auf seiner Stirn hervor. Dann fasste er sich wieder und setzte eine teilnahmslose Miene auf.

Josie belehrte ihn über seine Rechte.

»Ich möchte einen Anwalt«, sagte der Einsiedler.

Stille. Josie und Noah sahen sich verdutzt an. Obwohl sie ihn noch nicht einmal ins Revier gebracht hatten, forderte er bereits rechtlichen Beistand. Mit diesem Kerl kamen sie vermutlich nicht weiter.

»Wie heißen Sie, Sir?«, fragte Moore ihn.

»Ich möchte einen Anwalt«, wiederholte er.

Noah seufzte und meinte nur: »Gehen wir einfach.«

Moore und sein Kollege begannen ihn durch den Wald zu bugsieren, während Josie ihnen mithilfe ihres GPS-Geräts den Weg wies.

»Ich möchte einen Anwalt«, sagte der Einsiedler ein weiteres Mal ohne erkennbaren Anlass.

SIEBENUNDZWANZIG

Zwei Stunden später lehnte sich Josie in ihrem Schreibtischstuhl zurück und drückte sich einen Eisbeutel auf die Stirn. Sie schloss die Augen und hörte zu, wie ihre Kolleginnen und Kollegen im Raum umhergingen. Noch immer konnte sie die kühle Luft der Höhle spüren, ihren Schwindel und die Panik, als sie zur Decke hochgeblickt und nichts als schwarze Dunkelheit gesehen hatte. Aber auch den Einsiedler, der auf ihren Rücken gesprungen und sie umgerissen hatte. Sie öffnete wieder die Augen und konzentrierte sich auf das Hier und Jetzt. Die anderen Schreibtische waren leer. Gretchen und Mettner arbeiteten am Fall Yates/Gresham.

Noah erschien neben ihr und stellte eine Flasche kaltes Wasser sowie eine dampfende Tasse Kaffee auf ihren Schreibtisch. »Du brauchst Flüssigkeit«, erklärte er. »Aber ich weiß auch, dass dir Kaffee guttut.«

Sie lächelte ihn an. »Du bist ein Schatz.«

Er grinste und ließ sich in seinen Schreibtischstuhl fallen, der direkt gegenüber ihrem stand. »So ein Schatz, dass ich meinen Minibackofen behalten darf?«

Josie lachte, doch tat ihr dabei die Stirn weh. Sie legte den

Eisbeutel auf den Schreibtisch. »Nicht gleich übertreiben. Darüber reden wir noch.«

»Inzwischen haben wir die Fingerabdrücke von dem Einsiedler und die Staatspolizei gebeten, sie durch die Fingerabdruck-Datenbank laufen zu lassen«, informierte Noah sie.

»Damit erfahren wir nur, wer er ist und ob er schon im System ist«, wandte Josie ein.

Noah zuckte die Schultern. »Einen Versuch ist es wert. Ich habe im Büro des Pflichtverteidigers angerufen. Es gibt einen Anwalt vor Ort, der Fälle pro bono übernimmt. Sie werden sich mit ihm in Verbindung setzen und ihn so bald wie möglich herschicken.«

»Was Stunden dauern kann«, entgegnete Josie. Sie schnüffelte. »Es kommt mir so vor, als würde ich ihn immer noch riechen.«

»Das kommt dir nicht nur so vor«, meinte Noah. »Das ganze Erdgeschoss stinkt nach ihm.«

»Das ganze Gebäude wird bald nach ihm stinken, wenn nicht bald sein Anwalt kommt und wir ihn registriert und nach Bellewood überstellt haben, wo er in Untersuchungshaft kommt. Großartig.«

»Wir haben doch Zeit«, beruhigte Noah sie. »Du könntest heimfahren und dich duschen.«

»Nur damit sich der Gestank gleich wieder an mir festsetzt, wenn ich zurückkomme? Nein, danke. Ich mache die Berichte.«

Ihr Handy tanzte auf dem Tisch. Sie zog es zu sich und sah die Worte *SCI Muncy* auf dem Display. Ein Kloß bildet sich in ihrem Magen. Sie leitete das Gespräch auf die Mailbox um.

»Alles okay?«, fragte Noah.

Sie nickte.

»Wer war das?«

»Falsch verbunden«, murmelte sie, schob ihren Stuhl näher an den Schreibtisch und setzte sich aufrecht hin, bereit, auf die Tastatur einzuhacken.

Noah wollte gerade etwas sagen, da klingelte Josies Schreibtischtelefon. Sie nahm den Hörer ab. »Quinn.«

Am anderen Ende der Leitung war Hummels Stimme zu hören. »Boss, wir haben alles gesichert, was wir in der Höhle finden konnten. Da sind ein paar Sachen dabei, die dich sicher interessieren. Ich bin im Konferenzraum unten.«

»Komme sofort«, sagte Josie und hängte auf.

Noah ging mit ihr in das Erdgeschoss, wo der penetrante Gestank des Einsiedlers noch stärker war. »Gut, dass wir noch nicht gegessen haben«, brummte Josie, als sie in den Konferenzraum marschierten, und schloss die Tür.

Hummel stand am Ende des langen Tisches. Vor sich hatte er mehrere Spurensicherungsbeutel auf der Tischplatte verteilt. Er zog den größten Beutel zu sich und holte mit Handschuhen einen violetten Rucksack heraus, stellte ihn auf den Tisch und drehte ihn so, dass Josie und Noah die Riemen sehen konnten. Auf einem stand, mit schwarzem Filzstift geschrieben: *E. Gresham.*

Sogleich schlug Josies Herz einen Takt schneller.

»Himmel«, rief Noah.

Hummel öffnete den Rucksack und holte den Inhalt heraus: ein paar T-Shirts, BHs, einige Shorts, eine Zahnbürste, Zahnpasta, Deo, Tampons, eine Haarbürste, ein Döschen Ibuprofen und ein Handy.

»Wir müssen zurück«, sagte Josie. »Vielleicht ist sie noch in der Höhle.«

»Ist sie nicht«, widersprach ihr Hummel. »Wir haben die Höhle durchsucht. Sie ist dort nicht. Wir haben auch keine Blutspuren entdeckt. Ich habe alles mit Luminol besprüht. Nichts. Sogar auf Gräber haben wir die Höhle und den Wald davor abgesucht. Nichts.«

»Vielleicht hat er sie erwürgt. Sie könnte durchaus noch dort sein. Wir brauchen Hunde«, forderte Josie.

»Die Hundestaffel des Sheriffs von Alcott County trifft sich heute noch mit Gretchen am Zelt, falls der Regen aufhört«, schaltete sich Noah ein. »Ein paar Stunden Tageslicht bleiben uns noch. Bei diesem Gewitter ziehen sie mit den Hunden aber nicht los. Auch wir hätten nicht draußen sein sollen.«

Hummel packte alles wieder in den Rucksack und steckte ihn zurück in den Spurensicherungsbeutel. Dann holte er nacheinander die übrigen in Beuteln verpackten Fundstücke heraus. Wasserflaschen, Töpfe, Pfannen, Anzünder, Herren-T-Shirts, eine kleine, flexible Kühltasche, Erste-Hilfe-Sets, Klappmesser, einen Kompass, mehrere Spulen Nylonschnur, Laternen, Taschenlampen und sogar einen Campingstuhl. Nichts davon war so gekennzeichnet wie der Rucksack. Dem Buch und Rucksack nach zu urteilen war Emilia Gresham jemand, der seine Besitztümer mit Vor- und Nachnamen beschriftete.

»Du musst alles auf Fingerabdrücke untersuchen«, sagte Josie. »Vielleicht findest du ja Maya Bestlers Abdrücke auf etwas, damit wir sie mit der Höhle in Verbindung bringen können.«

»Wir haben ihre Aussage«, wandte Hummel ein. »Ihre Karte von der Höhle. Verdammt, wir haben doch sogar ihr Baby.«

Josie legte eine Hand auf Hummels Arm. »Der Kerl hat nach einem Anwalt geschrien, noch bevor wir ihn ins Auto verfrachtet hatten. Er wird eine Verteidigungsstrategie aufbauen. Wir müssen alle Eventualitäten abdecken. Das erleichtert dem Bezirksstaatsanwalt die Arbeit, also tu einfach, was ich gesagt habe.«

Hummel seufzte und zuckte halbherzig die Schultern, während er seine Spurensicherungsbeutel wieder einpackte. »Alles klar«, brummte er. »Du bist der Boss.«

»Hummel«, rief sie ihm nach, bevor er draußen war. »Wenn du Stricke gefunden hast, überprüfe sie auf DNA. Maya hatte Fesselspuren an den Handgelenken.«

Er nickte.

»Übrigens, hast du Schwarznüsse in der Höhle gefunden?«

»Nein«, antwortete er. »Keine einzige.«

Josie und Noah gingen zu ihren Schreibtischen zurück. »Denkst du, dass der Einsiedler durch den Wald geschlichen ist, die Camper vergiftet, ermordet, ihre Habseligkeiten durchwühlt und sich dann mit Emilia davongemacht hat?«, fragte Noah.

»Ich weiß es doch nicht«, entgegnete Josie. »Die Höhle ist rund fünfzehn Kilometer von dem Zelt entfernt, von dem Emilia Gresham verschwunden ist. Allerdings könnte es sein, dass er mit dem Boot den Cold Heart Creek hinauf- und wieder hinuntergefahren ist.«

»Vielleicht«, meinte Noah. »Aber dann hätte er das Boot zum Creek ziehen müssen. Der Zufluss in der Nähe seiner Höhle hat nicht genug Wasser geführt, um mit dem Boot darauf zu fahren.«

»Stimmt«, räumte Josie ein. »Ich hatte nur gehofft, dass wir Emilia Gresham oder irgendeinen eindeutigen Hinweis auf ihre Anwesenheit finden – auf jeden Fall mehr als einen Rucksack.«

»Er könnte sie woanders hingebracht haben«, spekulierte Noah.

»Wir müssen Einheiten hinausschicken, damit sie die Umgebung der Höhle absuchen«, sagte Josie. »Sobald der Regen aufhört oder zumindest nachlässt.«

Noah erledigte ein paar Anrufe, während Josie die ganze Angelegenheit noch einmal Revue passieren ließ. Als er auflegte, sagte sie: »Warum hat er Emilias Rucksack genommen, aber nicht den von Valerie? Die beiden enthielten mehr oder weniger dasselbe.«

»Vielleicht hat sie ihn selbst mitgenommen«, überlegte Noah. »Er vergiftet Valerie und Tyler Yates, ermordet sie, bedroht Emilia, zwingt sie, mit ihm zu kommen, und sie nimmt ihren Rucksack mit. Sie hatte ein Handy dabei. Vielleicht dachte sie, sie könnte irgendwann damit um Hilfe rufen.«

»Aber er hat sich so sehr ins Zeug gelegt, Maya Bestler zu verstecken und sie als Gefangene zu behalten. Warum sollte er zulassen, dass Emilia ein Handy mit in die Höhle nimmt?«, gab Josie zu bedenken.

»Naja, eine erwachsene Frau zu entführen ist nicht ohne. Vielleicht hatte er keine Zeit, einen klaren Gedanken zu fassen, und ihr den Rucksack erst weggenommen, als sie bei der Höhle waren«, argumentierte Noah.

»Aber wieso hat er sie dann nicht in der Höhle festgehalten?«

Sie beide wussten die Antwort darauf, doch keiner sprach sie aus. Wieder klingelte Josies Schreibtischtelefon. Diesmal war es der Sergeant vom Dienst. Er informierte sie, dass der Anwalt des Einsiedlers eingetroffen war. Josie und Noah gingen die Treppe zum Erdgeschoss hinunter. Als sie in den Flur zum Verhörraum einbogen, blieb Josie wie erstarrt stehen. Noah lief in sie hinein. »Was ist los?«, fragte er. Dann warf er einen Blick an das Ende des Flurs, wo Andrew Bowen stand, der beste Strafverteidiger von Denton. Er trug einen smarten Anzug und hatte eine Aktentasche in der Hand.

»Mist«, stieß Noah hervor.

Josie drehte sich zu ihm. »Warum machst du dir Gedanken? Schließlich hast nicht du dafür gesorgt, dass seine Mutter lebenslänglich hinter Gitter gewandert ist.«

»Nein. Aber ich bin mit der Person liiert, die es getan hat.«

Mit einem Mal war Lila Jensen in jeden Bereich ihres Lebens gekrochen. Erst die Anrufe und die Albträume, dann die Dunkelheit der Höhle, die sie daran erinnert hatte, wie sie von Lila in einen Schrank eingesperrt worden war, und nun die Begegnung mit Andrew Bowen. Vor eineinhalb Jahren war Lila Jensen wieder in Josies Leben getreten, nachdem sie eine lange, wohltuende Zeit völlig von der Bildfläche verschwunden gewesen war. So war ein Jahrzehnte zurückliegender Mordfall wieder ans Tageslicht gekommen, den Josie aufgeklärt hatte.

Das hatte dazu geführt, dass Lila und ihre Komplizin, Andrew Bowens Mutter, ins Gefängnis gewandert waren. Mit dem Fall waren auch einige ziemlich unschöne Geheimnisse aus der Vergangenheit von Andrews Familie publik geworden, was ihm nicht unbedingt behagt hatte. Als Strafverteidiger musste er häufig im Polizeirevier aufkreuzen, doch für Josie hatte er immer nur seine bösesten Blicke und beißendsten Bemerkungen übrig.

Das war heute nicht anders.

Als Josie und Noah bei ihm waren, höhnte er: »Das hätte ich mir denken können. Sie. Welche haarsträubenden Verbrechen versuchen Sie diesmal Unschuldigen anzuhängen?«

Josie verschränkte die Arme vor der Brust und blickte ihn unverwandt an. Sie zählte nichts weiter als die Tatsachen auf und rekapitulierte alles, was sie in den letzten vierundzwanzig Stunden über Maya Bestler und nun auch Emilia Gresham herausgefunden hatten.

Andrew Bowen hörte mit zusammengekniffenem Mund zu. Dann sagte er: »Wer hat mit ihm geredet?«

»Niemand«, entgegnete Noah. »Er hat sofort einen Anwalt verlangt.«

Mit skeptischem Blick fragte Bowen: »Niemand von Ihnen hat bisher mit ihm geredet?«

»Abgesehen davon, dass wir ihm seine Rechte verlesen haben: Nein«, sagte Josie.

»Sie wissen nicht einmal seinen Namen. Wie können Sie ihm etwas vorwerfen?«

»Wenn Sie uns einen anderen Mann nennen können, der in einer unterirdischen Höhle bei Denton lebt und Maya Bestler dort gefangen gehalten und geschwängert hat, dann weiten wir unsere Ermittlungen gern auf ihn aus«, erwiderte Josie.

Bowen wurde knallrot. Er deutete mit einem Finger auf ihr

Gesicht. »Denken Sie nicht einmal im Traum daran, dass Sie diesmal mit Ihrem üblichen Bullshit durchkommen.«

Josie spürte, wie Noah hinter ihr Anstalten machte, auf Bowen zuzugehen, aber sie stoppte ihn mit einer Handbewegung. Zu Bowen gewandt sagte sie: »Was für einen Bullshit meinen Sie? Dass ich meine Arbeit mache?«

Bowen stach mit seinem Finger auf die Luft vor Josie ein. »Sie werden nicht jede Schweinerei, die in dieser Stadt gerade passiert, meinem Mandanten in die Schuhe schieben. Das meine ich.«

Bevor Josie antworten konnte, knurrte Noah: »Denken Sie, Sie können so einfach hier auf dem Revier aufkreuzen und uns Schwierigkeiten machen? Die Beweislage ist, wie sie ist. Kümmern Sie sich um Ihre Arbeit und lassen Sie uns unsere machen.«

Bowen senkte seinen Arm und strich die Vorderseite seiner Anzugjacke glatt. »Ich warne Sie«, brummte er.

Noah setzte gerade zu einer Erwiderung an, doch Josie stupste ihn leicht mit dem Ellbogen, um ihn zu bremsen. Sie spürte den Zorn, den Bowen ausstrahlte. Es hatte keinen Sinn, ihn weiter zu reizen.

»Ich möchte mit meinem Mandanten sprechen«, sagte Bowen.

»Natürlich«, erwiderte Josie.

»Hier entlang«, sagte Noah und ging an ihm vorbei, um ihm den Weg zu dem Zimmer zu zeigen, in dem der Einsiedler saß.

Als sie vor der Tür standen, rümpfte Bowen die Nase und fragte: »Was riecht hier so?«

Noah lächelte. »Ihr Mandant.«

ACHTUNDZWANZIG

Während Bowen mit dem Einsiedler sprach, fuhren Josie und Noah in das Krankenhaus. Sie statteten dem kleinen Bestler einen Besuch ab, der in eine weiße Krankenhausdecke gewickelt in seinem winzigen Bettchen lag und eine blaue Strickmütze auf dem Köpfchen trug. Er schlief friedlich. Sie betrachteten ihn mehrere Minuten, bevor eine der Krankenschwestern herauskam, um mit ihnen zu sprechen. Noah zeigte ihr seinen Polizeiausweis. »Wie geht es ihm?«

Die Schwester lächelte. »Er macht sich großartig. Keine Probleme.«

»Freut mich, das zu hören«, erwiderte Noah. Sein Blick wanderte wieder zu dem Kind.

»Hat ihn seine Mutter schon besucht oder nach ihm gefragt?«, fragte Josie.

Die Schwester nickte. »Sie war heute Morgen da. Auch ihre Eltern.«

»Hat sie ihn im Arm gehalten?«

»O ja. Aber sie war übervorsichtig. Als hätte sie Angst, ihm wehzutun. Ihre Eltern haben versucht, sie zu beruhigen. Es war eigentlich sehr süß.«

»Hat sie schon einen Namen für ihn?«, wollte Noah wissen.

»Nein, noch nicht. Zumindest hat sie uns noch nichts gesagt«, antwortete die Schwester. Einen langen Augenblick beobachtete sie Noah, wie er das Baby anstarrte. Dann sprachen sie und Josie gleichzeitig. Die Schwester fragte: »Möchten Sie ihn halten?«, während Josie sagte: »Wir sollten nach oben gehen und mit Maya reden.«

Als sei Josie gar nicht da, antwortete Noah der Schwester: »Sehr gern sogar.«

Josie war nicht sicher, ob das erlaubt war, sagte aber nichts. Noah verschwand mit der Schwester in der Kinderstation und ließ Josie mit offenem Mund draußen zurück. Josie fasste sich wieder und drehte sich vom Fenster weg, denn sie war nicht sicher, ob sie es ertrug zu sehen, wie Noah das Kind in den Arm nahm. Energisch drückte sie den Aufzugknopf nach oben, bis sich die Tür mit einem Pling öffnete und sie erleichtert einsteigen konnte. Sie fuhr in den dritten Stock und ging zu Maya Bestler. Ihr Zimmer war wieder abgedunkelt. Maya lag im Bett und sah wesentlich besser aus als am Vortag. Sie hatte offensichtlich geduscht. Ihr braunes Haar war sauber, trocken und gekämmt, die Wangen rosig. Sie trug einen Pyjama, von dem Josie nur das übergroße schwarze T-Shirt mit der Aufschrift *Lasst mich schlafen* sehen konnte. Neben ihrem Bett schlummerte ihr Vater in einem Besucherstuhl. Ihre Mutter, Sandy, war nirgends zu sehen.

Maya sah, wie Josie den Kopf durch die Tür steckte, und winkte sie herein. Josie trat gegenüber von Gus Bestler an ihr Bett und sprach so, dass Maya sie direkt ansehen konnte. »Wie geht es Ihnen?«

Maya lächelte. »Besser.« Sie sah zu ihrem T-Shirt hinab. »Mein Dad hat mir einen Pyjama gebracht.«

Josie lächelte. »Er ist um Längen besser als die Nachtwäsche des Krankenhauses.«

Maya nickte. Sie deutete auf Josies Stirn. »Was ist passiert?«

Josie fasste sich an den runden Bluterguss, der nach wie vor schmerzte. »Ich bin mit einer Stirnlampe auf dem Kopf auf das Gesicht gefallen. Aber es geht mir gut. Ich habe gerade Ihr Baby gesehen.«

Mayas Lächeln wurde breiter. »Er ist so hübsch. Noch einmal vielen Dank dafür, dass Sie ihn sicher auf die Welt gebracht haben.«

»Ich habe nur meine Arbeit getan«, erwiderte Josie. »Aber weil wir gerade dabei sind: Ich habe Neuigkeiten.«

Maya erstarrte. Ihre blauen Augen wurden groß. »Was für Neuigkeiten?«

Josie deutete auf Gus. »Vielleicht möchte Ihr Vater sie auch hören.« Sie wartete, bis Maya ihn wachgerüttelt hatte. Josie stellte sich erneut vor. Als er wieder ganz bei sich war, neben seiner Tochter stand und ihre Hand hielt, sah Josie Maya an und berichtete ihr, dass sie den Mann festgenommen hatten, der sie aller Wahrscheinlichkeit nach entführt und festgehalten hatte.

Ein unverkennbarer Schauder durchlief Maya. Gus streckte seine freie Hand aus und strich ihr über das Haar. »Schon gut, Maya«, beruhigte er sie, obwohl sie ihn vermutlich nicht hören konnte, wie Josie vermutete. »Du bist jetzt in Sicherheit.« Er wandte sich Josie zu. »Wer ist er? Wie heißt er?«

Josie steckte ihre Hände in die Taschen ihrer Hose. »Das wissen wir noch nicht. Er redet nicht, sondern hat sofort einen Anwalt verlangt. Aber wir sind sicher, dass er dem Anwalt seine Identität verraten wird. Wir haben Fingerabdrücke von ihm genommen. Falls sie im System sind, erfahren wir es sowieso.«

»Was für ein System?«, wollte Maya wissen.

»AFIS«, erklärte Josie. »Die Fingerabdruck-Datenbank. Die

Strafverfolgungsbehörden speichern darin die Abdrücke jeder Person, die schon einmal verhaftet oder wegen eines Verbrechens verurteilt wurde.«

Maya schluckte. »Glauben Sie, dass ... dass er im System ist?«

»Schwer zu sagen.« Sie berichtete, was Deputy Moore ihr von den Gerüchten über den Einsiedler erzählt hatte. »Aber man weiß nie. Wie gesagt, ich denke, seinem eigenen Anwalt muss er seine Identität preisgeben.«

Maya schloss die Augen, öffnete sie aber nach wenigen Sekunden wieder und blinzelte. Tränen liefen ihr über das Gesicht. Sie blickte ihren Vater an, der warmherzig lächelte. »Es ist vorbei«, beschwichtigte er sie. »Alles vorbei.«

Maya wandte sich wieder Josie zu. »Haben Sie Garrett angerufen?«

Josie entging nicht, dass sich Gus' Schultern verkrampften. »Ja«, antwortete sie. »Er hat mir zu verstehen gegeben, dass er nicht kommen werde, um Sie zu besuchen.«

Mayas Gesichtsausdruck entspannte sich. Sie senkte den Blick. Josie konnte nicht erkennen, ob es Enttäuschung, Verwirrung oder beides war. Gus stellte Blickkontakt zu seiner Tochter her. »Liebes, du musst verstehen, dass die Polizei Garrett für deinen Mörder gehalten hat. Wir alle dachten, dass er dich umgebracht hätte. Ich denke, es ist das Beste, wenn wir ihn jetzt einfach sein Leben leben lassen.«

Maya sah nicht überzeugt aus, nickte aber.

Josie trat nach vorn und sah Maya wieder an. »Maya, wir brauchen Ihre Erlaubnis, von Ihrem Sohn eine DNA-Probe zu nehmen.«

»W...was?«

»Eine DNA-Probe«, wiederholte Josie. »Damit wir die Vaterschaft des Mannes, der Sie entführt hat, feststellen können. Das braucht der Bezirksstaatsanwalt für seine Anklage.

Wenn die DNA zu der des Babys passt, stehen die Chancen wesentlich besser, dass er ins Gefängnis wandert.«

Sie nickte, während Josie sprach, aber ihre Augen waren angstgeweitet. »Tut ihm ... wird ihm das wehtun, meinem Kleinen?«

Josie lächelte. »Nein, überhaupt nicht. Man nimmt einfach einen Abstrich von der Innenseite seiner Wangen.«

Maya wirkte nicht überzeugt. Sie sah zu ihrem Vater und wieder zu Josie. »Ich will nicht, dass er traumatisiert wird.«

»Natürlich nicht«, beruhigte Josie sie. »Wenn Sie die Erlaubnis geben, bringe ich Ihnen später ein paar Unterlagen, die Sie unterschreiben müssen.«

Maya nickte. Ihr Vater drückte ihre Schulter und versicherte ihr, dass sie das Richtige tat.

»Ich habe noch ein paar Fragen«, fuhr Josie fort.

»Ja, natürlich«, erwiderte Maya. »Jederzeit.«

»Als Sie in der Höhle waren, hat der ...« – sie hätte fast Einsiedler gesagt, fuhr aber fort – »... Mann jemals jemanden mitgebracht?«

Maya sah sie überrascht an. »Was? Nein. Also, ich glaube nicht.«

»Sie waren die Einzige?«

Sie nickte. »Soweit ich weiß. Aber ich war immer nur in der oberen Kammer, außer wenn er mich ins Freie mitgenommen hat. Vielleicht waren da noch mehr. Er könnte sie anderswo in der Höhle versteckt haben. Ich hätte nichts gehört. Ich habe aber die Höhle nie durchsucht. Als ich Gelegenheit hatte zu fliehen, bin ich nicht groß in der Höhle herumgelaufen. Ich bin einfach nur auf schnellstem Weg hinaus.«

»Waren in der oberen Kammer Gegenstände, als Sie sich dort aufhielten?«, fragte Josie.

Maya nickte. »Sicher. Er brachte andauernd Sachen in die Höhle. Dinge, die er angeblich gefunden hatte. Er sagte, Wanderer und Jäger würden ständig Sachen liegen lassen. Aber ehrlich, ich habe mich immer gefragt, ob er sie nicht gestohlen hatte. Ich war nicht einmal sicher, ob er nicht jemandem wehgetan hat. Er wäre auf jeden Fall dazu fähig gewesen.«

»Erinnern Sie sich an etwas, was er mitgebracht hat?«, fragte Josie.

Mayas Augen wanderten zur Decke, während sie nachdachte. »Töpfe, Pfannen, ein bisschen Kleidung. Kühltaschen. Wasser in Flaschen. So ziemlich alles, was er fand.«

»Bevor Sie weggelaufen sind, erinnern Sie sich konkret an Sachen, die er in die Kammer brachte?«, wollte Josie wissen, als Maya sie wieder ansah.

»Ach ja«, rief Maya und hob einen Finger. »Einen Rucksack. Ich glaube, es war der einer Frau, denn es waren Tampons und so Dinge drin.«

»Haben Sie ihn durchsucht?«

Auf Mayas Wangen bildeten sich rosa Flecken.

»Schon okay«, beruhigte Josie sie. »Niemand macht Ihnen deswegen einen Vorwurf. Unter diesen Umständen hätte ich auch alles durchwühlt, was er herbeigeschleppt hätte, um etwas zu finden, was mir irgendwie geholfen oder eine Gelegenheit zur Flucht gegeben hätte.«

Maya lächelte schwach. »Genau deshalb habe ich die Sachen durchsucht. Da war ein Handy drin, aber es war passwortgeschützt. Ich habe versucht, den Notruf zu betätigen, denn der funktioniert auch, ohne dass das Handy entsperrt wird, aber in der Höhle hatte ich keinen Empfang. Ich wollte es behalten und draußen ausprobieren, aber ich hatte nur dieses schreckliche Kleid zum Anziehen – Gott weiß, wo er den alten Fetzen herhatte – und konnte es nirgends verstecken.«

»Warum haben Sie es nicht mitgenommen, als Sie geflüchtet sind?«

»Der Akku war leer. Ich dachte, im Wald könnte ich es sowieso nicht brauchen. Außerdem hatte ich solche Angst, wieder von ihm eingefangen zu werden, dass ich nicht mehr klar denken konnte. Ich bin einfach nur gerannt und gerannt.«

Josie berührte sie am Arm. »Das haben Sie großartig gemacht, Maya. Ich bin so froh, dass Sie hier sind. Wir reden noch, okay? Ich lasse Ihnen meine Karte hier für den Fall, dass Sie oder Ihre Eltern noch Fragen haben.«

NEUNUNDZWANZIG

Noah war nicht mehr auf der Kinderstation. Josie warf einen letzten Blick auf den kleinen Bestler und sah, wie hoffnungslos süß er war. Anschließend ging sie die Treppe hinunter und nach draußen zum Parkplatz. Sie schickte Noah eine Nachricht und bat ihn, sich mit ihr beim Auto zu treffen. Dann stellte sie sich unter das Vordach am Krankenhauseingang und beobachtete, wie es in Strömen regnete. Als sie nach zehn Minuten weder Donner gehört noch einen Blitz zucken gesehen hatte, schickte sie Mettner eine Nachricht und fragte, ob die Hundestaffel wegen des schlechten Wetters nach wie vor auf Abruf war. Er antwortete fast umgehend und bestätigte ihre Vermutung. Gerade wollte Josie in den Regen hinaustreten, da sah sie Sandy Bestler am äußeren Ende des Vordachs einige Meter von der Tür entfernt stehen und eine Zigarette rauchen. Als sie zu ihr ging, ließ sie die Zigarette sinken und blies den Rauch von Josie weg in den Regen hinaus.

Josie lachte. »Schon okay. Ich erzähle niemandem, dass Sie geraucht haben. Das würde Ihnen nach den letzten vierundzwanzig Stunden wohl auch kaum jemand übelnehmen.«

Sandys Schultern entspannten sich sichtlich vor Erleichterung. Sie hob die Zigarette wieder zum Mund und nahm einen tiefen Zug. Während sie den Rauch ausblies, strich sie mit der anderen Hand ihre graublonden Strähnen aus den Augen. »Es war auf jeden Fall ...« Sie suchte nach den rechten Worten, doch fehlten sie ihr sichtlich.

»Schockierend?«, ergänzte Josie.

Sandy lachte, doch es war ein freudloses Lachen. »Ja, sehr schockierend.«

Von einer Mutter hätte Josie erwartet, dass sie mit überschäumender Freude erzählte, wie herrlich es war, das Kind wieder zurückzubekommen, vor allem, nachdem sie gedacht hatte, dass es ermordet worden war, und zwei Jahre lang in Trauer gelebt hatte. Von Sandy kam jedoch nichts dergleichen. Aber was wusste sie schon von Müttern, dachte Josie bei sich.

»Ich habe gerade mit Maya und Ihrem Mann gesprochen«, fuhr Josie fort.

»Ex-Mann«, berichtigte Sandy sie. »Wir haben uns letztes Jahr scheiden lassen.«

»Oh.«

Sandy wandte den Blick ab. »Wir hatten unterschiedliche Vorstellungen über den Umgang mit dem Verlust unserer Tochter. Jetzt natürlich ...« Sie brach wieder ab.

»Also, auf jeden Fall habe ich die beiden soeben über den neuesten Stand der Ermittlungen informiert«, begann Josie noch einmal.

Sie erzählte Sandy, dass der Einsiedler inzwischen in Haft saß und ihnen seinen Namen nicht verraten, sondern nur um einen Anwalt gebeten hatte. Sie erwähnte auch, dass Maya zugestimmt hatte, ihr Kind einem DNA-Test zu unterziehen.

Sandy nickte. »Das sind gute Nachrichten«, erwiderte sie tonlos. »Vielleicht kann Maya das alles hinter sich lassen.«

»Da bin ich mir ganz sicher«, sagte Josie. »Es sieht aus, als sei sie ziemlich resilient.«

Sandy lachte spöttisch. »Wenn das nur reichen würde. Ich

kann mir gut vorstellen, dass sie schnurstracks zu Garrett zurückläuft.«

»Das halte ich für unwahrscheinlich«, widersprach Josie. »Garrett war nicht gerade aufgeschlossen dafür, als ich ihn angerufen habe. Er hat kein Interesse daran, Maya zu sehen, das hat er unmissverständlich klargemacht.«

Sandy nahm einen weiteren tiefen Zug von ihrer Zigarette und schüttelte den Kopf. »Aber sobald er seine Meinung ändern würde, würde sie sofort zu ihm zurücklaufen. Er könnte morgen hier aufkreuzen und meine Tochter wäre ihm wieder verfallen. Und diesmal wäre ihm auch noch mein Enkel ausgeliefert.«

»Ich habe mir die Akte angesehen, die man in Lenore County über Mayas Verschwinden angelegt hat«, sagte Josie. »Es sieht so aus, als habe Garrett sie misshandelt. Aber sie hat nie Anzeige gegen ihn erstattet.«

Sandy verdrehte die Augen. Sie warf die Zigarette auf den Boden und trat sie aus, holte aber sofort eine neue hervor und zündete sie an. »Sie würde ihn nie verlassen. Ganz egal, wie schlimm er sie behandeln würde.«

»Hat sie gesagt, dass er sie schlimm behandelt hat?«, hakte Josie nach.

»Anfangs nicht«, erwiderte Sandy und begann hin und her zu gehen. »Aber wir wussten, dass er sie schlägt. Sie hatte zu viele unerklärliche Blutergüsse und sogar ein paar Knochenbrüche. Schließlich haben wir sie dazu gebracht, es zuzugeben. Sie wollte ihn einfach nicht verlassen. Wir sagten ihr, sie könne wieder nach Hause kommen und dass wir sie beschützen und mit ihr zur Polizei gehen würden. Wir hätten sie auch finanziell unterstützt. Aber Maya war noch nie gut darin, Probleme zu lösen.«

Es kam Josie merkwürdig vor, dass sie das ausgerechnet über eine Frau sagte, die häusliche Gewalt erfahren hatte und zudem noch ihre Tochter war, doch sie ging nicht weiter darauf ein. Sie hatte keine Ahnung, was sich zwischen Sandy und Maya abgespielt hatte, aber es sah aus, als wäre ihr Verhältnis nicht allzu angenehm gewesen. So meinte Josie nur: »Immerhin hat sie es geschafft, von dem Mann wegzukommen, der sie entführt hat.«

Sandy nickte, aber ihre Augen hatten einen entrückten Ausdruck angenommen, als sei sie mit den Gedanken ganz woanders. Nach einem kurzen Augenblick schien sie wieder in die Realität zurückzukehren. Sie blinzelte und schüttelte den Kopf. »Ich muss Ihnen herzlos vorkommen. Meine Tochter war zwei Jahre lang vermisst. Man hielt sie für tot. Und ich beschwere mich, dass sie ihren gewalttätigen Ex-Freund nicht verlassen wollte. Ich bin glücklich, dass sie wieder zu Hause ist, und dankbar, einen Enkel zu haben, selbst unter diesen Umständen. Trotzdem mache ich mir um meine Tochter und ihre Zukunft Sorgen.«

»Das kann ich verstehen«, pflichtete Josie ihr bei.

»Wenn sie allerdings zu Garrett zurückkehrt, werde ich versuchen, gerichtlich das Sorgerecht für den Kleinen zu bekommen.«

Josie wartete darauf, dass sie fortfuhr, aber in diesem Augenblick kam Noah mit tief in das Gesicht gezogener Regenjacke vom Parkplatz herübergelaufen. »Hallo, Mrs Bestler«, begrüßte er Sandy. Und zu Josie sagte er: »Ich dachte, wir wollten uns beim Auto treffen?«

»Tut mir leid«, entgegnete Josie. »Gehen wir. Ich habe noch viel zu tun.«

Bevor sie mit Noah wegging, drückte sie Sandy Bestler noch eine Visitenkarte in die Hand. »Falls Sie etwas brauchen«, sagte sie zu ihr.

DREISSIG

Als sie beim Revier eintrafen, hatte der Regen aufgehört. Während Josie die Einwilligungspapiere für Maya vorbereitete, damit sie eine DNA-Probe von ihrem Sohn nehmen konnten, ging Noah nach unten, um nach dem Einsiedler zu sehen. Wenige Minuten später schickte er ihr eine Nachricht, dass Andrew Bowen sie sprechen wolle. Sie ging in den Konferenzraum, in dem Noah und Bowen bereits warteten. Bowen stand neben dem Tisch. Seine Anzugjacke lag sauber gefaltet über einem Stuhl. Die Ärmel seines blauen Hemds hatte er hochgerollt. Als Josie den Raum betrat, verschränkte er die Arme.

»Haben Sie einen Namen für uns?«, fragte sie ohne Umschweife.

»Mein Mandant heißt Michael Donovan«, antwortete Bowen. Er nannte außerdem Donovans Geburtsdatum. Der Einsiedler war demnach achtundfünfzig Jahre alt. »Er kennt Maya Bestler nicht. Ist ihr noch nie begegnet.«

»Da wäre Maya Bestler aber anderer Meinung«, entgegnete Josie. »Haben Sie ihm ein Foto von Ms Bestler gezeigt, damit er weiß, wer gemeint ist?«

Bowens Kinnlade klappte leicht herunter und Josie wusste,

dass er das nicht getan hatte. Er hatte auch niemanden nach einem Bild von ihr gefragt, obwohl er problemlos eine Aufnahme von ihr im Netz finden hätte können. »Mein Mandant lebt seit mehreren Jahren allein im Wald. Er empfängt keinen weiblichen Besuch.«

Hinter Josie lachte Noah. »So kann man es auch ausdrücken.«

Bowen blickte ihn zornig an. »Denken Sie, das sei witzig, Lieutenant? Es sind schwerwiegende Anschuldigungen, die Sie gegen meinen Mandanten erheben.«

»Mit einem DNA-Test werden wir herausfinden, ob Donovan Maya Bestler kennt oder nicht. Sind Sie einverstanden, dass er eine DNA-Probe abgibt?«

»Ja. Wenn ich ihn damit rasch aus dem County-Gefängnis bekomme und er nach Hause zurückkehren kann.«

»Sie meinen die Wildnis«, sagte Noah.

»Dort lebt er, ja«, entgegnete Bowen.

»Da wäre noch die Sache mit Emilia Gresham«, warf Josie ein. »Ihr Rucksack war in seiner ... bei ihm zu Hause.«

»Mein Mandant kennt keine Ms Gresham.«

»Und wie kommt dann ihr Rucksack in seinen Besitz?«, wollte Noah wissen.

Bowen seufzte. »Mein Mandant durchstreift häufig den Wald und sucht dort nach Gegenständen, die Wanderer und Camper zurücklassen. Er sagt, er sei vor zwei Tagen bei einem Zeltplatz einige Kilometer von seiner Höhle entfernt gewesen. Da sei niemand gewesen. Er sei gestern am frühen Morgen dorthin zurückgekehrt – bei Sonnenaufgang, sagt er. Dort habe er zwei Personen gesehen, einen Mann und eine Frau. Sie hätten neben einem Lagerfeuer auf dem Boden geschlafen.«

Josie kniff die Augen zusammen. »Geschlafen? Die beiden wurden ermordet, Mr Bowen.«

»Nun, mein Mandant hat sie nicht umgebracht. Wie ich schon sagte, er stieß zufällig auf sie, während sie schliefen. Er wollte sie nicht aufwecken, hat genommen, was er tragen konnte, und ist wieder gegangen.«

Josie dachte an den Tatort und daran, was sie in Donovans Höhle gefunden hatten. Sie konnte Hummel alle Gegenstände untersuchen lassen. Auf vielen würde er seine Fingerabdrücke finden. Damit konnten sie beweisen, dass Donovan die Sachen von Valerie und Tyler Yates sowie Emilia Gresham mitgenommen hatte. Sie könnte Hummel die Gegenstände auch auf DNA-Spuren von ihm untersuchen lassen. Aber er hatte ja bereits zugegeben, am Tatort gewesen zu sein. Bowen würde seine Verteidigung darauf aufbauen, dass Donovans Fingerabdrücke und DNA-Spuren natürlich überall zu finden seien, da er das Zeltlager nach dem Mord durchsucht hatte. Josie hatte keinen Beweis, dass er Tyler und Valerie umgebracht und Emilia entführt hatte. Nach dem, was Maya gesagt hatte, wusste Donovan, welche Pflanzen im Wald essbar waren und welche nicht. Er könnte Valerie und Tyler vergiftet haben, aber auch das ließ sich nicht beweisen. Es waren bestenfalls Indizien, die ihn mit dem Fall Yates/Gresham in Verbindung brachten. Sie war nicht einmal sicher, ob der Bezirksstaatsanwalt angesichts so weniger handfester Beweise überhaupt Anklage erheben würde.

Aus der Sache mit Maya Bestler kam er nicht heraus. Er würde für lange Zeit hinter Gitter wandern. Aber Emilia Gresham war noch immer verschwunden. Sie noch lebend zu finden wurde immer unwahrscheinlicher. Josie hätte sich Michael Donovan nur zu gern vorgeknöpft, doch waren ihr die Hände gebunden. Bowen stand ihr im Weg und sie wusste, dass sie auf keinerlei Unterstützung von ihm zählen konnte. Es war eine Pattsituation. Alle wussten es.

»Gehen wir«, sagte Josie zu Noah. »Der Regen hat aufgehört. Wir helfen Detective Palmer bei der Suche nach Emilia Gresham.«

Sie wandte sich zum Gehen. Noah folgte ihr.

»Detective«, rief ihr Bowen hinterher. »Darf ich Sie bitten, den DNA-Test zügig über die Bühne zu bringen? Ich möchte, dass mein Mandant so bald wie irgend möglich sein normales Leben wieder aufnehmen kann.«

Josie starrte ihn einen langen Augenblick an. Auf seinem Gesicht breitete sich langsam ein Lächeln aus. Sie drehte sich wortlos um und ging.

»Der Typ ist ein richtiger Arsch«, schimpfte Noah, als sie außer Hörweite waren.

»Da gebe ich dir recht«, pflichtete Josie ihm bei.

»Ich frage mich nur, warum er einverstanden ist, dass wir einen DNA-Test mit seinem Mandanten machen?«, brummte er, als hätte er sie gar nicht gehört.

»Das frage ich mich auch.«

»Das ist doch ein enormes Risiko.«

Sie gingen zum Treppenhaus, um zu ihren Schreibtischen zurückzukehren. Josie zuckte die Schultern. »Er hat keine Alternative. Wir könnten ihn aufgrund der vorliegenden Beweise wahrscheinlich mit einer richterlichen Verfügung zwingen, eine DNA-Probe abzugeben. Indem er sich weigert, zieht er alles nur in die Länge. Und fest steht, dass er nicht eine Sekunde länger als nötig in Haft bleiben will.«

»Wie lange hat er im Wald gehaust?«, fragte Noah. »Hat Moore nicht etwas von zwanzig oder sogar dreißig Jahren gesagt? Weiß der Typ überhaupt, was eine DNA ist?«

Josie lachte. »Wenn nicht er, dann zumindest Bowen. Aber das ist in Ordnung. Wenn die Ergebnisse vorliegen, wird

Bowen einen Vergleich aushandeln wollen. Damit kann sich dann der Bezirksstaatsanwalt beschäftigen. Wir müssen jetzt Gretchen helfen, Emilia Gresham zu finden.«

Noah öffnete die Tür und bedeutete Josie voranzugehen. Doch da sah sie Sergeant Dan Lamay mit rotem Gesicht den Flur entlang auf sie zu hinken. »Boss!«, rief er.

Dan arbeitete seit fünfundvierzig Jahren in der Abteilung. Trotz seines Alters und eines lädierten Knies hatte Josie ihn als Sergeant vom Dienst behalten, als sie Polizeichefin gewesen war, da seine Frau mit Brustkrebs kämpfte und seine Tochter gerade ein College-Studium begonnen hatte. Seither hatte er sich immer dann, wenn sie ihn am meisten brauchte, als unschätzbarer Mitarbeiter erwiesen. »Was ist, Dan?«

Er kam zu ihnen und atmete ein paarmal tief durch, bevor er sagte: »Wir haben gerade einen Anruf bekommen. Im Süden von Denton wurde eine Leiche im Wald gefunden.«

Josie hatte plötzlich das Gefühl, als sei jeder Tropfen Blut aus ihrem Körper gewichen. Sie legte eine Hand auf Noahs Schulter, um sich abzustützen, und brachte nur ein einziges Wort heraus: »Nein.«

»Wo im Süden von Denton?«, fragte Noah.

»Am Cold Heart Creek«, präzisierte Lamay. »Ein paar Kilometer flussabwärts von der Brücke in Süd-Denton ganz in der Nähe der Stelle, in der das Flüsschen in den Susquehanna mündet. Ziemlich abgelegene Gegend. Ein paar Angler haben sie gefunden.«

»Eine Frau also«, brachte Josie mühsam heraus. Natürlich eine Frau. Sie kamen zu spät. Emilia Gresham war tot.

»Wir haben Streifen draußen«, fuhr Lamay fort. »Hummel ist unterwegs. Übernimmst du oder soll ich Detective Mettner holen?«

Josie schüttelte vehement den Kopf. »Ich übernehme das. Sag bitte Dr. Feist Bescheid.«

Sie fuhren an der Brücke in Süd-Denton vorbei und am Fluss entlang, bis sie die Blaulichter zweier Streifenwagen sahen. Noah stellte sein Auto hinter einem von ihnen am Straßenrand ab. Es war leicht nebelig. Sie stiegen aus und gingen am schlammigen Ufer entlang. Einer der Streifenbeamten wartete vor einer Baumgruppe auf sie. Er deutete zwischen zwei Bäume. »Geht etwa zwanzig Meter in diese Richtung, dann seht ihr schon den Cold Heart Creek. Dem müsst ihr etwa achthundert Meter folgen. Ihr könnt den Tatort nicht übersehen.«

Sie dankten ihm und stapften in den Wald. Ihre Schuhe quietschten im Schlamm. Sie hörten den Cold Heart Creek schon rauschen, bevor sie ihn sahen. Er war durch den Regen der letzten Tage zu einem braunen, reißenden Wasserlauf angeschwollen. Vorsichtig gingen sie das felsige Ufer entlang, bis sie Polizisten zwischen den Bäumen erkannten. Hummels Team hatte bereits einen großen Bereich mit gelbem Absperrband abgegrenzt und über dem Leichnam ein Zelt aufgebaut.

Davor stand Officer Jenny Chan von der Spurensicherung mit einem Klemmbrett in der Hand. Über ihrer Uniform trug sie einen Tyvek-Schutzanzug mit Kopfhaube und Überschuhen. Hinter ihr waren die übrigen Mitglieder des Teams einschließlich Hummel damit beschäftigt, sich langsam und systematisch durch das schlammige, steinige Ufer zu arbeiten und jede Spur zu sichern, auf die sie stießen. Das einzige Geräusch war das Rauschen des Bachs hinter dem Tatort.

»Ich kann dich noch nicht reinlassen, Boss«, sagte Chan zu Josie.

»Klar«, erwiderte Josie. »Habt ihr Schutzanzüge für uns?«

»Natürlich.« Chan deutete auf einen großen Stapel Ausrüstung, den sie mitgenommen und neben dem Absperrband gelassen hatten. »Da drüben steht eine Kiste mit ihnen.«

Noah ging zur Kiste, um sich einen Anzug überzustreifen.

Josie blieb noch stehen und streckte sich, um einen Blick über Chans Schulter zu werfen. Das Einzige, was sie erkennen konnte, war weißes, nacktes Fleisch. »Himmel«, murmelte sie.

»Eine Frau zwischen zwanzig und dreißig«, informierte Chan sie. »Die Totenstarre hat sich noch nicht gelöst. Ich bin keine Ärztin, aber ich würde sagen, sie ist seit vier bis sechs Stunden tot.«

Josie wusste, dass Chan schon einige Jahre Tatorterfahrung auf dem Buckel hatte. Sie war aus einer größeren Stadt, in der mehr Verbrechen als hier passierten, nach Denton gekommen. »Danke«, sagte Josie.

»Dauert sicher nicht mehr lange.«

Josie ging zur Ausrüstungskiste. Mit jedem Schritt wurde ihr schwerer ums Herz. Sie ließ sich beim Überstreifen des Schutzanzugs Zeit. Als sie fertig war, warteten sie und Noah gemeinsam an einen Baumstamm in der Nähe gelehnt. Keiner sprach. Fünfzehn Minuten später traf Dr. Feist ein. Sie sah sie kurz an und verzog schmallippig den Mund. Dann schüttelte sie den Kopf und schlüpfte ebenfalls in einen Schutzanzug.

Niemand sprach ein Wort, selbst als Hummel ihnen signalisierte, dass sie nun den abgesperrten Bereich betreten konnten. Sie gingen im Gänsemarsch zum Zelt und stellten sich um die Leiche. Die Frau war völlig nackt. Sie lag mit angelegten Armen und geschlossenen Beinen kerzengerade auf dem Boden. Fast sah es so aus, als hätte sie sich einfach hingelegt und wäre eingeschlafen, nur dass ihre Augen und der Mund offen standen. Noch im Tod starrte sie mit angsterfülltem Blick ins Leere.

Noah stand neben ihrem Kopf und blickte auf ihr Gesicht hinunter. »Mein Gott!«, stieß er hervor.

Es dauerte ein, zwei Sekunden, bis Josies Gehirn komplett verarbeitet hatte, was sie sah. Als sich ihr Blick von dem entsetzlichen Ausdruck auf dem Gesicht der jungen Frau löste und zu ihrem braunen Haar wanderte, wurde ihr klar, dass sie völlig falsch gelegen hatte.

»Josie«, sagte Noah.

»Ich sehe es«, erwiderte sie.

»Das ist nicht Emilia Gresham.«

Josie kniete sich neben ihren Kopf. »Nein«, murmelte sie. »Das ist Renee Kelly.«

»Aus dem Sanctuary?«, fragte Noah.

Sie nickte. Tränen traten ihr in die Augen. Noah legte ihr von hinten eine Hand auf die Schulter. »Du hättest nichts tun können«, beschwichtigte er sie.

»Nicht?«, entgegnete sie mit belegter Stimme. »Ich hätte zurückgehen können. Mir irgendetwas einfallen lassen können, um sie da rauszuholen. Zum Beispiel Charlotte sagen, dass ich sie mitnehmen müsse.«

»Du weißt verdammt gut, dass alles, was du getan hättest, ihre Situation nur verschlimmert hätte, wenn sie nicht bereit gewesen wäre, aus eigenem Antrieb zu gehen. Josie, das ist nicht deine Schuld.«

Sie glaubte ihm nicht. Sie presste die Lippen zusammen und versuchte, sich zu konzentrieren. Sie würde nicht weinen. Sie würde nicht zittern. Ganz gleich, ob Renee Kellys Tod auf ihr Konto ging oder nicht, sie konnte jetzt nur noch eines für sie tun: ihren Mörder finden.

Hummel kam zu ihnen und stellte sich neben Josie. »Boss«, sagte er leise und holte sie aus ihren Gedanken. »Ich glaube, sie wurde woanders umgebracht und dann hergeschafft.« Er deutete auf ihre Füße und den Boden daneben. »Siehst du die Schleifspuren im Schlamm?«

Zwei lange Rillen so breit wie Renees Fersen führten direkt zu ihren Füßen.

»Hast du Fußabdrücke gefunden?«, fragte Josie.

Hummel schüttelte den Kopf. »Seltsamerweise nicht. Theoretisch könnte der Mörder über die Steine gegangen sein, aber dabei einen Körper in Totenstarre zu tragen ist gar nicht so einfach. Außerdem müssten dann auf den Steinen Schmutzreste von den Schuhen sein. Aber da ist nichts. Als sei sie von einem Geist hergebracht worden.«

Josie stand auf. »Hast du schon etwas über die Stiefelabdrücke um das Zelt herum, bei dem Tyler und Valerie Yates ermordet wurden, herausgefunden?«

»Da waren drei unterschiedliche Abdrücke«, antwortete Hummel. »Zwei ließen sich den Yates' zuordnen. Von den dritten konnten wir Marke und Größe über SICAR bestimmen.«

SICAR stand für Shoeprint Image Capture and Retrieval und war die Datenbank für Fußbekleidung, mit der die Strafverfolgungsbehörden Schuhabdrücke von Tatorten zuordnen konnten. Sie enthielt die Profile vieler Tausend Schuhmarken.

»Was war die Marke und Größe der dritten Abdrücke?«, wollte Josie wissen.

»Keen Terradora, Frauengröße sechs.«

Josie seufzte. »Also vermutlich Emilias Abdrücke.«

»Der Einsiedler trug keine Schuhe, als wir ihn verhaftet haben«, meinte Noah. »Er könnte das getan haben. Deshalb sind hier keine Schuhabdrücke. Wir wissen, dass er beim Zelt war, aber auch dort gab es keine weiteren Abdrücke. Wir haben ihn erst heute Nachmittag festgesetzt. Er könnte diese junge Frau entführt haben, nachdem du und Mettner letzte Nacht das Sanctuary verlassen habt. Dann hat er sie ermordet, ihren Körper hier abgelegt und ist zurück zur Höhle, bevor wir dort aufgeschlagen sind. Er hatte ein Boot. Damit könnte er hierhergekommen und wieder zurückgefahren sein. Von hier bis zu seiner Höhle ist es nicht so weit wie bis zum Sanctuary.«

»Wir haben das Boot untersucht, als wir in der Höhle und ihrer Umgebung Spuren gesichert haben, aber nichts gefunden«, wandte Hummel ein.

»Das schließt den Einsiedler nicht automatisch aus«, sagte

Noah. »Er hätte auch Zeit gehabt, das alles ohne Boot durchzuziehen. Im Grunde musste er nur dem Cold Heart Creek folgen. Er fließt am Sanctuary vorbei und der Nebenfluss an seiner Höhle.« Er ging um Renee herum, stellte sich neben ihre Füße und sah sie sich gedankenverloren an. »Seht sie sich an. Sie ist nackt, aber die Art und Weise, wie sie hierhergelegt wurde, ist fast ...«

»... züchtig«, ergänzte Dr. Feist. »Er hat sie nicht mit gespreizten Beinen oder in einer anderen entwürdigenden Position zurückgelassen. Er hat sie hier abgelegt, weil er sie von der Stelle, an der er sie umgebracht hat, wegschaffen musste. Nicht weil er damit irgendetwas zum Ausdruck bringen wollte.«

»Aber Renee war im Sanctuary«, entgegnete Josie. »Dort muss etwas mit ihr passiert sein. Ich glaube nicht, dass der Einsiedler dort eingedrungen ist und sie missbraucht hat. Ich kann mir nicht vorstellen, dass Charlotte das zugelassen hätte.«

»Aber du hast doch selbst gesagt, dass die Leute dort instruiert wurden«, widersprach Noah. »Warum sollte man jemanden instruieren, wenn man nichts zu verbergen hat?«

Frustriert warf Josie die Hände in die Luft. »Ich weiß nicht. Natürlich verheimlichen sie etwas. Ich bin mir nur nicht sicher, was. Vielleicht hängen die beiden Fälle auch gar nicht zusammen. Aber ich glaube, dass Renee Emilia Gresham erkannt hat. Als ich ihr das Foto zeigte, sagte sie nicht, dass sie Emilia nie gesehen habe, sondern nur, dass sie nicht da sei.«

»Wir wissen, dass sie im Sanctuary das letzte Mal gesehen wurde«, sagte Noah. »Entweder hat sie versucht zu fliehen – vielleicht hat sie es sogar geschafft, aus dem Sanctuary herauszukommen – und jemand hat sie außerhalb des Geländes erwischt und umgebracht. Oder die Person, die sie schon im Sanctuary misshandelt hat, hat sie dort getötet und dann hierhergebracht.«

»Wir können hinfahren, aber den Tatort würden wir dort

nicht finden. Jemand hätte inzwischen längst alle Spuren beseitigt«, war sich Josie sicher.

»Sie wurde schon länger misshandelt«, sagte Dr. Feist. Sie kniete sich hin und deutete auf eines von Renees Handgelenken. Josie war so schockiert gewesen, Renee Kelly statt Emilia Gresham zu sehen, dass sie sich noch nicht die Zeit genommen hatte, nach Verletzungen zu suchen. Renee hatte mehrere Fesselspuren an beiden Handgelenken. Einige waren alt und vernarbt, andere frisch, noch offen und mit einer Blutkruste überzogen. Josie sah sich den restlichen Körper an. An ihrem Hals waren Blutergüsse zu sehen.

»Ihr Mörder hat sie mit den Händen erwürgt«, fügte Dr. Feist hinzu. »Das ist meine vorläufige Einschätzung. Endgültig kann ich es natürlich erst nach der Autopsie sagen.«

»Hatte nicht auch Maya Narben an den Handgelenken, weil sie gefesselt worden war?«, fragte Noah.

»Allerdings«, antwortete Josie.

»Also sind wir wieder beim Einsiedler.«

»Aber ich sehe keine Verbindung zwischen dem Einsiedler und dem Sanctuary. Seine Höhle ist weit weg«, gab Josie zu bedenken.

»Sofern sie nicht genau das im Sanctuary verschweigen«, wandte Noah ein.

Hummel hatte die ganze Zeit nichts gesagt, während sie eine Theorie nach der anderen aufgestellt hatten. Jetzt fragte er: »Soll ich Mett anrufen?«

»Ja«, sagte Josie. »Bitte. Er soll ein bisschen nachforschen, ob es irgendwo in der Vergangenheit eine Verbindung zwischen Charlotte Fadden und Michael Donovan gibt.«

»Alles klar, Boss.«

»Das ist meine dritte Strangulation in zwei Tagen«, schaltete sich Dr. Feist ein. »Irgendeine Verbindung zwischen den Fällen scheint es zu geben, aber natürlich können wir sie nicht mit Gewalt erzwingen. Wir müssen mit dem arbeiten, was wir an Fakten auf dem Tisch haben.«

»Valerie und Tyler hatten keine Würgemale am Hals«, gab Josie zu bedenken. »Zumindest keine solchen.«

»Weil sie schnell starben. So schnell, dass sich keine Blutergüsse gebildet haben. Dieses Mädchen wurde vermutlich über Stunden hinweg immer wieder gewürgt, bevor man sie endgültig umgebracht hat.«

Josie starrte auf Renees offenen Mund. »Denkst du, dass ...«

»Dass sie eine Schwarznuss im Hals hat?«, fragte Dr. Feist. »Es gibt nur einen Weg, das herauszufinden. Lasst sie ins Leichenschauhaus bringen. Ich fange sofort mit der Autopsie an. Vielleicht haben wir Glück und entdecken die DNA dieses Mistkerls auf ihrem Körper.«

ZWEIUNDDREISSIG

Sie warteten, bis ein Krankenwagen Renees Körper wegtransportiert hatte, und gingen dann zu Noahs Auto zurück. Der Regen hatte wieder als leichtes Nieseln eingesetzt, aber die Luftfeuchtigkeit war nach wie vor hoch. Noah startete den Wagen und schaltete die Klimaanlage ein, machte aber keine Anstalten loszufahren.

»Ich möchte zum Sanctuary«, sagte Josie.

»Es ist schon spät.«

»Das ist mir egal. Ich möchte jetzt dort hinfahren.«

»Ich weiß.«

Sie deutete auf das Lenkrad. »Komm schon, fahr los.«

»Erst muss ich wissen, ob du okay bist.«

»Was heißt das jetzt wieder? Okay für was? Zum Arbeiten? Ja, ich bin okay.« Sie blickte aus dem Fenster und konzentrierte sich auf die leuchtenden roten Rücklichter von Hummels Streifenwagen. Die Spurensicherung packte gerade ihre Ausrüstung ein und war im Begriff, zum Revier zurückzufahren.

»Du schläfst nicht. Du isst kaum etwas. Die Albträume ...«

»Spielen keine Rolle«, entgegnete Josie. »Sie haben nichts mit der Arbeit zu tun.«

Sie spürte, dass er sie ansah. »Erzähl mir nicht, dass dich das alles nicht belastet.«

Schließlich drehte sie sich zu ihm und sah ihm in die Augen. »Diese Frau ist gestorben, weil ich sie nicht gerettet habe.«

Noahs Gesichtsausdruck wechselte von Frustration zu einer Mischung aus Schock und Mitleid. »Nein, Josie. Dieses Mädchen ist gestorben, weil ein Psychopath sie umgebracht hat. Das weißt du genau. Du bist nicht schuld an ihrem Tod.«

Sie wandte ihren Blick ab. »Bring mich bitte zum Sanctuary.«

»Was hättest du denn tun können?«, fuhr er fort. »Sie mit Gewalt da herausholen? So funktioniert das nicht mit den Gesetzen in unserem Land. Wir dürfen das nicht. Das weißt du. Du hast ihr Gelegenheit gegeben, von dort wegzugehen. Du hast stundenlang ein Stück weit die Straße hinunter auf sie gewartet. Und später auch noch Gretchen.«

Mit zusammengebissenen Zähnen wiederholte Josie: »Wir müssen zum Sanctuary.«

»Mit wie vielen Fällen häuslicher Gewalt hast du in deiner Karriere schon zu tun gehabt? Dutzenden? Hunderten? Wie oft müssen wir diese Frauen wieder in ihr Haus zurückgehen lassen, nachdem sie sich geweigert haben, Anzeige zu erstatten, obwohl wir wissen, dass sie wieder verprügelt oder sogar getötet werden? Wie viele?«

»Zu viele«, murmelte Josie.

»Du kannst nicht die ganze Welt retten. Du hast Renee Kelly die Möglichkeit gegeben, von dort wegzukommen, und sie hat beschlossen, sie nicht zu nutzen.«

»Oder sie hat es versucht und wurde deshalb umgebracht.«

»Denkst du, dass Charlotte bei dem, was mit Renee passiert ist, ihre Finger im Spiel hat?«

»Du nicht?«

Noah legte den Gang ein. »Finden wir es heraus.«

———

Im Sanctuary warteten Josie und Noah zehn Minuten auf der Veranda, bis die Frauen aus der Küche, die sie schon beim letzten Besuch empfangen hatten, Charlotte geholt hatten. Charlotte lächelte ihnen zu, als sie die beiden sah, und bat sie herein, nicht ohne noch eine kleine Bemerkung über die Zeit zu machen. Es war inzwischen nach zwanzig Uhr. Josie hielt sich gar nicht erst mit einer Erklärung über die späte Stunde oder anderen Nettigkeiten auf. Kaum waren sie ins Haus gegangen, sagte sie: »Wir müssen auch mit Megan und Tru reden. Ihre Leute sollen sie herbringen.«

Charlotte starrte sie einen kurzen Augenblick lang mit unsicherem Blick an. Josie war froh, diesmal sie aus dem Gleichgewicht gebracht zu haben, nachdem es beim letzten Mal umgekehrt gewesen war. »Natürlich«, erwiderte Charlotte und bat sie in die Küche, wo zwei Frauen einen Stapel schmutziges Geschirr wuschen. Eine Frau spülte es, während die andere es abtrocknete und wegräumte. »Ihr beiden«, wandte sich Charlotte an sie, »könnt ihr bitte Megan und Tru für mich herholen? Sie sollen sofort kommen.«

Ohne ein Wort gingen sie. Kaum hatten sie die Tür geschlossen, verschränkte Charlotte die Arme vor der Brust und sah Josie mit hochgezogenen Augenbrauen an. »Was ist los, meine Liebe? Sie scheinen aufgebrachter als sonst zu sein.«

»Wissen Sie, wer Renee Kelly ist?«, fragte Noah unumwunden.

Charlotte sah Josie an. Langsam verlor sie die Fassung. Sie schlug eine Hand vor den Mund. Die Furchen um ihre Augen und in ihrem Gesicht wurden weich. Tränen glänzten in ihren Augen. »Es ist etwas passiert.«

Josie trat einen Schritt an sie heran. »Wissen Sie, was mit Renee passiert ist?«

Charlotte schüttelte den Klopf.

»Charlotte, es wird Zeit, aufrichtig mit uns zu sein«, sagte Josie. »Es ist äußerst wichtig, dass Sie uns jetzt die Wahrheit sagen.«

Charlotte nahm die Hand von ihrem Mund. Tränen rollten ihr über die Wangen. »Was ist mit ihr passiert? Wo ist sie?«

»Sie ist tot«, antwortete Noah nüchtern. »Jemand hat sie umgebracht und ihre Leiche letzte Nacht am Cold Heart Creek abgelegt.«

»Nein!« Charlottes Beine gaben nach. Sie hielt sich am Rand der Arbeitsplatte hinter sich fest, um nicht zu umzufallen. »Nein. Sie ist hier. Sie ist in der Scheune. Ich habe sie letzte Nacht dort gesehen. Es ging ihr nicht gut. Sie ...«

»Jemand hat ihr wehgetan, Charlotte«, unterbrach Josie sie. »Hier. Auf Ihrem Gelände. Wo Menschen angeblich Zuflucht finden.«

»Nein«, entgegnete Charlotte. »Das gibt es hier nicht.«

»Aber genau das ist passiert«, widersprach ihr Noah. »Sie hatte Wunden, Mrs Fadden. Jemand hat sie schon länger gequält.«

»Nein. Das kann nicht sein.«

»Kennen Sie jemanden namens Michael Donovan?«, fragte Josie.

Charlotte wirkte über den abrupten Themawechsel erstaunt. »Was? Ich weiß nicht. Ich glaube nicht. Wer ist das?«

Die Tür ging auf. Megan und Tru kamen in die Küche und machten ein überraschtes Gesicht, als sie Charlotte weinen sahen.

»Was geht hier ab?«, fragte Tru.

»Es ist etwas mit Renee«, sagte Charlotte, als er zu ihr ging und schützend ihren Arm um ihre Schultern legte. »Sie wurde umgebracht.«

»Wann?«, fragte Megan. »Und wie?« Sie sah zwischen Josie und Noah hin und her. »Das muss ein Irrtum sein. Haben Sie in der Scheune nachgesehen? Sie war die letzten Tage ständig in ihrer Box. Hatte Probleme mit dem Magen. Ich habe ihr einen Säureblocker gegeben, aber er hat ihr nicht geholfen.«

»Sie ist nicht in der Scheune«, widersprach Josie. »Wann haben Sie sie das letzte Mal gesehen?«

»Letzte Nacht«, antwortete Megan. »Nachdem Sie und Ihr Kollege gegangen waren.«

»Um welche Uhrzeit?«, fragte Noah.

»Das weiß ich nicht. Wir haben hier keine Uhren.«

Josie sah Tru an. »Sie waren bei ihr. Wie lange sind Sie bei ihr geblieben?«

»Ich weiß nicht«, antwortete Tru. »Nachdem Sie weg waren, vielleicht noch ein paar Stunden. Ich habe mir Sorgen um sie gemacht. Es schien ihr nicht gut zu gehen.«

»Haben Sie mit ihr geschlafen?«, wollte Noah wissen.

Tru warf den Kopf herum. Charlotte sah ihn direkt an. »Tru?«

»Was? Nein. Wir waren nur Freunde. Ich meine, ich mochte sie, aber nicht so. Ich war nur ... ich habe mir Sorgen gemacht und sie hat mich gefragt, ob ich neben ihrer Pritsche schlafen könnte.«

Also hatte er sie bewacht, aber nicht, weil Charlotte oder jemand anderes es ihm befohlen hatte.

»Und?«, fragte Josie. »Haben Sie neben ihrer Pritsche geschlafen?«

Tru nickte.

»Hat sie die Scheune irgendwann in der Nacht verlassen?«

»Ja, schon. Ich bin einmal aufgewacht und da war sie nicht mehr da. Ich dachte, sie sei auf die Toilette gegangen oder zu Megan.«

Noah wandte sich an Megan. »Ist Renee letzte Nacht zu Ihnen gekommen?«

»Nein«, antwortete Megan. »Ich habe nur nach ihr gesehen, als ich zum Schlafen in mein Zelt gegangen bin.«

»Wo ist die nächste Toilette von Renees Box aus?«, wollte Josie wissen.

»Hinter der Scheune ist ein Klohäuschen«, antwortete Tru.

»Haben Sie dort nachgesehen?«

»Also, nein. Ich ... ich dachte, naja, wenn sie sich nicht wohlfühlt, wäre es ihr sicher nicht recht, wenn jemand an die Klotür klopfen würde. Ich dachte, sie würde schon zurückkommen, wenn sie fertig sei. Dann bin ich ... bin ich wieder eingeschlafen.«

»Sie war also nicht in ihrer Box, als Sie wieder aufgewacht sind?«, hakte Josie nach.

»Nein. Ich weiß nicht, wo sie hingegangen ist. Ich habe herumgefragt, aber niemand hatte sie gesehen. Dann musste ich ins Gewächshaus und arbeiten. Der Regen hat einen Teil davon unter Wasser gesetzt. Deshalb sind ein paar von uns hin und haben versucht, es wieder in Ordnung zu bringen. Wir brauchen das, was wir dort anbauen, für den Winter.«

»Wir müssen noch einmal mit jeder einzelnen Person hier im Sanctuary reden.«

Charlotte ließ ihren Kopf auf Trus Schulter sinken. »Natürlich«, sagte sie.

Dieses Mal postierten sie sich im Wohnzimmer des Hauses. Sie befragten jedes Mitglied des Sanctuary einzeln und nacheinander. Zwei weitere Personen hatten Renee letzte Nacht aus ihrer Box gehen sehen, konnten aber natürlich nicht sagen, wann das gewesen war. Niemandem war es ungewöhnlich erschienen, dass sie ihr Schlaflager mitten in der Nacht verlassen hatte. Es gab keine Vorschriften darüber, wann man kommen und gehen durfte, und ein Großteil aller Bewohner musste irgendwann in der Nacht auf die Toilette.

Vier weitere Mitglieder bestätigten, dass Tru und Renee sich angefreundet hatten, als Renee zwei Monate nach Tru ins Sanctuary gekommen war. Niemand schien zu glauben, dass sie miteinander schliefen. Auch konnte sich niemand vorstellen, dass Renee mit sonst jemandem viel Zeit verbrachte – oder sie wussten es, wollten es Josie aber nicht verraten. Sie hatte das Gefühl, dass mehrere der Befragten sie anlogen, konnte aber nicht sagen, was wahr war und was nicht. Als Letzten holten sie Tru zur Befragung herein, um ihn – diesmal ohne die Anwesenheit von Charlotte oder anderen – zu befragen. Seine ernsthafte

Beteuerung, dass seine Beziehung zu Renee rein platonisch gewesen war, schien glaubhaft.

»Hat sie sich Ihnen je anvertraut?«, fragte Josie. »Über irgendetwas, was hier im Sanctuary vorging?«

»Was zum Beispiel?«, fragte Tru. Er saß in einem alten braunen Ohrensessel. Josie zog den dazu passenden Hocker zu ihm und ließ sich darauf nieder, sodass sie fast zwischen seinen Beinen saß. Noah stand unterdessen in der Tür und sorgte dafür, dass niemand im Flur herumschlich und lauschte.

»Oder über irgendjemanden, der ihr das Leben schwergemacht hat? Sie zu etwas gezwungen hat, was sie nicht tun wollte?«

»Nein. Davon hat sie nie etwas gesagt«, erwiderte Tru mit Nachdruck.

»Mit wem war sie sonst noch befreundet?«

Er zuckte die Schultern. »Weiß nicht. Wahrscheinlich mit all denen, mit denen sie gearbeitet hat.«

»Worüber haben Sie beide so geredet?«

»Eigentlich meistens über das Leben draußen. Wir haben es irgendwie vermisst, denke ich. Wenigstens ein bisschen.«

Von der Tür aus sagte Noah: »Sie hatte Narben an den Handgelenken, Tru. Und frische Wunden. Jemand hat etwas mit ihr gemacht.«

Tru sah ihn verblüfft an. »Mit ihr gemacht? Was zum Beispiel?«

»Sie gefesselt«, antwortete Noah.

»Wozu? Warum?«

Josie beugte sich vor, bis ihr Gesicht nur Zentimeter von seinem entfernt war, und berührte seinen Arm. Sie sprach mit weicher, vertraulicher Stimme. »Was denken Sie, was Männer mit Frauen machen, wenn sie sie gegen ihren Willen fesseln, Tru?«

»Was?«, stieß er mit zitternder Stimme hervor. »Nein. Wer würde ihr das antun wollen? Renee war ein guter Mensch.«

»Haben Sie nie ihre Narben gesehen?«, fragte Noah wieder. »Ich dachte, Sie wären befreundet gewesen.«

Tru schüttelte entschieden den Kopf. »Nein, nein. Sie hat immer lange Ärmel und lange Hosen getragen. Ich habe sie nie unbekleidet oder so gesehen.«

»Wir haben im Moment über dreißig Grad«, sagte Noah. »Schon seit Wochen. Ist es Ihnen nicht seltsam vorgekommen, dass sie sich so angezogen hat?«

»Ja, sicher. Aber ich dachte, sie hätte ihre Gründe, und wollte nicht neugierig sein und sie damit vielleicht in Verlegenheit bringen.«

Draußen war ein lauter Donnerschlag zu hören. Alle drei erschraken. Josie seufzte. »Ich schätze, die Hundestaffel muss noch bis morgen warten.«

Ein Blitz zuckte draußen, gefolgt von weiterem Donnergrollen. Noahs und Josies Blicke kreuzten sich. In stillem Einverständnis erkannten sie, dass sie hier nicht weiterkamen. »Es ist spät«, sagte Noah und deutete auf Tru. »Wir kommen wieder«, versprach er.

Er fuhr mit Josie zum Revier zurück, damit sie ihr Auto holen konnte. Der Regen prasselte an die Windschutzscheibe. »Was denkst du?«, fragte er, als die bewaldeten Hügel von Lenore County allmählich in den äußersten Süden von Denton übergingen.

»Ich glaube, dass Charlotte lügt.«

»Meinst du, sie wusste, dass Renee ermordet wurde?«

»Nein, ich glaube nicht, dass das jemand von ihnen wusste. Trotzdem habe ich das Gefühl, dass sie etwas verbergen.«

»Und was?«

Josie fasste sich mit Daumen und Zeigefinger an die Nasenwurzel. Schlafentzug, Müdigkeit und Stress waren gerade dabei, ihr die Kopfschmerzen ihres Lebens zu bescheren. Sie öffnete Noahs Handschuhfach und suchte nach dem Ibuprofen, von dem sie wusste, dass er es dort aufbewahrte. »Ich weiß nicht«, antwortete sie. »Aber irgendetwas übersehen wir. Etwas Wichtiges.«

Die Tabletten klapperten in der Dose, als sich ihre Hand um sie schloss. Da klingelte ihr Handy. Die Angst schnürte ihr den Hals zu, während sie es aus der Tasche holte. Sie erwartete auf dem Display *SCI Muncy* zu sehen. Erleichtert stellte sie fest, dass es Dr. Feist war. Dann fiel ihr wieder ein, warum die Ärztin sie anrufen wollte. Sie nahm den Anruf an.

»Hallo, Josie«, meldete sich Dr. Feist. »Ich hatte recht mit Renee Kelly. Sie wurde mit Händen erwürgt. Ihr Zungenbein ist gebrochen. Die Untersuchung ergab außerdem, dass sie irgendwann in den zwei Tagen vor ihrem Tod Geschlechtsverkehr hatte. Das kann ich aufgrund der Untersuchungsergebnisse mit Sicherheit sagen. Genau lässt sich der Zeitpunkt allerdings nicht eingrenzen.«

»Geschlechtsverkehr?«, wunderte sich Josie. Sie klemmte das Telefon zwischen Ohr und Schulter, während sie die Pillendose aufschraubte und drei Ibuprofen in ihre Hand klopfte. »Wurde sie vergewaltigt?«

»Kann ich nicht sicher sagen, aber ich habe keine Anzeichen dafür gefunden. Keine Blutergüsse, keine Abschürfungen, Risse oder innerliche Wunden. Im Grunde genommen deutet nichts darauf hin, dass es sich nicht um einvernehmlichen Sex handelte.«

»Sie ließ zu, dass jemand sie fesselte und Sex mit ihr hatte?«

Josie entging nicht der Blick, den Noah ihr zuwarf, als er ihren Teil des Gesprächs mitbekam.

»Das weiß ich nicht«, entgegnete Dr. Feist. »Ich bin mir nicht sicher, ob beides zusammenhängt. Die Narben und frischen Fesselspuren deuten darauf hin, dass sie in der Tat versuchte, sich von ihren Fesseln zu befreien. Ansonsten wäre die Haut an ihren Handgelenken nicht so mitgenommen. Aber ich finde keinen Hinweis darauf, dass sie vergewaltigt wurde. Und ich kann die Tatsache, dass sie in den letzten Monaten mehrmals an den Händen gefesselt gewesen war, nicht mit Geschlechtsverkehr in Verbindung bringen. Allerdings habe ich auch eine gute Nachricht: Wir konnten DNA sichern. Ich habe sie ins Labor geschickt und um eine rasche Analyse gebeten.«

»DNA von der Person, mit der sie Sex hatte«, stellte Josie fest. »Wobei wir nicht wissen, ob das auch die Person ist, die sie umgebracht hat.«

»Stimmt«, räumte Dr. Feist ein. »Das wissen wir nicht. Aber immerhin würde es euch bei den Ermittlungen ein Stück weiterbringen, wenn wir die DNA jemandem zuordnen könnten.«

Sofern es sich nicht um jemanden aus dem Sanctuary handelte. Er könnte behaupten, dass er eine intime Beziehung zu Renee gehabt, sie aber nicht getötet hätte. Josie könnte nicht beweisen, dass das nicht stimmte.

Doch da war noch etwas anderes. Josie wollte nicht fragen, wollte es nicht einmal wissen, wusste aber, dass sie Dr. Feist darauf ansprechen musste. »Was ist mit ihrem Hals? Hast du darin etwas gefunden?«

Dr. Feists Schweigen sprach Bände. Josie wurde übel, noch bevor sie geantwortet hatte. Sie warf sich die Tabletten in den Mund und schluckte sie trocken hinunter, während Dr. Feist ihr genau das mitteilte, was sie nicht hatte hören wollen. »Ja. Jemand hat ein dünnes Lederband durch eine halbe Schwarznuss gefädelt und ihr tief in den Rachen gesteckt. Wie bei Valerie Yates.«

Als sie beim Revier ankamen, hatte Dr. Feist Josie bereits ein Bild der Halskette aus Renees Rachen geschickt. Sie sah fast genauso aus wie die Kette aus Valeries Körper. Ein Verschluss fehlte, das Lederband war am Ende verknotet. Das Innere der Schwarznuss hatte eine schiefe Herzform, die Schale war dunkel, zerfurcht und rau. Josie betrachtete sie mehrere Sekunden lang, bis Chief Chitwood sie beide zum Briefing in sein Büro rief.

Was sie zu berichten hatten, gefiel ihm überhaupt nicht.

Er schickte sie zum Ausruhen nach Hause, obwohl Josie protestierte. Sie war zwar erschöpft, doch der Gedanke an eine weitere Nacht mit Albträumen reichte schon aus, ihr einen Schauder über den Rücken zu jagen. Noah ließ das Licht für sie im Schlafzimmer an. Er war binnen Minuten eingeschlafen. Josie schreckte die ganze Nacht lang immer wieder auf und schüttelte sich jedes Mal, wenn sie einzuschlafen drohte. Ihre Augen brannten vor Müdigkeit, als sie am nächsten Morgen zur Arbeit fuhren. Abgesehen von den beiden Tassen Kaffee, die sie getrunken hatte, munterte sie nur eine Nachricht von Gretchen auf. Sie schrieb, dass der Wetterbericht keinen Regen für den Vormittag gemeldet hatte und die Hundestaffel sich gerade anschickte, loszufahren.

Wir treffen uns dort, schrieb Josie zurück.

Als sie wieder an ihren Schreibtischen saßen, druckte Noah die Einwilligungserklärungen für Maya Bestler aus, damit sie DNA-Proben von ihrem Sohn nehmen konnten. »Ich schnappe mir Hummel und bringe das zum Krankenhaus, während du dich mit Gretchen triffst.«

Josie sah ihm nach und versuchte, den Kloß zu ignorieren, der sich in ihrem Magen bildete. Sie wollte nur noch nach Hause, die Flasche Wild Turkey in ihrem Küchenschrank öffnen und ein paar Tage lang trinken, bis sich der Schleier des Vergessens über alles gelegt hatte. Keine Leichen mehr. Keine Anrufe aus dem Gefängnis in Muncy. Keine Serienmörder, die im Wald lauerten. Keine Albträume.

Aber es gab zu tun. Sie sah auf ihr Handy. Gretchen hatte eine Nachricht geschickt:

Komm zum Auto von Valerie und Tyler Yates.

Josie wand sich mit ihrem Auto durch das Geflecht aus Landstraßen, die sich wie dünne schwarze Bänder durch den Wald zogen, bis sie die Route 9227 erreichte. Sie fuhr vorbei an einer großen orangefarbenen Flagge am Straßenrand. Hummel hatte sie aufgestellt und so den Ort markiert, an dem die Beamten in den Wald gegangen waren, um zum Zeltplatz zu kommen. Ein paar Minuten später fand sie den Parkplatz und fuhr hinein. Gretchens Zivilfahrzeug stand neben einem wuchtigen Pick-up mit einer großen Abdeckung auf der Ladefläche. Über den gesamten Wagen war eine große Sonnenschutzplane gespannt. Die Heckklappe war offen. Auf der Ladefläche sah Josie das große, braune Gesicht eines Schäferhunds, der mit hängender Zunge dort lag. Seine leuchtenden Augen wanderten unruhig umher.

Zwischen den beiden Fahrzeugen stand Gretchen mit der Hundeführerin des Sheriff's Office von Alcott County. Beide trugen Regenjacken, obwohl der Regen inzwischen nachgelassen hatte und nur noch ein leichtes, aber beständiges Nieseln war. Als Josie aus ihrem Auto stieg, traf die Hitze sie wie eine Wand. Selbst der starke Regen hatte die Schwüle nicht vertreiben können, sie höchstens noch drückender gemacht. Als sie zu den beiden Frauen ging, sah sie Schweißtropfen vom Haaransatz der Hundeführerin über ihr Gesicht bis zur Nasenspitze laufen. Ihr graubraunes Haar war glatt, die Strähnen, die sich aus ihrem Pferdeschwanz gelöst hatten, klebten an ihrem Gesicht und Hals. Josie schätzte sie auf etwas über fünfzig. Beim letzten Fall, bei dem sie die Hundestaffel des Sheriffs von Alcott County angefordert hatten, war ihnen ein männlicher Hundeführer zugeteilt worden.

Die Hundeführerin lächelte, wischte sich die Hand an der Hose trocken und streckte sie Josie hin. »Deputy Maureen Sandoval«, stellte sie sich vor. Sie deutete auf das hintere Ende des Pick-ups. »Rini haben Sie wahrscheinlich schon drinnen sitzen gesehen.«

»Wir wissen sehr zu schätzen, dass Sie beide uns bei dieser Hitze hier draußen unterstützen«, begrüßte Josie sie. »Macht es Ihnen etwas aus, wenn ich mit Detective Palmer kurz privat spreche, bevor wir loslegen?«

»Kein Problem«, erwiderte Sandoval.

Gretchen, die genauso von der Hitze geplagt aussah wie Deputy Sandoval, ging mit Josie ein paar Schritte zur Seite, wo Josie sie in aller Eile über die vielen Entwicklungen des Vortags informierte. Gretchen schrieb hastig alles in ihr Notizbuch, während Josie sprach, und stieß lediglich gelegentlich ein »Meine Güte« oder »O Gott« hervor. Als Josie fertig war, deutete sie mit dem Stift auf den runden violetten

Bluterguss mitten auf Josies Stirn. »Wie geht es deinem Kopf?«

»Ich habe keine Gehirnerschütterung, wenn du das meinst«, antwortete Josie.

Gretchen steckte das Notizbuch wieder in ihre Tasche. »Na gut.«

Sie gingen zu Deputy Sandoval zurück. Gretchen deutete auf einen Jeep Grand Cherokee auf der anderen Seite des Parkplatzes. »Das ist der Wagen von Tyler und Valerie Yates. Die Verantwortlichen in Lenore County hatten noch keine Gelegenheit, ihn wegbringen zu lassen.«

»Umso besser für uns«, sagte Sandoval. »Ich ziehe es vor, beim Fahrzeug anzufangen, vor allem in Fällen wie diesem.«

»Warum?«, wollte Josie wissen.

»Meistens wissen wir sicher, dass sich die vermisste Person irgendwann einmal im Auto befand, bevor sie in den Wald ging. Deshalb ist es gut, wenn wir dort anfangen. Ich hatte einmal einen Fall, bei dem es um einen vermissten Jäger ging. Wir haben bei seinem Hochsitz zu suchen begonnen, konnten ihn aber nicht finden. Daraufhin sind wir zu seinem Auto zurück und ließen Rini die Spur im Fahrzeug aufnehmen. Innerhalb von einer Stunde hatte sie ihn aufgespürt.«

»Er war gar nicht bis zum Hochsitz gekommen«, folgerte Josie.

Sandoval lächelte. »Genau. Er hat sich verlaufen, bevor er überhaupt dort ankam. Hätten wir nicht beim Auto zu suchen angefangen, hätten wir ihn vielleicht nie gefunden. Obwohl Sie also einen Tatort haben, an dem es so aussieht, als sei die Frau dort gewesen, ziehe ich es vor, hier beim Fahrzeug loszulegen. Detective Palmer hat den Schlafsack in ihrem Auto. An ihm soll Rini Ms Greshams Spur aufnehmen.«

»Natürlich«, sagte Josie.

»Dürfen wir mitgehen?«, fragte Gretchen.

»Sehr gerne.«

Sandoval holte eine lange schwarze Hundeleine und ein Geschirr aus der Fahrerkabine ihres Pick-ups. Auf der Ladefläche begann Rini zu winseln. Ihr Körper wand sich vor Aufregung. »Sie arbeitet gerne«, erklärte Sandoval. Während sie Rini von der Ladefläche holte und die Leine an ihrem Halsband befestigte, ging Gretchen zu ihrem Auto und zog einen großen Plastikbeutel mit Emilia Greshams mutmaßlichem Schlafsack heraus.

»Platz«, befahl Sandoval Rini. Die Hündin legte sich brav auf die harte Erde, winselte aber weiterhin, als wolle sie sich bei Sandoval darüber beschweren, dass die Vorbereitung auf die Suche zu lange dauere.

Sobald Sandoval ihr das Kommando gab, sprang Rini auf, lief zum Rucksack, den Gretchen ihr entgegenhielt, und schnüffelte unruhig daran. »Gut so, sehr gut«, murmelte Sandoval. Sie legte der Hündin das Geschirr an. »Jetzt an die Arbeit, Rini.«

Rini preschte in die Richtung, in der das Auto der Yates' stand. Gretchen warf den Schlafsack in den Kofferraum ihres Wagens, dann liefen sie und Josie hinter der Hundeführerin und ihrem Tier her. Rini schnüffelte noch ein bisschen herum und rannte dann in den Wald. Josie und Gretchen mussten in einen Laufschritt fallen, um mit ihnen mitzuhalten.

»Sie hat die Spur aufgenommen«, rief Sandoval über ihre Schulter zurück. »Versuchen Sie, an uns dranzubleiben.«

Sandoval hielt Rini an einer extrem langen Leine, die hinter ihnen beiden herschleifte. Josie und Gretchen fielen mehrmals fast hin bei dem Versuch, nicht darauf zu treten oder darüber zu stolpern. Irgendwann gaben sie der Hundeführerin und ihrem Tier einen Vorsprung von mehreren Metern, um nicht im Weg zu sein.

Rini zog ohne Unterlass an der Leine und ging völlig in ihrer Aufgabe auf. Ihre Nase war manchmal in der Luft und manchmal dicht am Boden, während sie im Zickzackkurs durch den Wald lief. Als sie schließlich rund fünf Kilometer vom Auto entfernt den Zeltplatz erreichten, waren sowohl Josie als auch Gretchen schweißnass und keuchten vor Anstrengung. Sie hatten nicht einmal Zeit, die Tatsache zu erörtern, dass Emilia ganz offensichtlich hier gewesen war, denn Rini lief bereits weiter in den Wald dahinter. Sandoval marschierte mit eiligem Schritt hinter ihr her und feuerte sie immer wieder an.

Hinter dem Zeltplatz wandte sich Rini nach Süden und rannte schnell und zielstrebig durch das dichte Unterholz, bis sie am Cold Heart Creek anlangte. Hier hielt sie inne und lief mit hängender Zunge keuchend hin und her. »Schon gut, Mädchen«, rief Sandoval, als Josie und Gretchen aufholten. Gretchen beugte sich nach vorn, stützte die Hände auf die Oberschenkel über dem Knie und atmete schwer.

»Was ist los?«, fragte Josie Sandoval und wischte sich den Schweiß aus den Augen.

»Wir müssen da durch«, sagte Sandoval.

Gretchen streckte sich und fuhr mit einer Hand durch ihre kurzen braunen, struppig frisierten Haare. »Denken Sie, dass die Frau den Bach überquert hat? Zerstört Wasser die Duftspur denn nicht?«, fragte sie.

»Das ist ein Märchen, Detective«, erwiderte Sandoval. »Menschen tragen ihren Geruch ständig mit sich herum. Man muss sich das vorstellen wie eine unsichtbare Wolke, fast wie eine Aura. Das ist unser Geruch. Wir alle haben ihn und sondern ihn ab, wo wir gehen und stehen. Selbst im Wasser. Rini kann sie nach wie vor riechen. Wasser konserviert Gerüche sogar. Ein bisschen anders geartet ist die Sache, wenn der Wind geht.«

Es war kaum eine Luftbewegung zu spüren, dachte Josie bei sich. Aber vielleicht kam es ihr auch nur so vor, weil jeder Quadratzentimeter ihres Körpers klatschnass und die Luft um sie herum fast zum Greifen feucht war.

Sandoval zog eine kleine Flasche mit Babypuder aus der

Tasche ihrer Weste. Sie schraubte sie auf und drückte sie, sodass ein bisschen Puder herausflog. Josie und Gretchen sahen zu, wie das weiße Pulver durch die Luft schwebte. Alle winzigen Partikel flogen in die gleiche Richtung – über den Bach. Sandoval sah Josie an. »Das Wasser ist nicht sehr tief, oder?«

»Nein«, antwortete Josie. »Ich bin gestern durchgewatet. Es reichte mir nur bis zur Hüfte. Heute ist es womöglich etwas tiefer, weil es ziemlich viel geregnet hat, aber wir sollten auf jeden Fall hindurchgehen können.«

Sandoval befahl Rini weiterzulaufen. »Los geht's, Mädchen.«

Rini hüpfte in das Wasser und Sandoval folgte ihr mit langer Leine. Als Rini nicht mehr stehen konnte, begann sie zu schwimmen, bis sie das andere Ufer erreichte. Josie und Gretchen wateten hinter ihnen her. Kaum war Rini an Land, lief sie sofort wieder los und setzte ihre aufgeregte Suche wild herumschnüffelnd fort – der Geruch von Emilia Gresham schien sie förmlich voranzutreiben. Obwohl Josie ihr GPS-Gerät dabeihatte, blieb ihr keine Zeit, es herauszuholen und einen Blick darauf zu werfen. Sie wusste deshalb nicht genau, wie weit sie bereits gelaufen waren, als Rini sie zu der Lücke im Zaun führte, der die Grenze zwischen dem staatlichen Jagdrevier und Charlotte Faddens Sanctuary bildete.

Bevor die Hündin über den nach unten gedrückten Zaun springen konnte, hatte Sandoval sie bereits an die kurze Leine genommen und zu sich gezogen. »Privateigentum«, sagte sie.

Atemlos schüttelte Josie den Kopf. »Wir haben die Erlaubnis, auf dem Grundstück zu suchen.«

Mehrere Schritte hinter ihr keuchte Gretchen: »Ich gehe zurück zum Auto, fahre zum Sanctuary und sage ihnen, dass wir mit dem Hund auf ihr Grundstück gehen.«

»Schaffen Sie das?«, fragte Sandoval mit hochgezogenen Brauen.

Gretchen winkte ab. »Schon okay, mir geht's gut. Gehen Sie weiter.«

Sandoval gab der Hündin einen Befehl, woraufhin sie elegant durch die Lücke im Zaun auf die andere Seite sprang. Sandoval folgte ihr mit Josie im Schlepptau. Josie wusste, dass sie noch weit vom Haupthaus und der Scheune entfernt waren. Im Geist versuchte sie, sich zu orientieren, aber die Hündin stürmte zu schnell voran. Keuchend lief sie hinter Rini und der Hundeführerin durch eines der vielen Waldstücke auf dem Sanctuary. Sie sahen alle gleich aus, sodass Josie froh war, ihr GPS-Gerät eingesteckt zu haben. So konnte sie sicher sein, wieder herauszufinden, ganz gleich, wie tief sie in den Wald gerieten. Nach einer gefühlten Ewigkeit gelangten sie auf eine Lichtung. Vor sich sah Josie die Hütten, von denen Noah ihr erzählt hatte. Er hatte nicht übertrieben – sie waren ziemlich baufällig. Josie zählte fünf. Sie hatten eine ausgeblichene braune Farbe und lehnten sich so aneinander, dass es fast aussah, als würden sie umfallen, wenn auch nur eine weggenommen würde. Bei einer war bereits das Dach eingefallen. Zu den übrigen führten verrottete, durchhängende Treppen. Alle Hütten waren so seltsam schief, dass Josie den Eindruck hatte, als seien sie von ehemaligen Angehörigen des Sanctuary aus irgendwelchen Materialien, die sie vor Ort aufgetrieben hatten, zusammengezimmert worden. Rini stürmte die Treppe einer Hütte hoch, stupste die Tür mit ihrer langen Nase auf und lief hinein. Josies Herz begann schneller zu schlagen. Sie hatten die Hütten bereits durchsucht, aber niemanden entdeckt. Noah hätte niemals jemanden übersehen.

Doch dann kam Rini wieder heraus. Sie lief mit der Nase dicht am Boden die Vorderseite der Hütten entlang und zurück in den Wald. Josie hatte nur einen Augenblick lang Zeit, einen Blick in das Innere der Hütte zu werfen. Es gab darin kein Mobiliar, nur Holzdielen und schlichte hölzerne Stockbetten ohne Matratzen. Da entdeckte sie etwas auf dem Boden unter einem Bett. Sie betrat die Hütte, ging in die Hocke und sah es sich an. Es war ein etwa fünf Zentimeter langer, dicker Strick. Sie zog ihr Handy heraus, rief die Taschenlampen-App auf und leuchtete ihn an. An seinen Fasern haftete eine getrocknete braune Kruste. Josies Herz schlug schneller. Sogleich machte sie ein paar Fotos und suchte in ihren Taschen nach Handschuhen. Sie hatte ein Paar dabei und entdeckte tief in einer der Taschen ihrer Regenjacke zum Glück auch einen zusammenge-knüllten Spurensicherungsbeutel. Mit einem erleichterten Seufzer steckte sie das Fundstück in den Beutel und lief hinaus. War das womöglich ein Teil des Stricks, mit dem Renee Kelly gefesselt worden war? Hatte jemand sie in die Hütte gebracht, gefesselt und weiß Gott was mit ihr gemacht? Rini war zielge-richtet in die Hütte gelaufen. Das bedeutete, dass auch Emilia irgendwann drinnen gewesen sein musste.

Hatte Renee hier Emilia getroffen? Hatte jemand Emilia hierhergebracht? Oder hatte sie nur in der Hütte Zuflucht gesucht und war in dieselbe Hölle geraten wie Renee?

Josie hatte keine Zeit, weiter darüber nachzudenken. Als sie nach draußen ging, waren Sandoval und Rini bereits wieder weg. Sie befürchtete, sie verloren zu haben, und lief in die Rich-tung, in die sie die beiden hatte laufen sehen. Eine Weile brach sie durch Gesträuch und dichten Bewuchs, bis sie Sandoval hörte, die die Hündin mit ruhiger Stimme lobte und weiter anfeuerte. Josie schloss zu ihnen auf, gerade als sie auf offenes Gelände gelangten. Vor sich sahen sie das Hauptgebäude des Sanctuary am oberen Ende einer leichten Anhöhe mit der Scheune daneben stehen. Rini lief über das Feld und verfiel gelegentlich in einen Zickzackkurs, Sandoval blieb mit sicherem Schritt dahinter, doch Josie rutschte im nassen Gras aus und fiel nach vorn auf ihre Hände. Sie kämpfte sich wieder hoch und rannte erneut hinter Sandoval und Rini her. Als sie das Haus erreichten, standen dort mehrere Personen und starrten auf die Hündin. Einige wichen vor ihr zurück, doch

Rini blieb völlig auf Emilia Greshams Spur fixiert. Sie war so damit beschäftigt, ihre »Beute« aufzuspüren, dass eines der Sanctuary-Mitglieder mit einem Steak vor ihrer Nase herumwedeln hätte können und sie einfach daran vorbeigelaufen wäre, dessen war sich Josie hundertprozentig sicher.

Rini schnüffelte in der Umgebung des Hauses herum, während Sandoval die Leine justierte. Dann rannte sie auf die Scheune zu. Aber kaum hatte sie an der Tür geschnuppert, wandte sie sich ab und jagte die Zufahrt entlang Richtung Straße. Unterwegs lief sie immer wieder zwischen den geparkten Autos herum, hielt sich dort jedoch nicht lange auf. Als sie um das Haus liefen, sah Josie Gretchen auf der Veranda stehen und mit Charlotte sprechen. Die beiden hielten in ihrem Gespräch inne und sahen zu, wie Rini und Sandoval vorbeieilten. Josie versuchte, hinter ihnen zu bleiben und gleichzeitig die lange Leine zu vermeiden, die hinter Rini und ihrer Hundeführerin herschleifte.

War Emilia mitten durch das Sanctuary gelaufen? Wohin um alles in der Welt hatte sie gewollt? Wäre sie in Gefahr gewesen, warum hatte sie dann nicht im Haus oder der Scheune um Hilfe gebeten? Oder hatte sie gewusst, dass dort keine Hilfe zu erwarten war?

Inzwischen hatte Rini die Straße erreicht. Sie drängte nicht mehr weiter, sondern lief hektisch am Platz hin und her und schnüffelte in der Luft herum. Schließlich blieb sie stehen und sah Sandoval an. Josie wusste, dass Such- und Rettungshunde aktiv Zeichen gaben, wenn sie die gesuchte Person aufgespürt hatten. Wie sie von früheren Fällen wusste, handelte es sich dabei meistens um ein kurzes Bellen. Aber Rini bellte nicht. Sandoval holte erneut ihren Puder hervor und sprühte etwas davon in den Wind. Sie schickte Rini in die Richtung, in die der Wind blies, und trieb sie sogar ein Stück die Straße hinunter, aber Rini zeigte nicht mehr den Vorwärtsdrang, den sie soeben noch an den Tag gelegt hatte.

Josie verließ der Mut. Sie ahnte bereits, was Sandoval ihr mitteilen würde, noch bevor sie etwas gesagt hatte.

»Sie ist in ein Auto gestiegen, nicht wahr?«, fragte sie.

Sandoval runzelte die Stirn. »Sie wissen, ich kann das nicht mit hundertprozentiger Sicherheit sagen. Fest steht nur, dass die Duftspur hier endet. Rini verliert keine Spur. Und wenn, dann kehrt sie in der Regel um und findet sie wieder. Hier ist sie auf jeden Fall nicht mehr, so viel steht fest.«

Gretchen war zu ihnen herübergekommen und bekam gerade noch das Ende des Gesprächs mit. »Hat der Regen der letzten Stunden vielleicht alles weggewaschen?«

»Das bezweifle ich«, antwortete Sandoval. »Ich glaube nicht, dass hier so viel Oberflächenwasser abgelaufen ist, um alles mitzunehmen. Selbst dann würde Rini noch die Spur finden, da bin ich mir sicher.«

Gretchen seufzte und blickte suchend die Straße auf und ab. Josie drehte sich zum Haus um und sah, dass Charlotte sie mit bemüht ausdrucksloser Miene beobachtete. Leise, sodass nur Gretchen es hören konnte, sagte sie: »Mir fehlt da was.«

»Die Verbindung zum Einsiedler«, stellte Gretchen fest.

»Genau.«

Emilia Greshams Rucksack war in Donovans Höhle gefunden worden, doch Rini hatte nicht einmal in diese Richtung geschnüffelt. Die Hündin folgte dem Geruch von Personen, nicht dem eines Rucksacks. Wie Deputy Maureen Sandoval bereits gesagt hatte, trugen Menschen ihren Geruch wie eine Aura mit sich und hinterließen ihn überall dort, wo sie gingen. Am Rucksack haftete zwar Emilia Greshams Geruch, doch hätte er ihn nicht ständig abgegeben, als Michael Donovan ihn durch den Wald getragen hatte.

»Emilia Gresham ist vom Zeltplatz gekommen und durch das Sanctuary bis zur Straße gegangen«, resümierte Josie. »Und wie es aussieht, ist sie hier in ein Fahrzeug gestiegen. Entweder lief sie vor jemandem davon, kam zur Straße und hat ein Auto angehalten oder jemand hat sie verschleppt, hierhergebracht und in einen Wagen gesteckt.«

»Vielleicht jemand aus dem Sanctuary«, überlegte Gretchen. »Jemand, der nicht mehr hier ist. Wir haben alle schon mehrmals befragt, aber nicht in Betracht gezogen, dass jemand zwischen der Nacht, in der Valerie und Tyler Yates ermordet wurden, und jetzt die Anlage verlassen haben könnte.«

»Stimmt«, seufzte Josie. Sie blickte zurück zur Scheune und zur Einfahrt, wo mehrere Leute standen und zu den drei Polizistinnen und Rini herüberstarrten. »Sie werden alle behaupten, dass niemand weggegangen sei oder dass sie nicht exakt Buch darüber führen würden, wer käme und ginge, und deshalb nicht wüssten, ob jemand kürzlich das Sanctuary verlassen haben. Sie werden alle lügen.«

Gretchen senkte die Stimme und sprach so leise wie Josie. »Möchtest du noch einmal mit Charlotte reden?«

Josie sah hinüber zu Charlotte. Ihre Blicke begegneten sich, doch Josie hielt Charlottes Blick stand.

»Nein«, sagte sie schließlich. »Noch nicht. Wir brauchen mehr Informationen.«

FÜNFUNDDREISSIG

Josie fand Hummel im Pausenraum des Erdgeschosses. Er saß an einem Tisch, vor sich eine Imbissschachtel und in den Händen einen großen Hamburger. »Hallo, Boss«, begrüßte er sie mit vollem Mund.

Seufzend setzte sie sich ihm gegenüber. »Hummel, wie oft habe ich es dir schon gesagt? Nur Josie. Ich bin hier nicht mehr der Boss, falls du das noch nicht gemerkt hast.«

Hummel schluckte den Bissen hinunter und grinste sie an. »Du bist mein Boss.«

Josie hob die Augenbrauen. »Nein, Hummel, bin ich nicht.«

Er schob die Schachtel zu ihr herüber und bedeutete ihr, sich ein paar Pommes frites zu nehmen. Erst als sie einen Blick darauf warf, merkte sie, wie hungrig sie war. Als hätte er es erkannt, sagte Hummel: »Nimm sie alle.«

Er aß seinen Burger, während sie die Pommes verputzte. Als sie fertig waren, schloss er die Schachtel und schob sie an den Tischrand. Dann beugte er sich über den Tisch zu ihr. »Es ist mir egal, wer hier das Sagen hat. Für mich bist immer du der Boss.«

Josie schüttelte den Kopf, konnte sich ein Lächeln aber nicht verkneifen. »Danke für die Pommes«, sagte sie.

Sie fasste in ihre Tasche, zog den Beutel mit dem Strick heraus und erzählte Hummel, wo sie ihn gefunden hatte. Hummel warf einen Blick in den Beutel.

»Denkst du, dass da noch genug dran ist, um einen vorläufigen Bluttest und anschließend eine DNA-Analyse zu machen?«, fragte sie.

Sie wusste, dass man mit einem Kastle-Meyer-Test schnell und unkompliziert herausfinden konnte, ob die Kruste auf dem Strick Blut war oder nicht. Hummel musste nur mit einem Wattestäbchen über den Fleck streichen, ihn mit ein, zwei Tropfen Äthylalkohol anfeuchten, anschließend ein, zwei Tropfen Phenolphthalein daraufgeben und das Ganze schließlich mit ein, zwei Tropfen Wasserstoffperoxid versetzen. Wenn sich die Substanz auf dem Wattestäbchen innerhalb von sechs Sekunden rosa färbte, hatten sie es mit Blut zu tun. Das Problem war, dass das Phenolphthalein die DNA zerstörte. Stand also nur eine begrenzte Menge der zu testenden Substanz zur Verfügung, musste man sichergehen, dass noch genug für einen Blut- und DNA-Test übrig blieb. Falls die Menge für einen vorläufigen Bluttest nicht reichte, musste sie das gesamte Beweismittel zur Analyse in ein Staatslabor schicken. Bis sie die Ergebnisse hatte, konnten Wochen oder sogar Monate vergehen, sofern sie es nicht als eilig deklarierte. Und selbst dann konnte es dauern. Wenn die Spur aber reichte und sie feststellten, dass es sich tatsächlich um Blut handelte, hätten sie etwas, mit dem sie Charlotte Fadden ordentlich zusetzen könnten, sodass sie vielleicht mit dem herausrücken würde, was sie der Polizei bisher verheimlicht hatte.

Hummel sah von dem Beutel auf. »Ich sehe mal, was ich tun kann«, sagte er.

Sie wollte ihm gerade danken, da erschien Noah in der Tür. »Ich habe etwas für dich.«

»Gresham?«, fragte sie erwartungsvoll.

»Nein. Bestler.«

Sie stand auf und ging mit ihm nach oben zu ihren Arbeitsplätzen. »Was hast du denn für mich?«

Als sie an ihrem Schreibtisch saß, beugte sich Noah über sie und holte mit ihrer Maus eine PDF-Datei auf den Bildschirm. Josie ging näher an den Monitor heran und begann zu lesen. »Ist das ein Witz?«, fragte sie.

Noah ging zu seinem eigenen Arbeitsplatz, setzte sich in seinen Schreibtischstuhl und lehnte sich mit hinter dem Kopf verschränkten Händen zurück. »Nein. Unser Einsiedler Michael Donovan hat vor fünfunddreißig Jahren seine Frau umgebracht. Er hat sie zu Hause zu Tode geprügelt und ist dafür zu zehn Jahren Gefängnis verurteilt worden.«

Josie überflog die Einzelheiten zu dem Fall. »Er hat auf Totschlag im Affekt plädiert. Nur zehn Jahre? Das ist ja schrecklich.«

»Allerdings«, gab ihr Noah recht.

»Die Sache wurde in Allegheny County verhandelt. Das ist die Gegend von Pittsburgh. Wie ist er nach Lenore County gekommen?«

»Er hat seine Zeit westlich von Lenore County abgesessen. Als sie ihn entließen, hatte er nichts, kein Geld, keine Unterkunft. Nichts, wohin er zurückkehren konnte. Ich schätze, er hat eine Weile herumgehangen und den Leuten eine Geschichte aufgetischt, wonach seine Frau verstorben sei. Dann ist er in den Wald gegangen und dort geblieben. Deshalb auch der Mythos, der sich um ihn rankt. Bei dem, was er getan hat, ist es plausibel, anzunehmen, dass er Maya Bestler entführt und einige oder alle unserer jüngsten Opfer ermordet hat.«

»Durchaus möglich.« Ganz überzeugt war sie jedoch nicht, dass Donovan Renee Kelly umgebracht hatte. Es wäre ein zu großer Zufall gewesen, wenn Renee im Sanctuary in Angst und Schrecken gelebt hätte, dort misshandelt worden wäre und ausgerechnet bei ihrer Flucht von Donovan getötet worden wäre. Dennoch konnte man die Schwarznuss-Halsketten nicht einfach ignorieren. Tyler und Valerie Yates sowie Renee Kelly waren definitiv von ein und derselben Person ermordet worden.

»Das hilft uns aber nicht, Emilia Gresham zu finden«, gab sie zu bedenken.

»Ich weiß«, gab ihr Noah recht. »Aber weil wir gerade dabei sind: Wo sind Gretchen und Mett?«

»Gretchen ist heimgefahren, um schnell zu duschen. Mett hat seine Schicht noch nicht angetreten, müsste aber jeden Augenblick hier sein.«

Da klingelte Josies Schreibtischtelefon. Sie hob ab, sprach kurz mit der Person am anderen Ende der Leitung und legte auf. Sie hatte im Fall Gresham und Yates nun ein etwas besseres Gefühl als noch vor wenigen Minuten.

»Was ist?«, fragte Noah.

»Das war Anya«, antwortete Josie. »Sie hat sich gerade mit Wesley Yates getroffen. Er ist gekommen, um den Leichnam seines Sohnes zu holen. Sie hat ihm gesagt, dass wir mit ihm sprechen müssen. Er ist in fünfzehn Minuten hier.«

SECHSUNDDREISSIG

Wesley Yates war ein Bär von einem Mann: groß, breit, mit weißen, zu einem Pferdeschwanz gebundenen Haaren und einem sauber gestutzten Vollbart. Er trug ein schlichtes schwarzes T-Shirt und kurze Jeans. Seine Arme waren vom Handgelenk bis zu den Schultern tätowiert. Viele Tattoos wirkten alt und verblasst, aber soweit Josie erkennen konnte, waren fleischfressende Tiere sein Lieblingsmotiv. Trotz seiner Statur schlurfte er kraftlos und mit hängendem Kopf in den Konferenzraum, wo Josie, Noah und eine frisch geduschte Gretchen warteten. Als er aufblickte, um sie zu begrüßen, konnte Josie sehen, dass seine braunen Augen rot geweint waren.

Sie stand auf und schüttelte seine große Hand. »Mr Yates, wir möchten Ihnen unser herzliches Beileid aussprechen.«

Er nickte, wirkte jedoch wie betäubt, als Josie, Noah und Gretchen sich vorstellten, ihm Kaffee anboten und warteten, bis er in einem der Stühle auf der anderen Seite des Tischs Platz genommen hatte. »Ich kann noch gar nicht glauben, dass das alles passiert«, murmelte er. »Es ist so irreal.«

Josie wusste aus eigener Erfahrung, wie unwirklich es

einem erschien, wenn man plötzlich und unerwartet jemanden verlor, der einem nahegestanden hatte. Der riesige Kerl tat ihr leid.

»Die Ärztin im Leichenschauhaus hat gesagt, dass sie vergiftet und dann ... erwürgt wurden?«

»Das ist korrekt«, antwortete Gretchen. »Wir glauben, dass die Person, die die beiden ermordet hat, sie zunächst mit Schierlingskraut aus dem Wald vergiftete und dann, als ihnen beiden übel wurde, erdrosselte. Es tut mir sehr leid, Mr Yates.«

Er wischte sich ein paar Tränen aus den Augen. »Ich kann es einfach nicht glauben. Mein Sohn, er war kein Weichei. Er hätte Val beschützen können. Ich ... ich verstehe es einfach nicht. Ich schätze, wenn es ihm so schlecht ging ... es ist so schwer zu begreifen.«

»Wir verstehen das«, sagte Noah. »Wenn Sie ein paar Minuten Pause brauchen, können wir später weitermachen.«

Wes schüttelte den Kopf. »Nein, bringen wir es hinter uns.«

»Sind Ihr Sohn und Valerie oft campen gewesen?«, wollte Josie wissen.

»Nein. Vielleicht ein paarmal im Jahr. Sie wollten aber mehr reisen, öfter campen, eventuell auch in ihre Heimat zurück. Sie ist ... mein Gott, war aus Australien.«

Er wandte den Blick ab und begann wieder zu weinen. Josie stand auf, holte Papiertaschentücher vom anderen Ende des Tischs und schob sie ihm hin.

»Mr Yates«, sagte Gretchen.

»Wes«, unterbrach er sie. »Nennen Sie mich Wes.«

»Wes, wir glauben, dass noch jemand bei Tyler und Valerie war. Eine Frau. Können Sie sich denken, wer das war?«

»Ja, wahrscheinlich Emilia.«

»Emilia Gresham?«, fragte Josie.

»Genau. Sie war die beste Freundin der beiden, also zumindest Valeries beste Freundin seit dem College. Verheiratet war sie mit einem Typen namens Jack. Die vier haben alles gemeinsam unternommen. Sie waren unzertrennlich. Bis Jack seltsam wurde.«

Josie und Noah tauschten einen Blick, während Gretchen weiter Wes ansah. »Seltsam?«, hakte sie nach.

Wes faltete seine fleischigen Hände vor sich auf dem Tisch. »Naja, er ist sozusagen ein bisschen durchgedreht.«

»Inwiefern?«, fragte Noah.

»Er ging manchmal wochenlang nicht mehr aus dem Haus. Emilia dachte, er sei depressiv. Er hat sich überhaupt nicht mehr an den üblichen Sachen beteiligt, die die vier gemeinsam unternommen haben. Tyler sagte, dass er ihn einmal besucht habe. Da sei Jack schon eine ganze Weile im Gästezimmer einquartiert gewesen. Er habe lange nicht mehr gebadet gehabt. Tyler meinte, der Gestank habe ihn beinahe umgehauen.«

»Hört sich nach ziemlichen Depressionen an«, bemerkte Gretchen.

Josie lief ein Schauder über den Rücken. Jack Gresham war mit einem Mal aus den Fotos von Tyler verschwunden. Hoffentlich hatte er nicht Selbstmord begangen.

»Wir versuchen, Jack ausfindig zu machen«, fuhr Gretchen fort. »Bisher hatten wir noch kein Glück. Wir haben mit einer von Emilias Schwestern gesprochen, die keine Ahnung hatte, dass etwas nicht stimmte. Sie dachte, er sei regelmäßig zur Arbeit gegangen und wäre zu Hause.«

»Da ist er nicht«, wusste Wes. »Er hat dort nicht lange gewohnt. Das Letzte, was ich gehört habe, ist, dass er einer Sekte beigetreten ist.«

Josie setzte sich abrupt auf, während sich Gretchen zu Wes beugte. »Wo war diese Sekte?«

»Ich weiß nicht. Das hat Tyler nie verraten.«

»Hat er gesagt, um was für eine Sekte es sich handelte?«, bohrte Josie nach.

»Nein. Gibt es da mehrere?«, fragte Wes mit müdem Lächeln. »Die sind doch alle der gleiche Mist, oder nicht?«

Gretchen lächelte. »Könnte man so sagen.«

Josie versuchte einen anderen Ansatz. »Wann ist er der Sekte beigetreten? Können Sie das ungefähr sagen?«

Wes kratzte sich an der Stirn. »Schon vor einer ganzen Weile. Ein paar Jahre ist es sicher her, womöglich auch länger. Auf jeden Fall, nachdem ihn sein neuer Arbeitgeber entlassen hatte.«

»Weswegen?«, fragte Noah.

»Kann ich nicht genau sagen, aber ich weiß, dass man ihn gefeuert hat. Das hat mir Tyler erzählt.«

Gretchen öffnete ihr Notizbuch und blätterte ein paar Seiten durch. Josie beobachtete, wie sie mit dem Finger über die Zeilen fuhr, bis sie Jacks Arbeitgeber gefunden hatte. »Könnte es Cloudserv Technologies gewesen sein?«

Wes winkte ab. »Nein, nein. Die haben ihn entlassen, weil sein Arbeitsplatz gestrichen wurde. Das hat er zumindest allen erzählt. Was anderes habe ich auch nie gehört. Aber danach wurde er richtig depressiv. Er hat dann ein paar Monate in einem neuen Unternehmen gearbeitet. Als ihn das auch gefeuert hat, hatten er und Emilia einen Riesenkrach. Da ist er abgehauen. Sechs Monate später ist er noch einmal heimgekommen und hat ihr gesagt, dass er sie verlassen werde und einer Sekte beigetreten sei ... ich meine, er hat das sicher nicht so formuliert. Tyler hat das Sekte genannt. Er erzählte mir auch, dass Emilia Jack zuerst nicht geglaubt habe. Aber nachdem er ein paar Monate weg gewesen sei, sei sie zu ihm gefahren und habe versucht, ihn zur Rückkehr zu bewegen. Er wollte davon nichts hören. Sie hat ihn, glaube ich, ein paarmal besucht, aber es half nichts. Tyler sagte, er sei sogar selbst dort gewesen und ein paar Wochen geblieben. Aber als klar geworden sei, dass er nur gekommen war, um mit Jack zu sprechen und ihn zu überreden, wieder nach Hause zurückzukehren, hätten sie ihn aufgefordert zu gehen.«

»Tyler ist dort hingegangen und hat Ihnen nicht gesagt, wo es war?«, hakte Gretchen nach.

Wes zuckte die Schultern. »Tyler ist ein erwachsener Mann. Er ...« Entsetzen trat in sein Gesicht, als ihm sein Tod aufs Neue in seiner ganzen Endgültigkeit bewusst wurde. »Er war ein erwachsener Mann«, korrigierte er sich. »O Gott.« Er atmete mehrmals tief durch und versuchte, die Fassung zu bewahren. Dann fuhr er fort. »Er hat es mir erst erzählt, als daran nicht mehr zu rütteln war. Es war vorbei. Und ich dachte mir, das war's dann – sie würden ihn seiner Wege ziehen lassen.«

»Hat Tyler je erwähnt, warum Emilia niemandem gesagt hat, was ablief?«, schaltete sich Noah ein.

»Ich schätze, es war ihr peinlich. Tyler hat mir erzählt, was Sache war, aber mich auch gebeten, es niemandem zu erzählen. Nicht einmal Emilia sollte erfahren, dass ich es wusste. Sie war sicher, dass sie ihn eines Tages zur Rückkehr bewegen könnte und es wieder wie früher werden würde. Deshalb wollte sie nicht, dass es an die große Glocke gehängt wird.«

Das würde erklären, warum es Emilia weder ihren Eltern noch ihren Nachbarn oder sonst jemandem erzählt hatte, mit dem sie während ihrer Suche nach ihr gesprochen hatten.

»Was ist mit Jacks Familie?«, fragte Gretchen. »Hat sie überhaupt etwas von dem Ganzen mitbekommen? Ist ihr die Situation bewusst?«

»Jack hat nur eine Mutter. Sie war alleinerziehend. Als er die Highschool abgeschlossen hatte, hat sie wieder geheiratet und ist mit ihrem neuen Mann weggezogen. Soweit ich mich erinnere, leben sie in Georgia. Allerdings hatte sie nie viel Kontakt zu ihm. Sie kam zu seiner Hochzeit und seitdem haben sie nichts mehr voneinander gehört.«

Josie kam noch einmal zu der Sache mit der Arbeit zurück. »Wie heißt die Firma, die Jack gefeuert hat?«

»Das war die Lantz Snack Factory. Machen Chips und so

Zeug. Er hat dort nur an den Verladerampen gearbeitet und Kisten auf Lastwagen geladen.«

Gretchen schrieb den Namen des Unternehmens in ihren Notizblock.

»Haben Tyler und Valerie Ihnen gegenüber erwähnt, dass sie campen fahren wollten?«

Wes zuckte die Schultern. »Ich wusste, dass sie einen Urlaub planten. Aber ich habe ein paar Wochen lang nicht mehr mit ihnen geredet und war nicht sicher, wofür sie sich entschieden hatten. Sie wollten Geld sparen, um sich ein Haus zu kaufen. Sie wohnen ... wohnten in einem Apartment. Also wollten sie etwas unternehmen, was nicht viel kostete. Zum Beispiel campen. Ich hätte nie gedacht ...«

Wieder brach ihm die Stimme. Tränen rannen über sein Gesicht. Er zog ein Papiertuch aus der Schachtel und wischte sich damit über die Wangen.

Josie stand auf und ging zur anderen Seite des Tischs. Als sie seine Schulter berührte, merkte sie, wie er zitterte. Traurigkeit ergriff sie. »Wes«, sagte sie. »Sie haben uns sehr geholfen. Wir wollen Ihre Zeit jetzt nicht länger in Anspruch nehmen.« Sie legte ihre Visitenkarte vor ihm auf den Tisch. »Wir tun alles, was wir können, um die Person zu finden, die Ihren Sohn und Ihre Schwiegertochter ermordet hat, und sie einer gerechten Strafe zuzuführen. Wenn Sie in der Zwischenzeit etwas brauchen, rufen Sie uns einfach an.«

Josies Glieder waren schwer vor Erschöpfung. War es wirklich erst zwei Tage her, dass sie und Noah zum Zelt von Valerie und Tyler Yates gerufen worden waren? So viel hatte sich seither ereignet, so viele Spuren waren verfolgt, so viele widersprüchliche Informationen gesammelt worden, dass sie sich fast davon erdrückt fühlte. Als hätte er ihre Gedanken gelesen, sagte Noah: »Lass uns darüber reden.«

Sie saßen an ihren Schreibtischen – Noah, Josie, Gretchen und Mettner, der gerade zu seiner Schicht eingetroffen war.

»Jemand sollte Chitwood holen«, meinte Gretchen. »Er will sicher informiert werden.«

Ein Stöhnen ging durch die Gruppe. Mettner stand auf, schlurfte zu Chitwoods Büro und klopfte an die Tür. Von drinnen war ein barsches »Was?« zu hören. Mettner steckte den Kopf hinein und sagte ein paar Worte. Dann schloss er die Tür und ging zurück zu seinem Schreibtisch. »Er ist in ein paar Minuten hier.«

Fast eine halbe Stunde später kam Chitwood aus seinem Büro. Er stellte sich neben ihre Schreibtische, die Arme vor

seiner schmalen Brust verschränkt, und hörte sich an, was sie an
Neuigkeiten zu berichten hatten. Als sie fertig waren, blieb er
eine ganze Weile lang stumm. Josie dachte fast, dass er mit
offenen Augen eingeschlafen war, doch dann sagte er: »Tyler
und Valerie Yates haben mit Emilia Gresham ein paar Kilometer vom Sanctuary entfernt gecampt, weil Emilias Mann
Jack der Sekte beigetreten war und sie ihn zurückholen wollten.
Tyler und Valerie wurden vergiftet und erwürgt. Außerdem hat
unser Mörder ein hübsches kleines Geschenk in Valeries
Rachen für den Fall hinterlassen, dass wir noch nicht ganz
überzeugt sind, wie sadistisch er wirklich ist. Emilia hat den
Zeltplatz entweder selbst verlassen oder wurde verschleppt, ist
durch das Sanctuary-Gelände gelaufen bis zur Straße, wo sie
vermutlich von einem Auto mitgenommen wurde. Aber ihr
Rucksack und mehrere andere Gegenstände, die eurer
Meinung nach vom Zeltplatz der Yates' stammen, wurden in
Michael Donovans Höhle gefunden.«

»Das ist korrekt, Sir«, sagte Gretchen.

»Während ihr die Clowns im Sanctuary befragt habt,
redete Quinn mit Renee Kelly, die vor etwas Angst zu haben
schien und andeutete, dass jemand sie misshandelte.«

»Nun, sie hat es nicht direkt angedeutet«, stellte Josie richtig. »Es war meine Einschätzung.«

»Gut. Quinn riet ihr also, das Sanctuary zu verlassen und
die Straße hinunterzugehen, wo sie auf sie wartete. Kelly
verließ das Gelände in der Nacht, kam aber nie dort an, wo
Quinn und anschließend Palmer warteten.«

Von Noah war wieder ein »Korrekt« zu hören.

»Am Tag darauf habt ihr Michael Donovan geschnappt und
ihn in Gewahrsam genommen. Renee Kellys Leiche wurde am
Ufer des Cold Heart Creek einige Kilometer sowohl von der
Höhle als auch vom Sanctuary entfernt, aber näher an der
Höhle gefunden. Allem Anschein nach wurde sie an einem

anderen Ort ermordet und dort abgelegt. Sie hatte alte und frische Wunden an den Handgelenken, die darauf hindeuteten, dass sie in den Wochen und Monaten vor ihrem Tod mehrere Male gefesselt wurde. Wie Valerie Yates wurde sie womöglich missbraucht. Sie wurde mit bloßen Händen erwürgt. Außerdem hat ihr dieses kranke Schwein eine Halskette mit einer Schwarznuss in den Hals gestopft.«

»Ja«, pflichtete Josie ihm bei.

»Gut. Was haben wir sonst noch?«

»Ich habe einen Strick in einer der Hütten auf dem Sanctuary-Gelände gefunden. Hummel untersucht ihn gerade auf Blutspuren«, sagte Josie.

»Michael Donovan wurde inzwischen wegen der Entführung von Maya Bestler und vielfacher Vergewaltigung angeklagt. Habt ihr einen DNA-Test veranlasst?«

»Haben wir«, antwortete Josie. »Maya war einverstanden, dass wir eine Probe von ihrem Sohn nehmen. Noah und Hummel haben sich heute Vormittag darum gekümmert. Andrew Bowen, Donovans Anwalt, stimmte ebenfalls zu, dass von seinem Mandanten eine Probe genommen wird. Hummel hat auch das erledigt.«

»Bis die Ergebnisse da sind, kann es Wochen dauern. Aber das ist nicht unser Problem, sondern das des Bezirksstaatsanwalts. Der Fall Bestler ist damit in trockenen Tüchern, oder?«

»Im Prinzip schon«, meinte Noah. »Aber wir können nicht ausschließen, dass Donovan für die Morde an Valerie und Tyler Yates sowie Renee Kelly oder für das Verschwinden von Emilia Gresham verantwortlich ist. Wie Sie sagten, hatte Donovan Greshams Rucksack und mehrere weitere Gegenstände vom Zeltplatz der Yates’ in seiner Höhle.«

Chitwood winkte ab. »Aber die Suche hat keine weiteren Hinweise auf Gresham in oder in der Nähe der Höhle erbracht, stimmt’s? Der Hund der Hundestaffel hat sie nicht bis zur

Höhle zurückverfolgt. Donovan sagt, er habe den Lagerplatz nach der Tat geplündert. Wir können ihm nicht das Gegenteil beweisen. Auf den beiden Leichen von Valerie und Tyler Yates habt ihr keine DNA gefunden, oder?«

»Nein, Sir«, antwortete Gretchen.

»Aber dafür auf Renee Kellys Leiche«, warf Josie ein.

Und Noah fügte hinzu: »Er hätte durchaus Zeit gehabt, sie umzubringen und ihre Leiche wegzuschaffen, bevor wir ihn geschnappt haben.«

»Aber bis die DNA-Ergebnisse vorliegen, können wir ihn deswegen nicht belangen«, hob Chitwood hervor. »Packt die Unterlagen zum Fall Bestler ein und schickt die Akten zum Bezirksstaatsanwalt. Ich bin froh, dass ich das von meinem Schreibtisch habe. Bald stehen die Presseleute bei mir auf der Matte. Im Augenblick haben sie noch keinen Schimmer, aber es ist nur eine Frage der Zeit, bis sie herausfinden, dass eine lang Vermisste lebend gefunden wurde. Eine Frau, die von einem Halbwilden aus den Bergen gefangen gehalten wurde, ist ein gefundenes Fressen für sie. Zurück zum Fall Gresham.«

»Der Sender WYEP zeigt nach wie vor ihr Foto«, informierte ihn Mettner. »Als ich gekommen bin, habe ich sofort ihre Schwester angerufen. Sie sagte mir, weder Emilia noch Jack seien in ihrer Wohnung. Jetzt wissen wir natürlich auch, warum.«

»Was ist mit Durchsuchungsbeschlüssen für die Handys?«, fragte Chitwood. »Wir haben drei Geräte – das von Tyler Yates, Valerie Yates und Emilia Gresham.«

»Es kann noch ein, zwei Tage dauern, bis die Beschlüsse da sind«, antwortete Gretchen. »Aber ich bin mir nicht sicher, ob sie etwas bringen. Wir wissen inzwischen, worauf wir uns konzentrieren müssen.«

»Auf Jack Gresham – er ist ebenfalls verschwunden, soweit wir wissen. Und auf das Sanctuary«, ergänzte Josie.

»Ihr wart doch in den letzten achtundvierzig Stunden

schon ein paarmal dort und habt ihnen Fotos von Emilia gezeigt«, sagte Chitwood. »Waren da auch welche von Jack dabei?«

»Da wussten wir ja noch nicht, dass er ebenfalls in die Sache involviert ist«, entgegnete Josie. »Deshalb: Nein, wir haben ihnen noch kein Foto von ihm gezeigt. Ich habe ihn dort auch nicht gesehen. Aber es hat auch niemand zugegeben, Emilia oder Tyler gesehen zu haben, obwohl beide schon dort gewesen sind, um Jack zurückzuholen. Damit steht fest, dass sie lügen. Ganz offensichtlich sind sie instruiert worden, uns nichts von Nutzen zu verraten. Noah und ich haben sie sogar einzeln befragt und nichts erreicht.«

»Wir brauchen mehr Informationen«, fügte Noah hinzu.

»Welche zum Beispiel?«, fragte Chitwood.

»Zum Beispiel, wer dort früher gewohnt hat. Vielleicht erfahren wir von Ehemaligen mehr über die Leute im Sanctuary und was dort vorgeht.«

»Und wie kommen wir an sie ran, Fraley?«

Noah fuhr sich mit der Hand durch das Haar. »Das weiß ich auch nicht«, gab er zu. Mit seinen Ringen unter den Augen, dem Bartschatten, seinen zerknitterten Kleidern und den hängenden Schultern spiegelte er die Erschöpfung aller wider.

»Alle dort haben doch gesagt, dass sie durch Mundpropaganda auf die Kommune aufmerksam geworden sind, oder?«, schaltete sich Mettner ein. »Also muss es ganz offensichtlich Leute geben, die das Sanctuary verlassen und wieder hinaus in die Welt gehen. Die müssen wir finden. Ich habe die Berichte von gestern gelesen. Ein hoher Prozentsatz der Bewohner sind ehemalige Suchtkranke. Vielleicht sollten wir uns einmal in Entzugskliniken umsehen. Vielleicht kennen ein paar Patienten dort das Sanctuary.«

Gretchen stöhnte. »Da kommt eine Menge Arbeit auf uns zu, aber die Idee ist gut. Ich kann für den Anfang eine Liste von

Entzugskliniken erstellen. Morgen Vormittag können wir schon die ersten aufsuchen.«

»Moore weiß etwas«, sagte Josie.

Jeder sah sie an. »Woher wollen Sie das wissen?«, fragte Chitwood.

»Als wir ihn das erste Mal auf das Sanctuary ansprachen, hat er abwehrend reagiert.«

»Das heißt nicht, dass er etwas weiß«, wandte Noah ein. »Der Typ ist einfach nur ein Kotzbrocken.«

Josie dachte daran, wie Moore auf fast alle ihre Fragen zum Sanctuary mit einer Gegenfrage geantwortet hatte. »Nein«, widersprach sie. »Er weiß mehr, als er zugibt. Ich denke, er kennt jemanden, der dort lebt oder zumindest gelebt hat.«

»Oder er selbst hat dort schon gelebt«, mutmaßte Gretchen.

»Was sollen wir also machen?«, wollte Noah wissen. »Ihn fragen? Er hat von Anfang an genervt und seit der Chief seinen Boss angerufen hat, damit er ein bisschen kooperativer wird, ist er noch störrischer geworden. Wieso denkst du, dass er uns irgendwas verraten würde? Vor allem, wenn er selbst dort gelebt hat? Das würde er nie und nimmer zugeben. Nicht uns gegenüber.«

Chitwood ging zu Josie und sah mit noch immer vor der Brust verschränkten Armen auf sie herab. »Quinn«, bellte er. »Sind Sie da ganz sicher?«

»Moore weiß definitiv etwas.«

Chitwood nickte langsam. Dann wandte er sich an Mettner. »Mettner, Sie rufen Deputy Moore an. Sagen Sie, dass ich ihn sprechen muss.«

»Sir«, begann Mettner. »Ich habe nicht ...«

»Diskutieren Sie nicht mit mir, Mettner. Der Mann hat ein Handy. Rufen Sie ihn an.«

Mettner begann die Papiere auf seinem Schreibtisch nach Moores Handynummer durchzusehen. »Ich schicke sie dir, Mett«, sagte Josie.

Chitwood deutete mit dem Finger auf Josie. »Machen Sie Ihren Papierkram fertig. Dann gehen Sie, Palmer und Fraley nach Hause und ruhen sich aus. Morgen tritt die Mannschaft geschlossen hier an. Ich will, dass diese Emilia Gresham gefunden wird. Am besten gestern!«

ACHTUNDDREISSIG

Es dauerte ein paar Stunden, bis die Schreibarbeit erledigt war. Dann gingen Josie, Noah und Gretchen zu Abend essen. Während sie im Restaurant saßen, sprachen sie über den Fall, kamen aber zu keinem Ergebnis. Zu Hause zogen sich Josie und Noah nackt aus und fielen ins Bett. Noah drückte sich gegen Josie, nahm sie in seine Arme und knabberte an ihrem Ohr. Josie kicherte leise. »Du bist in dreißig Sekunden weggetreten.«

Sie spürte seinen warmen Atem auf ihrem Hals. »Da hast du völlig recht.«

»Was denkst du, worauf will Chitwood hinaus?«, fragte Josie.

»Ich weiß nicht. Ich denke, er will herausfinden, was Moore über das Sanctuary weiß. O Mann, ich wäre zu gerne dabei, wenn er sich den Typen vorknöpft. Ich höre ihn förmlich sagen: ›Söhnchen, ich habe das hier schon gemacht, da lagen Sie noch in den Windeln!‹«

Josie gluckste. »Bekäme ich einen Dollar für jedes Mal, dass ich mir das von ihm anhören musste, bräuchte ich nicht mehr zu arbeiten.«

»Ich auch nicht.«

Noah küsste ihren Nacken und zog sie näher an sich heran. »Müssen wir jetzt unbedingt über die Arbeit reden?«

Josie drehte sich zu ihm und küsste ihn innig. Obwohl sie so müde waren, liebten sie sich langsam und zielstrebig. Josie versuchte, jede Berührung, jeden Kuss, jede Bewegung fest in ihrem Gedächtnis zu speichern. Sie wollte, dass diese Augenblicke den Schrecken der letzten Tage komplett aus ihrem Kopf verdrängten, und sei es auch nur für kurze Zeit. Danach schlief sie mit einem Gefühl der Geborgenheit zufrieden ein.

Doch das reichte nicht, um die Albträume zu verscheuchen.

Diesmal lief sie die ganze Zeit durch den Wald. Die Nacht war tintenschwarz. Zweige kahler, knorriger Bäume griffen aus allen Richtungen nach ihr. Ganz gleich, wie weit oder schnell sie rannte, aus dem Wald führte kein Weg heraus. Als sie vor sich einen schmalen Streifen Mondlicht sah, beschleunigte sie ihre Schritte, sodass ihre Füße noch lauter auf den laubbedeckten Boden hämmerten. Sie hatte das Licht fast erreicht und streckte schon ihre Hand aus, um das silbrige Band zu greifen, da riss etwas an ihrem Fußgelenk. Sie fiel hin, als sie nach hinten gezerrt wurde, zurück in die Dunkelheit. Sie war wieder klein. Sechs Jahre alt. »Du bist eine Feder!«, hatte ihr Vater immer gerufen, als er sie in die Luft geworfen und wieder aufgefangen hatte. Dabei musste sie jedes Mal so sehr lachen. »Noch einmal, Daddy!«, rief sie dann. »Noch einmal!«

In ihrem Traum rief sie auch diesmal nach ihm, als das Ding sie zurück in die Nacht zog, weg vom Licht. »Daddy, hilf mir!«

Lilas Stimme durchbrach die Dunkelheit. »Du möchtest deinen Daddy?«, knurrte sie. »Ich zeig dir deinen Daddy.«

Josie versuchte, sich mit Armen und Beinen gegen die Wurzeln zu stemmen, um zu entkommen. Sie wusste, was auf sie wartete. Jede Zelle ihres Körpers wehrte sich dagegen. Sie wollte ihn nicht sehen. Nicht nach dem, was Lila ihm angetan hatte. Selbst als sie lauter »Nein« schrie, als sie es jemals zuvor getan hatte, fiel von oben ein Licht auf sie. Nun wurde sie nicht mehr von einer unsichtbaren Kreatur durch den Wald geschleift. Sie stand in der Mitte des Lichtkegels, hinter sich Lila. Lila griff ihr von hinten an das Kinn, drückte so fest zu, dass Male zurückblieben, und zwang sie, hinzusehen.

Vor ihr saß Eli Matson zusammengesunken an einem Baum. Der Hinterkopf lag zerschmettert am Stamm. »Denkst du wirklich, dein Daddy ist so toll?«, fauchte Lila. »Sieh, was er getan hat. Er hat dich verlassen.«

»Nein«, schrie Josie. »Du hast ihn umgebracht. Du hast das getan.«

Lilas Finger krallten sich noch fester in Josies Kinn und ließen sie verstummen. »Du hast recht, Mädchen. Ich zerstöre alles, was du liebst. Du sagst jetzt kein Wort mehr, verstanden? Kein einziges Wort.«

Das Licht ging aus. Josie wand sich aus Lilas Griff und rannte in die Nacht hinein. Doch egal, wohin sie lief, überall war Lila. Kaum war sie ihr entkommen, hatte Lila sie schon wieder eingefangen. Es gab für sie kein Ende, kein Innehalten, keinen Frieden. Schweiß trat ihr aus jeder Pore. Ihre Lungen schrien nach Luft. Jeder Muskel ihres Körpers brannte. In ihrem Kopf war nur noch Nebel. Die Erschöpfung zerrte an ihr. Sie verlor jede Hoffnung und sank zu Boden. Ihre Kraft reichte nicht mehr, um wieder aufzustehen. Sie versuchte mit aller Macht, sich hochzukämpfen und weiter wegzulaufen, doch es war vergeblich.

Da stand Lila, hielt sie fest und beugte sich bedrohlich über sie. »Ich habe etwas für dich, JoJo«, sagte sie mit Singsang in der Stimme.

Mit einer Hand hebelte sie Josies Mund auf. Der Traum war pechschwarz und doch sah Josie mit perfekter Klarheit die Schwarznuss in Lilas anderer Hand baumeln – Sekunden bevor sie ihr die Halskette in den Rachen stopfte.

NEUNUNDDREISSIG

Josie wachte auf dem Schlafzimmerboden auf. Sie strampelte mit den Füßen und hielt sich den Hals mit beiden Händen. Ein ohrenbetäubender Schrei drang aus ihrer Kehle. Sie hatten Josies Nachttischlampe angelassen – nun erkannte sie in ihrem Schein Noah. Er ging neben ihr in die Hocke, rief ihren Namen, berührte ihre Arme und strich ihr über das Haar, um sie aus den Tiefen ihres Albtraums zu holen. Ihre Finger ertasteten sein Gesicht. Sie nahm es in beide Hände, starrte verzweifelt in seine Augen und versuchte, in die Realität zurückzufinden.

»Alles gut«, sagte er zu ihr. »Du bist sicher. Alles okay.«

Er wartete, bis ihr Atem wieder ruhiger ging, und half ihr dann zurück in das Bett. Der Wecker auf dem Nachtschrank zeigte drei Uhr dreiundvierzig. Josie wusste, dass sie in dieser Nacht keinen Schlaf mehr finden würde. Noah legte sich neben sie, hielt sie fest und zog ihren Kopf sanft an seine Brust. Josie konzentrierte sich auf das stete Klopfen seines Herzschlags.

»Was ist los, Josie?«, fragte er.

»Albträume«, antwortete sie.

Er stieß ein leises Lachen aus. »Was du nicht sagst.«

»Schlechte Erinnerungen aus meiner Kindheit. Und die Fälle, an denen wir arbeiten. All das geht mir im Kopf herum. Ich ... ich kann nichts dagegen machen.«

»Gibt es bei diesen Fällen etwas, das dich an früher erinnert?«

»Ich weiß nicht«, antwortete Josie. Sie wollte ihm nichts von den Anrufen erzählen, denn sie wusste, was er ihr raten würde: dass sie Lila besuchen solle. Es gab Ungeklärtes zwischen ihnen. Aber war das wirklich so? Lila hatte nicht nur ein gutes Stück von Josies Kindheit zerstört, sondern auch einen Teil ihrer Persönlichkeit und ihres Urvertrauens. Lila hatte sie gequält und Josie hasste sie dafür. So einfach war das. Sie musste Lila nicht besuchen, um das zu begreifen. Sie musste Lila nicht dieses letzte Quäntchen Genugtuung im Leben geben, indem sie kam, wenn sie rief.

»Ich denke, es liegt einfach daran, dass wir gerade viel im Wald sind«, log sie. »Meine Mom war mit meinem Dad im Wald spazieren, als sie ihn umbrachte und es als Selbstmord aussehen ließ. Immer wenn ihr danach war, mich besonders zu quälen, ist sie mit mir zu dem Baum gegangen, an dem sie es getan hat.«

Er drückte sie noch fester an sich. »Das tut mir leid.«

»Mir auch«, flüsterte Josie. »Mir auch.«

Sie schlief in dieser Nacht nicht mehr. Ihre Gedanken waren wie eine zum Zerreißen gespannte Schnur. Die Knochen und Muskeln in ihrem Körper fühlten sich schwach und schwer an. Um sechs Uhr ließ sie Noah schnarchend im Bett zurück und ging nach unten, um Kaffee zu machen. Sie wartete noch eine Stunde, bevor sie ihn aufweckte. Als sie sich für den Tag fertig machten und schließlich zum Polizeirevier fuhren, bemühte sie sich immer wieder um ein Lächeln für ihn.

Mettner war nach seiner Schicht gegangen, Gretchen hingegen noch geblieben. Sie stand mit vor Aufregung leuchtenden Augen neben der Tür zum Konferenzzimmer. Als sie

Josie und Noah sah, wippte sie auf den Fußsohlen vor und zurück.

»Wow«, begrüßte Noah sie. »So aufgeregt habe ich dich nicht mehr gesehen, seit Komorrah's das erste Mal einen Frappuccino mit gerösteten Pekannüssen auf der Karte hatte.«

Gretchen gab ihm einen Klaps auf die Schulter, als er und Josie nähertraten. »Das hier ist sogar noch ein Stück besser«, sagte sie. »Josie hatte recht.«

»Wegen Moore?«, fragte Josie.

Gretchen nickte. »Er hat eine jüngere Schwester, Haylie. Vor zehn Jahren, als sie achtzehn wurde und gerade mit der Highschool fertig war, ist sie dem Sanctuary beigetreten.«

»Wirklich?«, staunte Noah mit großen Augen. Er stupste Josie mit dem Ellbogen an. »Gute Arbeit. Hat Moore gesagt, warum er sie nicht erwähnte, als wir ihn nach dem Sanctuary fragten?«

»Ich denke, er wollte einfach nicht über sie in den Fall verwickelt werden. Sie ist nur sechs Monate dort geblieben. Als ihr Bruder sie – auf Chief Chitwoods Drängen – bat, herzukommen und sich mit uns zu treffen, war sie sogleich dazu bereit.«

»Ist sie etwa schon da drinnen?«, fragte Josie. Aufregung verdrängte kurzzeitig die Müdigkeit, die ihr nach wie vor in den Knochen steckte.

Gretchen nickte. »Seid ihr bereit, mit ihr zu reden?«

Haylie Moore sah aus, als hätte sie sich gerade zum Joggen angezogen. Sie trug ein T-Shirt mit einem Penn-State-Logo und blaue Laufshorts. Ihr schulterlanges blondes Haar hatte sie mit einem schwarzen Textilband nach hinten gebunden. Als Josie, Noah und Gretchen hereinkamen, stand sie am Fenster und sah nach draußen. Der Himmel war noch immer schmutzig grau. Haylie drehte sich, als sie zu dritt ins Zimmer traten. Sie lächelte sie unbeschwert an und ging ihnen entgegen, um jedem die Hand zu schütteln. Josie war froh zu sehen, dass sie sich durch die Polizei nicht eingeschüchtert fühlte.

Gretchen hatte mehrere Becher Kaffee mitgebracht, von denen Haylie einen mit einem leisen »Danke« annahm. Als sie alle saßen, begann sie: »Mein Bruder sagte, Sie wollten etwas über das Sanctuary wissen.«

»Ja«, antwortete Gretchen und schob ihr quer über den Tisch ein Tablett mit Zucker und Milch hin. »Alles, was Sie uns über die Abläufe dort erzählen können, wäre ausgesprochen hilfreich für uns.«

Haylie rührte Milch und Zucker in ihren Kaffee. »Wo soll ich anfangen?«

»Wie sind Sie auf das Sanctuary gekommen?«, wollte Josie wissen.

»Ich habe in einem Restaurant, dem Dogwood Diner, als Bedienung gearbeitet. Eines der Mädchen dort hat mir davon erzählt. Also, Mädchen ist vielleicht der falsche Ausdruck – sie war ein gutes Stück älter als ich. Sie machte ständig Entziehungskuren und hatte schon jeden Kontakt zu ihrer Familie verloren, weil sie die Finger nicht von Drogen lassen konnte. Auf jeden Fall bekam sie gerade ihr Leben wieder in den Griff und erzählte mir, dass sie das alles dem Sanctuary verdanke. Ich fragte sie, was das war – dachte an so eine Art Entzugsklinik –, aber sie meinte, dort habe man ihr mehr geholfen, als es in einer Klinik je möglich gewesen wäre.«

»Wie hieß die Frau?«, fragte Noah.

Haylie runzelte die Stirn. »Oje, das weiß ich nicht mehr. Theresa vielleicht? Das ist Jahre her. Sie ist dann weg, wollte in die Nähe ihrer Kinder ziehen. Ich habe seither nichts mehr von ihr gehört.«

»Hat sie Ihnen erzählt, wie man hinkommt?«, wollte Gretchen wissen. »Bevor sie weg ist?«

»O ja, eines Nachts nach der Schicht ist sie mit mir dort

vorbeigefahren. Zuerst dachte ich, dass sie ein bisschen durchgeknallt sei. Aber je mehr sie davon erzählt hat, desto mehr habe ich mich mit dem Gedanken angefreundet. Ich dachte mir, probier es doch einfach mal aus. Damals hatte ich mit jeder Menge Problemen zu kämpfen. Ich hatte Depressionen und Angstzustände und wusste nicht, was ich mit meinem Leben anfangen sollte. Meine Eltern wollten, dass ich einen landwirtschaftlichen Beruf ergreife, weil sie das auch gemacht hatten, aber das war nicht mein Ding. Ich wäre am liebsten aufs College gegangen, aber sie sagten, das könnten sie sich niemals leisten. Wir haben die ganze Zeit nur gestritten. Hinzu kam, dass ich lesbisch war und total auf Konfrontation gegangen bin. Ein Coming-out war undenkbar. Ich habe es zwar Josh gesagt und er hat ganz cool reagiert, aber meine Eltern wären ausgeflippt.«

»Sie standen unter ziemlichem Druck«, stellte Gretchen fest.

»Ja, genau.«

»Die Frau, die das Sanctuary leitet, sagt, dass die Leute zu ihr kommen, um Frieden zu finden«, meinte Josie. »Hat Ihnen Ihre Bekannte Theresa das auch gesagt? Dass Sie dort Frieden finden würden?«

Haylie nahm einen Schluck von ihrem Kaffee. Sie spielte mit dem leeren Zuckerpäckchen herum. »Nicht so sehr, dass ich Frieden finden würde, sondern dass ich dort ich selbst sein könne – was immer das auch für mich bedeutete. Zum Beispiel, dass man wie in ihrem Fall hingehen konnte und sagen: ›Ich bin drogenabhängig, habe mein Leben total verkackt und meine Kinder wurden mir genommen‹, und niemand hätte ein Problem damit. Ich denke, neugierig gemacht hat mich vor allem dieses Akzeptiertwerden.«

»Also beschlossen Sie, es einmal auszuprobieren«, folgerte Gretchen.

»Ja, irgendwann bin ich hingefahren. Zuerst habe ich nur

Charlotte getroffen. Wir haben geredet. Sie hat mich herumgeführt und mir alles gezeigt. Dann sagte sie, dass ich ein paar Tage heimgehen solle und sehen, wie ich mich fühle. Wenn ich dann noch im Sanctuary bleiben wolle, könne ich zurückkommen. So habe ich es gemacht. Sind Sie Charlotte begegnet?«

»Ja«, antwortete Josie. »Allerdings.«

Haylie lächelte, aber um ihre Augen bildete sich ein angespannter Zug. »Sie ist sehr ... nun ja, sie hat diese gewisse Art an sich. Als wüsste sie, was man denkt. Anfangs ist es echt gruselig, aber dann hat es eine beruhigende Wirkung. Ich denke, ich war von ihr fasziniert.«

»Wie ging es weiter, als sie sich dem Sanctuary anschlossen?«, fragte Gretchen.

»Ich bin damals ein, zwei Wochen lang mit Charlotte im Haupthaus geblieben. Es war wie eine Intensivtherapie. Wir haben stundenlang miteinander geredet. Ich habe mich ein bisschen nützlich gemacht, gekocht und im Garten mitgeholfen oder Wäsche gewaschen, aber die meiste Zeit habe ich mit ihr geredet und meditiert. Sie hatten eine Frau, die für Neuzugänge im Haus Yogakurse gab. Da ging es nur darum, wie man entspannt und ›die Fesseln der Welt draußen abwirft‹. Es war wie eine Zuflucht, ein Rückzugsort.«

»Waren mit Ihnen noch andere im Haus?«, fragte Josie.

»Ja, ein paar. Leute in verschiedenen ›Phasen des Ankommens‹.« Sie deutete mit den Fingern Anführungszeichen an. »So hat Charlotte es genannt.«

»Also gab es da eine Art System?«, hakte Noah nach.

»O ja«, stimmte ihm Haylie mit einem Augenrollen zu. »Die haben da draußen ein sehr strenges System.«

»Wirklich?«, fragte Josie. »Sie hat den Eindruck vermittelt, als gebe es überhaupt keine Organisation. Sie sagte, sie würden nicht einmal Buch darüber führen, wer komme und gehe oder wie lange man bleibe.«

Haylie nahm erneut ihren Kaffee, stellte ihn aber zurück,

ohne davon zu trinken. »Das stimmt schon. Sie führte keine Liste oder so etwas, zumindest nicht, dass ich wüsste. Und man konnte kommen und gehen, wie man wollte. Ich hätte jederzeit gehen können.«

»Und was waren diese Phasen?«, wollte Josie wissen.

»Es hatte vor allem mit der Arbeit zu tun, die getan werden musste, und wo man schlief. Wenn man frisch ankam und im Haus übernachtete, war das eine tolle Sache. Wie ein Urlaub sozusagen. Man konnte einfach beim Kochen oder Putzen oder sonst irgendwo mithelfen. Ich hatte das Gefühl, dass ich zum ersten Mal im Leben gesehen – wirklich gesehen – und akzeptiert wurde. Ich war, glaube ich, ungefähr drei Wochen im Haus, vielleicht auch einen Monat. Dann sagte Charlotte, dass ich mich ganz ›in die Arbeit vertiefen‹ müsse, wenn ich bleiben wolle. Was im Prinzip bedeutete, den ganzen Tag lang zu rackern. Anfangs war es nicht langweilig, weil ich völlig darin aufging und dachte, ich hätte so eine Art Erweckungserlebnis. Aber dieser Effekt hat bald nachgelassen.«

»Was war das für eine Arbeit?«, wollte Gretchen wissen.

»Nun, Arbeit im wörtlichen Sinne. Man lebt dort praktisch vom Land. Also ist man nie mit der Arbeit fertig. Es wird gegärtnert, Wäsche gewaschen, gekocht. Die meisten sind allerdings Vegetarier, sodass wir uns keine Gedanken um das Schlachten von Tieren machen mussten, auch wenn ein paar angeln gegangen sind und den Fang in der Küche verarbeitet haben.«

»Das hört sich so an, als hätte man Sie ordentlich beschäftigt«, sagte Josie. »Was haben Sie sonst noch dort gemacht?«

»Nicht viel. Es gibt weder Internet noch Fernsehen. Auch kein Radio. Überhaupt keine Verbindung zur Welt draußen. Ja, und die Toiletten sind katastrophal. Es können nicht allzu viele Leute im Haupthaus gehen, deshalb wurden an manchen Stellen draußen Plumpsklos aufgestellt. Dort hat es fürchterlich gestunken. Und wenn man alles praktisch selbst von Hand machen muss, hat man so gut wie keine Freizeit. Manchmal haben wir Bücher bekommen, wenn jemand auf Secondhandtour war.« Als Haylie die fragenden Gesichter sah, fügte sie hinzu: »Manchmal sind ein, zwei Leute herumgefahren und haben ein paar Gebrauchtwarengeschäfte abgeklappert, um Kleidung aus zweiter Hand für alle zu kaufen, die im Sanctuary gelebt haben. Das nannten wir Secondhandtour.«

»Wie kommt das Sanctuary zu Geld?«, fragte Gretchen.

»Man gibt, was man kann, wenn man dort ankommt, und davon leben die Leute im Prinzip. Außerdem verkaufen sie landwirtschaftliche Erzeugnisse. Aber ich weiß darüber nicht viel. Darüber ist nie gesprochen worden. Das war eigentlich mit das Beste am Leben im Sanctuary. Geld war kein Thema. Falls es das für Charlotte war, hat sie es nie gezeigt.«

Ob die genannten Einnahmen reichten, um bis zu dreißig Leute unterzubringen, einzukleiden und zu ernähren, bezweifelte Josie stark. Aber nur weil Haylie die finanzielle Gesamtsituation nicht kannte, hieß das nicht, dass da nicht noch mehr war. Vielleicht hatte Charlottes Mann ihr einen ordentlichen Batzen Geld hinterlassen. Vierzig Hektar Land waren auch kein Pappenstiel. Möglicherweise hatte sie noch weitere Vermögenswerte geerbt, von denen sie all die Jahrzehnte zehren konnte. Oder er hatte eine ordentliche Lebensversicherung gehabt.

»Wie waren die anderen Bewohner so?«, fragte Gretchen.

Haylie zuckte die Schultern. »Sie waren alle nett. Die meisten kämpften entweder mit Drogen- oder Alkoholabhängigkeit oder waren aus schlechten Beziehungen geflohen. Dann waren da noch ein, zwei wie ich, die unter Angstzuständen litten oder einfach nicht wussten, was sie mit ihrem Leben anstellen sollten.«

»Waren die Leute dort ... haben sie ...«, begann Noah, zögerte jedoch. Josie wusste, er wollte Haylie fragen, warum jeder dort so verschlossen war.

Josie sprang ihm zur Seite. »Wir haben neulich mit einigen Leuten dort gesprochen. Sie wirkten alle sehr zurückhaltend. Als seien sie instruiert worden, nicht mit Strafverfolgungsbehörden zu reden. War das der Fall, als Sie dort waren? Wurde je vorgegeben, wie man mit Außenstehenden umzugehen hatte?«

»Ich habe nie Instruktionen bekommen und auch nie etwas in der Art gehört. Aber viele hatten schlechte Erfahrungen mit dem Gesetz gemacht. Sie hätten einen Riesenschreck bekommen, wenn die Polizei angetanzt wäre und Fragen gestellt hätte. Das war allerdings vor zehn Jahren.«

»Gab es so etwas wie Leitprinzipien im Sanctuary?«, wollte Josie wissen.

»Sie meinen, ob sie religiös sind? Religion war kein Thema, so viel kann ich sagen. Das passt nicht zu Charlotte. Ich meine, sie wollte, dass wir ständig meditieren. Sie ist felsenfest davon überzeugt, dass Menschen durch Meditation ihre Probleme und Ängste überwinden können. Aber an eine institutionalisierte Religion oder einen Gott glaubt sie nicht. Für sie gibt es kein Leben nach dem Tod, keinen Himmel und keine Hölle. Kein Fegefeuer und kein Paradies. Nur das hier, dieses Leben. In der Zeit, in der man auf der Welt ist, soll man sich daher darauf konzentrieren, sein ›gesamtes, authentisches Selbst‹ zu entfalten, wie sie es immer nannte.«

»Was heißt das?«, hakte Josie nach.

Haylie zuckte die Schultern. »Um ehrlich zu sein, ich weiß es nicht. Ich habe nie so recht verstanden, wovon sie die meiste Zeit redete. Ich war ständig müde und habe angefangen, mich nicht mehr darum zu kümmern. Außerdem habe ich es nie bis zum Bekenntnisstadium geschafft.«

»Was ist das?«, fragte Gretchen.

»Man kann ins Sanctuary gehen und dort eine Weile bleiben. Es ist, wie gesagt, ein Rückzug, eine Zuflucht vor der Welt. Aber wenn man eine Weile dort ist, muss man sich dazu bekennen oder gehen und wieder in die Welt zurückkehren. Man kann zum Sanctuary zurückkommen, aber man kann nur für immer dort bleiben, wenn man ein Bekenntnis ablegt.«

»Was ist das genau?«, schaltete sich Noah ein.

Haylie runzelte die Stirn. »Ich bin nicht ganz sicher. Ich habe es nicht gemacht, weiß also nicht, was da mit einem gemacht wird. Außer, dass man in eine der Hütten oder so gesteckt wird.«

»Die Hütten sind jetzt alle leer«, sagte Josie. »Hat darin jemand gewohnt, als Sie dort waren?«

»Das habe ich zumindest gehört, selbst aber nie jemanden dort gesehen.«

»Bedeutete das Bekenntnis, dass man für immer bleiben musste?«, fragte Noah.

»Nein, das glaube ich nicht. Charlotte sagte nur, es bedeute, dass man immer loyal sein müsse. Ich habe das Ganze nicht verstanden, um ehrlich zu sein. Was mich aber wirklich abgeschreckt hat, war diese Brandmarkung. Ich lasse mir doch nicht von irgendjemandem ein Zeichen für etwas einbrennen, was ich nicht einmal verstehe.«

»Brandmarkung?«, hakte Josie nach. »Was für eine Brandmarkung?«

»Ich schätze, mit einem Stück Metall und Feuer oder so. Ich weiß es nicht und habe auch nie gesehen, wie es gemacht wurde, sondern nur davon gehört. Bei einigen habe ich zwar das Brandzeichen gesehen, aber nie nachgefragt.«

Josies Herz schlug schneller. Sie dachte an all die Leute im Sanctuary, die sie gesehen und mit denen sie geredet hatte. Abgesehen von ihrem zurückhaltenden Auftreten hatte sie nichts Ungewöhnliches an ihnen festgestellt. Andererseits hatte sie auch nicht danach gesucht. An Renee Kellys Leiche hatten sie keine Brandzeichen gesehen und auch Dr. Feist hatte auf nichts Derartiges hingewiesen. Vielleicht hatte Renee das

Bekenntnis aber auch nicht abgelegt. »Wie sieht das Brandzeichen aus?«

»Wie zwei C, die sich gegenüberstehen. Das obere Ende des einen C ragt in die Öffnung des anderen C hinein. Haben Sie ein Stück Papier?«

Gretchen riss eine leere Seite aus ihrem Notizbuch und reichte sie Haylie zusammen mit ihrem Stift. Die drei sahen zu, als Haylie ein C schrieb. Dann zeichnete sie ein C in Spiegelschrift, dessen oberes Ende in der Öffnung des ersten C begann. »Fast wie ein zerbrochenes Unendlichkeitszeichen«, murmelte sie, als sie fertig war.

»Was soll das bedeuten?«, fragte Noah.

»Charlotte meinte, es stehe für Dunkelheit und Licht, die miteinander verbunden seien, so ein komisches Zeug eben. Sie redete immer davon, dass wir alle Dunkelheit und Licht in uns tragen würden, aber dass wir nicht zwischen einem von beiden wählen müssen sollten.«

»Hat sie ein Beispiel genannt?«, wollte Gretchen wissen.

Haylie schüttelte den Kopf. »Nein, und ich habe auch nicht gefragt. Ehrlich gesagt, je länger ich dort war, desto bizarrer wirkte das Ganze. Irgendwann kam es mir wirklich wie eine Sekte vor.«

»Wohin hat man den Leuten das Brandzeichen aufgedrückt?«, fragte Josie. »Auf welchen Körperteil?«

»Charlotte meinte, ich könnte es mir aussuchen, allerdings mochten sie es nicht, wenn es sichtbar gewesen wäre. Man konnte es sich also nicht auf das Hand- oder Fußgelenk oder so etwas brennen lassen. Ich habe Leute gesehen, die es im Nacken hatten, also unter den Haaren versteckt, oder auf den Hüften oder am unteren Rücken.«

»Warum wollten sie nicht, dass man es sieht?«, bohrte Gretchen nach.

»Weil das Sanctuary eine Art Schutzraum ist. Wenn Leute in die Welt hinausgehen und gefragt werden, was das für ein

Zeichen ist, könnte das seinem Ruf schaden. Das wollte Charlotte nicht.«

»Haben Sie, abgesehen von der Brandmarkung, sonstige Arten von Misshandlung im Sanctuary erlebt oder davon gehört?«, fragte Josie.

Haylie schüttelte den Kopf. »Nein. Alle dort waren supernett. Es war einfach nur megalangweilig. Als ich mich geweigert habe, das Bekenntnis abzulegen, und weggegangen bin, hat Charlotte großartig reagiert. Sie sagte, ich sei immer willkommen.«

Es klopfte an der Tür. Dan Lamay, der Sergeant vom Dienst, steckte seinen Kopf in den Raum. »Boss«, sagte er an Josie gewandt. »Kann ich dich kurz sprechen? Und Lieutenant Fraley auch?«

Josie und Noah entschuldigten sich und traten in den Flur hinaus. Als Josie die Tür hinter sich geschlossen hatte, sagte Lamay: »Wir haben gerade einen Anruf aus dem Krankenhaus bekommen. Maya Bestler wird vermisst.«

VIERZIG

Zwanzig Minuten später folgten Josie und Noah einem Wachmann in den Videoüberwachungsraum des Denton Memorial. In dem dunklen Zimmer standen mehrere Monitore, die jeder vier Teilbilder von verschiedenen Standorten im Krankenhaus und seiner Umgebung zeigten. Auf einem Tisch daneben lag ein Laptop. Der Wachmann setzte sich und holte den Schwesterntresen im dritten Stockwerk auf den Bildschirm.

»Dem Kind geht es gut«, sagte der Wachmann. »Der Kleine war mit seiner Mutter und Ms Bestlers Vater auf der Neugeborenenstation. Ms Bestler ist aufgestanden und sagte, sie wolle einen Spaziergang um das Gebäude machen. Das war vor einer Stunde. Als sie nicht wiederkam, hat ihr Vater Alarm geschlagen.«

Der Wachmann spielte auf dem Laptop die Aufzeichnung aus dem dritten Stock zurück, bis er Maya Bestler auf dem Bildschirm hatte. Sie sahen, wie sie in Pyjama und Hausschuhen am Schwesterntresen vorbeiging, einen Augenblick stehen blieb und mit einer der Krankenschwestern sprach, bevor sie langsam weitertrottete.

»Sie hat keinen Infusionsbeutel mehr«, stellte Noah fest.

Josie blinzelte auf den Bildschirm. »Aber den Zugang hat sie noch an der Hand.«

»Wir haben mit den Schwestern gesprochen«, berichtete der Wachmann. »Sie sagen, sie sei gekommen und habe gefragt, was es zu Mittag zu essen gebe. Hier, das müsste es sein – man sieht sie miteinander reden. Danach ist sie nicht mit einem der Fahrstühle gefahren. Wir haben alle Zimmer im dritten Stock durchsucht und sie nicht gefunden.«

»Was ist mit dem Treppenhaus?«, fragte Josie.

»Genau das ist das Merkwürdige«, sagte er. »Sehen Sie sich das an.« Er schaltete auf eine andere Kamera um, die auf eine Tür gerichtet war. »Die führt zum Treppenhaus.«

Sie mussten mehrere Minuten warten, bis Maya ins Bild schlenderte. Sie ging ohne zu zögern durch die Tür und vergewisserte sich nicht, ob sie jemand sah oder ob eine Kamera sie filmte. Sie öffnete die Tür auch nicht zögerlich, als hätte sie keine Ahnung, was dahinter war. Sie wusste genau, wohin sie ging. Aber wohin, fragte Josie sich.

»Wir brauchen die Aufzeichnung der Kameras über den Eingängen zum Treppenhaus auf jedem Stockwerk«, sagte Josie.

»Habe ich schon gecheckt«, erwiderte der Wachmann. »Keine Spur von ihr.«

»Was ist mit Kameras im Treppenhaus?«, wollte Josie wissen.

Der Wachmann schüttelte den Kopf. »Haben wir keine.«

»Wie kann es sein, dass Sie keine Überwachungskameras in den Treppenhäusern haben?«, fragte Noah ungläubig.

Der Wachmann seufzte. »Der Brandschutzkodex der Gemeinsamen Kommission ...«

»Moment. Was?«, fiel Noah ihm ins Wort.

»Die Gemeinsame Kommission«, schaltete sich Josie ein.

»Eine Organisation, die die Brandschutzmaßnahmen von Gesundheitseinrichtungen prüft.«

»Genau«, bestätigte der Wachmann. »Gemäß den Vorschriften der Kommission sind Treppenhäuser lediglich als Ausgänge gedacht. Wir dürfen dort nur etwas platzieren, wenn es ›für das Treppenhaus benötigt wird‹. Kameras sind zwar inbegriffen. Wir könnten also Kameras in Treppenhäusern installieren, wenn wir einen gesonderten Antrag stellen würden. Aber wir sind kein großes Krankenhaus. In den letzten fünfzehn Jahren – vielleicht sogar noch länger – ist es bei uns nicht mehr vorgekommen, dass Patienten über das Treppenhaus entwischt sind oder Gewalttaten dort verübt wurden. Deshalb hat die Geschäftsführung beschlossen, keine Kameras für die Treppenhäuser zu beantragen. Wie gesagt, sie sind nur als Ausgänge gedacht.«

»Okay«, sagte Josie. »Wenn man das Gebäude über dieses Treppenhaus verlassen möchte, wo wäre das?«

»Im Erdgeschoss«, antwortete der Wachmann. »Und ja, dort haben wir eine Außenkamera über der Tür. Aber Maya Bestler ist da nicht hinausgegangen. Ich habe es überprüft.«

Josie dankte dem Wachmann und fragte ihn: »Würde es Ihnen etwas ausmachen, wenn wir uns umsehen? Und vielleicht das Treppenhaus selbst in Augenschein nehmen?«

»Natürlich nicht«, erwiderte er. »Sie wissen, wo Sie mich finden, falls Sie noch etwas brauchen.«

Sie gingen zum Treppenhausausgang im Erdgeschoss und überprüften den Angestelltenparkplatz. Dann machten sie sich auf den Weg zurück in den dritten Stock.

»Was denkst du, wohin sie gegangen ist?«, fragte Noah.

»Mein erster Gedanke war, dass sie zu ihrem gewalttätigen Ex zurück ist«, antwortete Josie. »Vielleicht hatte sie das Gefühl, dass da noch ein paar Dinge zwischen ihnen zu klären seien, und wollte ihn sehen. Und wahrscheinlich denkt sie, dass sie nicht wirklich mit ihm reden kann, wenn ihre Eltern – und vor allem ihr Vater – um sie herumhelikoptern.«

»Aber warum läuft sie weg, ohne ein Wort zu sagen?«, fragte Noah. »Sie kann sich doch denken, dass sich ihre Eltern deswegen große Sorgen machen.«

»Sie ist eine erwachsene Frau. Sie kann tun, was sie will.«

»Aber sie hat ihr Kind zurückgelassen.«

Josie blieb stehen, als sie gerade ihren rechten Fuß auf eine Stufe gesetzt und ihren linken noch auf der Stufe darunter hatte. Mit einer Hand hielt sie sich am Treppengeländer aus Metall fest. »Noah, ist dir schon einmal in den Sinn gekommen, dass sie dieses Baby vielleicht gar nicht will?«

»Warum sollte sie ihr eigenes Kind nicht wollen?«, platzte es aus ihm heraus.

»Noah. Sie hatte nicht gerade ein Mitspracherecht bei der Zeugung dieses Kindes. Sicher, es ist unschuldig und süß, aber selbst, wenn sie es von ganzem Herzen liebt, wird es für sie immer mit einem Trauma verbunden bleiben. Mit zwei Jahren traumatischer Erfahrungen. Vielleicht hat sie Angst bekommen. Sie ist eine alleinerziehende Mutter ohne jegliche finanzielle Mittel. Sie hat zwei Jahre ihres Lebens und alles, was sie kannte, verloren. Vielleicht denkt sie, dass sie es nicht schafft, ein Kind großzuziehen.«

»Aber ihre Eltern lieben dieses Kind«, hob Noah hervor. »Sie sind seitdem nicht mehr von ihrer Seite gewichen – oder der des Kindes. Sie hat Hilfe.«

»Hilfe schon, aber letztendlich ist sie die Mutter dieses Kindes. Sie hat die Verantwortung. Daran ändert keine noch so große Hilfe etwas.«

»Aber warum einfach ... abhauen? Ohne ein Wort?«

Josie fiel ein, was Sandy über ihre Tochter gesagt hatte: *Maya war noch nie gut darin, Probleme zu lösen.* »Vielleicht hatte sie das Gefühl, dass sie nicht anders um die Aufgabe, das Kind großziehen zu müssen, herumkam.«

Sie setzten ihren Weg die Treppe hinauf fort. Als sie die Tür zum dritten Stock öffneten, hörten sie vom anderen Ende des Flurs, wie Sandy Bestler ihren Mann anschrie: »Ich habe es dir gesagt, Gus. Sie hat etwas im Schilde geführt! Wie oft hat sie dieses Kind im Arm gehalten, Gus? Wie oft? Einmal? Sie ist abgehauen.«

»Sie ist nicht abgehauen«, schrie Gus Bestler mit tränenerstickter Stimme zurück.

»Begreif es doch endlich, Gus. Deine Tochter ist nicht der perfekte Engel, für den du sie hältst – sie hat gerade ihren eigenen Sohn im Stich gelassen. Sie wird nicht vermisst. Sie hat sich davongemacht.«

Josie schloss die Tür, sodass sie das Geschrei nur noch gedämpft wahrnahmen.

»Wow«, sagte Noah.

Josie deutete nach oben. »Sehen wir uns mal in den oberen Stockwerken um.«

Auf dem Treppenabsatz im fünften Stock blieb sie stehen, als sie ein kleines Quadrat aus schwarzem Stoff hinter einem langen, dicken Rohr, das von der Decke bis zum Fußboden verlief, hervorlugen sah. Sie kniete sich hin, holte einen Stift aus ihrer Gesäßtasche und untersuchte es mit dem stumpfen Ende. Hinter ihr zog Noah Handschuhe über und kniete sich neben sie. Mit den Händen zerrte er an dem Stoff und holte ein großes schwarzes T-Shirt mit der Aufschrift *Lasst mich schlafen* hervor.

»Shit«, rief er.

Ebenfalls hinter das Rohr gestopft waren eine Pyjamahose und Hausschuhe. »Das gehört ihr«, stellte Josie fest.

Noah nahm die Sachen mit, als sie durch die Tür in den fünften Stock gingen. Sie marschierten zum Schwesterntresen. Josie zeigte den Leuten ein Foto von Maya Bestler, doch niemand hatte sie gesehen. »Gibt es eine Möglichkeit, das gesamte diensthabende Personal zu fragen, ob etwas von ihren persönlichen Sachen oder denen von Patienten fehlt?«, fragte Josie.

Eine der Schwestern begann zu telefonieren. Zehn Minuten später wurden sie fündig. Eine Pflegekraft im ersten Stock vermisste ihren Ersatzkittel, den sie am Vortag in einer Stofftragetasche hinter dem Schwesterntresen auf diesem Stockwerk zurückgelassen hatte. Außerdem fehlten rund neunzig Dollar und ihre Turnschuhe.

Josie und Noah legten Mayas entsorgte Pyjamahose in einen Beutel für Patienteneigentum, den ihnen eine der Schwestern zur Verfügung stellte. Dann fuhren sie mit dem Aufzug zurück in den Überwachungsraum im Erdgeschoss. Der Wachmann, der ihnen schon zuvor geholfen hatte, war noch da. Josie erläuterte ihm, wonach sie suchten, und binnen weniger Minuten hatte er Maya Bestler in einem Überwachungsvideo entdeckt. Sie trug einen Schwesternkittel und Turnschuhe, hatte das Haar zu einem Pferdeschwanz zurückgebunden und ging beiläufig von der Treppenhaustür im fünften Stock zum Aufzug. Dann war sie noch einmal zu sehen, als sie aus dem Aufzug im Erdgeschoss trat. Sie verließ das Gebäude allerdings nicht durch die Halle am Haupteingang, wie Josie vermutet hatte. Stattdessen machte sie kehrt und ging durch die Notaufnahme nach draußen, wo jeder viel zu beschäftigt war, um eine Schwester zur Kenntnis zu nehmen, die vermutlich nur eine Rauchpause machen wollte.

Sie überprüften die Aufnahmen der Außenkameras und sahen sie über den Parkplatz auf den Gehweg marschieren. Von dort aus überquerte sie die Straße und verschwand aus dem Blickfeld.

»Shit«, rief Noah.

EINUNDVIERZIG

Zwei Stunden später saßen Josie und Noah wieder an ihren Schreibtischen. Neben ihnen stand Chitwood und machte Druck. »Das ist gar nicht gut, Leute«, schimpfte er. Seine pockennarbigen Wangen leuchteten rosa und sein weißes Haar stand in Strähnen von seinem Schädel ab, als hätte sein Ärger sich in Energie entladen und sie zum Schweben gebracht. »Bowen verlangt bereits, dass wir seinen Mandanten freilassen. Ohne Maya Bestlers Aussage läuft die Anklage gegen Michael Donovan ins Leere. Der Bezirksstaatsanwalt sagt, sogar mit der DNA des Babys könne er den Kerl nicht vor Gericht bringen, wenn die Frau, Opfer und Hauptzeugin in einer Person, wegläuft. Das kommt bei einer Jury nicht gut an.«

»Wir haben die Umgebung des Krankenhauses abgesucht und uns die Aufzeichnungen der Außenüberwachungskameras weiterer Unternehmen angesehen«, berichtete Noah. »Niemand erinnert sich, sie gesehen zu haben. Keine Kamera hat sie gefilmt. Aber wie weit kann sie zu Fuß gekommen sein?«

»Vielleicht war sie nicht zu Fuß unterwegs«, wandte Chitwood ein. »Vielleicht ist sie per Anhalter gefahren.«

»Wer soll sie denn mitgenommen haben?«, fragte Noah.

»Wir haben nur ein kleines Gebiet abgeklappert«, sagte Josie. »Sie kann weiter gekommen und problemlos mit irgendeinem ahnungslosen Fremden mitgefahren sein oder jemanden auf der Straße um Hilfe gebeten haben. Außerdem hatte sie neunzig Dollar dabei. Sie kann also einen Bus oder Zug genommen haben. Niemand weiß, wer sie ist, deshalb hat sie auch niemand erkannt.«

»Wir könnten die Presse informieren, dass wir sie suchen«, schlug Noah vor. »Und ein Foto veröffentlichen.«

»Nein, können wir nicht«, widersprach Josie.

»Warum nicht?«

»Aus demselben Grund, aus dem wir keine Streifen nach ihr suchen lassen konnten. Selbst wenn wir sie finden, können wir sie nicht einfach festnehmen. Sie ist eine erwachsene Frau. Sie hat das Krankenhaus aus freien Stücken verlassen. Wir haben keinen Hinweis darauf, dass ihr Leben in Gefahr ist, und in ihrer Lage ist sie niemandem zu etwas verpflichtet.«

»Sie hat das Zeug der Krankenschwester gestohlen«, erinnerte Noah sie.

»Das können wir nicht beweisen«, widersprach Josie. »Sie wurde von keiner Kamera dabei gefilmt.«

»Aber das Baby«, argumentierte Noah. »Was sie gemacht hat, ist Kindesaussetzung.«

»Nicht gemäß dem Safe-Haven-Gesetz von Pennsylvania, nach dem es zulässig ist, ein Kind zurückzulassen, wenn es sich in sicherer Obhut befindet«, sagte Josie. »Sie hat ihren Sohn im Krankenhaus unter der Fürsorge von medizinischem Fachpersonal gelassen. Eine Anklage wegen Kindesaussetzung hätte keine Chance.«

»Und bei einer Jury wäre sie unten durch«, fügte Chitwood hinzu. »Obwohl der Kerl sie entführt und vergewaltigt hat, würden die Geschworenen es ihr sehr übel nehmen, dass sie ihr Kind im Stich gelassen hat. Ich weiß nicht, wie lange wir diesen Einsiedler noch in Haft behalten können.«

»Der Bezirksstaatsanwalt wird Donovan freilassen«, war sich Josie sicher. »So einfach ist das.« Sie war frustriert. Ohne einen konkreten Beweis, dass er auch das Yates-Paar und Renee Kelly ermordet oder Emilia Gresham entführt hatte, würde er nicht angeklagt werden. Chitwood hatte recht. Donovan würde nicht mehr lange hinter Gittern bleiben. Aber wenn er die Morde doch begangen hatte, würde man einen sadistischen Killer freilassen.

»Er hat Dinge vom Zeltplatz der Yates' mitgehen lassen«, warf Noah ein. »Kann der Staatsanwalt ihn nicht wegen Diebstahls drankriegen?«

Josie schüttelte den Kopf. »Es gibt niemanden, der Anzeige erstatten könnte, und auch keine Zeugen. Tyler und Valerie Yates sind tot. Emilia Gresham wird vermisst. Vor Gericht hätte das keine Chance. Selbst wenn der Staatsanwalt ihn wegen Diebstahls anklagen würde, um Zeit zu gewinnen, würde er gegen die Auflage, sich zu melden, freigelassen werden. Das County bringt niemanden wegen eines geringfügigen Vergehens wie diesem auf Staatskosten unter.«

»Verdammt«, brummte Noah. Er sah Chitwood an. »Können Sie uns noch etwas Zeit verschaffen? Vielleicht können wir sie ja finden und überreden, zurückzukommen.«

»Denken Sie wirklich, dass Sie sie aufspüren?«, fragte Chitwood.

»Wir können es versuchen«, erwiderte Josie. »Ich glaube zwar nicht, dass sie zurückkommen will, aber einen Versuch ist es wert.«

»Wo kann sie hin sein?«

»Zu ihrem Ex-Freund«, antwortete Josie. »Bei dem würde ich es als Erstes probieren.«

Chitwood verdrehte die Augen und sah auf die Uhr an der Wand. »Himmel. Der Kerl lebt ein paar Autostunden von hier, oder? Wer kümmert sich gleich noch mal um diese Sekte?«

»Gretchen«, antwortete Josie. »Und Mett ist heute Nachmittag auch da. Sie wird sich die Grundbucheinträge ansehen und versuchen, mehr über Charlotte Fadden herauszubekommen, bevor wir noch einmal hinfahren und sie in die Mangel nehmen.«

»Gut«, sagte Chitwood. »Versuchen Sie, Bestler ausfindig zu machen. Sie haben einen Tag Zeit. Wenn Bestler nicht will, dass der Typ vor Gericht kommt, werde ich kein Personal mehr darauf verschwenden. Vor allem jetzt, wo diese Gresham noch immer abgängig ist.«

Josie und Noah nickten.

Chitwood warf die Hände in die Luft und bedeutete ihnen aufzustehen. »Worauf warten Sie noch? Los, los!«, rief er und wurde dabei immer lauter.

ZWEIUNDVIERZIG

Josie nahm die Autobahn. Zum Glück war es früher Nachmittag und das Verkehrsaufkommen daher gering. Sie brauchten nur knapp eineinhalb Stunden bis Doylestown, ein weitläufiges, mittelgroßes Städtchen unweit nördlich von Philadelphia. Josie und Noah legten einen Zwischenstopp beim örtlichen Revier ein und informierten die Polizei, dass sie hier waren, um Garrett Romney ein paar Fragen zu stellen. Mit dem Segen des örtlichen Polizeichefs fuhren sie zu Romneys Adresse. Er wohnte in einem großen, dreistöckigen Apartmentblock. Die Eingangstür war offen. Sie gingen an ein paar Briefkästen aus Metall vorbei und nahmen die Treppe in den zweiten Stock. Hinter der Tür zu Apartment 310 hörten sie laute Musik. Noah klopfte.

»Eine Minute«, hörten sie eine Männerstimme rufen.

Sie warteten fünf. Die Tür ging und ging nicht auf. Noah klopfte erneut. Nach einigen Sekunden wurde die Musik ausgeschaltet und die Tür öffnete sich. Garrett stand vor ihnen. Josie hatte bislang nur Fotos von ihm in den Artikeln aus der Zeit vor zwei Jahren gesehen, als Maya verschwunden war. Die Zeit und der Verdacht, der auf ihm gelastet hatte, hatten ihre

Spuren hinterlassen. Auf den Fotos von früher hatte er schlank und gepflegt gewirkt. Der Mann, der nun vor ihnen stand, hatte ein rundes, bärtiges Gesicht und einen ordentlichen Bauch. Er trug ein graues T-Shirt mit dem Logo der Lehigh University und einer ganzen Reihe von Essensflecken darauf sowie eine abgeschnittene Jogginghose. Sein dunkelbraunes Haar war fettig und ungekämmt. Als er sie sah, kniff er seine kleinen, dunklen Augen zusammen. »Wer sind Sie?«

Josie und Noah zeigten ihre Ausweise und stellten sich vor. Garrett wollte sogleich die Tür schließen, doch Josie hinderte ihn daran, indem sie ihren Fuß in den Rahmen stellte. »Mr Romney, Sie sind nicht in Schwierigkeiten. Wir haben nur ein paar Fragen.«

Er funkelte sie böse an. »Ein paar Fragen. So fängt es an. Und dann versuchen Sie, mir als Nächstes einen Mord anzuhängen. Also, ich habe nichts angestellt.«

Wieder wollte er die Tür schließen, doch Josie nahm ihren Fuß nicht aus Türrahmen. »Mr Romney, wir wissen, dass Sie nichts getan haben. Wir sind auch gar nicht wegen Ihnen hier. Wir suchen Maya Bestler.«

Er hörte auf, gegen die Tür zu drücken, und sah von Josie zu Noah und wieder zurück. »Was?«

»Wir wollten Sie fragen, ob Sie Maya Bestler heute schon gesehen haben?«, sagte Noah.

Garrett lachte nervös. »Seid ihr verrückt? Die Bullen haben mich angerufen und mir gesagt, dass man sie gefunden hat. Irgend so ein Typ hat sie entführt. Ich bin unschuldig.«

»Das wissen wir«, sagte Josie. »Unsere Ermittlungen haben das bestätigt. Wir bestreiten auch gar nicht, dass Sie unschuldig sind. Aber Tatsache ist, dass Sie eine Beziehung mit Ms Bestler hatten. Sie hat nach Ihnen gefragt, als sie in das Krankenhaus eingeliefert wurde. Ich habe ihr klargemacht, dass Sie sie nicht mehr sehen wollen.«

»Aber heute hat sie aus freien Stücken das Krankenhaus

verlassen«, fuhr Noah fort. »Da sie mehrmals nach Ihnen gefragt hat, dachten wir, sie wolle Sie vielleicht sehen. Wir müssen mit ihr noch einiges wegen ihres Falls besprechen.«

Jetzt ließ Garrett ein lautes, schallendes Lachen hören. Er öffnete die Tür etwas und legte sich eine Hand auf den Bauch. »Ihr habt sie verloren! Sie ist euch abgehauen!«

»Sie war nicht in Gewahrsam, Mr Romney«, stellte Josie klar. »Sie war im Krankenhaus und erholte sich. Als sie weg ist, hat sie uns nicht gesagt, wohin sie gehen wollte.«

Garretts Hand wanderte von seinem Bauch zu seiner Brust. »Und Sie denken, sie sei zu mir gekommen? Sie glauben wirklich, dass dieses Miststück die Frechheit besitzen würde, hier aufzukreuzen und mich um Hilfe zu bitten?«

»Würden Sie ihr denn helfen?«, fragte Josie.

Einen kurzen Augenblick lang wirkte Garrett verblüfft. Doch er fasste sich schnell. »Äh, nein, würde ich nicht. Sie hat mein Leben ruiniert. Ich bin fertig mit ihr.«

»Sie würden ihr nicht die Hölle heiß machen wollen für das, was sie getan hat?«, fragte Noah beiläufig.

Garrett deutete mit dem Finger auf Noah. Ein Lächeln umspielte seine Lippen. »Jetzt merke ich, was ihr vorhabt. Ihr versucht, mich dazu zu bringen, irgendetwas zuzugeben, damit ihr mich zum zweiten Mal für ihr Verschwinden drankriegen könnt. Keine Chance, Freundchen. So läuft das nicht. Sie denken, wenn Sie so tun, als seien Sie mein Freund, und mir mit Sachen kommen wie ›Wollen Sie ihr nicht eine reinhauen für das, was sie getan hat?‹, dass ich mich dann selbst belaste. Von wegen. Ich habe nichts zu verbergen. Ich habe nichts getan.«

»Mr Romney«, unterbrach ihn Josie, aber er redete weiter.

»Sie dachten alle, dass ich sie umgebracht und ihre Leiche vergraben hätte, weil ich manchmal ein bisschen grob mit ihr war, als wir noch zusammen waren. Sie sind auf dem falschen

Dampfer. Wenn Sie sie kennen würden, würden Sie verstehen, warum das passiert ist.«

»Warum was passiert ist?«, wollte Josie wissen.

»Warum ich ihr eine reinhauen musste. Sie kann einen zur Weißglut bringen. Sie haben keine Ahnung, wie sie ist. Sie hat mich gereizt. Immer und immer wieder, bis ich ausgerastet bin. Ich wollte ihr nicht wehtun. Habe ich auch nicht. Sie war nicht wirklich verletzt. Ich hätte sie niemals umgebracht und vergraben. Aber keiner von euch wollte mir glauben. Jetzt ist bewiesen, dass ich unschuldig bin. Ich will von ihr und allem, was mit ihr zu tun hat, nichts mehr wissen. Eigentlich ...« – er machte die Tür weit auf – »... können Sie meine Wohnung durchsuchen. Jetzt sofort.«

Josie und Noah traten ein. Die Wohnung war recht spärlich eingerichtet. In der kleinen Küche stand ein Esstisch mit vier Stühlen und einem Stapel Post, ein paar schmutzigen Tellern sowie einer Krawatte darauf. Das kleine Wohnzimmer enthielt lediglich ein graues Sofa, auf dem ein Kleiderhaufen – ob sauber oder schmutzig, konnte Josie nicht erkennen – über einem Kissen lag. Auf dem Couchtisch befanden sich weitere Gegenstände: ein paar Fernbedienungen, ein Handy, Schlüssel, Zeitschriften und eine Pappschachtel. Noah warf einen Blick in die übrigen Zimmer, das Bad und die Schränke, während Josie Garrett fragte: »Sie haben also nichts von Maya gehört, seitdem sie gefunden wurde? Keine Anrufe? Sie ist auch nicht hier aufgetaucht?«

Garrett schüttelte energisch den Kopf. »Nein.« Er ging zum Couchtisch und nahm die Schachtel. »Übrigens, nachdem Sie mich angerufen haben, habe ich das hier in meinem Schrank ausgegraben. Ich wollte es Mayas Eltern schicken, aber wenn Sie schon hier sind, können Sie es ja mitnehmen.«

Noah kam zurück in das Zimmer und nahm die Schachtel entgegen. »Was ist das?«, fragte er.

»Ein Haufen Zeug aus der Zeit, als Maya und ich zusammengelebt haben. Wir hatten uns ein Haus am anderen Ende der Stadt gemietet. Nachdem sie verschwand, kam die Polizei und hat es auf den Kopf gestellt. Sie haben viel von ihrem Kram mitgenommen. Dann kamen ihre Eltern und haben den Rest geholt. Das hier haben sie übersehen. Ich will es hier nicht mehr haben. Ich habe Ihnen ja gesagt, ich bin fertig mit ihr.«

Noah sah Josie mit leicht hochgezogener Augenbraue an. Eigentlich war es nicht ihre Aufgabe, Habseligkeiten auszuliefern, aber in diesem Fall konnte es nicht schaden. Josie nickte Noah kaum merklich zu und sagte zu Garrett: »Wir sorgen dafür, dass Sandy und Gus es erhalten. Dann können sie es Maya geben, wenn sie nach Hause kommt.« Beinahe hätte sie gesagt, »falls sie nach Hause kommt«, schaffte aber gerade noch rechtzeitig die Kurve.

»Vielen Dank, dass Sie mit uns geredet haben«, fügte sie hinzu. Sie drückte ihm eine Visitenkarte in die Hand, die er vermutlich in den Abfall werfen würde, sobald sie zur Tür draußen waren, und bat ihn, sie anzurufen, falls Maya bei ihm auftauchen sollte.

Als sie zum Auto zurückgingen, fragte Noah: »Meinst du, der Typ sagt die Wahrheit?«

»Ich denke schon«, antwortete Josie.

»Er war fürchterlich bemüht. Ich weiß nicht, ob ich jemandem trauen soll, der mich mit so viel Eifer zu überzeugen versucht.«

Josie lachte. »Ich glaube, er ist einfach nur wütend. Ich denke nicht, dass er überkompensiert.«

Sie stiegen ins Auto. Josie fuhr aus der Parklücke heraus und durch die Straßen von Doylestown. »Vielleicht sind wir auch nur zu früh dran. Sie war uns lediglich ein paar Stunden voraus und außerdem zu Fuß.«

»Meinst du, er würde uns anrufen, wenn sie bei ihm auf der Matte stünde?«, fragte Noah.

Josie zuckte die Schultern. »Wahrscheinlich nicht. Ich

denke, er würde ihr einfach die Tür vor der Nase zuschlagen und fertig. Aber wir können noch einmal beim Polizeirevier vorbeifahren und die Kollegen von Doylestown bitten, in den nächsten Tagen bei ihm vorbeizuschauen und zu fragen, ob sie aufgetaucht ist. Damit gewinnen wir gegenüber Bowen vielleicht etwas Zeit, sodass Michael Donovan noch ein paar Tage hinter Gittern bleibt.«

»Dann machen wir das«, sagte Noah. »Und anschließend fahren wir nach Hause.«

DREIUNDVIERZIG

Nach dem kurzen Zwischenstopp beim örtlichen Polizeirevier fuhren sie auf die Straße nach Denton, aber ein Unfall kurz vor der Autobahn zwang sie zu einem Umweg. Zwei Ortschaften weiter entdeckte Josie ein Gebäude mit der Aufschrift »Lantz Snack Factory« in großen, leuchtenden gelben Lettern über den Eingangstüren. Ohne Vorwarnung setzte sie den Blinker und fuhr nach rechts auf den Parkplatz.

»Was machst du?«, fragte Noah.

»Hier hat Jack Gresham gearbeitet, bevor er der Sekte beigetreten ist. Sagte wenigstens Wes Yates.«

»Wir haben keinen Durchsuchungsbeschluss«, warf Noah ein. »Falls du vorhast, seine Personalakte einzusehen.«

»Wir brauchen keinen Durchsuchungsbeschluss, um Fragen zu stellen«, entgegnete Josie.

Sie stellte ihr Auto ab und beide stiegen aus. Josie deutete auf die Gebäudeflanke. »Ich sehe die Verladerampen«, sagte sie. »Dort hat Jack Wes zufolge gearbeitet. An der Rezeption wird man uns ohne Durchsuchungsbeschluss keine Auskunft geben, da hast du recht. Aber ich bin nicht an der Personalakte interessiert. Ich will wissen, was die Leute über ihn dachten und wie er sich benommen hat, als er hier gearbeitet hat.«

Sie gingen an mehreren Sattelzügen vorbei, die rückwärts an die riesige Rampe gefahren worden waren, mit geöffneten Heckklappen dort standen und mehr oder weniger weit beladen waren. Zwischen Lager und Rampe herrschte reger Betrieb. Man sah Männer und ein, zwei Frauen zügig und zum Teil mit Klemmbrettern in der Hand herumgehen. Andere transportierten mit Gabelstaplern Paletten mit Kisten darauf und wieder andere luden die Kisten von den Paletten und verstauten sie in den Laderäumen der Sattelzüge. Josie und Noah blieben kurz stehen und sahen ihnen zu. Schließlich deutete Noah auf einen Mann, der ein schwarzes T-Shirt mit abgetrennten Ärmeln und dem Logo der Philadelphia Eagles, einen Arbeitshelm und eine Schutzbrille trug. Er lehnte an der Rückseite eines Lastwagens, den ein wesentlich jüngerer Mann gerade mit Kisten belud, und versuchte, mit jedem, der vorbeiging, ein Gespräch zu beginnen. »Wir fangen am besten mit ihm an«, schlug Noah vor.

Josie lächelte und folgte Noah zur Treppe, die auf die Verladerampe führte. Sie war gerade im Begriff, auf die Rampe zu steigen, da sprach sie der Mann mit dem Helm schon an: »Hey, Sie dürfen da nicht rauf. Hey!«

Josie und Noah zogen ihre Ausweise und hielten sie ihm hin, als er gelaufen kam. Er sah sich ihre Marken und Ausweise mit zusammengekniffenen Augen an. »Denton?«, fragte er. »Wo ist denn das?«

»Etwa eineinhalb Autostunden westlich von hier. Tut uns leid, dass wir Sie stören, Mr … äh …?«

»Tim«, stellte sich der Mann vor.

»Tim«, wiederholte Noah. »Wir arbeiten gerade an einem Fall, in den jemand verwickelt ist, der hier gearbeitet hat.«

Tim warf einen Blick über seine Schulter, aber alle seine Kollegen waren zurück zur Arbeit gegangen. Und bekamen vermutlich jetzt, da er abgelenkt war, mehr auf die Reihe, dachte Josie bei sich. »Also, an der Rezeption kann man Ihnen sicher mehr ...«, begann er, vollendete den Satz jedoch nicht. Josie unterbrach die Stille. »Man hat uns gesagt, dass dieser Typ hier hinten bei euch gearbeitet hat. Vielleicht erinnern Sie sich an ihn. Jack Gresham.«

Sie holte ihr Handy heraus und wischte über das Display, bis sie eines der Fotos fand, die sie von Tyler Yates' Facebook-Account heruntergeladen hatte.

Tim verzog nachdenklich den Mund und fuhr mit einer Hand unter seinen Helm, um sich am Kopf zu kratzen. »Klar, den kenne ich. Seinen Namen hätte ich nicht mehr gewusst, aber an ihn erinnere ich mich. Nicht für eine Million Dollar hätte der auch nur einmal gelächelt.«

»Dann hat er sich hier wohl nicht viele Freunde gemacht, oder?«, fragte Noah.

Tim schüttelte langsam den Kopf, während er nach wie vor das Foto betrachtete. »Nein, Freunde hatte der in dem Laden nicht. Wissen Sie, wir sind hier ziemlich enge Kumpels, aber an diesen Kerl kam man nicht ran. Er war ein komischer Kauz.«

»Es hieß, er sei gefeuert worden«, sagte Josie.

Tim blickte von Josies Handy auf und sah sie an. »O ja, da gab es die Sache mit dem Mädchen beim Empfang.« Er lachte nervös. »Shana. Sie ist seit ungefähr fünf Jahren oben im Büro. Nettes Ding.«

»Sie arbeitet also noch hier?«, wollte Noah wissen.

»Ja, klar. Sie ist noch hier. Hat kürzlich geheiratet. Wie gesagt, ein nettes Mädchen. Sie können mit ihr reden. Wenn Sie durch die Tür dort gehen ...« Er deutete auf einen Zugang in der Nähe und beschrieb mit großer Ausführlichkeit einen Weg, der sie weit in das Gebäude hineinführen würde. Aber Josie wollte nicht hinausgeworfen werden, weil sie keinen Durchsuchungsbeschluss hatte.

»Wir wollen nicht, dass Shana das Ganze noch einmal

durchmacht«, sagte Josie. »Vor allem jetzt, da sie in einer guten Partnerschaft lebt, geheiratet hat und das alles.«

Josie spürte Noahs Augen auf sich. Sie sah ihn mit einem Blick an, der sagte: *Vertrau mir.* Tim hatte von einer »Sache« gesprochen. In den meisten Fällen ging es bei einer solchen Sache zwischen männlichen und weiblichen Kollegen um sexuelle Belästigung. Josie pokerte, doch ihr Instinkt hatte sie nicht getäuscht.

Tim nickte eifrig. »Ja, stimmt, das ist richtig. Es war schwer für sie. Und mutig von ihr, dass sie den Mund aufgemacht hat, sage ich.«

»Da haben Sie völlig recht«, pflichtete Josie ihm bei. »Wenn es Ihnen nichts ausmacht, könnten Sie uns vielleicht ein paar Dinge erklären. Dann müssen wir Shana nicht belästigen.«

»Na klar. Wie gesagt, ich will nicht, dass sie sich aufregt.«

Josies Gedanken arbeiteten mit Warp-Geschwindigkeit. Fieberhaft überlegte sie sich Fragen, mit denen sie ihn dazu bringen würde, ihr die Informationen zu liefern, die sie brauchte, ohne dass er merkte, dass sie eigentlich keinen blassen Schimmer hatte. Sie versuchte es mit: »Wann fing es an?«

Er kratzte sich wieder über dem Ohr unter seinem Helm. »Na, vielleicht einen Monat, nachdem sie ihn eingestellt hatten. Jemand glaubte ihn gesehen zu haben, wie er ihr nach der Arbeit zum Auto folgte und sich hinter dem Wagen von jemand anderem versteckte. Zuerst dachte sie sich nichts dabei. Jeder meinte, er sei eben in sie verliebt. Sie ist nämlich wirklich ein reizendes Mädchen, unsere Shana.«

»Hat niemand etwas zu ihm gesagt? Das ist ja doch ziemlich beunruhigend.«

»Erst nach dem dritten oder vierten Mal. Als Shana anfing, Leute zu bitten, sie zum Auto zu begleiten, überredete sie jemand, mit den Chefs zu sprechen. Sie ließen ihn zu sich kommen und verwarnten ihn.«

»Sicher hat er behauptet, dass das alles nichts zu bedeuten

habe, nicht wahr?«, sagte Josie und hoffte, dass sie die Angelegenheit richtig interpretierte.

»Natürlich. Er sagte, er hätte nur sichergehen wollen, dass sie sicher zum Auto käme. Aber dann hat er ihr Blumen geschenkt.«

»Wie hat Shana darauf reagiert? Das kann man ja so oder so sehen – als Zudringlichkeit oder nette Geste«, warf Josie ein.

»Naja, wie gesagt, Shana ist ein nettes Mädchen, deshalb hielt sie es wohl für eine nette Geste. Sie fing an, mit ihm ein bisschen zu plaudern. Sagte Hallo und so Zeug. Aber dann hat er sie immer wieder gefragt, ob sie nicht mal nach der Arbeit mit ihm ausgehen wolle. Das wollte sie nicht. Aber das hat er nicht akzeptiert. Hat angefangen, abends bei ihrem Auto auf sie zu warten – das war dann schon etwas aufdringlicher.«

»Sie muss ihm klar die Grenzen aufgezeigt haben«, meinte Josie. »Aber es hört sich nicht so an, als hätte er ihr Nein akzeptiert.«

Tim schüttelte den Kopf und lachte kurz. »Nein, hat er nicht, das kann man wohl sagen.«

Nun musste Josie wieder vorsichtig sein und vage bleiben. »Wir haben unterschiedliche Versionen darüber gehört, was passiert ist und letztlich dazu geführt hat, dass er gefeuert wurde.«

»Ja, so ist es nun einmal in einer so großen Firma wie unserer. Da machen viele Geschichten die Runde. Aber zwei Leute meiner Abteilung waren an dem Abend draußen, als sie ihm klipp und klar gesagt hat, dass zwischen ihnen beiden nichts laufen würde. Sie erzählten, da sei er durchgedreht. Begann sie anzuschreien und rumzufluchen. Dann hat er wie wild auf ihr Auto eingetreten und ihr eine ordentliche Delle in die Tür geschlagen. Meine Leute sind zu ihm hin und haben ihm gesagt, dass er gehen müsse. Sie haben dafür gesorgt, dass das Mädchen sicher nach Hause kam. Am nächsten Tag sind sie alle zu den Chefs. Die haben ihn zu Hause angerufen, bevor er zu seiner Schicht antrat, und ihm gesagt, dass er nicht mehr zu kommen brauche.«

»Man hat uns gesagt, das sei es dann auch gewesen«, sagte Josie.

Tim nickte. »Gott sei Dank, ja. Niemand hat ihn danach je wieder zu Gesicht bekommen.«

Josie streckte ihm die Hand hin. »Sie haben uns sehr geholfen. Wir wissen das wirklich zu schätzen.«

»Na klar, gerne«, erwiderte Tim. »War mir eine Freude.«

Josie konnte förmlich hören, was Noah dachte: *Ich fass es nicht.*

VIERUNDVIERZIG

Zurück auf dem Revier von Denton holten sie sich Kaffee aus dem Pausenraum und trafen sich mit Mettner und Gretchen im Konferenzraum, um sich gegenseitig über die neuesten Entwicklungen auf dem Laufenden zu halten. Sie setzten sich an den Tisch, auf dem bereits die Akten zu den Fällen Bestler, Yates, Gresham und Kelly ausgebreitet waren.

Mettner machte sich mit einer App auf dem Handy Notizen, während Josie und Noah Bericht erstatteten. Als sie fertig waren, sah er auf und sagte: »Jack war verheiratet und macht sich an einer frisch angetretenen Arbeitsstelle an jemanden heran?«

»Er hat sich nicht an sie herangemacht«, korrigierte ihn Josie. »Er hat sie gestalkt.«

»Er wird entlassen, weil er die arme Frau belästigt, und geht ins Sanctuary«, folgerte Gretchen und schrieb etwas in ihren Notizblock.

»Er war schon lange bevor er in der Fabrik zu arbeiten angefangen hatte aus dem Gleichgewicht geraten«, gab Josie zu bedenken. »Erinnert euch daran, dass Haylie erzählte, Charlotte hätte ihr gesagt, sie solle weggehen und wiederkommen?

Ich wette, auch er war schon einmal im Sanctuary gewesen. Als das mit der Stelle in der Snack-Fabrik nicht klappte und Shana seine Annäherungsversuche nicht erwiderte, gab er endgültig auf. Ich denke, das war der Augenblick, an dem er in das Sanctuary ging und dauerhaft dort blieb.«

»Ist er aber nicht«, wandte Mettner ein. »Er war nicht dort, als wir alle befragten. Entweder er hat die Anlage wieder verlassen oder sie verstecken ihn irgendwo.«

»Wie ist er überhaupt hingekommen?«, fragte Noah. »Mett, du hast doch die Autos überprüft, die wir im Sanctuary gesehen haben. Bist du da weitergekommen?«

Mettner tippte auf das Display seines Smartphones und scrollte, bis er fand, wonach er suchte. »Im Sanctuary leben derzeit zweiunddreißig Personen, wenn man Charlotte mit dazuzählt. Fünf haben Autos, die auf ihren Namen zugelassen sind, und die stehen alle fünf auf dem Gelände. Dazu gehört auch ein Wagen, der auf Charlotte zugelassen ist. Auf Jack Gresham ist kein Auto zugelassen. Emilia Gresham dagegen besitzt eines – es steht vor ihrer Wohnung.«

»Wir wissen also nicht, wie Jack Gresham in das Sanctuary gelangt ist«, folgerte Noah. »Da kommen wir mit unseren Ermittlungen nicht weiter.«

Josie nippte an ihrem Kaffee. »Können wir Charlotte Faddens Vergangenheit überprüfen? Vielleicht stoßen wir ja auf etwas Ungewöhnliches. Etwas, das uns nützt, wenn wir noch einmal mit ihr reden.«

»Schon passiert«, sagte Gretchen. »Ich rufe es mal auf.« Sie streckte sich zum Tischende, wo Noah Garrett Romneys Schachtel mit Maya Bestlers Habseligkeiten hingestellt hatte. Daneben lag ein Laptop. Gretchen zog ihn zu sich und fuhr ihn hoch. Nach einigen Klicks drehte sie das Gerät so, dass alle den Monitor sehen konnten. Sie begann zu erklären, was sie gefunden hatte. »Fadden lebt seit ihrem neunzehnten Lebensjahr in dem Farmhaus, aus dem später das Sanctuary wurde, deshalb ist die Liste der Orte, an denen sie gewohnt hat, nicht sehr lang. Von Berufen, die sie ausgeübt hat, ist nichts bekannt. Wir bräuchten ihre Zustimmung, um bei der Steuerbehörde ihre Unterlagen anzufordern, aber in keiner der Datenbanken, die ich überprüft habe, findet sich ein Hinweis darauf, dass sie irgendwo gearbeitet hätte. Sie hat, wie wir wissen, ein Auto, das auf sie zugelassen ist und sich auf dem Gelände befindet. Ich konnte nur eine alte Telefonnummer von ihr finden – ein Festnetzanschluss. Ansonsten keine E-Mail-Adressen, keine Accounts in sozialen Medien. Keine Vorstrafen. Ihr Ehemann starb 1978, da war sie zweiunddreißig.«

»Er muss ihr einen ganzen Batzen Geld interlassen haben, sonst hätte sie nicht vierzig Jahre lang vom Sanctuary leben können«, meinte Josie.

»Er war einundfünfzig, also viel älter als sie, genauer gesagt, neunzehn Jahre älter«, fügte Mettner hinzu.

»Das heißt, als sie heirateten, war er doppelt so alt wie sie«, rechnete Noah nach. »Hast du sonst noch etwas?«

»Nicht über sie«, antwortete Gretchen. »Aber 1974 ging beim Sheriff von Lenore County eine Anzeige gegen Mick Fadden wegen Misshandlung seiner Frau ein. Ich habe im Sheriffbüro angerufen, mit jemand anderem als Moore gesprochen und darum gebeten, dass man in der Akte nachsieht. Weil alles vor 2005 in das Computersystem eingescannt ist, war die Akte gut auffindbar. Ich habe sie mir per E-Mail zuschicken lassen.« Sie klickte noch ein paarmal und holte einen Polizeibericht auf den Bildschirm.

Josie beugte sich nach vorn, um ihn zu lesen. »Dem Bericht zufolge hat Mick Fadden Charlotte ziemlich heftig verprügelt«, sagte sie und überflog ihn weiter. »Warum aber weist der Polizeibeamte mehrmals darauf hin, dass die Misshandlung nach zweiundzwanzig Uhr stattfand? Eigentlich sollte die Zeit keine Rolle spielen. Körperverletzung ist Körperverletzung.«

»Anscheinend war in Lenore County in den Siebzigern

noch ein Gesetz in Kraft, wonach Ehemänner ihre Frauen nach zehn Uhr abends und sonntags nicht züchtigen durften«, sagte Gretchen.

»Ist das ein Witz?«, platzte es aus Noah heraus. »Aber sonst war es okay, wenn Männer ihre Frauen verprügelten?«

»In den Siebzigern in Lenore County schon«, nickte Gretchen feierlich.

Mettner stieß einen leisen Pfiff aus. »Das ist ja der Hammer.«

»Ich weiß nicht, wie die Rechtslage im übrigen Bundesstaat war«, fuhr Gretchen fort. »Jedes County hat seine eigenen Gesetze. Auf jeden Fall wurde das Gesetz in den Achtzigern in Lenore County abgeschafft. Ich denke, vor Gericht bringen konnte ihn Charlotte davor nur, wenn er sie nach zweiundzwanzig Uhr oder an einem Sonntag geschlagen hätte.«

Josie streckte ihre Hand zum Laptop und klickte durch den Bericht, bis sie auf Fotos der damals noch keine dreißig Jahre alten Charlotte stieß, die kaum wiederzuerkennen war. Sie sog scharf die Luft ein. »Wow. Unfassbar, dass sie das überlebt hat.«

Die Fotos waren schwarz-weiß, dennoch konnte man deutlich sehen, wie sehr Mick seine junge Frau zugerichtet hatte. Auf ihrem Kopf fehlte ein Büschel Haare, das er ihr mitsamt der Kopfhaut ausgerissen hatte. Blut rann ihr über die Stirn und die Augen waren nur noch schmale Schlitze inmitten geschwollener, schwarz unterlaufener Haut. Ihre Unterlippe war fast gespalten. Weitere Fotos zeigten Arme und Beine, die ebenfalls geschwollen und mit Blutergüssen übersät waren. Auf manchen der Aufnahmen konnte man deutlich Stiefelabdrücke auf ihren Schenkeln, Gesäßbacken und in der Nierengegend erkennen.

»1974«, las Josie das Datum auf den Fotos. »Vier Jahre, bevor er starb. Musste er dafür ins Gefängnis?«

Gretchen schüttelte den Kopf. »Nein. Die Anklage wurde fallen gelassen.«

»Mein Gott, sie ist danach wieder zu ihm zurück«, rief Josie. »Wie ist er gestorben?«

»Bei einem Autounfall.«

Josie schloss den Laptop. Ein Schauder durchlief sie. Sie hatte in ihrem Beruf schon viel gesehen, aber nur wenige Fälle von so schwerer häuslicher Gewalt.

Mettner deutete auf die Schachtel am Ende des Tisches. »Was ist damit?«

»Das müssen wir ins Krankenhaus bringen, zu den Bestlers«, erwiderte Josie.

»Komm schon«, sagte Noah. »Bist du nicht wenigstens ein bisschen neugierig darauf, was drin ist?«

Josie schüttelte den Kopf, zog jedoch dann die Schachtel zu sich und öffnete sie. »Hat schon jemand wegen des Stricks von Hummel gehört?«, fragte sie Gretchen.

»Ja«, antwortete Mettner und hüpfte auf seinem Stuhl förmlich vor Aufregung. »Er hat ihn analysiert. Es war definitiv Blut darauf. Er hat es schon ins Labor geschickt, damit sie die DNA untersuchen. Chitwood hat um rasche Bearbeitung gebeten, aber es kann trotzdem Wochen dauern.«

Josie öffnete den Mund, um etwas zu sagen, aber Gretchen hob die Hand. »Bevor du fragst: Wir haben uns schon einen Durchsuchungsbeschluss besorgt, damit unsere Spurensicherung die Hütten im Sanctuary unter die Lupe nehmen kann, denn dort hast du den Strick ja gefunden. Hummel und sein Team sind gerade dort.«

»Hervorragend«, sagte Josie. Sie begann einige Gegenstände aus der Schachtel mit Maya Bestlers Sachen zu holen: ein Nackenstützkissen, eine CD von Chris Stapleton, eine Sonnenbrille, eine Decke, eine Kerze, ein halbes Dutzend Fläschchen Nagellack, ein Schlüsselband und eine Tasse der Cancer Survivors' Alliance for Hope, einer Non-Profit-Organisation, für die Maya gearbeitet hatte. Außerdem förderte sie noch ein paar berufliche Dinge zutage: ein Handbuch mit

Richtlinien und Verfahrensabläufen, eine Schlüsselkarte und einen Unternehmens-Newsletter.

»Übrigens habe ich die Telefonverbindungen von Tyler und Valerie Yates sowie Emilia Gresham bekommen«, fuhr Gretchen fort. »Auch die Textnachrichten sind dabei. Drei Tage bevor sie zum Zelten fuhren waren sie ziemlich sicher, dass Jack sich im Sanctuary aufhielt. Sie waren im Wald, um ihn herauszuholen. Geplant war, in der Nacht auf das Gelände zu schleichen, ihn zu finden und zu überzeugen, mit nach Hause zu kommen. Anscheinend dachte Emilia, wenn sie zu dritt auftauchen würden, könnten sie bei ihm mehr Eindruck machen und hätten eine bessere Chance, ihn zu überzeugen.«

Während Gretchen redete, ließ Josie ihren Blick über die Fotos in dem fast drei Jahre alten Newsletter der Cancer Survivors' Alliance for Hope gleiten. In ihm waren alle Spendensammelaktionen der Organisation mitsamt der Verwendung der Gelder aufgeführt. Anscheinend unterstützten sie überwiegend Familien vor Ort, die durch Krebserkrankungen von Angehörigen in finanzielle Schwierigkeiten geraten waren.

Da fiel ihr Blick auf eine Überschrift:

Lantz Snack Factory sammelt mit der SCAH mehr als 50.000 Dollar für Hinterbliebene in der Gemeinde.

Sie überflog den Artikel. Es ging darin um eine gemeinsame Spendenaktion von Lantz und der Non-Profit-Organisation, bei der eine erkleckliche Summe Geld zusammengekommen war. Josie blätterte weiter und stieß auf ein Farbfoto, das vor dem Lantz-Gebäude gemacht worden war. Unter dem großen Firmenschild drängten sich rund dreißig Leute, um auf das Bild zu kommen. Alle lächelten breit und trugen blaugrüne T-Shirts mit dem Aufdruck »Hoffnung nähren« und dem Namen der Non-Profit-Organisation. Josie sah sich die Gesichter genauer an, bis sie Maya entdeckte. Wie anders sie damals doch ausgesehen hatte – nicht nur jünger, sondern auch unschuldiger. Ihr Lächeln war noch relativ ungetrübt, obwohl sie damals bereits von Garrett misshandelt worden war.

»Tyler und Emilia hatten zuvor schon mehrere Male erfolglos versucht, Jack zum Verlassen des Sanctuary zu bewegen«, sagte Noah.

Josie sah sich die Gesichter der anderen Personen auf dem Foto an.

»Genau«, pflichtete Gretchen ihm bei. »Ich glaube nicht, dass Jack mit den dreien mitgegangen wäre. Ich denke, er wollte dort bleiben.«

Da entdeckte Josie ein vertrautes Gesicht und blies überrascht die Luft aus.

»Was ist?«, fragte Noah.

Sie hielt den Newsletter mit dem Foto hoch. »Ich glaube, Jack Gresham und Maya Bestler kannten sich.«

FÜNFUNDVIERZIG

Noah, Gretchen und Mettner standen auf, scharten sich um Josie und starrten auf das Foto. Josie deutete zunächst auf Jack ganz links in der hintersten Reihe und dann auf Maya vorne in der Mitte. Sie suchte nach dem Aufnahmedatum. »Das Bild wurde vor etwas mehr als zwei Jahren gemacht. Genauer gesagt, vor zwei Jahren und vier Monaten.«

»Ich dachte, Maya Bestler und die Greshams hätten in verschiedenen Städten gelebt«, warf Gretchen ein.

»Haben sie auch«, entgegnete Josie. »Aber trotzdem nicht allzu weit voneinander entfernt. Mayas Organisation veranstaltete Wohltätigkeitsevents mit Unternehmen im ganzen Südosten von Pennsylvania.«

»Das heißt noch nicht, dass sie sich auch kannten«, meinte Noah. »Fest steht vorerst nur, dass sie zusammen auf einem Foto waren.«

»Da muss ich ihm recht geben, Boss«, sagte Gretchen. »Das war eine einmalige Veranstaltung. Sie stehen im Foto weit voneinander entfernt und da sind noch mindestens dreißig Leute mit dabei. Wir wissen nicht, ob sie je miteinander zu tun hatten.«

»Aber Jack Gresham neigte zum Stalken. Er hätte ihr nicht offiziell begegnen müssen, um ihr hinterherzulaufen und sich auf sie zu fixieren. Das Foto entstand nur ein paar Monate vor Mayas Entführung.«

»Es steht aber doch bereits fest, dass es der Einsiedler war, der Maya vom Zeltlager entführte«, gab Mettner zu bedenken. »Das hat sie jedenfalls gesagt.«

»Außerdem haben wir Fingerabdrücke von ihr in der Höhle gefunden«, fügte Gretchen hinzu.

»Worauf willst du hinaus?«, fragte Noah.

Josie starrte auf das Foto. Maya und Jack waren gemeinsam auf einer Fotografie. Mayas Verein hatte irgendwann in den drei Monaten, in denen Jack dort gearbeitet hatte, eine Wohltätigkeitsveranstaltung vor Ort organisiert. Jack war rund dreizehn Kilometer von der Stelle, an der Maya während eines Campingausflugs mit ihrem Freund entführt worden war, einer Kommune in Lenore County beigetreten. Zwei Jahre später war Jacks Frau in der Nähe des Sanctuary ebenfalls beim Campen gewesen und verschwunden, als ihre besten Freunde – und die von Jack – ermordet worden waren. Renee Kelly, ein Mädchen aus dem Sanctuary, war kurz darauf auf exakt die gleiche Weise umgebracht worden wie Valerie Yates. All diese Ereignisse hatte einen gewissen Bezug zueinander, was aber nicht hieß, dass sie ausnahmslos zusammenhingen. Letztlich war es ihre Aufgabe, sich an den Fakten zu orientieren. Bauchgefühle, Ahnungen und Verdachtsmomente waren schön und gut, aber sie hatte tatsächlich keinen Beweis dafür, dass Jack Gresham und das Sanctuary irgendwie mit Mayas Entführung zusammenhingen oder dass jemand anderes als der Einsiedler die jüngsten Morde begangen hatte.

Wie groß war die Wahrscheinlichkeit, fragte sich Josie, dass innerhalb weniger Stunden eine Frau verschwand und gleichzeitig eine andere wieder auftauchte und beide mit ein und demselben Mann, Jack Gresham, zu tun gehabt hatten? Auch wenn Mayas Verbindung zu ihm bestenfalls vage war, wie sie zugeben musste.

Josie seufzte. »Ich will auf gar nichts hinaus«, erwiderte sie. »Es ist nur merkwürdig.«

Gretchen und Noah sahen sie an, als warteten sie darauf, dass sie noch etwas sagte. Sie warf den Newsletter zurück in die Schachtel und meinte nur: »Ich denke, wir haben genug, um ein weiteres Mal mit Charlotte zu reden. Morgen fahren wir ins Sanctuary und sehen, ob wir noch etwas in Erfahrung bringen. Diesmal zeigen wir allen ein Foto von Jack Gresham. Irgendjemand sollte ihn erkennen, selbst wenn er nicht mehr dort ist. Allerdings rechne ich damit, dass alle lügen werden. Unterdessen kann diese Schachtel jemand ins Krankenhaus bringen und sie einem der Bestlers geben. Zeigt auch ihnen ein Foto von Jack Gresham, einfach zur Sicherheit.«

»Ich erledige das«, sagte Noah. Er packte alles wieder in die Schachtel und trug sie aus dem Raum.

Josie blickte ihm nach. In ihrer Tasche vibrierte das Handy. Sie zog es heraus, sah auf dem Display *SCI Muncy* stehen und leitete den Anruf auf die Mailbox um.

»Alles okay mit dir?«, fragte Gretchen.

Josie rang sich ein Lächeln ab. »Ja, sicher. Jetzt fahre ich nach Hause. Ich muss mich etwas ausruhen. Morgen fahren wir als Erstes ins Sanctuary, um mit Charlotte und ihren Leuten zu reden. Mal sehen, was wir herausbekommen.«

»Alles klar«, erwiderte Gretchen.

Josie nahm den längeren Weg nach Hause. Sie wollte nicht länger als nötig mit der Flasche Wild Turkey in ihrer Küche allein sein. Zum Glück traf Noah wenige Minuten nach ihr ein.

»Hast du den Bestlers ein Foto von Jack Gresham gezeigt?«, fragte Josie ihn.

»Habe ich.«

»Kennen Sie ihn?«

»Nein. Sie haben ihn noch nie gesehen.«

SECHSUNDVIERZIG

Josie ließ das Licht in ihrem Schlafzimmer an. Noah war so müde, dass er es nicht einmal merkte. Nur wenige Minuten nachdem er ins Bett gekrochen war schlief er bereits tief und fest. Als sie ihren Kopf neben seinen auf das Kissen legte, sah sie, wie sich seine Augen unter den Lidern bewegten. Auch sie driftete weg. Der Schlaf legte sich wie Nebel auf ihr Bewusstsein und trug sie fort. Doch ein Teil ihres Gehirns blieb auf der Hut. Als sie sich in ihrer Kindheit wiederfand und Lila anbettelte, ihre Finger nicht über die blaue Flamme auf dem Herd zu halten, kämpfte sie sich mit einem Ruck zurück ins Bewusstsein. Ihr Brustkorb hob und senkte sich schwer, als sie im Bett aufschreckte. Schweiß lief ihr von der Stirn. Sie wagte es nicht mehr einzuschlafen. Noch eine Nacht, in der sie die unsäglichen Qualen, die Lila ihr zugefügt hatte, wieder durchlebte, ertrug sie nicht. Sie stand auf, ging nach unten und sah sich ihre Notizen zum Fall an, bis es Zeit wurde, sich für den Arbeitstag fertig zu machen.

Als Josie, Noah, Gretchen, Mettner und zwei Streifeneinheiten aus Denton zusammen mit Moore und seinem Kollegen Nash in die Zufahrt zum Sanctuary einbogen, zogen dicke graue Wolken über sie hinweg. Während sie ausstiegen, erschien Charlotte in einem wallenden goldfarbenen Gewand auf der vorderen Veranda. Sie schwebte förmlich die Treppe hinunter und über das Gras zu ihnen. Ihr charakteristisches Lächeln war diesmal nur noch ein dünner Strich. Sie hob die Hand, als sie bei ihnen war. »Es tut mir leid, Officers«, sagte sie. »Das ist jetzt kein guter Zeitpunkt.«

Moore trat neben Josie und überreichte Charlotte den Durchsuchungsbeschluss. »Mrs Fadden, die Angelegenheit ist leider äußerst dringlich. Eine Frau wird vermisst und wir glauben, dass ihr Ehemann entweder jetzt gerade hier ist oder sich hier aufgehalten hat. Sollte jemand von Ihren Leuten ihn gesehen haben oder wissen, wo er ist, müssen wir sie oder ihn sofort sprechen.«

Charlotte verschränkte die Arme vor der Brust. »Ihre Leute waren gestern fast den ganzen Nachmittag und Abend hier und haben in unseren Hütten herumgeschnüffelt. Seit Tagen trampeln Sie auf unserem Grund und Boden herum. Jemand von uns wurde ermordet. Die Menschen hier sind aufgebracht. Sie stören uns mit Ihren Aktivitäten außerordentlich. Wir versuchen, als Familie zu trauern, und die Anwesenheit der Polizei ist ... es tut mir leid, aber sie ist einfach zu viel im Augenblick. Ich kann das nicht länger zulassen.«

»Wir haben einen Durchsuchungsbeschluss, Mrs Fadden«, erwiderte Josie. »Ich verstehe, dass Renees Ermordung die Menschen verstört hat, aber wir machen nur unsere Arbeit. Und nun, wenn ich Sie bitten darf ...«

Charlotte fiel ihr ins Wort. »Sie haben neulich ein Foto der Vermissten hier herumgezeigt. Niemand hat sie gesehen. Was hat ihr Mann mit dem Ganzen zu tun?«

»Er befindet sich möglicherweise bei ihr«, antwortete Josie. »Wir müssen ihn finden. Sein letzter bekannter Aufenthaltsort war hier auf Ihrem Anwesen.«

Charlotte ließ den Blick über die Polizisten schweifen und meinte dann: »Müssen gleich alle hier herumlaufen?«

»Wenn wir alle zusammenarbeiten, ist es wesentlich schneller vorbei«, entgegnete Josie.

Charlotte zögerte. Josie sah, dass sie fieberhaft überlegte und sich fragte, wie viel Gegenwehr möglich war. Schließlich lächelte sie gequält und wies mit der Hand zum Haus. »Also dann, bitte«, sagte sie. »Aber machen Sie schnell.«

Josies Team verteilte sich, ausgerüstet mit Notizblöcken und den Fotos von Jack Gresham. Josie blieb mit in die Hüften gestützten Händen zurück. Charlottes Lächeln wurde etwas gelöster und aufrichtiger. »Sie wollen mit mir reden.«

Josie fasste in ihre Gesäßtasche und zog ein Foto von Jack Gresham heraus. Sie zeigte es Charlotte. »Ich weiß, dass er hier war.«

Charlotte nahm es und sah es sich an. Ohne Josie anzublicken, sagte sie: »Ja, er war lange hier. Jack.«

»Sie erinnern sich an ihn?«

»Ja, er war ziemlich verstört.«

»Erinnern Sie sich auch daran, dass seine Frau mehrmals hier aufgetaucht ist und verlangt hat, mit ihm zu reden?«

Charlotte gab ihr das Foto zurück. »Nein. Aber es kann sein, dass ich anderswo auf dem Gelände gearbeitet habe, als sie hier war.«

»Sein bester Freund kam ebenfalls hierher und versuchte, sich ihren Leuten anzuschließen. Tyler Yates. Als ich Ihnen und den anderen neulich ein Foto von ihm gezeigt habe, hat ihn aber niemand erkannt.«

»Da muss ein Missverständnis vorliegen«, entgegnete Charlotte. »Vielleicht war er auch nicht so lange hier, dass die Leute sich an ihn erinnern würden.«

»Tylers Vater sagte, er sei aus dem Sanctuary hinausgeworfen worden, als klar geworden sei, dass er nur da war, um Jack zur Rückkehr nach Hause zu bewegen«, widersprach Josie.

»Jetzt bin ich mir sicher, dass es sich um ein Missverständnis handelt«, lachte Charlotte. »Ich kann mich an so etwas nicht erinnern. Es stimmt einfach nicht, wer immer Ihnen das erzählt hat.«

Josie wusste, dass Charlotte log, doch hatte es offensichtlich keinen Sinn, weiter nachzubohren. Sie wechselte das Thema. »Wo ist Jack jetzt?«

»Ich weiß es nicht.«

»Ist er hier?«

»Ich glaube nicht«, antwortete Charlotte. »Das müssten Sie eigentlich besser wissen als ich. Sie befragen die Leute ja seit Tagen.«

Josie holte ihr Smartphone heraus, rief ein Foto von Maya Bestler auf und zeigte es Charlotte. »Was ist mit dieser jungen Frau?«

Charlotte seufzte. »Detective Quinn, ich habe Ihnen schon gesagt, dass hier sehr, sehr viele Leute kommen und gehen. Ich kann mich nicht an jedes einzelne Gesicht erinnern.«

»Also könnte sie hier gewesen sein?«

»Wie heißt sie?«

»Maya.«

Charlotte schüttelte den Kopf. »Ich glaube nicht, dass wir hier schon eine Maya hatten. Nein.«

»Sie sagten, dass Jack Gresham verstört gewesen sei. Was meinen Sie damit?«

Charlotte deutete zum Haus. »Würde es Ihnen etwas ausmachen, mit nach drinnen zu kommen, während wir reden?«

»Ich möchte wissen, was Sie über Jack Gresham wissen.«

Charlotte lächelte. »Gehen wir doch einfach«, sagte sie und begann zur Rückseite des Hauses zu schlendern.

Josie folgte ihr eine kurze Strecke. Ihr Ärger nahm mit jeder Minute zu. Aber sie wusste, dass die Frau ein Spiel spielte, und wollte ihr nicht die Oberhand lassen. Sie wartete, bis Charlotte fortfuhr. »Jack hatte eine schwierige Kindheit. Seine Mutter war alleinerziehend. Kümmerte sich kaum um ihn. Aber er hatte noch andere Probleme. Als er zu mir kam, war er sehr niedergeschlagen und verwirrt. Ich wage zu behaupten, er hatte Selbstmordgedanken.«

Sie gingen am Garten vorbei, in dem mehrere Sanctuary-Mitglieder um Mettner herum versammelt waren. Sie wirkten angespannt. Eine Frau tupfte sich mit einem Papiertaschentuch die Tränen von der Wange. Renees Tod hatte die Leute hier zweifellos betroffen gemacht. »Und Sie haben Jack wieder zu einer stabilen Psyche verholfen?«

Charlotte lachte. »So etwas machen wir hier nicht, Detective.«

»Was haben Sie dann für ihn getan?«

»Ich wollte ihm helfen, die Dunkelheit in ihm mit dem Licht in Einklang zu bringen.«

»Was heißt das?«

»Jack hatte Dämonen. Wie wir alle. Wie Sie auch.«

»Warum bringen Sie mich ins Spiel?«

Charlotte hielt inne. Josie ging noch ein paar Schritte weiter, bis sie merkte, dass die Frau stehen geblieben war. Charlotte trat so nah an Josie heran, dass ihr Gesicht nur noch Zentimeter von ihrem entfernt war. Damit drang sie in eine Zone ein, in der Josie normalerweise nur Noah zuließ. Doch sie widerstand dem Impuls, zurückzuweichen. »Auch in Ihnen ist Dunkelheit, Detective Quinn«, sagte Charlotte.

»In jedem von uns ist Dunkelheit, Mrs Fadden.«

Charlottes Augen leuchteten, als hätte Josie eine Testfrage korrekt beantwortet. »Sie haben ja so recht! In uns allen ist Dunkelheit. Manche Menschen kommen auf die Welt, um Dunkelheit zu verbreiten. Sie tun schreckliche Dinge, die ihnen auch noch leichtfallen. Ihr Licht ist so tief in ihnen vergraben, dass die meisten es nie finden. Andere, wie ich, wie Jack und wie Sie, wir sind so sehr und so oft Opfer gewesen, dass unsere eigene Dunkelheit zu tief in uns vergraben ist, als dass wir Zugang zu ihr hätten. Wenn Menschen wie wir in aller Gänze *werden* wollen, müssen wir Zugang zu diesem Teil unseres Selbst finden. Das musste auch Jack.«

»Was bedeutet das? In aller Gänze *werden*?«

Charlotte trat zurück. Josie bemühte sich, ihre Erleichterung zu verbergen. »Es bedeutet, dass wir die Dunkelheit in uns mit dem Licht in uns und umgekehrt in Einklang bringen müssen, damit wir die vollste, wahrhaftigste Version unserer selbst in diesem einen Leben, das wir bekommen haben, werden. Wir müssen uns vollständig akzeptieren. Unser ganzes Ich, nicht nur die Teile von uns, die die Gesellschaft für annehmbar erachtet.«

Sie begannen erneut zu gehen und einen Weg zu nehmen, von dem Josie wusste, dass er zu den Hütten führte. Wieder fragte sie sich, ob Charlotte etwa Gedanken lesen konnte. Josie hatte vorgehabt, Charlotte auf den blutigen Strick anzusprechen, den sie in einer der Hütten gefunden hatte.

»Musste Jack das Bekenntnis ablegen, um zur Gänze zu *werden*?«

Josie nahm den Hauch einer Spannung in Charlottes Schultern wahr, aber als sie Josie ansah, hatte sie wieder ihr Lächeln aufgesetzt. »Ich sehe, Sie haben gut recherchiert. Ja, Jack hat das Bekenntnis abgelegt. Er war bereits geraume Zeit hier gewesen, wenn ich mich recht erinnere. Wenn ich an einem bestimmten Punkt merke, dass eine Person schon lange bei uns ist, aber keine Fortschritte macht, fordere ich sie auf, das Bekenntnis abzulegen.«

»Wozu bekennt man sich?«, fragte Josie.

»Man bekennt sich dazu, das persönliche Werden fortzuführen, nicht zuzulassen, dass etwas es hemmt. Außerdem dazu, das Sanctuary und seine Mitglieder zu schützen und ein authentisches Leben zu führen. Darum geht es beim Bekenntnis.«

»Warum bestehen Sie auf der Brandmarkung?«

Charlotte duckte sich unter einem tief hängenden Zweig hindurch. »Die Brandmarkung ist ein symbolischer Akt dafür, wie schmerzvoll das persönliche Werden sein kann. Aber zugleich ist es eine physische Erinnerung daran, dass eine Person sich entwickelt und eine neue Ebene des Seins erreicht hat. Wir glauben hier nicht an ein Leben nach dem Tod und streben deshalb danach, in diesem Leben neue Ebenen der Existenz und der Erleuchtung zu erlangen.« Sie umfasste Josies Handgelenk. »Wissen Sie, ich kann Ihnen helfen.«

Josie versuchte, ihre Hand wegzuziehen, aber Charlottes Griff war zu fest. »Womit helfen?«, fragte sie.

»Sich zu entwickeln. Ihre dunkle Seite anzunehmen.«

Josie riss sich los. »Meine dunkle Seite anzunehmen hilft mir aber nicht, Jack und Emilia Gresham zu finden.«

»Sich in Arbeit zu vergraben hilft Ihnen nicht, das zu vermeiden, wovor Sie davonlaufen.«

»Ich muss meine Arbeit tun«, sagte Josie und stapfte voran.

Sie kamen zu den Hütten. Josie blieb vor der stehen, in der sie am Tag zuvor gewesen war. »Ich habe in dieser Hütte einen blutigen Strick gefunden«, teilte sie Charlotte mit.

Charlotte raffte den vorderen Teil ihres Kleides zusammen und gab den Blick auf ein Paar alter Flipflops an ihren Füßen frei. Sie ging die Treppe hoch, stand eine ganze Weile in der Tür und blickte nach drinnen. Josie fragte sich, ob sie sich gerade etwas ausdachte, was das Vorhandensein des Stricks erklären würde. Als sie sich wieder umdrehte, sagte sie: »Ja, wir hatten ein Mitglied, das hier einen Hund hielt. Ich war damit einverstanden, bis ihn der Hund gebissen hat. Das war wahrscheinlich das Blut, das Sie gefunden haben.«

»Renee Kelly hatte Fesselwunden an ihren Handgelenken. Verheilte und frische. Jemand hat ihr die Hände zusammengebunden. Jemand hier in Ihrem Sanctuary.«

Charlotte ging die Treppe hinunter. »Renee hätte nie zugelassen, dass etwas gegen ihren Willen mit ihr geschieht, Detective.«

»Was bedeutet das? Dass sie einverstanden war, gefesselt zu werden? Als ich sie das letzte Mal gesehen habe, war sie völlig verstört. Wie erklären Sie sich das?«

Charlotte trat wieder auf sie zu. Diesmal streckte sie ihre Hand aus und berührte Josies Wange. Müdigkeit und Schlafentzug hatten Josies Reflexe verlangsamt, sodass es ihr diesmal nicht gelang, ein Zurückzucken zu unterdrücken. »Sie sind nicht die Einzige, die vor der Dunkelheit Angst hat«, sagte Charlotte.

SIEBENUNDVIERZIG

Josie und ihr Team versammelten sich ein weiteres Mal im Konferenzraum, um ihre Aufzeichnungen zu vergleichen. Draußen regnete es in Strömen, die Tropfen prasselten stetig gegen das Fenster. Josie sah sich Noah, Gretchen und Mettner an, die alle erschöpft wirkten. In der Tischmitte stapelten sich Pizzaschachteln, aber niemand hatte sie angerührt. Mettner nahm einen großen Schluck aus seiner Wasserflasche und sagte: »Ich habe mit drei Leuten gesprochen, die Jack erkannt haben. Sie meinten, er habe sehr lange auf dem Gelände gelebt, nur sehr wenig Kontakt mit anderen Mitgliedern gehabt und das Sanctuary vor ein paar Monaten verlassen.«

Gretchen blätterte in ihrem Notizbuch. »Zwei der Leute, mit denen ich geredet habe, erzählten das Gleiche. Sie nannten auch beide als Zeitraum ›ein paar Monate‹. Als ich wissen wollte, wie er abgereist ist, ob mit dem Auto oder zu Fuß, sagten sie, sie wüssten es nicht.«

»Bei den von mir Befragten war es genauso«, bestätigte Noah. »Sie meinten, er sei einfach eines Tages nicht mehr da gewesen. Eine Person erzählte, er habe nie etwas gesagt und keinen Kontakt zu anderen Mitgliedern gehabt. Sie behauptete, er sei vor drei Wochen weggegangen.«

»Was hat Charlotte gesagt?«

Josie berichtete, was Charlotte über Jack Gresham und den blutigen Strick gesagt hatte. Lediglich Charlottes Angebot, dass sie ihr helfen wolle, ihre dunkle Seite anzunehmen, ließ sie aus. »Sie lügt«, schloss Josie. »Ich habe ihr wegen der lächerlichen Hundestory und der Tatsache, dass jemand Renee gefesselt und ihr etwas angetan hat, zugesetzt, doch sie hat weiter gemauert. Außer kryptischen Antworten kam von ihr nichts. Sie weiß aber hundertprozentig etwas. Alle dort wissen mehr, als sie zugeben.« Sie dachte daran, was Charlotte über das Bekenntnis gesagt hatte. Renee Kelly hatte das Bekenntnis, das Sanctuary vor Schaden zu bewahren, nicht abgelegt. Vielmehr war sie in der Nacht, in der Josie ihr die Möglichkeit zur Flucht gegeben hatte, sogar weggegangen. Sie hatte es nur nicht bis zu Josies oder Gretchens Auto geschafft.

Aber Jack Gresham hatte das Bekenntnis abgelegt. Er hatte sich gegenüber dem Sanctuary zur Loyalität verpflichtet. Warum also war er gegangen? Und wohin?

»Hat jemand Jack Greshams Mutter aufgetrieben?«, wollte Josie wissen.

Mettner hob die Hand. »Ich habe gestern Abend mit ihr gesprochen, nachdem du heimgefahren bist. Sie lebt in Kalifornien. Sagt, dass sie ihn seit seiner Hochzeit nicht mehr gesehen habe und nur einmal im Jahr zu Weinachten mit ihm sprechen würde.«

»Eine fürsorgliche Mutter«, spottete Noah.

Josie dachte daran, was Charlotte gesagt hatte. Jack hatte Probleme gehabt. Er war von einer lieblosen Mutter aufgezogen worden. Sie hatte aber noch andere Schwierigkeiten angedeutet. Nachdem sie mit seinen Kollegen in der Lantz Snack Factory gesprochen und von den Stalkingvorfällen erfahren hatte, konnte sie sich auch vorstellen, worum es sich dabei handelte. Josie fragte sich, was genau Charlotte getan hatte, um Jack beim Annehmen seiner »dunklen Seite« zu helfen.

»Ich glaube, Jack Gresham ist noch dort oder treibt sich zumindest noch in der Gegend herum.«

»Im Sanctuary?«, hakte Noah nach. »Wir haben das Gelände jetzt ein halbes Dutzend Mal durchgekämmt. Wo sollten sie ihn denn verstecken?«

»Ich weiß nicht«, antwortete Josie. »Aber er würde das Sanctuary nicht lange verlassen. Das würde er nicht wollen.«

»Warum sollte er sich verstecken?«, fragte Gretchen.

»Vielleicht war er derjenige, der Renee Kelly malträtiert hat«, mutmaßte Josie.

»Denkst du, dass er sie umgebracht hat?«, wollte Mettner wissen. »Wenn, dann hat er auch seine besten Freunde getötet und seiner Frau etwas angetan.«

»Oder jemand bringt seine Freunde um und verschleppt seine Frau, während sie gerade unterwegs sind, um ihn aus dem Sanctuary zu holen«, überlegte Gretchen. »Er könnte Angst bekommen haben, dass man ihn verdächtigt.«

»Möglich«, stimmte Josie zu. »Vielleicht dachten er und Charlotte, dass bei den polizeilichen Ermittlungen auch ans Tageslicht käme, was er mit Renee Kelly anstellt. Das wäre schlecht für alle gewesen – für das gesamte Sanctuary. Er könnte sich an dem Tag, an dem wir Tyler und Valerie gefunden haben, dort aufgehalten haben. Charlotte könnte ihn weggeschickt haben, bis Gras über die Sache gewachsen ist, und die anderen Mitglieder angewiesen haben zu lügen, was seine Anwesenheit dort anging.«

»Sie könnte Renee befohlen haben, kein Wort darüber zu erzählen, was mit ihr geschehen war«, fügte Gretchen hinzu.

Einen Moment lang hörte Josie in ihrem Hinterkopf Lilas Stimme aus ihren Albträumen. *Kein einziges Wort.*

»Er hat eine Kollegin gestalkt«, sagte Noah. »Bekam Depressionen. Ist einer Sekte beigetreten. Das heißt nicht unbedingt, dass er junge Frauen quält oder ein Mörder ist. Dem Einsiedler traue ich die Morde dagegen nach wie vor zu.«

»Wir sollten das Gelände überwachen«, schlug Josie vor. »Dazu müssen wir nicht einmal hinein. Wir stellen Wachtposten rundherum auf und warten, bis Jack Gresham es betritt oder verlässt. Verlässt er es, folgen wir ihm und beobachten, wohin er geht. Dann reden wir mit ihm und sehen, was er über seine vermisste Frau zu sagen hat. Was, wenn er weiß, wo sie ist?«

»Das Sanctuary ist ziemlich abgelegen«, gab Mettner zu bedenken. »Da können wir uns nicht einfach wie bei einer Observierung ins Auto setzen.«

»Dann setzen wir uns in den Wald«, entgegnete Josie. »Wir waren in den letzten drei Tagen ziemlich viel da draußen. Inzwischen weiß Noah, welche Pflanzen er nicht essen darf.«

Mettner lachte. »Habt ihr auch einen Ghillie Suit?«

»Was ist ein Ghillie Suit?«, wollte Gretchen wissen.

Mettner sah Josie an, als wollte er sagen: »Macht sie Witze?«

»Gretchen ist ein Stadtkind, das darfst du nicht vergessen«, klärte Josie ihn auf. »In Philadelphia haben sie für Ghillie Suits nicht viel Verwendung.«

»Jetzt sagt schon: Was ist ein Ghillie Suit?«, wiederholte Gretchen.

Noah lachte. »Ein Tarnanzug, den man beim Jagen trägt, um ganz mit seiner Umgebung zu verschmelzen. Man sieht darin aus wie ein laufender Busch – oder ein laufender Baum, der von Kletterpflanzen überwuchert ist. Googel es mal, dann siehst du schon.«

Gretchen holte ihr Handy heraus und gab den Begriff in ihren Browser ein. Ein Lächeln überflog ihr Gesicht. »Wow. So einen brauche ich«, rief sie aus.

———

Sie holten sich Chitwoods Genehmigung für die Überwachung, nachdem der Chief mit den Strafverfolgungsbehörden in Lenore County gesprochen und sie über den Stand der Dinge informiert hatte. Der größte Teil des Gebiets um das Sanctuary herum gehörte dem Staat, sodass sie keine Durchsuchungsbeschlüsse oder Erlaubnisse von Grundstückseigentümern brauchten, um sich im Wald zu postieren. Mettner und ein paar weitere Beamte der Polizei von Denton versuchten, so viel Jagdkleidung wie möglich zusammenzubekommen, um sich zu tarnen. Außerdem besorgten sie sich Nachtsichtgeräte. Die Sonne ging kurz nach zwanzig Uhr unter. Kaum war es dunkel, machten sie sich gruppenweise auf den Weg.

Zivilfahrzeuge der Polizei postierten sich an strategischen Punkten außerhalb des Kordons. Josie wies die uniformierten Polizisten an, Zivilkleidung anzuziehen und im Fahrzeug für den Fall zu warten, dass sie Autos verfolgen mussten, die aus dem Sanctuary herausfuhren. Die übrigen Teams verteilten sich zu Fuß. Mettner und zwei Beamte bezogen im Wald zwischen dem Zeltplatz, auf dem Valerie und Tyler Yates gefunden worden waren, und dem Zaun um Charlottes Grundstück Stellung. Sie verteilten sich, sodass sie einen möglichst großen Bereich im Auge hatten und einen lockeren Kordon um das Gelände bildeten. Noah, Josie und Gretchen postierten sich gegenüber vom Sanctuary im Wald, der sich vom Farmhaus aus jenseits der Straße erstreckte. Gretchen versteckte sich zwischen den Bäumen am Fuß eines Hügels südlich des Geländes. Josie fand einen Platz direkt an der Straße, die von der Zufahrt zum Sanctuary wegführte. Sie entdeckte etwa zehn Meter vom Randstreifen entfernt einen umgestürzten Baum gut versteckt zwischen Sträuchern und Bäumen liegend. Noah ging einen Hügel nördlich des Sanctuary hinauf. Josie schätzte die Entfernung zwischen ihnen auf etwa vierhundert Meter – eigentlich nicht viel, aber im dunklen, stillen Wald kam es ihr vor, als seien Gretchen und

Noah Welten weg. Sie überprüfte immer wieder die Gesäßtasche ihrer Jeans, um sicherzugehen, dass ihr Funkgerät noch darin steckte. Die Teams hatten sich darauf geeinigt, nur Kontakt zueinander herzustellen, wenn sie jemanden sichteten, damit die Geräte nicht unnötig Aufmerksamkeit auf sich zogen.

Zum Glück hatte es aufgehört zu regnen. Obwohl die Sonne bereits untergegangen war, hatten die Hitze und Luftfeuchtigkeit nicht nachgelassen. Josie hatte einen Ghillie Suit abgelehnt. Sie trug stattdessen schwarze Jeans und eine olivgrüne Regenjacke, damit sie im Wald nicht so leicht auszumachen war. Schweiß lief ihr über die Haut und sammelte sich auf ihrem unteren Rücken. Sie sehnte sich nach einem Windhauch oder sogar mehr Regen, doch beides blieb aus. Neben den Baumstamm legte sie eine Thermoskanne Kaffee und ein Fernglas, mit dem sie das Farmhaus und die Scheune im Auge behalten konnte. In beiden war gedämpftes Licht zu erkennen. Zwischen den Gebäuden gingen Leute hin und her oder entfernten sich von beiden und marschierten zum Feld hinter dem Haus in Richtung der Zelte. Eine Stunde verging, dann eine weitere und noch eine. Kein einziges Auto fuhr in das Sanctuary oder verließ es. Schließlich verloschen die Lichter in beiden Gebäuden. Nur eine einzige Außenlampe hinter der Scheune brannte noch und erleuchtete ein Toilettenhäuschen.

Soweit Josie von ihrem Posten gegenüber der Straße erkennen konnte, hatten sich bis Mitternacht alle Mitglieder des Sanctuary in ihre Schlafquartiere zurückgezogen. Josie trank ihren Kaffee und wartete. Zweimal sah sie Schatten an der Scheunenwand entlanghuschen, doch tauchten die Gestalten im Lichtschein um die Toilette wieder auf. Es waren zwei Frauen, die sich erleichterten. Josie sah auf ihr Handy und notierte sich die Zeiten. Die erste Frau kam um ein Uhr fünfzehn und blieb zehn Minuten auf der Toilette. Die zweite tauchte um zwei Uhr dreiundvierzig auf und machte sich schon eine Minute später wieder eilends auf dem Weg zurück zur Vorderseite der Scheune.

Josie seufzte und hüpfte von ihrem Sitzplatz auf dem Baumstamm herunter. Sie blickte sich nach allen Seiten um, sah jedoch nur Dunkelheit in verschiedenen Schwärzestufen. Es war eine mondlose Nacht und das Licht beim Toilettenhäuschen reichte nicht über die Straße bis in den Wald hinein. Sie tastete sich zu einem Platz mehrere Meter von ihrem entfernt und erleichterte sich dort. Als sie zurückkehrte, schüttelte sie ihre Thermoskanne und stellte zufrieden fest, dass noch Kaffee darin schwappte. Langsam trank sie den Rest.

Um drei Uhr war die Temperatur endlich etwas gesunken und auch der sehnlich herbeigewünschte Wind strich nun durch die Baumkronen. Anfangs befürchtete sie, dass sie im Dunkel der Waldnacht einschlummern würde, vor allem, da sie in den letzten Nächten zusammengenommen nur ein paar Stunden Schlaf gehabt hatte. Aber als sich absolute Stille über das Sanctuary legte, erinnerte die Umgebung sie zu sehr an die jüngsten Albträume, als dass ihr Körper zur Ruhe kam. Jedes Geräusch ließ sie zusammenzucken: das Rascheln des Windes im Geäst, das Zirpen der Grillen und Zikaden sowie das dunkle Heulen einer Eule. Der Schweiß kühlte ihre Haut und hinterließ ein klammes Gefühl. Ein Schauder durchlief sie.

Etwas Kaltes legt sich um ihren Hals. Sie schnellte vom Baumstamm hoch, wirbelte herum und starrte in die Dunkelheit. Dann riss sie ihre Pistole aus dem Halfter und hielt sie vor sich. Sie war sich sicher, einen Schatten zwischen zwei nahen Bäumen hindurchhuschen zu sehen. Ihre Beine gaben nach. Sie stolperte und stieß mit dem Kopf gegen einen Ast hinter ihr. Unwillkürlich stöhnte sie auf. Ein Geräusch zu ihrer Linken ließ sie erstarren. Schritte? Sie gab keinen Laut von sich und horchte angestrengt in die Dunkelheit. Die Pistole fühlte sich schwerer als sonst an, ihr Arm zitterte, während sie sie festhielt.

Spielte ihre Vorstellungskraft ihr einen Streich? Blinzelnd

ging sie ein paar Schritte zurück zu der Stelle, an der sie gesessen hatte. Plötzlich war da wieder dieses Gefühl, das sie schon am ersten Tag beim Zelt der Yates' gehabt hatte. Sämtliche Haare auf ihren Armen und in ihrem Nacken sträubten sich. Ihr Kopf fuhr herum. Hörte sie jemanden atmen? Sie ließ die Pistole sinken und rannte mit klopfendem Herzen in Richtung der Straße – zumindest dorthin, wo sie die Straße vermutete –, hatte aber die Orientierung verloren. Je weiter sie lief, desto desorientierter wurde sie. Ihr Herz pochte wie wild. Sie blieb stehen, um sich zu sammeln, drückte sich gegen einen Baum und richtete die Waffe erneut in die Dunkelheit vor sich. Ihre Augen wanderten hin und her, aber keine Bewegung war zu erkennen. Sie wartete und lauschte auf weitere Geräusche, aber da war nichts. Schließlich legte sich das seltsame Gefühl. Sie nahm eine Hand vom Pistolengriff und griff nach dem Handy in ihrer Jackentasche, aber es war nicht mehr da. Sie legte die Hand auf die andere Tasche. Auch ihr GPS-Gerät war verschwunden.

»Shit«, murmelte sie. Sie mussten herausgefallen sein, als sie gerannt war. Oder hatte sie sie auf dem Baumstamm liegen lassen? Warum war in ihrem Kopf nur alles so verworren?

Sie richtete den Lauf ihrer Waffe nach unten, schloss die Augen und versuchte, wieder einen klaren Gedanken zu fassen. Schließlich öffnete sie sie und blinzelte, um die Schatten in ihrer Umgebung besser auszumachen, aber es funktionierte nicht. Mit einer Hand tastete sie nach dem Funkgerät in ihrer Gesäßtasche, doch die Finger gehorchten ihr nicht. Schon von der bloßen Bewegung wurde ihr schwindlig.

Da glaubte sie in den Augenwinkeln eine Bewegung wahrzunehmen. Wieder dieser Schatten. Das Pochen in ihrer Brust wurde erdrückend. War da wirklich jemand? Oder spielte ihr völlig erschöpftes Gehirn ihr Streiche? Sollte sie bleiben oder weglaufen? Sie versuchte, ihre Waffe wieder vor sich zu heben, doch sie war zu schwer. Stattdessen wanderte ihre Hand nach hinten und versuchte aufs Neue, das Funkgerät zu finden. Ein weiteres Geräusch drang an ihr Ohr.

Er atmet, dachte sie bei sich. Der Wald atmet.

War sie eingeschlafen? Befand sie sich in einem ihrer Albträume? Würde gleich Lila hinter einem Baum hervortreten, sie beim Kinn packen und sie zu Tode erschrecken?

Das Geräusch war nun überall um sie herum. Die Bäume und Blätter wurden lebendig. Etwas Nasses glitt ihre Wange hinunter.

»Du bist hier«, sagte eine Stimme neben ihr.

Sie öffnete den Mund, um zu schreien, doch kein Laut kam über ihre Lippen. *Beweg dich! Lauf!* Eine Welle aus Müdigkeit durchlief sie so plötzlich und mit solcher Macht, dass sie kaum mehr ihre Glieder bewegen konnte. Wenn das kein Traum war, dann stimmte hier etwas ganz und gar nicht. Sie spürte einen Atem auf ihrer Wange. Hände berührten sie. Sie versuchte zurückweichen, doch kein Teil ihres Körpers wollte mehr funktionieren. Vor ihrem geistigen Auge erschien ein einzelnes Wort in Neonbuchstaben: FUNKGERÄT.

Mit großer Willensanstrengung versuchte sie, ihre Hand zu bewegen. Sie stellte sich krampfhaft vor, wie ihre Finger das Funkgerät fanden und fassten, es aus der Tasche zogen und die Knöpfe drückten. Wie sie ihren Mund öffnete und dem Team mitteilte, dass sie in Schwierigkeiten steckte.

Da hoben Hände sie hoch. Ihr Kopf rollte hin und her. Kurzzeitig kam die Zufahrt zum Sanctuary in ihr Blickfeld, um sogleich wieder in der Ferne zu verschwinden. Das Funkgerät fiel in den Schmutz.

Wieder war diese Stimme zu hören.

»Wo du jetzt hinkommst, brauchst du das nicht mehr.«

ACHTUNDVIERZIG

Josie schreckte aus ihrem Schlaf hoch. Ihr Körper zuckte, wollte aufstehen, weg von den Schatten in ihrem Kopf. Sie blickte sich um und erkannte, dass sie sich in einem Schlafzimmer befand. Es war klein und hatte eine Holzverkleidung. Den Boden bedeckte ein alter rostbrauner Teppich. Sie lag auf einer dünnen Doppelmatratze. Durch die Gardinen vor dem Fenster über dem Bett fiel Tageslicht in den Raum. Die Tür auf der anderen Seite des Zimmers war geschlossen. Josie stieg schwankend aus dem Bett. Ihre Beine fühlten sich an wie Gelee. Sie taumelte zur Tür, drehte den Knopf, drückte und zog, aber sie öffnete sich nicht. Sie ging zurück zur Matratze, kniete sich an das Kopfende und schob die Vorhänge zur Seite. Um sie herum waren nur Bäume. Sie befand sich im ersten Stock eines Gebäudes, doch sah sie außer einem kleinen Grasstreifen direkt unter sich nur Wald.

Träume ich noch, fragte sie sich, während sich Erinnerungsfetzen der letzten Tage mit Resten ihrer Albträume mischten. Ihr Gehirn versuchte, Ordnung in das Gewirr zu bringen, sich zu orientieren, aber alles um sie herum war ihr fremd. Was zum Teufel war passiert?

Ihr Mund fühlte sich an, als hätte ihn jemand mit Watte vollgestopft. Jetzt, da sie seit einigen Minuten wach war, begann sich ein pochender Kopfschmerz bemerkbar zu machen. Sie sah an ihrer Kleidung hinunter und tastete ihre Taschen ab. Alles war weg – ihre Pistole, ihr Holster, die Geldbörse, die Taschenlampe, das Funkgerät, das Handy, ihre Schlüssel und das GPS-Gerät.

»Verflucht«, murmelte sie.

Eine Welle der Übelkeit durchlief sie. Sie legte sich wieder hin und starrte an die weiße Zimmerdecke voller Wasserflecken, bis der Brechreiz nachließ. Was war das Letzte, woran sie sich erinnerte? Es war Nacht gewesen. Sie hatte sich im Wald gegenüber der Straße zum Sanctuary postiert, ihren Kaffee getrunken und plötzlich gespürt, wie etwas ihren Hals berührte. Sie war erschrocken und losgelaufen, hatte jedoch immer mehr die Orientierung verloren.

»O nein«, seufzte sie.

Sie hatte ihre Ausrüstung einschließlich ihrer Thermoskanne unbeaufsichtigt gelassen, als sie sich erleichtert hatte. Hatte ihr jemand etwas in den Kaffee getan? Oder hatte ihr die extreme Müdigkeit den Rest gegeben? Vermutlich eine Kombination aus beidem, vermutete sie. Warum aber hatte es niemand aus ihrem Team bemerkt? An beiden Enden der Straße waren Fahrzeuge postiert gewesen. Jeder, der darauf fuhr, hätte einen der zivilen Polizeiwagen passieren müssen, ganz zu schweigen von Gretchen und Noah. Es hatte nur eine einzige Möglichkeit gegeben, an sie heranzukommen, fiel ihr ein – aus dem Wald hinter ihr, gegenüber dem Sanctuary. Wer immer sie entführt hatte, musste sie dorthin weggetragen haben. Hatte jemand sie kilometerweit durch den Wald geschleppt? Das spielte nun keine Rolle mehr. Sie war gekidnappt worden. Deshalb befand sie sich nun hier – in einem unbekannten Zimmer in einem unbekannten Haus.

Ein Schauder durchlief sie, als sie an den Mund des

Mannes an ihrer Wange dachte, an seinen Atem in ihrem Ohr, seinen Händen auf ihrem Körper. Sie dachte daran, um Hilfe zu rufen, aber wie groß war die Chance, dass jemand sie hörte, der ihr zu helfen gewillt war?

Noah kam ihr in den Sinn. Ihm und seinem Team musste inzwischen aufgefallen sein, dass etwas nicht stimmte. Sie hatten sicher nach ihr gesucht, hatten gemerkt, dass sie nicht mehr da war. Aber sie konnten sie nicht über ihr Handy orten, denn sie hatte es im Wald verloren, bevor sie entführt wurde. Sie konnte nicht einfach herumsitzen und auf eine Rettung warten, die vielleicht nie kam.

Als sie ein weiteres Mal zur Tür ging, fühlte sie sich schon etwas sicherer auf den Beinen. Sie zog mit aller Kraft daran und half sogar etwas nach, indem sie ihren Fuß an die Wand neben dem Knauf stemmte. Aber nach ein paar Minuten war sie schweißgebadet, zitterte und war genauso weit wie vorher. Panik stieg in ihr hoch, als sie sich erneut im Zimmer umsah. Sie konnte nur einen einzigen Gedanken fassen: Das hier sah aus wie ein großer Schrank, ganz wie der, in den Lila Jensen sie so viele Male gesperrt hatte, als sie noch ein Kind war. Nur dass es hier nicht stockdunkel war.

Das Fenster.

Josie wischte sich die feuchten Handflächen an ihrer Jeans ab und ging zum Fenster. Sie riss die Gardinen herunter und warf sie beiseite. Der Fensterrahmen war aus Holz und alt, sein Verschlussmechanismus völlig verrostet und unbeweglich, der Spalt zwischen Öffnung und Rahmen durch häufiges Streichen schon vor langer Zeit verschlossen und versiegelt worden. Sie fluchte wieder, lehnte ihren Kopf gegen die Scheibe und überlegte, ob sie hinausspringen konnte. Nicht allzu weit vom Fenster war ein dicker Ast. Wenn sie genug Glas aus dem Rahmen schlug und sich günstig auf der Fensterbank positionierte, konnte sie sich von der Brüstung stoßen und den Ast im Fallen fassen. Das würde ihren Sturz bremsen und vielleicht verhindern, dass sie sich ein Bein brach. Aber sie hätte nur eine einzige Chance.

Im Zimmer war nichts, womit sie die Scheibe zerschlagen konnte. Nichts, was sie als Waffe nutzen konnte. Da war die Matratze. Eine Idee kam ihr. Sie ging zur Tür, drückte das Ohr dagegen und wartete. Auf der anderen Seite war kein Laut zu hören. Dann kehrte sie zum Fenster zurück, hob die Gardinen auf und wickelte sie um ihren rechten Stiefel. Sie räumte die Matratze beiseite und warf sie vor die Tür, damit sie mit dem linken Bein einen festen Stand hatte und mit dem rechten treten konnte.

Erschöpfung, Hunger und das Mittel, mit dem sie betäubt worden war, hatten Josie geschwächt. Sie musste ein gutes halbes Dutzend Mal treten, bis das Glas zersplitterte. Nachdem sie ein Loch in die Mitte gestoßen hatte, zog sie die Gardine von ihrem Stiefel und wickelte sie um ihre rechte Hand, damit sie die restlichen Scherben wegschlagen konnte. Da knarrte hinter ihr eine Bodendiele und jemand ächzte. Josie warf einen Blick über die Schulter und sah einen Mann, der versuchte, die Matratze von der Tür wegzuschieben. Sie wandte sich wieder dem Fenster zu, hielt sich links und rechts am Rahmen fest und setzte zum Sprung an.

Grobe Hände packten sie an der Taille und rissen sie zurück in das Zimmer. Sie ließ sich mit ihrem ganzen Gewicht nach hinten fallen und brachte den Mann aus dem Gleichgewicht. Mit ihrer linken Hand erwischte sie eine Glasscherbe, dann fielen beide um und landeten halb auf der Matratze. In dem Augenblick, da sie auf dem Boden aufschlugen, drehte Josie sich, machte mit der Scherbe eine schneidende Bewegung und hoffte, den Kerl damit zu erwischen. Als er den Atem zischend einzog, war sie sich sicher, dass sie ihn verletzt hatte. Doch kräftige Arme schlangen sich um sie und ihre Oberarme und hielten sie fest. Ihre Stöße mit der Scherbe wurden immer schwächer, bis sie sich nicht mehr bewegen konnte.

»Hör auf«, keuchte der Mann. »Lass das fallen.«

Aber Josie klammerte sich daran, obwohl sie ihr eigenes Blut durch ihre Finger rinnen spürte. Sie wand sich in seinem Griff, drückte ihren Körper jäh nach oben und schlug mit dem Kopf nach hinten. Ihr Hinterkopf traf ihn ins Gesicht, woraufhin er seinen Griff lockerte. Josie rammte ihm immer wieder die Ellbogen in seinen weichen Bauch, bis er sie losließ. Sie kämpfte sich auf die Beine und rannte zur Tür, doch er erwischte sie am Fußknöchel und riss sie zurück.

»Verdammt«, schrie er. »Hör auf.«

Sie strampelte sich frei, lief durch die Tür und einen kurzen Flur entlang bis zu einer Treppe. Gerade als sie das roh behauene Holzgeländer erreicht hatte, packte der Mann sie von hinten, warf sie zu Boden und fiel mit seinem ganzen Gewicht auf sie. Der Schock raubte ihr den Atem. Ihr wurde schwarz vor Augen. Dann umfasste er mit seinen großen Händen ihren Hals und drückte auf ihre Halsschlagader, bis sie ohnmächtig wurde.

NEUNUNDVIERZIG

Josie spürte den harten Stuhl unter sich, noch bevor sie die Augen geöffnet hatte. Sie versuchte, ihre Glieder zu bewegen, doch sie waren festgebunden. Ihre linke Handfläche brannte. Warme Luft strich über ihr Gesicht. Sie glaubte Vögel zu hören. War sie draußen? Blinzelnd öffnete sie die Augen. Sie befand sich in einem anderen Zimmer, einem Wohnzimmer mit einer durchgesessenen, schäbigen Couch und einem abgenutzten Teppich mit Blumenmuster. Auf einer Seite sah sie einen offenen Kamin, auf der anderen große hölzerne, einen Spalt weit geöffnete Schiebetüren. Vor den Fenstern bauschten sich Gardinen im Wind. Der Mut verließ sie. Sie wurde an einem Ort festgehalten, der ganz offensichtlich so entlegen war, dass man sogar die Fenster offen lassen konnte. Ein Ort, an dem niemand ihre Hilfeschreie hören würde.

Sie wand sich auf dem Stuhl. Ihre Handgelenke waren an die Lehnen, ihre Knöchel an die Stuhlbeine gefesselt. Blut tropfte aus ihrer linken Hand, mit der sie die Glasscherbe gepackt hatte, um sich zu verteidigen. Sie erstarrte, als sie hörte, wie im Haus knarzend eine Tür geöffnet wurde, und drehte ihr Ohr zu der leicht geöffneten Tür. Stimmen waren zu hören, gedämpft und undeutlich. Es dauerte einen Augenblick, bis sie erkannte, dass sie zu einem Mann und einer Frau gehörten.

In der Stimme der Frau lag Ärger. »Was hast du dir dabei gedacht, sie hierherzubringen?«, zischte sie.

Der Mann sprach so leise, dass Josie ihn nicht verstehen konnte.

»Das war ein Fehler. So sind wir überhaupt erst in diese Lage geraten. Du musst aufhören damit. So sind wir nicht. Das weißt du.«

Der Mann fing wieder an zu reden.

»Nein, auf keinen Fall«, erwiderte die Frau. »Ich rede mit ihr.«

Josie verkrampfte, als die Tür plötzlich nach innen aufging und Charlotte Fadden hereinkam. »Hallo, Detective«, sagte sie mit ihrem typischen gelassenen Lächeln.

In der Hand hielt sie einen kleinen schwarzen Beutel, auf dem in roter Blockschrift *Erste-Hilfe-Set* stand. Hinter ihr trottete barfuß ein großer Mann mit zerzaustem Haar, abgetragenen kakibraunen Shorts und fleckigem weißem T-Shirt herein. In seinem T-Shirt klaffte seitlich ein Riss, durch den Josie einen Verband sehen konnte. Er trug einen Bart und hatte einen ausdruckslosen Blick, doch Josie erkannte ihn von den Fotos, die sie von ihm gesehen hatte. Es war Jack Gresham.

Still und unbeweglich stand er an der Wand, während sich Charlotte vor Josie kniete und langsam und vorsichtig die Fesseln an ihrem linken Arm zu lösen begann. »Es tut mir sehr leid, dass es so weit kommen musste.«

»Was soll das sein?«, fragte Josie. »Eine Entführung? Ein Überfall?«

Charlotte lächelte unbeirrt weiter. »Jack«, sagte sie. »Holst du mir bitte etwas warmes Wasser?«

Er verließ das Zimmer. »Wie ich Ihnen schon gesagt habe, hat Jack Probleme«, fuhr Charlotte fort. »Ich dulde dieses Verhalten nicht und werde es auch niemals tun.«

Charlotte drehte Josies Handfläche nach oben. Sie war von einer roten Masse aus teils frischem, teils geronnenem Blut bedeckt. Josie versuchte, keinen Laut von sich zu geben, als Charlotte die Wunde untersuchte. Jack kam mit dem Wasser zurück. Er stellte es neben Charlotte und ging wieder zu seinem Platz vor der Wand. Charlotte fischte ein Stück Verbandsmull aus dem Erste-Hilfe-Set, feuchtete es an und begann den Schnitt in Josies Hand von Blut zu säubern.

»Sie wussten die ganze Zeit, wo Jack sich aufhielt«, begann Josie. »Warum haben Sie mir das nicht gesagt? Warum haben Sie ihn versteckt?«

»Ich habe versucht, ihn zu schützen, meine Liebe. Er braucht einen sicheren Hort. Das war das Sanctuary für ihn.«

»Ein sicherer Hort, an dem er seine kranken Fantasien ausleben konnte? Er war derjenige, der Renee Kelly wehgetan hat, nicht wahr?«

»Er und Renee hatten eine Vereinbarung.«

»Eine Vereinbarung? Welche Vereinbarung?«

»Das spielt jetzt keine Rolle, meine Liebe.«

Josie wechselte die Taktik. »Ich dachte, Sie würden keine Gewalt zulassen?«

»Tue ich auch nicht. Jedenfalls nicht generell.«

»Nicht generell? Was heißt das nun wieder?«

Charlotte wischte das letzte bisschen Blut weg und sah sich die Wunde an. »Ich denke, das braucht nicht genäht zu werden, aber Sie müssen vorsichtig sein. Wir verbinden die Hand, aber es liegt an Ihnen, sie zu schonen, damit sie heilen kann.«

Josie erkannte, dass von Charlotte keine echten Antworten zu erwarten waren. Jedenfalls nicht so ohne Weiteres. Deshalb wechselte sie erneut das Thema. »Wo bin ich?«

Charlotte drückte aus einer Tube einen Klecks Bacitracin-Wundsalbe auf Josies Hand. »An einem sicheren Ort.«

Josie blickte über ihre Schulter zu Jack hinüber. Das bezweifelte sie. »Wo ist Emilia?«, wandte sie sich direkt an ihn.

Für einen kurzen Augenblick trat ein Ausdruck in sein Gesicht, doch war er so schnell wieder verflogen, dass Josie ihn nicht deuten konnte. War es Schock? Entsetzen? Angst? Bedauern? Hatte der Einsiedler die Wahrheit gesagt, als er behauptet hatte, den Zeltplatz erst geplündert zu haben, nachdem Emilia bereits verschwunden und Valerie und Tyler tot gewesen waren? Hatten sie mit ihm völlig falschgelegen? Bedeutete das, dass Maya gelogen hatte? Josies Gedanken wirbelten in ihrem Kopf herum wie in einem Nebel. Sie war zu müde und zu geschockt, um alles zu begreifen. Es fiel ihr schwer, einen klaren Gedanken zu fassen. So versuchte sie, alles auszuklammern und sich einzig und allein auf eines zu konzentrieren: so schnell wie möglich von ihr wegzukommen.

Charlotte drückte ein sauberes Mullstück auf Josies Hand, öffnete eine frische Rolle sterilen Verband und begann ihn um die Wunde zu wickeln. »Sie stellen viele Fragen«, murmelte sie nachdenklich.

»Das ist mein Beruf«, erwiderte Josie. »Fragen zu stellen. Aber wenn Sie meine Fragen satt haben, wie wäre es damit: Sie beide verstoßen gerade gegen das Gesetz, indem Sie mich hier gegen meinen Willen festhalten. Je länger Sie das tun, in desto größere Schwierigkeiten bringen Sie sich. Lassen Sie mich gehen oder bringen Sie mir ein Telefon, damit ich mein Team anrufen kann, und ich verspreche Ihnen, mit dem Bezirksstaatsanwalt zu reden, damit er mit Ihnen zu einer Verständigung gelangt.«

»Ich habe dir ja gesagt, dass wir ihr nicht trauen können«, brummte Jack mit leiser, heiserer Stimme.

»Sei still«, beschied ihm Charlotte. Sie fixierte den Verband mit einem Klebeband und legte Josies Hand in ihren Schoß, sah ihr in die Augen und begann breit zu lächeln. »Ich möchte, dass Sie für einen Augenblick Ihre Arbeit vergessen. Ich möchte, dass Sie erkennen, was wirklich wichtig ist. Es stimmt, ich bin nicht froh darüber, was Jack getan hat. Aber merken Sie nicht, dass er Ihnen ein Geschenk dadurch gemacht hat, dass er Sie hierhergebracht hat?«

»Haben Sie mir etwas gegeben, um mich high zu machen, oder sind Sie wirklich so verrückt?«, erwiderte Josie.

»Das mit ihr ist doch Zeitverschwendung«, murmelte Jack.

Charlotte lachte. »Die Mauer um Sie herum ist so hoch, Ihr Widerstand so erbittert. Aber ich verspreche Ihnen, Sie sind genau dort, wo Sie in diesem Augenblick sein müssen.«

»Als Gefangene?«, fragte Josie.

»Nein, meine Liebe. Nicht als Gefangene. Jedenfalls nicht mehr, als Sie es immer waren. Jetzt in diesem Moment, hier bei uns, stehen Sie an der Schwelle zu wahrer Freiheit. Einer Freiheit, wie Sie sie noch nie gekannt haben. Sie wurden in einem Augenblick zu uns gebracht, da Ihr Bedürfnis, sich selbst so zu akzeptieren, wie Sie sind, am größten war. In einem Augenblick, da sie ganz und gar Sie selbst *werden* müssen, Hell und Dunkel vermählen, ja, verschmelzen lassen müssen.«

Josie beugte sich so weit vor, wie es ihre Fesseln zuließen, und sah Charlotte fest in die Augen. »Sie lassen mich jetzt sofort gehen.«

Charlotte wich zurück und packte ihr Erste-Hilfe-Set zusammen. Josie verspürte eine gewisse Befriedigung darüber, dass sie den Staredown gewonnen hatte, hatte aber zugleich das Gefühl, dass sie der Freiheit deshalb noch kein Stück nähergekommen war. Sie schlug ihre verletzte Hand mit aller Gewalt auf ihren Schenkel und schrie: »Lassen Sie mich gehen!« Charlotte beachtete sie nicht, stand auf und stellte sich neben Jack. Sie sahen zu, wie Josie mit den Fingern ihrer linken Hand versuchte, die Fesseln zu lösen, und an den Stricken zerrte, bis frisches Blut durch den soeben angelegten Verband sickerte. Schließlich hielt sie keuchend und erschöpft inne. Schweiß floss über ihr Gesicht und brannte ihr in den Augen.

»Warte hier, Jack«, sagte Charlotte. »Ich hole Detective Quinn etwas zu essen.«

Josie bearbeitete ihre Fesseln nun langsamer. Jack stand nur da und beobachtete sie. Sie bekam ihre rechte Hand frei und begann die Stricke an ihrem linken Bein zu lösen. Er tat nichts, um sie daran zu hindern. Eine panische Stimme in ihrem Hinterkopf warnte sie. Warum sollten sie zulassen, dass sie sich befreite? Das ergab keinen Sinn. Warum versuchte er nicht, sie davon abzuhalten? Was würde er tun, wenn sie die Fesseln ganz gelöst hatte? Sie einfach gehen lassen? Sie wieder bis zur Bewusstlosigkeit würgen? Sie erneut fesseln? Was zum Teufel spielten die beiden für ein Spiel?

Ihre Beine waren nach wie vor gefesselt, als Charlotte mit zwei Klapptischchen zurückkam. Sie stellte sie auf, eines davon vor Josie. »Jack«, sagte sie. »Sei so lieb und hol den Rest aus der Küche, ja?«

Er ging und kam mit noch einem Stuhl für Charlotte zurück, verließ den Raum ein weiteres Mal und brachte zwei Essenstabletts. Charlotte setzte sich Josie gegenüber. »Bitte«, forderte sie Josie auf. »Sie müssen sehr hungrig sein.«

»Lassen Sie mich gehen«, rief Josie wieder und versuchte, den Oberkörper zwischen Klapptischchen und Stuhl zu schieben, um ihre Beine weiter loszubinden, doch vergeblich. Sie hob den Kopf und sah, dass Charlotte bereits aß. Vor sich hatte sie eine Schale Nudelsuppe mit Gemüse darin, etwas Brot, einen Apfel und ein großes Glas Wasser.

Charlotte trank gelassen einen Schluck und sagte: »Entweder Sie kooperieren mit mir und geben mir die Gelegenheit, Ihnen die Vorteile dessen, was wir hier im Sanctuary tun, zu zeigen, oder Sie entkommen. Ganz gleich, für welche Option Sie sich entscheiden, Sie werden Ihre ganze Kraft benötigen. Das Mindeste, was Sie brauchen, ist Flüssigkeit. Finden Sie nicht auch?«

Josie sagte nichts.

Charlotte beugte sich nach vorn und schob das Glas Wasser näher zu Josie. »Wenn Sie das trinken, heißt das nicht, dass Sie aufgeben, Detective. Sondern nur, dass Sie zu überleben versuchen. Jeder muss essen und trinken.«

Das ist eine Falle, dachte Josie bei sich. Es musste eine sein. Etwas war im Essen, im Wasser. Schierling oder etwas anderes. Etwas, das sie ohnmächtig werden ließ, während sie berieten, was sie mit ihr machen sollten.

»Wir vergiften Sie schon nicht«, seufzte Charlotte.

Sie stand auf und winkte Jack herbei. Er nahm Josies Tablett, während Charlotte das ihre aufhob. Sie tauschten sie aus, sodass Josie nun Charlottes Essen hatte und Charlotte das von Josie. Charlotte setzte sich wieder. Sie nahm einen Schluck von Josies Wasser und begann Josies Suppe zu löffeln. Josie wartete mehrere Minuten, bis sie widerwillig Charlottes Wasser nahm und es hastig trank. Als Nächstes aß sie den Apfel, dann das Brot. Von der Suppe wollte sie nichts, da sie nach wie vor vermutete, dass etwas darin war, doch dann fiel ihr ein, dass Charlotte bereits davon gegessen hatte, bevor sie die Tabletts ausgetauscht hatten. Charlotte ging es gut. Auch Josie fühlte sich gut. Langsam begann sie die Suppe zu essen, erstaunt darüber, wie hungrig sie war. Jack ging aus dem Zimmer und kam mit einem Wasserkrug zurück, aus dem er die Gläser füllte. Sie alle tranken.

»Sie werden mich gehen lassen? Sie werden nicht versuchen, mich aufzuhalten?«, fragte Josie schließlich.

Charlotte runzelte die Stirn. Sie sah Jack eindringlich an. »Nein, wir werden nicht versuchen, Sie aufzuhalten. Aber Sie haben einen langen Weg vor sich. Sie sind ziemlich weit weg von der Zivilisation. Es wäre besser, wenn Sie eine Weile bei uns bleiben würden. Und mir ein paar Tage geben würden, um Ihnen zu helfen.«

»Die einzige Hilfe, die ich brauche, ist die, hier rauszukommen.«

»Ich weiß, dass Sie das denken, aber Sie haben unrecht. Sie kämpfen gerade einen wichtigen inneren Kampf. Einen Kampf, der Sie möglicherweise für den Rest Ihres Lebens prägen wird. Ich möchte Ihnen helfen.«

»Unter anderen Umständen vielleicht«, erwiderte Josie. »Aber zuerst muss ich Emilia Gresham finden.« Sie sah Jack an. »Wie Sie wissen, wird sie vermisst. Ich glaube, dass sie in Gefahr ist. Ich habe keine Zeit für das hier. Ich muss jetzt gehen.« Sie schob den Klapptisch weg und beugte sich nach vorn, um weiter die Fesseln an ihren Beinen zu lösen.

»Was, wenn ich Ihnen sage, dass Emilia sicher ist?«, fragte Charlotte.

Josies Kopf fuhr hoch. »Und das soll ich Ihnen glauben?«

»Jack«, sagte Charlotte nur.

Jack tat einen Schritt nach vorn. »Meine Frau ist sicher«, behauptete er.

Josie sah Charlotte an. »Sie erwarten doch nicht, dass ich ihm glaube, nach dem, was er mir angetan hat? Ich möchte sie sehen.«

»Sie können sie nicht sehen, Detective«, entgegnete Charlotte. »Sie müssen einfach meinen Worten Glauben schenken. Nicht denen von Jack. Ich verstehe, dass er Ihr Vertrauen missbraucht hat. Ich hoffe, Sie glauben mir. Ich würde bei so einer Sache nicht lügen.«

»Sie haben schon bei vielen Sachen gelogen«, stellte Josie klar.

»Aber bei Emilia sage ich Ihnen die Wahrheit.«

»Ist sie hier?«, wollte Josie wissen.

Charlotte lächelte. »Es reicht, wenn Sie wissen, dass Sie sicher und unversehrt ist.«

»Ist sie freiwillig hergekommen?«

Dieses Mal dauerte es etwas länger, bis Charlotte antwortete. »Sie kam her, um bei Jack zu sein. Würden Sie mir nun bitte etwas Zeit geben, Ihnen zu helfen?«

Josie sah Jack an. »Was ist mit Maya Bestler? Kennen Sie sie?«

In seinen Augen war ein kurzes Flackern zu erkennen. Weder Ärger noch Misstrauen. Vielleicht Schmerz? Oder Bedauern?

»Sie haben sie gekannt, nicht wahr?«, bohrte Josie weiter. »Sie haben Sie auf einer Wohltätigkeitsveranstaltung bei Lantz getroffen und sich in sie verguckt.«

Er stand mit offenem Mund da. Charlotte sah ihn an, doch konnte Josie nicht erkennen, was für Blicke sie austauschten.

»Waren Sie das?«, fragte Josie. »Haben Sie sie entführt? Hat sie gelogen, was den Einsiedler betraf? Warum hat sie gelogen? Sie hat Angst vor Ihnen, nicht wahr?«

»Das reicht fürs Erste, Jack«, sagte Charlotte. »Du kannst jetzt gehen.«

Josie öffnete den Mund, um noch weitere Fragen zu stellen, doch überkam sie eine plötzliche Welle aus Schwindel und Müdigkeit. Nein, dachte sie, nicht schon wieder. Sie versuchte, dagegen anzukämpfen, sich an das Bewusstsein zu klammern, im Licht zu bleiben, doch es gelang ihr nicht. Dunkelheit umfing sie.

FÜNFZIG

Sie erwachte in wieder einem anderen Raum, nun auf einer Matratze in einem Bett aus schwarzem Metall. Ihre Handgelenke waren mit Stricken an das Gestell gefesselt, ihre Füße zusammengebunden. Ein Schmerz durchfuhr ihre Schultern, als sie sich bewegte und ihre Fesseln testete. Sie musste an Renee Kelly denken – die Stricke sahen genauso aus wie der, den sie in der Hütte auf dem Sanctuary-Gelände gefunden hatte. Was hatte Jack mit ihr gemacht? Würde sie die Nächste sein? Charlotte schien eine gewisse Kontrolle über ihn zu haben, doch hatte er Josie gegen ihren ausdrücklichen Befehl hierhergebracht. Darüber hatten sie gestritten, als Josie sie durch die Tür im anderen Zimmer gehört hatte.

Sie schob die wirren Gedanken beiseite und konzentrierte sich auf das Hier und Jetzt. Dieses Zimmer sah mit seiner hässlichen Holzverkleidung und dem rostroten Teppich fast genauso aus wie das vorherige. Durch Rütteln am Bettgestell konnte sie ihre Fesseln nicht lockern. Sie versuchte, zu schreien, doch ihre Stimme war krächzend und schwach. Ihr Mund fühlte sich trocken wie Papier an, doch zumindest hatte sie keine Albträume gehabt. Was sie ihr eingeflößt hatten, war stark – so stark, dass es ihr wieder das Bewusstsein raubte, als die Anstrengung ihr Blut in Wallung brachte. Noch während sie an den Fesseln zerrte, fiel sie erneut in einen tiefen Schlaf.

Als sie wieder erwachte, war Charlotte bei ihr. Sie saß am Bettrand und wischte Josies Gesicht mit einem nassen Waschlappen ab. Josie wollte es nicht zugeben, aber es fühlte sich herrlich an. Sie half Josie, sich aufzusetzen, und bot ihr ein Glas Wasser an. Noch nie hatte etwas so einladend ausgesehen, doch Josie konnte es nicht trinken. Sie wollte nicht wieder unter Drogen gesetzt werden.

»Sie haben gesagt, ich sei hier sicher«, krächzte Josie. »Ist das Ihre Vorstellung von Sicherheit? Mich ständig fesseln zu lassen?«

»Es tut mir leid, Detective, aber wir mussten etwas Zeit gewinnen. Bitte, Sie müssen trinken.«

»Nein«, sagte Josie.

Jack kam herein und löste die Fesseln an ihren Beinen. Josie versuchte aufzuspringen, aber ihre Beine waren so schwach, dass sie umfiel und in einer seltsamen Verrenkung über der Bettkante hing. »Nicht so schnell«, riet ihr Charlotte. Sie banden sie los, ließen ihre Hände jedoch gefesselt. Charlotte führte sie in eine Toilette nebenan und wartete, bis sie sich erleichtert hatte. Josies Gedanken waren vernebelt, dennoch dachte sie fieberhaft über einen Ausweg nach. Fest stand, dass sie ihr nicht wehtun wollten. Obwohl ihr keineswegs daran lag, sediert zu werden, war das immer noch besser, als verprügelt zu werden, damit sie tat, was sie sagten. Sie hatte allerdings das Gefühl, dass Jack ganz bestimmte Vorstellungen davon hatte, was er mit ihr machen würde, wenn man sie eine Weile mit ihm allein ließe. Sie musste Charlotte irgendwie dazu bringen, sie gehen zu lassen. Ihre Leute würden alles daran setzen, sie zu finden, das wusste sie, doch verlor sie allmählich die Hoffnung, dass sie es schafften.

Als sie wieder im Zimmer waren, lehnte Josie Essen und

Trinken ab. Charlotte versprach, wiederzukommen und es noch einmal zu versuchen. Die Stunden vergingen. Charlotte und Jack sahen immer wieder nach ihr. Sie boten ihr zu essen und zu trinken an, doch Josie weigerte sich beharrlich. Sie lag mit zusammengebundenen Beinen an das Bett gefesselt und versuchte, nicht wieder einzuschlafen und einen klaren Kopf zu behalten. Ihr ganzer Körper schmerzte, weil sie sich nicht bewegen konnte.

Das Tageslicht, das durch das Fenster fiel, wurde schwächer und die Nacht brach herein. Josie hatte den ganzen Tag lang angestrengt nach Geräuschen draußen gehorcht, aber da waren nur der Wind in den Bäumen, zwitschernde Vögel und Charlotte, die in das Zimmer kam und wieder ging. Jack war kaum zu hören. Obwohl er so groß war, bewegte er sich geräuschlos durch das Haus. Was nicht gerade beruhigend war.

Josie hatte keine Möglichkeit herauszufinden, wie viel Uhr es war. So wusste sie auch nicht, wann sie schließlich wieder einschlief. Die Mittel, die Charlotte und Jack ihr gegeben hatten, schien ihr Körper inzwischen so weit abgebaut zu haben, dass die Albträume zurückkehrten. Sie war aufs Neue ein Kind und im Schrank eingesperrt. Draußen vor der Schranktür hörte sie Lila mit einem ihrer »besonderen Freunde« sprechen – Männern, die ihr Drogen verkauften oder sie mit ihr konsumierten. Manchmal hatte Lila nicht genug Geld und machte dann andere Sachen mit ihnen. Gelegentlich hatte sie auch keine Lust auf diese Sachen und bot Josie zur Begleichung ihrer Schulden an.

»Mommy!«, schrie Josie im Traum, als die Dunkelheit sie umfing. Sie schlug an die Schranktür, bis ihre Hände schmerzten. »Bitte, Mommy, lass mich raus!«

»Halt's Maul, Mädchen«, erwiderte Lila.

»Komm schon«, sagte eine Männerstimme. »Sie ist doch noch ein Kind.«

»Hilfe!«, schrie Josie. Sie kroch zurück, hob ein Bein und

trat nach der Tür. Nach drei Versuchen ging sie auf und Josie taumelte hinaus. Aber sie war nicht im Wohnwagen ihrer Mutter. Sie war wieder draußen im Wald, in dem es genauso dunkel wie im Schrank war. Etwas Schweres und Stinkendes kroch auf sie. Über ihrem Kopf spürte sie heißen Atem und einen feuchten Mund. Ihr kleiner Körper war wie gelähmt, das Pochen ihres Herzens tönte wie eine Basstrommel in ihrer Brust.

»Jo!« Die Stimme kam aus der Richtung, in die sie gestürzt war, als sie den Schrank verlassen hatte. Sie klang vertraut und einnehmend, überraschte sie jedoch zugleich. Die Kreatur über ihr verschwand. Sie kämpfte sich hoch in eine sitzende Position. Von einer unsichtbaren Decke hing eine Glühlampe. Darunter stand ihr verstorbener Mann Ray. Er war erwachsen, frisch rasiert, hatte das Haar sauber gekämmt und trug seine Polizeiuniform. Josie öffnete den Mund, um etwas zu sagen, doch er hob einen Finger und legte ihn an seine Lippen.

Sch!

Das Geräusch kam nicht von ihm, aber Josie hielt den Blick weiter starr auf ihn gerichtet. Er hob zwei Finger, den Zeige- und Mittelfinger, und richtete sie langsam auf seine Augen. *Schau*, versuchte er, ihr zu bedeuten. Oder: *Pass auf*. Sie war sich nicht sicher.

Sch!

Das Geräusch kam aus nächster Nähe. Ein leiser Windhauch strich über ihren Nacken. Wieder hatte sie das Gefühl, beobachtet zu werden. Nur war es diesmal kein Traum mehr.

Josie öffnete die Augen und sah einen großen Schatten über sich schweben. Die dunkle Form hob sich vom gedämpften grauen Mondlicht ab, das durch die Gardinen fiel.

Jack.

Sie bewegte sich nicht. Atmete nicht einmal. Sie war gefesselt und hilflos. Eine seiner großen Hände reichte, um ihre Schreie zu ersticken, bevor Charlotte sie hörte. Trotzdem würde sie ihm auf keinen Fall ihre Angst zeigen. Ihre Stimme klang wesentlich fester und ruhiger, als sie sich in Wirklichkeit fühlte.

»Wenn du mich wieder anfasst, breche ich dir jeden einzelnen deiner Finger.«

Er antwortete nicht. Sie konnte seinen Gesichtsausdruck nicht erkennen, aber eine Sekunde lang sah sie das Weiße seiner Zähne. Lächelte er?

Sie wich zurück, als er sich über sie beugte, aber er legte nur etwas neben sie auf das Bett, drehte sich um und ging lautlos wieder.

Josie blinzelte, bis sie den kleinen, geldstückgroßen Gegenstand erkennen konnte, den er auf der Matratze zurückgelassen hatte. Unwillkürlich stieß sie einen Schrei aus, den der bewusste Teil ihres Verstandes jedoch sogleich wieder unterdrückte.

Er hatte die Hälfte einer Schwarznuss neben sie gelegt.

EINUNDFÜNFZIG

Dem Schlafdrang zu widerstehen wurde für Josie zum Kampf ums Überleben. Sie konnte es nicht riskieren, erneut wegzudämmern und willenlos dazuliegen. Vor Schreck hatte sie die Nuss vom Bett gestoßen. Sie hoffte, sie morgen Charlotte zeigen und ihr erzählen zu können, was Jack getan hatte. Und dann ...

Ja, was dann?

Würde Charlotte ihn wegschicken? Würde sie Josie befreien und ihn der Polizei übergeben? Die Vorstellung war absurd. Charlotte musste gewusst haben, welche schrecklichen Dinge er getan hatte, und trotzdem schützte sie ihn, hatte ihn die ganze Zeit geschützt, selbst nach Renees Ermordung. Sie hielten Emilia gegen ihren Willen fest. Charlotte war die Drahtzieherin, nicht nur Jacks Komplizin. Sie gab die Befehle. Sie glaubte, Jack bis zu einem gewissen Grad unter Kontrolle zu haben. Aber das bedeutete nicht, dass sie ihn daran hindern konnte, Josie zu quälen und umzubringen.

Josie zerrte so sehr an ihren Fesseln, dass die Stricke in ihre Hand- und Fußgelenke schnitten. Jack hatte seine Freunde Tyler und Valerie getötet. Hatte Emilia entführt und dann Renee ermordet. Er hatte im Sanctuary gelebt. Was hatte Charlotte gesagt? Er und Renee hätten eine »Vereinbarung« gehabt. Sie wusste nicht, was das bedeutete, aber sie wusste, dass die Narben an Renees Handgelenken und das Entsetzen in ihren Augen kurz vor ihrem Tod auf sein Konto gingen. Josie war sich nach Charlottes erster Reaktion auf die Nachricht von Renees Tod sicher, dass sie nie gewollt hatte, dass Jack das Mädchen tötet. Aber er hatte es getan. Und sie hatte ihn weiterhin beschützt.

Nachdem sie nun zweimal sediert worden war, kaum etwas gegessen und getrunken und gegen den Schlaf angekämpft hatte, fühlte sie sich schwindlig und desorientiert. Als Charlotte bei Tagesanbruch erschien, sie losband und ihr einen Apfel anbot, nahm sie ihn an. Wie sollten sie einen Apfel präparieren? Auch das angebotene Brot aß sie. Charlotte drängte sie, Wasser zu trinken, aber sie bestand darauf, es direkt aus dem Hahn in der Toilette zu schlürfen. Sie ließ es in ihre zu einer Schale geformten Hände laufen und spritzte es sich in den Mund.

Charlotte kehrte mit ihr in das Schlafzimmer zurück und band sie wieder fest. Einige Zeit später schlief sie ein. Als sie wieder voller Panik hochschreckte, wusste sie nicht, wie lange sie weg gewesen war. Es war noch Tag. Das Zimmer war leer. Sie zerrte an ihren Fesseln. Die Haut an ihren Handgelenken war inzwischen wund und brannte bei jeder Bewegung. Sie konzentrierte sich auf den Schmerz, um wach zu bleiben, doch Hunger und Schlafmangel ließen sie wegdösen. Als sie nachzudenken versuchte – darüber, wie sie flüchten konnte, aber auch über Noah und das Team, über ihre Familie –, breitete sich eine Leere in ihrem Kopf aus. Sie hatte auf dieser Welt nur noch ein Ziel: nicht an einer Schwarznusskette zu ersticken, die in ihren Rachen gestopft wurde.

Als Charlotte zurückkehrte und ihre Fesseln löste, war sie nicht einmal mehr in der Lage, Erleichterung darüber zu empfinden. Ihr Körper war schwach, ihr Verstand nach wie vor getrübt. Charlotte führte sie die Treppe hinunter und nach draußen. Das Sonnenlicht tat ihren Augen weh. Sie schützte sie mit einer Hand, bis sie sich an die Helligkeit gewöhnt hatten. Sie standen auf einer kleinen Veranda. Daneben befand sich eine Wiese und dahinter erstreckte sich in alle Richtungen Wald. Sie drehte sich um, um zu sehen, woher sie gekommen waren, und sah Jacks Schatten in der Tür. Er war immer da. Lauerte. Josie spürte Panik in sich aufsteigen, verdrängte sie jedoch.

»Kommen Sie, setzen Sie sich«, bat Charlotte sie.

Josie hatte den kleinen Gartentisch mit Stühlen und das Essen mit den Getränken darauf noch gar nicht bemerkt. Sie protestierte nicht, als Charlotte ihr einen der Stühle vor einem Teller mit Gemüsesuppe und Brot anbot. Josie aß langsam und rechnete damit, wieder sediert zu werden. Doch sie musste etwas essen, um halbwegs bei Kräften zu bleiben, sonst würde sie niemals flüchten können. Charlotte ließ ihr mehrere Minuten Zeit und sagte dann: »Als ich Ihnen begegnet bin, habe ich gemerkt, dass Sie mit etwas kämpften – etwas, mit dem Sie noch immer kämpfen. Und ich glaube, dass es akut ist. Und genau da kann ich, denke ich, ansetzen und Ihnen helfen. Sind Sie bereit, darüber zu sprechen?«

Josie wollte nicht über Lila Jensen sprechen. Sie wollte nie mehr an sie denken, aber sie hatte innerlich nicht mehr die Energie, eine Lüge aufrechtzuerhalten. »Da ist eine Frau«, sagte sie. »In meiner Kindheit hat sie schreckliche, fürchterliche Dinge mit mir gemacht. Jetzt liegt sie im Sterben und möchte mich sehen.«

»Sie wollen sie nicht sehen?«, fragte Charlotte.

Josie schüttelte den Kopf. »Nein.«

»Warum, meine Liebe? Glauben Sie, dass sie noch die Oberhand hat, wenn Sie hingehen und sie treffen? Selbst im Angesicht des Todes?«

Josie warf einen Blick hinüber zu den Bäumen, die sich im

Wind wiegten. Sie hörte die Vögel zwitschern. Trotz ihrer misslichen Lage dachte sie, wie friedlich es hier war. Es schien kühler geworden zu sein. Entweder hatte die Hitzewelle im August endlich nachgelassen oder sie befanden sich hoch oben in den Bergen.

»Nein«, antwortete sie. »Ich will sie nicht sehen, weil sie es nicht verdient, mich zu sehen. Nach dem, was sie getan hat, nach den Leben, die sie zerstört hat, verdient sie nichts mehr von dem, was sie sich wünscht.«

»Sie möchten ihr dieses eine vorenthalten«, sagte Charlotte.

Josie hob eine Hand. »Kommen Sie mir nicht mit Vergebung. Das ist ausgeschlossen.«

Charlotte lachte, diesmal war es ein ehrliches, lautes Auflachen aus voller Kehle. »Machen Sie sich darüber keine Sorgen. Ich glaube nicht an Vergebung.«

»Müssen Sie nicht vergeben, um ›zur Gänze zu werden‹, wie Sie es nennen?«, fragte Josie.

»Unsinn«, erwiderte Charlotte. Josie bekam eine Ahnung, wie sich Menschen in den Bann dieser Frau hatten ziehen lassen. Sie sagte selten, was Josie erwartete. Sie versuchte, sich zu vergegenwärtigen, dass Charlotte eine perfekte Lügnerin war, blieb jedoch gleichzeitig so fokussiert auf das Gespräch, dass sie an kaum etwas anderes denken konnte.

Charlotte beugte sich vor und fuhr mit den Fingern durch ihr graues Haar, bis sie gefunden hatte, was sie suchte. Sie behielt ihre rechte Hand an der Stelle und teilte mit der linken ihr Haar. Zum Vorschein kam altes vernarbtes Gewebe. Josie spürte Übelkeit aufsteigen. Sie dachte an die Fotos von Charlotte, die sie in der Akte über den Fall häuslicher Gewalt vor mehreren Jahrzehnten gesehen hatte. »Denken Sie, ich kann das vergeben?«, fragte Charlotte. Sie stand auf, hob ihr Kleid und deutete auf die Narben, die ihre krepppapierartige Haut von den Fußgelenken bis zu ihren Rippen verunstalteten. »Oder das? Mein Mann – mein lieber Ehemann – hat mir das angetan. Und das sind nur die äußerlichen Verletzungen. Ich habe ihm nicht vergeben, solange er noch lebte, und ich hatte keinerlei Bedürfnis, es zu tun, nachdem er gestorben war.«

»Wenn nicht Vergebung, was dann?«, fragte Josie.

Charlotte rückte ihr Kleid wieder zurecht und setzte sich. Sie nahm einen langen Schluck Wasser, während ihre Augen über den Hof wanderten. »Wenn jemand Sie misshandelt, macht er Sie geringer. Er macht Sie klein.«

»Sie meinen, ich sollte darüberstehen?«, fragte Josie.

Charlotte sah sie mit blitzenden Augen an. »Nein, ich meine, Sie sollten wieder ganz werden. Und dahin führt nur ein Weg.«

»Welcher?«

»Sie müssen Ihre eigene Dunkelheit annehmen. Ihre Impulse. Genauso, wie diese Frau, von der Sie mir erzählt haben, es getan hat. Ich bin sicher, sie hat jeden Tag ihre dunkelsten Wünsche angenommen.«

Josie nickte. Sie umklammerte das Wasserglas so sehr, dass ihre Knöchel weiß hervortraten. Wie gerne hätte sie getrunken, doch durfte sie es nicht riskieren.

Charlotte fuhr fort. »Sie kannte ihre dunkle Seite und lebte sie furchtlos, ja, offensiv aus. Das gab ihr Macht. Macht über Sie. Und über viele andere, kann ich mir vorstellen.«

»Sie wollen also, dass ich ein so böses Miststück werde?«

Charlotte lachte wieder. »Ich mag Sie, Detective. Ich mag Sie sogar sehr. Nein. Sie sollen kein böses Miststück werden. Das verstehe ich nicht darunter, zur Gänze zu *werden*. Das würde bedeuten, nur auf der Schattenseite des eigenen Ichs zu leben. In einer Hälfte des Ganzen. Sie müssen zu beiden Seiten Zugang finden. Ich glaube, dass Sie seit Langem Zugang zur hellen Seite Ihres Ichs haben. Sie kämpfen für die Menschen, wollen sie schützen, ihnen helfen. Das sehe ich in Ihnen. Dagegen sehe ich nicht Ihre Fähigkeit, Ihre eigene dunkle Seite anzuzapfen und zu nutzen. Die Misshandlungen, die Sie von dieser Frau erfahren haben, gingen über einen langen Zeitraum, nicht wahr?«

Josie nickte.

»Chronische Opfer können nur wieder ganz werden und die Macht über sich erlangen, wenn sie es schaffen, ihre dunkle Seite anzuzapfen. Sagen Sie, wenn es kein Recht und Gesetz auf der Welt gäbe, was würden Sie mit dieser Frau machen?«

Josie hatte ihr ganzes Leben lang darüber fantasiert, was sie mit Lila machen würde, wenn sie die Gelegenheit dazu hätte. Wenn sie freie Hand hätte. Ohne Folgen fürchten zu müssen. Die Antwort schien offensichtlich: Sie würde sie ebenso quälen, wie sie selbst als Kind von ihr gequält worden war, oder sie töten. Was sonst gab es für Möglichkeiten? Aber waren das Alternativen? Josie hatte in ihrem Beruf genug Tod und Verzweiflung gesehen. Wenn sie Lila Jensen wehtun könnte, würde ihr das zurückgeben, was Lila ihr genommen hatte? Natürlich kannte sie die Antwort: Nein, ganz sicher nicht. So funktionierte es nicht im Leben. Das Einzige, was ihr in den letzten eineinhalb Jahren, in denen Lila im Gefängnis verrottete, Befriedigung verschafft hatte, war die Gewissheit, dass sie niemandem mehr etwas antun konnte.

Warum also belasteten sie diese Anrufe aus dem Gefängnis von Muncy so sehr? Wieso kamen die Albträume so häufig und waren so intensiv?

»Schließen Sie die Augen«, sagte Charlotte. »Ich möchte, dass Sie sich etwas vorstellen. Machen Sie schon.«

Josie wollte die Augen nicht schließen. Die Suppe und das Brot hatten sie satt und müde gemacht. Sie wollte nicht hier am Tisch einschlafen. Aber Charlotte saß ihr direkt gegenüber, überlegte sie. Sicher würde Jack nichts unter ihren wachsamen Augen versuchen. Widerwillig legte Josie die Hände in den Schoß und schloss die Augen. Auf ihren Armen und in ihrem Gesicht fühlte sie den milden sommerlichen Windhauch.

Charlotte sprach sanft und leise. »Sie sind bei dieser Frau.

Sie ist im Bett und liegt im Sterben. Sie sind allein mit ihr. Vielleicht ist sie noch wach und bei Verstand, vielleicht aber auch dem Tod so nah, dass sie nicht mehr erreichbar ist, das spielt keine Rolle. Sie setzen sich neben sie, sehen in ihr Gesicht und spüren all das wieder, was sie Ihnen an Entsetzlichem zugefügt hat. Sie fühlen sich aufs Neue schwach und grausam behandelt. Aber das müssen Sie nicht. Nie wieder. Sie haben die Kraft in sich, Sie müssen sie nur akzeptieren. Sie brauchen nichts weiter zu tun, als Ihre Hände um ihren Hals zu legen und zuzudrücken. Brauchen nur ihre Panik zu sehen, sobald sie erkennt, was Sie tun. Ihre Augen werden groß und weit und Sie sehen die Angst, das Entsetzen in ihren Augen. Sie sehen die gleichen Gefühle, die sie in Ihnen hervorgerufen hat. Nur dass sich die Verhältnisse dieses Mal umgekehrt haben.«

Josie krallte die Finger in ihre Schenkel und vertrieb damit das Bild, das Charlotte von Lila heraufbeschworen hatte. An ihre Stelle trat ein Bild von Renee Kelly auf dem Seziertisch. Mit zusammengebissenen Zähnen fauchte sie: »So machen Sie es also im Sanctuary? Sie tun sich gegenseitig weh? Sie misshandeln, ja, töten sich sogar, um sich mächtig zu fühlen?« Josie öffnete ihre Augen und sah, dass das Feuer in Charlottes Augen nach wie vor brannte.

»Natürlich nicht. Wir *helfen* uns.«

»Indem Sie sich wehtun?«

»Wenn es nötig ist.«

»Das verstehe ich nicht.«

Charlotte rutschte unruhig auf ihrem Stuhl hin und her. »Unsere Mitglieder schließen einen Pakt, nachdem sie das Bekenntnis abgelegt haben. Dieser Pakt ermöglicht den anderen, ihre Kräfte zu entwickeln und mit ihrer dunklen Seite in Kontakt zu kommen.«

»Ich verstehe nicht, wie jemand dadurch ›ganz‹ werden soll«, entgegnete Josie. Sie dachte, sie würde sich nach dem

Essen besser fühlen, doch in ihrem Kopf verschwamm alles. Ihr Körper sehnte sich nach Schlaf.

»Licht ohne Dunkelheit gibt es nicht«, erwiderte Charlotte.

Josie versuchte, ihrer Logik zu folgen. »Sie ergründen die Dunkelheit in den anderen.«

»Wir helfen den anderen, ihre dunkle Seite hervorzukehren, damit sie einen Platz neben dem Licht einnimmt und einen ebensolchen Stellenwert in ihrer Existenz bekommt. Ich weiß, das ist schwer zu begreifen, aber im Sanctuary entledigen wir uns aller Normen und Erwartungen der Gesellschaft. Das ist der erste Schritt. Man kann nicht durch den Filter denken, den man sein ganzes Leben verwendet hat. Nehmen Sie Jack. Sein Leben lang wurde er von vielen schrecklich missbraucht – meistens von den Partnern seiner Mutter. Und doch war er ein guter Mensch, orientierte sich am Licht in sich und versuchte, in seinem Leben zu tun, was richtig war. Aber er war schrecklich niedergeschlagen und unvollständig. Fast selbstmordgefährdet. In diesem Zustand kam er zu mir. Ich habe ihm geholfen, seine andere Seite zu finden. So wurde er zu einer kompletteren Persönlichkeit.«

Ein Teil von ihr wollte Charlotte entgegnen, dass sie nichts anderes getan hatte, als einen Killer zu erschaffen. Aber sie versuchte nach wie vor, das Konstrukt zu erfassen, das Charlotte ihr geschildert hatte – die Leitlinien des Sanctuary. Stattdessen fragte sie: »Was genau bedeutet es, wenn Sie sagen, dass Sie anderen helfen, ihre dunkle Seite hervorzukehren?«

»Das ist bei jedem unserer Mitglieder anders.«

»Wie war es bei Jack?«

»Bei jedem Mitglied – und auch Jack – ist es eine persönliche Entscheidung. Allerdings waren einige unserer Mitglieder bereit, ihm dabei zu helfen.«

»Renee zum Beispiel? Hatte sie überhaupt das Bekenntnis abgelegt? Sie war nicht gebrandmarkt.«

»Sie ist jedes Mal, wenn wir versuchten, sie zu brandmarken, in Ohnmacht gefallen. Man muss das mit wachen Sinnen erleben – und sich zur Gänze bewusst sein, was man erhält. Aber sie hat sich bemüht. Sie hätte es schon noch geschafft.«

»Jack hat ihr wehgetan, nicht wahr? Ihr und den anderen Mitgliedern, von denen Sie sprechen, nicht wahr?«

»Wenn sie einverstanden sind, ist das nicht ›wehtun‹.«

»Wehtun ist wehtun, Charlotte. Mord ist Mord. Was Sie andeuten, hört sich nach einem Verbrechen an.«

Charlotte wurde rot und wandte den Blick für einen Moment ab. »Es war nicht geplant, dass er jemanden umbringt.«

»Aber er hat es getan.«

»Sie denken zu sehr wie eine Polizistin, Detective.«

»Weil ich eine bin, Charlotte. Wer waren die anderen? Was ist mit ihnen passiert?«

Charlotte sah sie wieder an. »Sie sind alle am Leben, falls Sie das wissen wollen.«

»Wo sind sie? Sind sie noch im Sanctuary? Haben Sie ihnen befohlen, uns anzulügen? Haben Sie sie entsprechend instruiert?«

Charlotte seufzte. Ihre Finger strichen die Stoffserviette neben ihrer Suppenschale glatt. »Da war ein Mitglied, das versuchte, ihm zu helfen. Aber er war ... er konnte nicht ... er hatte seine Impulse noch nicht im Griff. Sie hat uns vor über einem Jahr verlassen.«

»Wer sonst noch?«, drängte Josie. Sie warf wieder einen Blick auf das Wasser. Wie gern hätte sie das ganze Glas in einem Zug ausgetrunken. Oder noch besser, eine ganze Tasse Kaffee. Sie vermisste ihren Kaffee.

»Sie ist weg«, sagte Charlotte. »Niemand weiß, wohin sie gegangen ist.«

»Woher wissen Sie, dass diese Frauen noch am Leben sind?«

»Sie haben eine von ihnen getroffen.«

Josies vernebeltes Gehirn brauchte einige Sekunden, um die Teile zusammenzufügen. Schließlich sagte sie: »Maya Bestler? Ist sie dem Sanctuary beigetreten?«

»Sie ist nicht beigetreten«, antwortete Charlotte ruhig. »Es war ein Fehler.«

Josie hörte, wie Jack zwei Schritte in Richtung der Tür machte. Doch er kam nicht gleich auf die Veranda. Die Müdigkeit, die sie noch Minuten vorher zu überwältigen gedroht hatte, war verflogen.

»Was ist passiert?«

Charlotte wich ihrem Blick aus. »Ich wusste nichts von ihr. Zumindest nicht am Anfang. Ich habe es erst später erfahren. Wissen Sie, Jack hatte lange davon geträumt, eine Frau zu entführen, zu fesseln und ... mit ihr Sachen zu machen. Das waren seine dunklen Impulse. Ganz offensichtlich genügte es ihm nicht, dass andere Mitglieder es zuließen, wenn er seine Fantasien an ihnen auslebte. Er brachte Maya ohne mein Wissen ins Sanctuary. Als ich davon erfuhr, habe ich ihn gezwungen, sie gehen zu lassen. Sie hat versprochen, niemandem zu erzählen, was passiert war.«

»Sie haben ihr geglaubt?«

Charlotte rutschte wieder unruhig auf ihrem Stuhl hin und her. »Sie hatte so viel Angst vor Jack, dass ich tatsächlich dachte, sie würde niemandem etwas erzählen. Ich habe Jack befohlen, sie wegzubringen und freizulassen.«

»Wo? Wo hat er sie freigelassen?«, bohrte Josie nach.

»Ich weiß es ehrlich gesagt nicht. Er ging eines Tages mit ihr in den Wald und ist ohne sie zurückgekommen. Ich habe keine Fragen gestellt. Die Polizei ist wegen ihr nie gekommen.«

Hatte Jack sie dem Einsiedler übergeben oder hatte der Einsiedler sie entdeckt, als sie durch den Wald lief, und mitgenommen? Warum hatte Maya nicht erzählt, was wirklich mit ihr geschehen war? Hatte sie wirklich so viel Angst vor Jack?

Natürlich. Hatte sich Josie nicht selbst Stunden – ja, vielleicht sogar Tage – wach gehalten, um sich vor ihm zu schützen? Wie lange war sie schon hier? Einen Tag? Zwei?

»Was sagten Sie, meine Liebe?«, fragte Charlotte. Sie beugte sich vor und sah Josie mit fragend gerunzelter Stirn tief in die Augen. »Zählen Sie etwa?«

Hatte sie laut gedacht? Josie schüttelte den Kopf und versuchte, sich zu konzentrieren.

War Maya wegen Jack weggelaufen? Nicht, weil sie keine Mutter sein wollte, sondern weil sie Angst hatte, dass er kommen und sie wieder mitnehmen würde? Ganz offensichtlich hatte er seine Stalkingstrategien perfektioniert. Durch seine Erfahrungen mit Shana in der Lantz Snack Factory hatte er viel gelernt. Das konnte Josie bestätigen.

Josie senkte den Blick. Sie war krampfhaft darum bemüht, sich wieder auf das Gespräch zu fokussieren. Werden. Ganzsein. Licht und Dunkelheit. Seine dunkelsten Impulse annehmen. Chronische Opfer, die wieder ›ganz‹ werden, wieder die Macht über sich erlangen. »Sie sagten, das ›Werden‹ ist bei jedem anders. Sie denken, ich muss die Frau, die mir wehgetan hat, töten, um zu werden?«

»Meine Liebe, ich habe Ihnen bereits gesagt, dass ich Gewalt nicht dulde. Aber ich kann Ihnen bei Ihrem Kampf helfen. Ich kann Ihnen helfen, zu *werden*.«

ZWEIUNDFÜNFZIG

»Wie?«, fragte Josie. »Wie kann ich werden?«

Charlotte strahlte Josie an. »Das geschieht nicht über Nacht«, antwortete sie. »Es ist ein Prozess. Es dauert seine Zeit.«

Josie dachte wieder an die vielen Anrufe aus dem Gefängnis. »Ich habe keine Zeit«, sagte sie. »Diese Frau, von der ich Ihnen erzählt habe – sie ist vielleicht schon tot. Ich muss zurück.«

»Unsinn, meine Liebe. Ich helfe Ihnen. Ich schließe den Pakt mit Ihnen. Sie können Ihre Impulse an mir ausleben.«

Josie starrte sie ungläubig an. »Sie wollen, dass ich ... dass ich Sie umbringe?«

Charlotte lachte, diesmal ihr leichtes, klingendes Lachen. »Natürlich nicht. Jack hilft uns. Ich denke, er schuldet Ihnen eine Art Wiedergutmachung dafür, dass er Sie hierhergebracht hat, bevor Sie dazu bereit waren.«

Josie stürzte nach vorn. Sie packte Charlotte am Oberarm. »Ich will nicht mit Jack arbeiten. Nur mit Ihnen.«

Charlotte sah auf Josies Finger, die sich in ihre Haut krallten. »Ich lasse nicht zu, dass er Ihnen wehtut. Sie haben mein Wort.«

Josie hätte beinahe erwidert, dass sie nichts auf Charlottes Wort gab, aber sie wollte sich nicht wieder auf eine Diskussion einlassen, die zu nichts führte. Stattdessen zog sie ihre Hand weg und fragte: »Wie? Wie kann Jack uns helfen?«

Charlotte lehnte sich in ihrem Stuhl zurück, nahm ein Stück Brot und biss davon ab. »Er sorgt dafür, dass Sie mich nicht umbringen. Sie können mich bis zur Bewusstlosigkeit würgen, aber Sie dürfen mich nicht töten.«

Josie dachte an die Visualisierung, die Charlotte soeben mit ihr durchgespielt hatte. »Und Sie glauben, dass mir das bei meinen widersprüchlichen Gefühlen, was ihr Sterben anbelangt, helfen wird?«

»Sie werden überrascht sein, wie sehr es hilft, seine dunkle Seite anzuzapfen. Vertrauen Sie mir, Sie werden sich befreit fühlen.«

»Aber Sie sind nicht sie«, gab Josie zu bedenken.

Charlotte stand auf und streckte Josie die Hand hin. »Kommen Sie mit, meine Liebe.«

Langsam stand Josie auf. Sie weigerte sich, Charlottes Hand zu nehmen, ging jedoch mit ihr von der Veranda herunter und um das Haus herum. Von draußen sah sie, dass es sich um ein kleines, zweistöckiges Gebäude handelte. Es war vermutlich irgendwann einmal als Jagdhütte genutzt worden. Die Wände waren aus blau lackiertem Holz, doch die Farbe blätterte an vielen Stellen ab. Selbst die Fensterrahmen hingen durch wie müde Augen. Auf der Hinterseite des Hauses befanden sich zwei Fenster auf Bodenhöhe, was bedeutete, dass es einen Keller hatte. Ihre Scheiben waren schmutzig; außerdem hatte man sie von innen mit etwas verkleidet, das nach Pappe aussah, damit man nicht hineinsehen konnte. Josie fragte sich, ob sie hier Emilia festhielten. Denn im Sanctuary war sie offensichtlich nicht. Das hätte auch erklärt, warum Rini von der Hundestaffel ihre Spur auf der Straße vor dem Sanctuary verloren hatte. Wenn Jack sie entführt und Charlotte ihre Einwilligung dazu gegeben hatte, hatten sie Emilia vermutlich sofort weggeschafft und hierhergebracht. Josie hätte sich am liebsten geohrfeigt dafür, dass sie die Grundbucheinträge in Lenore und den umliegenden Countys nicht überprüft hatte. Allerdings hätte Gretchen bei ihren Nachforschungen zu Charlotte eigentlich auf alle Immobilien stoßen müssen, die sie im ganzen Land besaß. Warum nicht auch auf diese?

Charlotte war stehen geblieben. Sie wandte sich um und sah Josie fragend an. »Alles okay, meine Liebe?«

»Ja, natürlich«, erwiderte Josie schnell. »Ich genieße es nur, wieder draußen zu sein. Ich habe das Gefühl, es ist eine Ewigkeit her, dass ich an der frischen Luft war.«

Charlotte lächelte wieder. »Draußen zu sein ist erholsam, nicht wahr?«

Josie nickte und Charlotte ging weiter. Sie wartete, bis die Frau einige Schritte vor ihr war, und suchte dann die Umgebung nach Hinweisen auf Emilias Anwesenheit und möglichen Fluchtwegen ab. Aber vergeblich – sie sah nicht einmal eine Zufahrt oder ein Fahrzeug in der Nähe. Möglicherweise war der Zufahrtsweg von Bäumen verdeckt, doch in welcher Richtung er sich befand, konnte sie beim besten Willen nicht erkennen.

Charlotte führte Josie zu einem flachen Stein unter einer großen Trauerweide. »Setzen Sie sich«, wies Charlotte sie an. Die Äste der Weide hingen fast bis zum Boden, sodass sie weder die Sonne noch das Haus sehen konnten. Der Stein neben dem Stamm sah aus, als sei er hierhergeschleift worden. Man konnte wie auf einer Bank auf ihm sitzen. Als Josie zu ihm ging, sah sie durch eine Lücke im Geäst auf der anderen Seite des Baums einen schmalen Weg, der in den Wald führte.

Sie setzte sich gehorsam auf den Stein, konnte jedoch kaum ihre Aufregung kaschieren. Als Charlotte sie bat, die Augen zu schließen, fühlte sie Erleichterung. Sie wollte nicht, dass die Frau ihr ansah, wie sehr sie sich freute, eine potenzielle Fluchtroute entdeckt zu haben. Sie versuchte, eine betont entspannte Haltung einzunehmen, als Charlotte darüber sprach, wie man sich in die Dunkelheit begab. Charlotte wollte sie zurückführen zu jeder einzelnen Misshandlung, die Lila ihr zugefügt hatte, doch Josie weigerte sich. Sie hatte ihr ganzes Leben damit verbracht, die Geister dieser schrecklichen Stunden zu vertreiben.

»Bitte nicht«, sagte sie.

Sie fühlte Charlottes Hand in ihrer. »Na gut, meine Liebe. Wir müssen nicht in die Vergangenheit gehen. Gehen wir stattdessen in die Zukunft.« Sie nahm Josies Hände aus ihrem Schoß und legte sie sich um den Hals. Josie öffnete erschrocken die Augen. Sie versuchte, ihre Hände wegzuziehen, doch Charlotte hielt sie fest an ihre papierdünne Haut gepresst. Josie drückte nicht zu, sodass Charlotte ohne Mühe sprechen konnte.

»Sie haben jetzt die Kontrolle. Sie haben die Macht. Sagen Sie zu mir, was Sie auch zu ihr sagen würden. Stellen Sie sich ihr Gesicht vor. Stellen Sie sich vor, dass Sie sie für alles büßen lassen, was sie Ihnen angetan hat, für alles Leid, das sie Ihnen zugefügt hat. Für alles, unter dem sie heute noch leiden, obwohl es bereits vor langer Zeit geschehen ist.«

Wieder versuchte Josie, ihre Hände von Charlottes Hals zu nehmen, doch Charlotte packte sie noch fester. »Kämpfe nicht dagegen an. Was hat sie dir angetan, Josie? Was hat sie getan? Sie hat dir die Narbe auf deinem Gesicht zugefügt, nicht wahr? Sie hat deine Haut geritzt. Sie hat versucht, dich zu töten.«

Josie hielt die Augen fest geschlossen, als die Erinnerungen wieder hochkamen. Das Blinken des Messers. Die Blutlache in der Küche, wo sie ihren Stoffhund, Wolfie, fallen gelassen hatte. Lilas Finger, die sich in ihr Kinn bohrten. Die Stiche. Die Angst. Die Wut. Das Gefühl, betrogen worden zu sein, das sie ihr ganzes Leben lang bis zu diesem Augenblick gequält hatte.

»Was hat sie zu dir gesagt? ›Kein einziges Wort.‹«

Josies Geist war plötzlich völlig leer. Charlotte verschwand. Da war nichts mehr vor ihr. Nichts existierte. Kein Licht, keine Dunkelheit, nichts mehr. Dann brach die Welt wieder über sie herein. Charlotte riss keuchend und hustend Josies Hände von ihrer Kehle. Josie schob sie weg, sprang vom Stein auf und wich zurück.

Charlotte beugte sich trocken hustend nach vorn. Sie hielt eine Hand in Josies Richtung. Als sie wieder sprechen konnte, stotterte sie: »Alles okay, meine Liebe. Alles gut. Mir geht es gut.«

Josie zitterte am ganzen Körper. »Ich möchte wieder nach drinnen gehen«, sagte sie.

Als Charlotte ihre Atmung wieder unter Kontrolle hatte, stand sie auf und stellte sich kerzengerade hin. »Natürlich, meine Liebe. Sie haben das großartig gemacht. Das ist ein echter Durchbruch. Kommen Sie, Sie können sich ausruhen.«

Mit zitternden Beinen folgte Josie Charlotte zum Haus zurück. Da bemerkte sie aus den Augenwinkeln eine Bewegung am Sockel des Hauses. Sie war hinter einem der Kellerfenster zu sehen. Josie blickte auf Charlottes Rücken. Sie drehte sich nicht um.

Eine Ecke der Pappe wurde ein Stück zurückgebogen.

Josie hätte schwören können, dass sie einen Finger gesehen hatte, der sich vor die Pappe geschoben und versucht hatte, ihn von der Scheibe wegzuziehen.

Ihr Herz pochte wie ein Presslufthammer. Aber Charlotte drehte sich nicht um. Josie ging langsamer.

Zwei, dann drei Finger erschienen in der Ecke des Fensters. Lange, schlanke Finger. Ein kleiner Diamant funkelte an einem. Emilia. Josie hätte fast hörbar nach Luft geschnappt.

»Wir versuchen es morgen noch einmal«, sagte Charlotte über ihre Schulter hinweg.

Plötzlich verschwanden die Finger wieder in der Dunkelheit. War Jack mit dort drinnen? Hinderte er sie daran, zu entkommen? Als sie um das Haus gegangen und auf die Veranda getreten waren, sah Josie Charlotte an.

»Ja«, sagte Josie. »Morgen.« Aber sie wusste schon jetzt, dass sie morgen nur eines vorhatte: von hier zu verschwinden. Sie wusste jetzt, wo der Weg war, der von hier wegführte, und wo sich Emilia befand. Sie musste nur den Augenblick abwarten, an dem Charlotte und Jack sie aus den Augen ließen. Dann würde sie fliehen.

DREIUNDFÜNFZIG

Josie hatte das Gefühl, als sei jeder Muskel ihres Körpers in Dauerspannung. In dieser Nacht fiel es ihr nicht schwer, wach zu bleiben. Charlotte hatte sie diesmal nicht gefesselt. Immer wenn Jack durch den Flur ging, wurden ihre Beine auf der Matratze unruhig. Nicht die knarzenden Bodendielen verrieten, dass er draußen war, denn er schlich wie immer völlig lautlos umher. Aber sie sah seinen Schatten durch den Schlitz unter der Tür fallen. Sie fragte sich, ob er je schlief. An ihm vorbeizukommen war das eigentliche Problem. Mit Charlotte würde sie es aufnehmen, wenn es zum Kampf kam, aber Jack war groß, kräftig und hatte, wie es schien, keinen Funken Menschlichkeit. Die Schwarznuss, die er ihr gebracht hatte, ließ keinen Zweifel daran, dass ihn nichts daran hindern würde, sie zum Objekt seiner kranken Begierden zu machen. Er brannte förmlich darauf, jede von Charlottes Regeln zu brechen.

Josie dachte an ihr Team und fragte sich, wie weit sie wohl mit der Suche nach ihr waren. Sie war überzeugt, dass Noah nicht schlafen würde, bis sie in Sicherheit war. Zu wissen, dass sie da draußen alles nach ihr durchkämmten, gab ihr Auftrieb, aber tief drinnen war sie sich darüber im Klaren, dass es allein von ihr abhing, Emilia zu retten und zu fliehen. Wenn sie es schaffte, aus dem Haus zu kommen, konnte sie die Scheibe des Kellerfensters problemlos einschlagen, denn sie trug noch ihre Stiefel. Das würde zwar viel zu viel Lärm machen, doch blieb ihr vermutlich keine andere Wahl, denn sie hatte die ganze Zeit, die sie sich im Haus aufgehalten hatte, keine Kellertür gesehen.

Nachdem Jacks Schatten zum zweiten Mal an ihrer Tür vorbeigehuscht war, wartete sie so lange sie es aushielt. Sie hatte keine Ahnung, wie spät es war, wusste aber, dass es mitten in der Nacht sein musste. Sicher würde er inzwischen schlafen. Als ihr Herz so laut in ihrer Brust zu schlagen begann, dass sie das Gefühl hatte, es würde ihr gleich aus der Brust springen, beschloss sie, dass es an der Zeit war, loszulegen.

Ihr Herz klopfte den ganzen Weg, den sie durch den Flur im oberen Stockwerk, die Treppe hinunter und in den Eingangsbereich ging, wie verrückt. Als sie mit zitternden Fingern das Haustürschloss öffnete, setzte es zwei Schläge aus, um gleich wieder mit doppelter Geschwindigkeit weiterzurasen. Langsam und mit sicherer Hand öffnete sie die Fliegengittertür, ging mit drei Schritten nach draußen und sprang von der Veranda. Sie landete weich im Gras. Die Nacht war klar. Am Himmel schien der Mond und tauchte alles in silbriges Licht. Das Haus stand still und dunkel da. Keine Bewegung war zu erkennen.

Das Adrenalin hatte Schwäche, Schwindel und Erschöpfung für den Moment völlig vertrieben. Mit raschem Schritt ging sie um das Haus herum zu den beiden Kellerfenstern. Josie stellte sich vor das Fenster, hinter dem die Finger die Pappe wegzuziehen versucht hatten. Jemand hatte sie wieder zurechtgerückt. Sie tastete den Rahmen ab und versuchte abzuschätzen, ob sie das Fenster nach innen wegdrücken oder zu sich herausziehen konnte. Es schien nicht einmal einen Öffnungsmechanismus zu haben, sondern bestand nur aus einer langen

Glasscheibe in einem dick blau lackierten Holzrahmen. Aber eben dieser Rahmen wirkte wie die übrigen Fensterfassungen an der Außenseite des Hauses ziemlich morsch, moderig und brüchig.

Sie kniete sich in das feuchte Gras. Ob Jack einen festen Schlaf hatte, wusste sie nicht. Sie nahm an, dass er beim leisesten Geräusch aufwachen würde. Doch sie hatte keine Wahl. Sie setzte sich hin, lehnte sich zurück und stützte beide Arme auf den Boden. Dann hob sie beide Beine, zielte auf die kleine Glasscheibe und trat, während sich ihr Brustkorb hob und senkte, mit aller Kraft zu.

Das ganze Fenster ging eher mit einem dumpfen Geräusch als mit lautem Splittern zu Bruch. Sie kniete sich davor und räumte mit ihrer verbundenen Hand so viel Glas und Holz wie möglich weg. Etwas davon fiel in die Dunkelheit des Kellers, den Rest warf sie beiseite. Dann steckte sie den Kopf durch das Fenster. Doch sie sah nichts als undurchdringliche Schwärze. »Emilia«, flüsterte sie so laut sie es wagte.

Nichts.

Sie schob ihre Schultern in die Öffnung. »Emilia«, rief sie, nun schon etwas lauter.

Aus der Dunkelheit drang ein Wimmern zu ihr.

»Emilia, können Sie mich hören?«, fragte sie.

Wieder leises Wimmern.

Josie wurde klar, dass Jack Emilia vermutlich gefesselt hatte, nachdem er entdeckt hatte, dass sie die Pappe von der Fensterscheibe zu entfernen versucht hatte. Ihr wurde übel. Sie musste dort hinein. Die Entfernung vom Fenster zum Boden oder die Größe des Raums konnte sie nicht einmal erahnen. Doch das spielte kaum eine Rolle: Wenn sie Emilia mitnehmen wollte, musste sie sich durch die winzige Öffnung in die völlige Dunkelheit quetschen und sie herausholen.

Todesangst zerrte an ihr und raubte ihr den Atem, als sie sich auf den Bauch rollte und in ihren schlimmsten Albtraum kroch. In ihre eigene Vergangenheit. In ihre ganz persönliche Hölle. Wieder gingen ihr die Worte ihres verstorbenen Mannes Ray durch den Sinn: *Die Dunkelheit kann dir nichts anhaben.*

Er hatte recht gehabt: Die Dunkelheit hatte ihr nie etwas anhaben können. Es waren immer nur die Ungeheuer im Licht gewesen. Und nun wollte sie sich nicht von diesem einen erwischen lassen, das zwei Stockwerke weiter oben schlief. Sie schob ihren Oberkörper durch die Öffnung und fiel mit nach vorn gestreckten Armen auf harten Lehmboden. Ein stechender Schmerz schoss von ihren Handgelenken zu ihren Schultern. Sie drehte sich rasch auf den Rücken und sah erleichtert ein Stück Mond. Er erhellte das kleine Rechteck, das nach draußen in die Freiheit führte.

Auf Händen und Knien tastete sie im Raum herum und rief flüsternd Emilias Namen. Jedes Mal hörte sie ein leises Rufen, sodass sie in der Richtung weitersuchen konnte, aus der es gekommen war, bis sie mit den Händen gegen etwas Zitterndes stieß. Emilia. Sie wand sich frenetisch unter Josies Berührung.

»Emilia, mein Name ist Josie Quinn«, flüsterte Josie. »Ich bin Detective der Polizei von Denton. Ich bin hier, um Ihnen zu helfen. Ich hole Sie hier raus, aber wir müssen sehr leise sein.«

Emilia hörte auf, sich zu bewegen. Josie befühlte den Körperteil unter ihr mit beiden Händen, bis sie merkte, dass es sich um Emilias Schenkel handelte. Sie tastete mit den Händen nach oben, bis sie Emilias Gesicht spürte. Um den Kopf war ein Tuch gebunden, das auch den Mund bedeckte. Josie zog daran, bis sie hörte, wie die Frau tief und schaudernd einatmete.

»Meine Hände«, drängte Emilia. »Binden Sie meine Hände los, dann kann ich Ihnen mit meinen Beinen helfen.«

Josie erkannte erleichtert, dass Emilia so schnell wie möglich von hier fortwollte. Hände berührten ihren Hals. Sie griff danach, fasste Emilias gefesselte Gelenke und tastete auf dem dicken Strick herum, bis sie den Knoten gefunden hatte. Während sie fieberhaft versuchte, ihn zu lösen, floss der

Schweiß von ihrer Stirn über ihr Gesicht. Der Schnitt in ihrer Hand brannte. Ihre Handgelenke schmerzten. Nach einer gefühlten Ewigkeit hatte sie Emilias Hände freibekommen. Emilia fuhr abrupt hoch, sodass sie mit den Köpfen unsanft zusammenstießen. Durch den Aufprall flammte ein Lichtblitz vor Josies Augen auf. Sie fiel nach hinten und hielt sich den Kopf.

»Entschuldigung, es tut mir so leid«, flüsterte Emilia. »Sind Sie okay? Bitte sagen Sie, dass Sie okay sind.«

»Alles in Ordnung«, stöhnte Josie. Sie fühlte sich einen Augenblick lang desorientiert. »Können Sie Ihre Beine freibekommen? Wir müssen hier raus.«

Sie hörte ein Rascheln, als Emilia versuchte, ihre Fußgelenke loszubinden. »Wo ist Jack?«, fragte sie.

»Ich hoffe, er schläft«, antwortete Josie.

»Er hat einen ziemlich festen Schlaf«, sagte Emilia. »Aber immer nur ein paar Stunden am Stück.«

Josie hörte einen Strick auf den Boden fallen. Dann flüsterte Emilia: »Nichts wie weg hier.«

Sie ertasteten ihre Hände und standen auf. »Da«, sagte Josie und deutete auf das eingeschlagene Fenster. »Wenn Sie draußen sind, laufen Sie in einer geraden Linie von hier weg, haben Sie verstanden? Zu den Bäumen. Warten Sie dort auf mich. Wenn irgendetwas passiert, wenn Sie zum Beispiel Jack oder Charlotte sehen oder etwas hören, laufen Sie weiter. Bleiben Sie nicht stehen. Nicht um alles in der Welt. Verstanden?«

Emilia drückte ihre Hand, was Josie als Ja interpretierte. Während sich Emilia hochzog, durch die Öffnung schlüpfte und scharf einatmete, als sie über Glasscherben schrammte, schob Josie Emilias Schenkel und Po nach oben. Als sie draußen war, horchte Josie auf ihre Schritte im Gras. Sie zuckte zusammen, als sie das Rascheln und Knacken von Zweigen hörte – ein Zeichen, dass Emilia bei den Bäumen angelangt war.

Josie kletterte nach oben. Sie spürte, wie ihre Hose am Glas hängen blieb und riss, und hörte die Scherben unter ihrem Körper knirschen, als sie sich durch die Öffnung zwängte. Die Nachtluft war schwül und schwer, fühlte sich nach der Enge des Kellers jedoch himmlisch an. Josie stand auf. Sie wankte vor Müdigkeit, ihre Nerven waren zum Zerreißen gespannt. »Hierher«, zischte Emilia. Josie ging in die Richtung, aus der sie Emilia gehört hatte, bis sie die trockenen Pflanzenreste des Waldes unter ihren Beinen knacken hörte. Sie hielten sich aneinander fest. Als sich ihre Augen hier draußen an die Dunkelheit gewöhnt hatten, konnte Josie das schmutzverschmierte Gesicht der Frau sehen. Emilia lächelte sie an, fasste nach unten und nahm Josies Hand.

»Danke, dass Sie gekommen sind«, sagte sie.

Josie nickte. »Wir müssen von hier weg. So schnell wie möglich. Da drüben ist ein Weg.« Sie zog Emilia mit sich. »Hier entlang.«

Das einzige Geräusch, das Josie hörte, war ein Rauschen in ihrem Kopf und ihrer beider angestrengtes Keuchen. Sie gelangten zur Weide, stießen auf den Weg dahinter und liefen so rasch sie konnten auf ihm weiter. Er schien endlos lang. Josie hatte keine Ahnung, wohin er sie führen würde, wusste aber auch, dass sie keine Zeit hatte, stehen zu bleiben und Emilia zu fragen, ob sie vielleicht wüsste, wo sie sich befanden.

Sie rannten so schnell und so weit, dass Josies Lungen nach der langen Gefangenschaft durch die Anstrengung brannten. Emilia wurde immer langsamer, doch Josie drängte sie in ihrer Verzweiflung, nur nicht nachzulassen.

Da traf Josie etwas Hartes direkt auf die Brust. Sie flog nach hinten. Emilias Hand wurde aus ihrer gerissen, dann durchbrach ein Schrei die Nacht. Ihr Kopf schlug an einen Baumstamm. Josie blinzelte und merkte, dass sie flach auf dem

Rücken lag. Das Mondlicht fiel in langen, unheimlichen Strahlen durch die Baumkronen. Sie suchte nach Emilia, horchte angestrengt auf ihr Weinen oder Atmen – irgendein Lebenszeichen.

Plötzlich blockierte ein langer, dunkler Schatten das bisschen Mondlicht, das noch auf den Waldboden gefallen war.

»Was denkt ihr euch eigentlich? Wo wollt ihr hin?«, fragte Jack.

VIERUNDFÜNFZIG

Josie stieß einen wilden Urschrei aus. Er kam aus tiefster Kehle und hallte von den Bäumen wider. Mit einem Mal waren alle Anstrengungen und Schmerzen vergessen. Sie sprang auf die Beine und ging auf Jack los. Ihre Schulter rammte seine Hüfte. Durch den Aufprall wankte er, stürzte jedoch nicht. Als sie erkannte, dass er nicht umfallen würde, hielt sie sich nah bei ihm und rammte ihm ihre Ellbogen in den Bauch. Doch er war wie eine Mauer. Er schlug nach ihrem Kopf, erwischte sie an der Schläfe und schickte sie wieder auf den Waldboden. Als eine seiner Hände ihren Oberarm packte, drang ein weiterer Schrei durch die Bäume. Emilia flog als schwarzer Schatten durch die Luft und sprang auf Jacks Rücken. Er wirbelte herum und fasste mit den Händen hinter sich, um sie zu packen.

Josie tastete auf dem Boden herum, bis sich ihre Hand um einen großen Ast legte – einen Prügel, etwas länger als ein Baseballschläger, aber dick genug, um Wirkung zu erzielen. Sie hoffte, ihn damit zu stoppen, damit sie fliehen konnten. Jack warf sich hin und her, während Emilia ihn von hinten umklammerte und ihre dünnen Arme um seinen Hals schlang. Er hob beide Arme, griff nach hinten, um sie von sich wegzureißen, doch sie ließ sich nicht abschütteln. Josie rannte auf ihn zu, holte mit dem Ast aus und schlug mit aller Kraft zu. Sie traf ihn in der Bauchgegend, aber er schien kaum davon Notiz zu nehmen. Er wirbelte herum und rammte Emilia an einen Baum. Mit einem erstickten Schrei rutschte sie von seinem Rücken und sackte regungslos zu Boden. Die Angst legte sich wie eine eiserne Klammer um Josies Herz. Hatte er sie getötet? Sollte Emilia gerade jetzt sterben, nachdem sie entkommen waren und es bis hierher geschafft hatten?

Als er sich nach Josie umdrehte, schlug sie erneut mit dem Ast nach ihm. Diesmal traf sie ihn in die Nierengegend. Er grunzte, bewegte sich aber weiter auf sie zu. Nun zielte sie auf sein Knie und erwischte ihn voll. Er strauchelte. Aber er war zu stark, so voller Energie. Sie erkannte, dass er es sogar genoss. Das hier war seine Dunkelheit. Nicht nur das Stalken oder das Einsperren verschaffte ihm Befriedigung, auch die brutale Jagd ließ ihn aufleben. Er bekam wieder festen Stand und griff nach ihr. Sie wich zurück und schlug ein weiteres Mal mit dem Ast nach ihm. Doch diesmal verfehlte sie ihn und verlor das Gleichgewicht. Als sie nach vorn fiel, erwischte er sie, packte sie und hob sie hoch, als würde sie nichts wiegen. Er presste ihren Rücken an den nächsten Baum und fixierte sie so. Mit der einen Hand drückte er gegen ihr Brustbein, die andere schloss sich um ihre Kehle. Sie versuchte, ihm mit den Fingern in die Augen zu stechen, doch er streckte nur seinen Arm, sodass sie sein Gesicht nicht mehr erreichen konnte. Mit ihren Nägeln kratzte sie über seine Arme und seine Handgelenke, tastete nach den kleinen Fingern seiner Hände. Wenn sie nur einen nach außen bog und brach wie einen Zweig, würde ihn das so lang beschäftigen, bis sie entkommen konnte.

Es gelang ihr nicht, seine Finger zu lösen. Josie spürte, wie sie das Bewusstsein verlor, fühlte sich weggleiten in tiefes, schwarzes Vergessen. *Nein*, schrie eine Stimme in ihrem Kopf. *Nicht so. Nicht jetzt.* Doch selbst als sie alle Kraft zusammennahm und ihren Körper zwang, weiterzukämpfen, sanken ihre Arme schlaff und nutzlos nach unten.

Plötzlich war der Druck weg. Josies Oberkörper fiel in sich zusammen. Sie stützte ihre Hände auf die Knie und versuchte, aufrecht zu bleiben. Zu ihrer Linken hörte sie Stöhnen, das Knacken von Knochen und das Rascheln des Waldbodens. Josie blinzelte mehrmals, um die Gestalten besser zu erfassen. Sie sah zwei Körper auf dem Boden. Jack und noch jemanden. Die zweite Person konnte nicht Emilia sein, dazu war sie viel zu groß. Josie blickte in die andere Richtung und sah Emilia nach wie vor bewegungslos auf dem Boden liegen.

Sie drehte sich wieder und sah, dass einer der Männer auf dem anderen saß. Als sie einen Schritt nähertrat, erkannte sie, dass es Jack war, der auf dem Rücken lag. Der zweite Mann bearbeitete sein Gesicht mit Schlägen. Sie hörte etwas knacken. Knochen, kein Zweifel. Etwas Nasses spritzte ihr in das Gesicht. Sie hob die Hand und wischte darüber. Der kupferartige Geruch verriet ihr, dass es Blut war. Sie trat einen Schritt nach vorn und packte den Angreifer an der Schulter. »Stopp«, sagte sie. »Genug.«

Der Mann hörte auf zu schlagen. Schwer atmend stieg er von Jacks reglosem Körper und stand auf. Als er sich umdrehte, erkannte sie sein Gesicht im Mondlicht und stolperte zurück. »Donovan?«, stieß sie hervor.

Der Einsiedler stand vor ihr und saß sie mit dunklen, stechenden Augen an. Einen Augenblick lang fragte Josie sich, ob sie halluzinierte. »Was machen ... was tun Sie hier?«, fragte sie. Da wurde es ihr klar: Sie war so lange in Charlottes und Jacks Versteck gewesen, dass Andrew Bowen es inzwischen geschafft hatte, Michael Donovan aus dem Gefängnis freizubekommen.

»Komm mit«, herrschte er sie grob an.

»Nein«, sagte Josie. »Ich gehe mit Ihnen nirgendwohin. Ich gehe nach Hause.«

Er schüttelte den Kopf, als würde er sich über sie ärgern. Dann ging er zu Emilia und kniete sich neben sie.

»Lassen Sie sie in Ruhe«, forderte sie ihn auf, aber als sie näherkam, sah sie, dass er den Puls an ihrem Hals fühlte.

»Sie lebt«, sagte er teilnahmslos.

Josie empfand eine große Erleichterung. Sie kam näher und kniete sich neben ihn. »Ich kümmere mich um sie. Aber wir werden nicht mit Ihnen mitgehen.«

Er lachte verächtlich. »Ich tue dir schon nichts. Du bist mir egal. Und sie auch.«

»Warum sind Sie dann hier?«, fragte Josie. »Wo sind wir?«

»Nördlich von Denton.« Er beugte sich vor und schob seine Arme unter Emilias Körper. Dann hob er sie mühelos hoch und legte sie über seine Schulter. Er stand auf, stieg über Jacks Körper und begann loszumarschieren. Josie blieb nicht stehen, um nachzusehen, ob Jack noch lebte. Sie hatte keine Ahnung, was hier gerade vor sich ging, und auch keine Zeit, dem Mann zu helfen, der soeben versucht hatte, sie und Emilia zu töten.

»Sie haben meine Frage nicht beantwortet«, sagte Josie, als sie neben dem Einsiedler herlief, um mit seinen langen, kraftvollen Schritten mitzuhalten. »Was haben Sie hier gemacht?«

»Vorräte gesucht«, brummte er schroff.

»Sie müssen kilometerweit von Ihrer Höhle entfernt sein«, mutmaßte sie.

»Willst du nach Hause oder nicht?«, fuhr er sie an.

»Sie bringen uns nach Hause?«

»Halt den Mund und geh weiter.«

Sie folgte ihm, bis der erste Lichtstreif am Horizont zu sehen war. Emilia stöhnte gelegentlich, doch Josie empfand das als große Erleichterung, denn es bedeutete, dass sie lebte. Josie konnte nicht abschätzen, wie weit sie bereits gegangen waren, aber als sie zu einer Straße gelangten, fühlte sie sich so schwach, dass sie Angst hatte, nicht mehr weitergehen zu können, wenn sie stehen blieb. Der Tag brach rosa und gelb an. Dunst stieg vom Asphalt hoch, als der Einsiedler am Straßenrand innehielt. Josie sah in beiden Richtungen nur Bäume.

»Wo sind wir?«, fragte sie.

»An einer Straße.«

Er ging den Straßenrand entlang, bis er zu einer Stelle gelangte, an dem eine große Eiche einen Schatten auf die Straße warf. »Hinsetzen«, befahl er ihr.

»Was?«, stieß Josie hervor. »Warum?«

»Halt den Mund und setz dich.«

Sie war zu müde, um zu widersprechen, und sank zu Boden. Sorgsam legte er Emilia neben sie, sodass ihr Kopf in Josies Schoß zu liegen kam. Dann drehte er sich um und begann wegzugehen.

»Warten Sie«, rief Josie. »Wohin gehen Sie?«

Er drehte sich nicht einmal um, um sie anzusehen, sondern rief nur über seine Schulter: »Jemand findet euch hier schon.«

»Sie können uns nicht einfach hierlassen«, rief Josie ihm nach. »Emilia ist verletzt. Sie braucht einen Arzt.«

»Halt den Mund und warte«, sagte er und verschwand zwischen den Bäumen.

FÜNFUNDFÜNFZIG

Die Sonne stand bereits hoch am Himmel, als Emilia schließlich blinzelnd die Augen öffnete. Der Tag schien mit jeder Minute heißer zu werden. Selbst im wohltuenden Schatten waren beide schon schweißüberströmt. Josies untere Körperhälfte fühlte sich wie betäubt an. Immer wieder war sie zwischen Schlafen und Wachen hin und her gedriftet und jedes Mal hochgeschreckt, wenn sie ein Fahrzeug zu hören glaubte, um dann zu erkennen, dass sie sich das Geräusch nur eingebildet hatte. Längst konnte sie nicht mehr mit Sicherheit sagen, was real war und was nicht. Sie strich das Haar aus Emilias Gesicht und sah ihr in die Augen.

»Wo sind wir?«, fragte Emilia.

Josie begann unkontrolliert zu lachen, sodass Emilias Kopf in ihrem Schoß auf und ab hüpfte. »Ich w-weiß es n-nicht«, stammelte sie.

Emilia drehte den Kopf zur Straße. »Wie sind wir hierhergekommen?«

»Sie würden es mir nicht glauben, wenn ich es Ihnen erzählen würde«, antwortete Josie.

»Tun Sie es trotzdem.«

Josie rekapitulierte die Ereignisse der letzten Nacht und erklärte auch, wer der Einsiedler war und wie sie ihn kennengelernt hatte. Während sie redete, bewegte Emilia ihre Glieder, um zu sehen, ob sie in Ordnung waren. Sie versuchte, sich aufzusetzen, fiel jedoch sofort wieder nach hinten und schloss die Augen. Nach einigen Augenblicken probierte sie es noch einmal. Mit Josies Hilfe gelang es ihr langsam, sich aufzurichten. »Na, geht doch«, sagte sie.

»Ja«, pflichtete Josie ihr bei. »Aber Sie haben ganz schön etwas abbekommen. Sie müssen ins Krankenhaus.«

Emilia lehnte sich gegen Josie und legte ihren Kopf auf ihre Schulter. »Also warten wir einfach?«

»Genau«, antwortete Josie. »Irgendwann muss ja heute noch jemand hier vorbeikommen. Hoffe ich zumindest.«

Sie saßen eine Weile still da. Josie fragte sich, was mit Jack war. Was, wenn er nach ihnen suchte? Und sie fand? Sie waren viel zu schwach und lädiert, um sich gegen ihn zu wehren. Hatte der Einsiedler ihn getötet oder nur verletzt? Hatte sich Charlotte auf die Suche nach ihm gemacht? Auf jeden Fall konnte sie niemanden im Sanctuary mehr mobilisieren. Josie war sich sicher, dass ihr Team nach Charlottes Verschwinden jeden dort befragt und ihr ganzes Augenmerk auf Charlotte und ihre Leute gerichtet hatte. Die Polizei würde jeden Schritt der Sanctuary-Bewohner beobachten und hoffen, dass sie sie zu Josie führten.

»Ich bin so durstig«, sagte Emilia.

»Ich auch«, meinte Josie.

»Was machen wir, wenn niemand kommt?«

»Irgendjemand kommt sicher.«

»Und wenn nicht?«

Um sie abzulenken, fragte Josie: »Mein Team hat Ihr Zeltlager unter die Lupe genommen. So fanden wir heraus, dass Sie dort gewesen waren. Erinnern Sie sich, was passiert ist, als Sie mit Tyler und Valerie dort waren?«

Emilias Kopf sank auf Josie Schulter. Sie schniefte. »Wir haben dort zwei Tage lang gecampt. Als wir uns ein bisschen umsahen, haben wir die Lücke im Zaun entdeckt – um dieses Sanctuary herum oder wie es heißt. Wir haben uns den ganzen Tag überlegt, wie wir am besten auf das Gelände und wieder heraus kämen. Dann gingen wir zum Zeltplatz zurück, um etwas zu essen. Bald darauf wurden Tyler und Valerie krank. Ich habe meinen Rucksack gepackt und wollte gerade Hilfe holen, als ich Jack im Wald gesehen habe. Zuerst habe ich mich gefreut, ihn zu sehen. Ich war so erleichtert. Ich habe alles fallen gelassen und bin zu ihm gelaufen. Ich dachte, er würde mir helfen. Aber er war so ... seltsam. So still. Sah mich nur an. Dann sagte er, dass ich mit ihm gehen solle und wir gemeinsam Hilfe holen würden. Ich bin ihm bis in das Sanctuary gefolgt. Er hat mich zu dieser alten, verfallenen Hütte gebracht und mir gesagt, dass ich dort warten solle. Das habe ich zunächst auch getan, aber es war so gruselig. Er kam und kam nicht wieder. Da habe ich mir Sorgen gemacht, dass Val und Tyler vielleicht nicht rechtzeitig Hilfe bekommen würden. Also bin ich weggegangen. Ich bin gelaufen und gelaufen, bis ich dieses Haus sah. Da waren lauter Leute, die im Garten gearbeitet haben. Ich wollte zu ihnen gehen, doch dann kam Jack aus dem Haus.«

»Hat er Ihnen von Valerie und Tyler erzählt?«, fragte Josie vorsichtig.

Sie spürte an ihrer Schulter, wie Emilia nickte. »Er hat mir gesagt, dass sie es nicht geschafft hätten. Dass er glaubte, sie hätten etwas Giftiges gegessen, wahrscheinlich etwas aus dem Wald. Aber ich war die ganze Zeit bei ihnen gewesen. Sie hatten nichts gegessen, was sie nicht sollten.«

»Er hat Ihnen erzählt, dass er Sie in die Stadt bringen würde, nicht wahr?«, fragte Josie. »Um Sie in das Auto zu bekommen.«

»Genau. Erst als wir unterwegs waren, habe ich gemerkt, dass er gelogen hatte. Sie müssen das verstehen. Er ist mein

Mann. Ich dachte, dass tief drinnen noch ein Rest von der Person war, die ich geheiratet hatte. Val und Tyler waren unsere besten Freunde gewesen. Ich konnte mir einfach nicht vorstellen, dass er ihnen etwas angetan hatte und sich nun mich vornehmen würde.«

»Aber genau das hat er getan.«

»Ich bin im Auto in Panik geraten. Da sagte er, dass er sie nicht habe umbringen wollen, nur ein bisschen krank machen, damit er mich für sich allein haben könne. Er habe nur mit mir reden wollen, sagte er. Er wollte, dass ich zu ihm käme. Redete die ganze Zeit über dieses merkwürdige Zeug, dieses Werden und dass man seine dunkle Seite annehmen müsse. Er meinte, er habe sein ganzes Leben gegen diese Dunkelheit in sich gekämpft, aber im Sanctuary müsse er nicht mehr kämpfen. Er könne der sein, der er sein wolle. Er müsse sich nicht mehr schämen. Es war einfach nur krank. Es ergab keinen Sinn. Ich sagte ihm, dass ich nichts mehr davon hören wolle. Er solle aufhören zu reden und das Auto anhalten, um mich rauszulassen.«

»Aber das hat er nicht gemacht.«

Wieder spürte Josie an ihrer Schulter, dass Emilia den Kopf schüttelte.

»Ich habe versucht, die Tür zu öffnen und aus dem fahrenden Auto zu springen. Da hat er mich geschlagen. Das ist das Letzte, woran ich mich erinnere. Dann bin ich im Keller aufgewacht. Ich weiß nicht einmal, wie lange ich da war. Wissen Sie, wie viel Zeit vergangen ist, seit Val und Tyler gestorben sind?«

»Tut mir leid«, antwortete Josie. »Das weiß ich nicht. Ich habe keine Ahnung, wie lange ich in diesem Haus war.«

Emilia nahm Josies Hand und drückte sie. »Jetzt sind wir frei. Bald wird man uns finden.«

Es war schon kurz vor Sonnenuntergang, als endlich ein Fahrzeug am Horizont erschien. Josie taumelte auf die Beine und zog Emilia hinter sich her. Als sie in die Straßenmitte liefen und sich auf die gelbe Doppellinie stellten, hielt das Auto an. Eine Frau, die Josie nicht kannte, stieg aus und sah sie mit zusammengekniffenen Augen an, als könne sie nicht glauben, was sie sehe. »Hey«, rief sie. »Ihr seid die beiden Frauen aus den Nachrichten. Die, nach denen gesucht wird.«

»Genau«, sagte Josie. »Die sind wir.«

SECHSUNDFÜNFZIG

Der Einsiedler hatte Wort gehalten und sie an einer Landstraße in einer Gemeinde nördlich von Denton abgesetzt. Während ihre Retterin sie in das Denton Memorial Hospital fuhr, wählte sie den Notruf und kündigte sie an. Als sie beim Krankenhaus eintrafen, standen Noah, Gretchen, Mettner, Lamay und sogar Chief Chitwood vor dem Eingang zur Notaufnahme Spalier. Alle wirkten abgekämpft und hoffnungsfroh zugleich. Ein fleckiger Bart hatte sich auf Noahs Kinn gebildet. Unter seinen Augen waren dunkle Ringe. Noch bevor das Auto angehalten hatte, riss er bereits die Hintertür auf und griff nach Josie. Er hob sie aus dem Sitz, nahm sie in seine Arme und vergrub sein Gesicht in ihrem verfilzten Haar. Sie spürte, wie sein Körper zitterte. »Ich dachte, du kämst nicht mehr«, flüsterte er ihr ins Ohr.

Josie sog seinen Geruch ein, schloss die Augen und sackte in seine Arme. »So leicht wirst du mich nicht los.«

Eine Hand berührte sie an der Schulter. Sie öffnete die Augen und sah, dass Gretchen sie anstarrte. Tränen liefen ihr über das Gesicht. »Ich weiß, dass du nicht weinst, Palmer«, sagte Josie.

Gretchen wischte sich die Tränen weg und grinste: »Ich habe eine Allergie«, stieß sie schluchzend hervor.

Nun kamen auch Mettner und Lamay herbei. Sanft drückten sie ihren Arm. Sie blieben an ihrer Seite, als Noah sie zur Krankenhaustür führte. Josie warf einen Blick zurück und sah, wie Chitwood und zwei Krankenschwestern Emilia aus dem Auto hoben und in einen Rollstuhl setzten.

»Bist du okay?«, fragte Noah.

»Ja«, antwortete Josie. »Jetzt schon. Nur müde und etwas lädiert.«

———

Emilia wurde wegen starker Dehydrierung und einer kleinen Gehirnblutung stationär aufgenommen. Josie entließ man ein paar Stunden später, nachdem man ihr intravenös Flüssigkeit zugeführt, den Verband an der linken Hand erneuert und ein paar schmerzstillende Mittel verabreicht hatte. Noah wollte direkt mit ihr nach Hause, doch Josie bestand darauf, zum Revier zu fahren. Sie wollte sofort ihre Aussage zu Protokoll geben, damit das Team herausfinden konnte, wo sich Charlotte und Jack versteckt hielten, um sie ausfindig zu machen. So ausführlich wie möglich schilderte sie ihr Martyrium, ließ allerdings Charlottes Therapieversuche aus. Sie erklärte lediglich, Charlotte habe versucht, sie als Mitglied zu gewinnen, um einer Anklage wegen Entführung zu entgehen.

Es war schon fast Morgen, als Gretchen mit einem Stapel Papier in den Konferenzraum kam. »Ich habe es gefunden«, sagte sie.

»Was gefunden?«, fragte Noah.

»Das Grundstück. Glaube ich zumindest. Charlottes Mann hatte von seiner Mutter mehrere Anwesen geerbt. Das größte Grundstück überschrieb sie ihm noch zu Lebzeiten. Daraus wurde das Sanctuary. Aber die anderen Anwesen ...« – sie breitete mehrere Seiten auf dem Tisch aus – »... waren weiter auf ihren Namen eingetragen. Er hat sie nie umschreiben lassen. Nach ihrem Tod gingen sie in seinen Besitz über, doch er hat die Grundbucheinträge nie geändert. Dann heiratete er Charlotte. Alles, was er besaß, gehörte nach seinem Tod ihr.«

»Aber sie hat sich nie die Mühe gemacht, die Anwesen auf sich umschreiben zu lassen«, folgerte Josie. »Mit Ausnahme des Sanctuary.«

»Genau. Der Aufwand wäre zu groß gewesen. Sie hätte sich eine Sterbeurkunde von Mick Faddens Mutter besorgen müssen, um zu beweisen, dass sie verstorben war. Dann wäre noch die Sache mit dem Testament gewesen – hatte sie eines gemacht oder nicht? Sie hätte irgendwie nachweisen müssen, dass die Immobilien auf ihn und dann auf sie übergegangen waren.«

»Das lohnte sich nicht«, sagte Mettner.

»Genau«, stimmte Noah ihm zu. »Solange sie die Grundsteuern für die Anwesen bezahlte ...«

»Alle waren abbezahlt, also gab es keine Hypotheken«, fügte Gretchen hinzu.

»Sie konnte sie einfach behalten«, schloss Noah.

»Daran hätten wir denken müssen«, brummte Mettner mit niedergeschlagener Miene.

»Mach dir keine Gedanken, Mett«, sagte Josie. »Ich habe auch nicht daran gedacht. Wir wussten ja nicht einmal, ob Charlotte gefährlich war. Bis es zu spät war.«

»Sie hat eine Sekte geführt«, entgegnete Mettner. »Allein da hätten schon alle unsere Alarmglocken läuten müssen.«

»Nun gut«, sagte Noah und warf einen Blick auf die Seiten, die Gretchen vor ihnen ausgebreitet hatte. »Sehen wir mal, was wir hier haben.«

Sie gingen die Unterlagen durch und sahen sich anschließend mehrere Landkarten an. Nur eines der Anwesen lag in der Nähe von Denton, nämlich nördlich der Stadt, also etwa dort, wo Josie und Emilia gefunden worden waren. Die anderen beiden befanden sich weit im Süden von Lenore County. Gretchen deutete auf ein Grundstück auf einer Satellitenkarte, die sie ausgedruckt hatte. »Das muss es sein.«

Josie beugte sich darüber und sah sich die Karte genau an. Sie entdeckte den kaum sichtbaren Weg durch den Wald, den sie und Emilia gelaufen waren. Entgangen war ihr in der Dunkelheit hingegen, dass nach einem knappen Kilometer ein Pfad nach rechts abzweigte. Er führte zu einem Kiesweg, der wiederum in eine Straße mündete. Selbst sie aber verlief noch durch eine sehr abgelegene Gegend.

»Chitwood möchte bei Tagesanbruch ein Team hinschicken«, informierte Gretchen sie. »Wenn sie noch dort sind, haben wir sie.«

»Ich komme mit«, sagte Noah.

Josie lehnte sich zu ihm und legte ihre Hand auf seinen Unterarm. »Bitte nicht«, bat sie ihn. »Bleib bei mir.«

Er starrte sie an. Sie konnte sehen, wie er mit sich kämpfte. Doch schließlich siegte sie. Er legte eine warme Hand auf ihre. »Schön«, sagte er. »Fahren wir nach Hause.«

»Nein«, antwortete Josie. »Ich möchte hierbleiben, bis ich weiß, dass sie Charlotte und Jack haben.«

»Komorrah's macht in einer halben Stunde auf«, sagte Gretchen. »Ich laufe schnell hin und hole Verstärkung.«

Mettner und Gretchen führten ein Team uniformierter Beamter zu Charlottes Anwesen nördlich von Denton. Josie und Noah harrten mit Dan Lamay hinter dem Eingangstresen aus und hörten sämtliche eingehenden Funksprüche ab. Jack war noch am Leben, brauchte aber medizinische Versorgung. Kaum hatte die Polizei von Denton ihn und Charlotte in Gewahrsam genommen, drehte sich Josie zu Noah und meinte nur: »Bring mich nach Hause. Ich werde tagelang schlafen.«

SIEBENUNDFÜNFZIG

Josie schlief fast vierundzwanzig Stunden am Stück. Noah versuchte ein paarmal, sie zu wecken, damit sie etwas aß, aber sie war so erschöpft, dass sie nur ein paar Bissen hinunterbrachte, bevor sie wieder in einen tiefen, traumlosen Schlaf fiel. Als sie schließlich aufwachte, brachte er ihr Eier, Pancakes und gebratenen Schinken ans Bett und erzählte ihr, was inzwischen passiert war. Jack und Charlotte waren wegen so vieler Anschuldigungen verhaftet worden, dass Noah sie sich gar nicht alle hatte merken können. Charlotte verweigerte jede Aussage und hatte bereits einen Anwalt engagiert, aber Jack hatte fast sofort geplaudert und bestätigt, was Emilia Josie erzählt hatte. Er hatte Valerie und Tyler mit Schierling vergiftet, Josie jedoch GHB gegeben, eine Vergewaltigungsdroge, die für gewöhnlich im Körper schon kurz nach der Einnahme nicht mehr nachzuweisen war. Bekommen hatte er sie von einem Dealer unter der Eastern Bridge von Denton, als er ein Sanctuary-Mitglied auf eine dieser Secondhandtouren begleitet hatte. Außerdem hatte er Josie und ihr Team beobachtet, als sie dem Sanctuary einen Besuch abstatteten, und sich Josie als

Opfer auserkoren. Es war seine Idee und Entscheidung gewesen, sie zu entführen, nicht Charlottes.

Josie hatte ihrem Team berichtet, dass Jack Maya Bestler für einige Zeit in das Sanctuary gebracht hatte. Aber als sie ihn dazu verhörten, gab er nur zu, dass er sie bei der Wohltätigkeitsveranstaltung gesehen hatte, als er für Lantz gearbeitet hatte. Er habe sie als attraktiv empfunden und ansprechen wollen, doch weil die Sache mit Shana nicht gut gelaufen sei, habe er es gelassen. Josie wusste, dass er log, konnte es aber nicht beweisen. Von Maya hatte niemand etwas gesehen oder gehört. Sandy und Gus Bestler hatten ihren Enkel mitgenommen und waren an ihren Wohnort zurückgekehrt.

Die beste Nachricht war, dass es Emilia gut ging. Ihre Schwester war bereits in Denton gewesen, als Josie sie gefunden hatte, und im Krankenhaus nicht mehr von ihrer Seite gewichen. Noah sagte, Emilia wolle bei der erstbesten Gelegenheit die Scheidung von Jack einreichen.

Nach dem Frühstück im Bett duschte Josie und zog sich an. Endlich fühlte sie sich wieder wie sie selbst. Als sie die Treppe hinunterging, hörte sie weibliche Stimmen im Wohnzimmer. Auf dem Sofa saßen ihre Großmutter, Lisette Matson, und ihre Mutter, Shannon Payne. Noah stand im Eingangsflur. Josie umarmte beide Frauen, sah Noah jedoch fragend an. Irgendetwas stimmte nicht. Sie konnte die Spannung im Raum förmlich spüren.

»Was ist hier los?«, fragte sie.

Noah rammte seine Hände in die Taschen seiner Jeans. »Wir wissen von Muncy, Josie.«

Sie wollte fragen, woher, aber dann fiel ihr ein, dass Noah ihr erzählt hatte, sie hätten im Wald unweit der Stelle, an der Jack sie entführt hatte, ihr Handy gefunden. Sie hatten es wahrscheinlich überprüft, um zu sehen, ob etwas darauf war, das Aufschluss über ihren Aufenthaltsort gab.

Sie ließ sich zwischen Lisette und Shannon auf das Sofa sinken. »Ist sie tot?«, fragte Josie.

»Nein«, antwortete Shannon. »Noch nicht. Aber es geht ihr nicht gut, hieß es. Es wird nicht mehr lang dauern.«

Lisette nahm Josies Hand und drückte sie. »Weißt du«, begann sie, »sie hat dir am allermeisten wehgetan, aber auch uns.«

Lisette und Shannon wechselten über Josies Kopf hinweg einen Blick und zum ersten Mal fühlte Josie sich in ihrer Anwesenheit wie ein kleines Kind, deren Mutter und Großmutter über sie geredet hatten. Shannon meinte: »Wir haben das Recht, mit ihr zu sprechen, bevor sie stirbt. Ich hoffe, du verstehst das.«

»Ihr braucht nicht meine Erlaubnis, um sie zu besuchen. Das wisst ihr.«

»Wir wollen nicht deine Erlaubnis, Josie. Wir wollen, dass du mit uns mitkommst.«

»Ich will sie nicht sehen«, entgegnete Josie.

»Josie«, sagte Shannon, »dir ist schon klar, dass das die letzte Gelegenheit ist, ihr zu sagen, was dir vielleicht auf dem Herzen liegt? Wir haben Angst, dass es dir nicht guttun könnte, wenn du sie nicht nutzt.«

»Ich werde ihr nicht vergeben, nur weil sie im Sterben liegt«, erwiderte Josie. »Was sie gemacht hat, kann man nicht vergeben.«

»Wir sagen ja gar nicht, dass du ihr vergeben sollst«, meinte Lisette nur.

»Was dann?«, fragte Josie. Die Verärgerung war ihr anzuhören.

Shannon zuckte die Schultern. »Wissen wir nicht. Aber vielleicht fällt es dir ja ein, wenn du sie siehst. Was immer du ihr sagen willst oder musst.«

»Vielleicht willst du auch überhaupt nichts zu ihr sagen«, fügte Lisette hinzu.

Josie sah ihre Großmutter an, dann Shannon. »Habt ihr beide ihr etwas zu sagen?«

»Ja«, antworteten sie im Chor.

Josie seufzte. »Dann los.«

ACHTUNDFÜNFZIG

Lila Jensen sah überhaupt nicht mehr aus wie die Frau, die Josie vor fast zwei Jahren hinter Gitter gebracht hatte. In dem Hospizbett lag ein zusammengesunkenes Klappergestell mit blassen, eingefallenen Wangen. Ihr Haar war grau und licht geworden. Seit Josie sie das letzte Mal gesehen hatte, schien sie tausend Jahre gealtert zu sein. Ihr Atmen war ein Röcheln, das an eine Kinderrassel erinnerte. Der Geruch im Zimmer war muffig und feucht, zugleich aber faulig und süßlich. Der Hauch des nahenden Todes, erkannte Josie. Das war das Ende. Diese Frau würde bald für immer aus Josies Leben, aus der Welt verschwunden sein.

Josie sah zu, wie Lisette in das Zimmer ging. Sie beugte sich über Lila und sprach mit fester, aber leiser Stimme. Josie konnte nichts davon verstehen, aber Lisette wirkte groß und resolut, während sie ihre Worte an Lilas verwitterte Gestalt richtete. Anschließend schob sie ihre Gehhilfe wieder mit erhobenem Kopf in den Flur, wo Josie und Shannon warteten.

Als Nächstes ging Shannon in das Zimmer. Sie berührte Lila am Arm und ließ kurz ihre Fingerspitzen darauf ruhen.

Dann beugte sie sich zu ihr hinunter und flüsterte ihr etwas ins Ohr. Lila schreckte auf und wand sich. Shannon nahm die Hand weg und ging zur Tür. Dabei wirkte sie steif, als würden ihr die Bewegungen Schmerzen bereiten. »Was hast du zu ihr gesagt?«, fragte Josie.

Shannon lächelte sie traurig an. »Das ist eine Sache zwischen ihr und mir, Liebes.«

Josie stand eine ganze Weile in der Tür und kämpfte mit sich, ob sie hineingehen sollte. Sie musste das nicht. Es war ihr egal, ob die anderen dachten, dass das gut für sie sei. Es war ihr auch egal, was Charlotte ihr über die Tötungsfantasien gegenüber Lila einzureden versucht hatte – darüber, dass sie ihren niedersten Instinkten nachgeben sollte, wie Lila es seit ihrer Geburt getan hatte. Das alles spielte keine Rolle. Wenn Josie Lila nicht ihren letzten Wunsch erfüllen wollte, musste sie das nicht. Sie konnte sich umdrehen und weggehen und Lila sterben lassen, ohne sie je wieder gesehen oder ihre Stimme gehört zu haben. Aber noch bevor sie es merkte, trugen ihre Beine sie schon durch das Zimmer. Sie stand da und sah hinunter in Lilas erbarmungswürdiges Gesicht. »Ich bin's«, begann sie. »Hier bin ich, wie du es wolltest.«

»JoJo«, kam krächzend ihr Name über Lilas rissige Lippen.

Josie zuckte zusammen. Lila hob suchend die Hand. Sie blinzelte und versuchte, ihren Blick auf Josie zu fokussieren. »JoJo.«

Josie wich zurück, doch Lilas Hand fand dennoch ihr Handgelenk und packte es mit einer Kraft, die Josie von dieser sterbenden Hülle einer Frau nicht erwartet hätte. Was sollte sie sagen? Lisette und Shannon waren mit einem klaren Ziel hierhergekommen. Sie hatten offensichtlich begierig auf diese Gelegenheit gewartet. Aber Josie war ratlos. Was sollte sie sagen? *Du hast mein Leben zerstört? Meine Kindheit ruiniert? Den Mann umgebracht, den ich für meinen Vater hielt? Ich hasse dich?*

Aber Josie hasste sie nicht. Das war das Problem. Das war immer das Problem gewesen. Sie war in dem Glauben aufgewachsen, dass Lila ihre Mutter sei. Sie hatte versucht, zu verstehen, was mit ihr nicht stimmte, was so schrecklich an ihr war, dass ihre Mutter sie nicht lieben konnte. Aber es war ihr nicht gelungen. Ihr Leben lang hatte Josie verzweifelt darüber nachgedacht, warum ihre eigene Mutter so grausam zu ihr war. Sie musste kaputt und unvollkommen auf die Welt gekommen sein, nicht wert, geliebt zu werden. Warum sonst sollte eine Mutter ihr eigenes Kind so brutal misshandeln? Alles, was sich Josie von dieser Frau gewünscht hatte, war, geliebt zu werden.

Obwohl Josie inzwischen wusste, dass Lila nicht ihre Mutter und zu Liebe nicht fähig war, waren die Wunden in Josies Psyche geblieben. Zu wissen, dass Lila nicht ihre wahre Mutter war, dass diese Frau sie liebenden Eltern und einer intakten Familie entrissen hatte, war auf gewisse Weise noch schlimmer. Denn zusätzlich zu den Misshandlungen, die sie hatte erleiden müssen, und den tiefen Narben, die Lisa hinterlassen hatte, kam noch die Bitterkeit über das, was ihr verwehrt geblieben war, hinzu.

Nein, nicht verwehrt geblieben. *Gestohlen.* Von einer Frau, für die niemand zählte außer sie selbst. Einer Frau, die so selbstsüchtig war, dass sie sogar auf dem Totenbett noch etwas von dem Mädchen forderte, das sie viele Jahre lang gequält hatte.

Josie versuchte, sich aus ihrem Griff zu befreien, doch es gelang ihr nicht. Sie blickte zum Eingang, wo Lisette und Shannon mit dem Rücken zu ihr standen, eng beieinander, sich gegenseitig Trost spendend. Niemand sonst war da. Wie leicht wäre es jetzt, ihre freie Hand um Lilas zerbrechlichen Hals zu legen und zuzudrücken, das Leben aus ihr herauszuwürgen, die Welt von der schrecklichen Dunkelheit zu befreien, mit der Lila so lange über sie geherrscht hatte. Ihr Zungenbein zu brechen, wie Jack es mit seinen Opfern getan hatte.

Aber dann wäre sie wie Jack.

Vielleicht war ein Licht in ihm gewesen, wie Charlotte gesagt hatte. Er musste etwas Gutes gehabt haben, sonst hätte er eine so sanfte und liebenswerte Frau wie Emilia nicht für sich gewinnen können. Aber das Sanctuary hatte alles Gute in ihm ausradiert. Es hatte das Licht in ihm ausgelöscht.

Josie blickte von Lilas hagerem Gesicht wieder zu Shannon und Lisette. Lisette zog mit ihren knotigen Händen Shannons Gesicht zu ihrem. Sie legten ihre Stirn aneinander. Tränen glänzten in beider Augen. Sie sprachen leise miteinander und lachten dann still. Kein Lachen als Reaktion auf etwas Lustiges, sondern eines, das sich aus einer unerträglichen Spannung heraus Bahn brechen muss. Das entsteht, wenn man mit viel Mühe versucht, unter der Last von etwas Schwerem und Schrecklichem Atem zu schöpfen, und sei es auch nur für einige kostbare Sekunden. Das sich Bahn bricht, wenn es nicht einmal ansatzweise etwas zu lachen gibt. Und weil es nichts zu lachen gibt. Wenn die Menschlichkeit sich einen Ausweg aus der Hölle bahnt und einen Optimismus einfordert, der bisher noch nicht da war.

Josie fühlte eine Sehnsucht in sich aufsteigen, die an ihr zerrte wie die Schwerkraft der Erde. Die sie wegzog von Lila, hin zu den Menschen, die sie liebten. Zurück zum Licht. Josie hatte mitbekommen, was passierte, wenn jemand seine Dunkelheit annahm. Sie war jahrelang Opfer der Dunkelheit gewesen. Sie brauchte nicht noch mehr Dunkelheit. Sie wollte im Licht sein, wo sie Menschen helfen konnte. Charlotte hatte unrecht, erkannte Josie. Sie bezog ihre Kraft nicht daraus zu töten, sondern dazu beizutragen, dass Menschen wie Lila hinter Gitter wanderten, wo sie anderen nie wieder wehtun konnten. Sie konnte das Licht und ihre Kraft annehmen, und Lila konnte ihr das nicht nehmen – weder im Leben noch im Tod.

Mit ihrer freien Hand nahm sie Lilas Haar und strich es aus ihrer Stirn. »M-Mom«, stieß sie hervor.

Ein Lächeln erhellte Lilas Gesicht. Sie zog Josie näher zu sich und flüsterte: »Du bist ein gutes Kind, JoJo«. Dann ließ sie Josies Arm los und atmete ein letztes Mal.

NEUNUNDFÜNFZIG

Eine Woche später kehrte Josie an ihren Schreibtisch im Polizeirevier zurück. Inzwischen türmte sich darauf ein hoher Stapel Unterlagen. Sie ging sie gerade durch, als Chief Chitwood vorbeimarschierte. »Das ist das Bestler-Zeug«, brummte er. »Bringen Sie Ordnung rein, damit wir das Ganze loswerden. Der Fall ist abgeschlossen.«

Sie wollte ihm noch nachrufen, dass er das auch selbst hätte machen können, aber war er schon in seinem Büro verschwunden und hatte die Tür hinter sich zugeschlagen. Gretchen tauchte mit Kaffee und einem Käseplunder neben ihr auf.

»Du bist die Beste«, begrüßte sie Josie mit einem Lächeln.

»Ich helfe dir«, sagte Gretchen.

Sie begannen sich durch die Berichte, Fotos, Karten und Aussagen zu arbeiten und ordneten alles. »Ist die DNA-Analyse von Bestlers Baby inzwischen gekommen?«, fragte Josie.

»O ja«, antwortete Gretchen. »Aber Michael Donovan ist nicht der Vater.«

Josie blickte auf. »Nicht?«

»Nein.«

»Hat man herausgefunden, wer es ist?«

»Nein. Sie haben es durch die Datenbank laufen lassen. Aber es war kein Treffer dabei.«

Josie schüttelte den Kopf. Es spielte nun keine Rolle mehr. Sie mussten das Rätsel, wer der Vater des Kindes war, nicht mehr lösen. Es gab keinen Fall mehr. Das Kind war sicher und wurde von Mayas Eltern aufgezogen. Natürlich hatte Josie so ihre Vermutungen, aber bisher hatten sie nichts beweisen können.

»Hast du den Teil der Akte mit den Fotos irgendwo?«, fragte Gretchen. »Ich muss sie bei den anderen Unterlagen ablegen.«

Josie blätterte die Akten in ihren Händen durch. »Ja, hier sind sie.«

Sie nahm den Stapel. Die Bilder dokumentierten die Verletzungen von Maya Bestler, als sie im Krankenhaus untersucht worden war. Josie ging sie durch und verzog das Gesicht, als sie die Verletzungen an ihren Füßen sah. Bei den Aufnahmen von den Narben an Mayas Handgelenken hielt sie inne. Josie hatte ähnliche Verletzungen an ihren Gelenken gehabt, nachdem sie einige Tage von Jack und Charlotte festgehalten worden war. Sie blätterte weiter, bis sie auf ein Bild von einem Bluterguss auf Mayas rechter Hüfte stieß. Die Haut daneben, am Bauchrand, war durch die Schwangerschaft gedehnt und schlaff. Josie wollte es gerade in den Stapel zurückstecken, als ihr eine dünne Narbe auffiel.

»Gretchen«, sagte sie.

»Ja?« Gretchen kam zu ihr herüber, setzte ihre Lesebrille auf und blickte über Josies Schulter auf das Foto.

Josie deutete auf die Linien aus verdickter, klumpiger Haut, die sich von den Vertiefungen der Dehnungsstreifen um sie herum abhoben. »Wonach sieht das deiner Meinung nach aus?«

Gretchen sah sich das Bild lange an. »Die Haut ist ziemlich

gedehnt, aber ich würde sagen, es sieht wie ein C und ein weiteres, umgedrehtes C aus.«

Josie sprang mit klopfendem Herzen aus ihrem Stuhl. »Ich brauche noch einmal die Liste der Anwesen, die auf den Namen von Charlotte Faddens Schwiegermutter laufen.«

»Alles klar, Boss«, erwiderte Gretchen. Sie ging zu ihrem Schreibtisch und begann in den Papieren herumzuwühlen.

»Und ruf bitte das Labor an. Frag sie, ob sie schon die Spuren auf dem Strick analysiert haben, den ich in der Sanctuary-Hütte gefunden habe. Außerdem sollen sie die DNA des Babys noch einmal durch die DNA-Datenbank laufen lassen. Dieses Mal müssten sie einen Treffer landen.«

SECHZIG

»Ich will da alleine rein«, sagte Josie.

»Auf gar keinen Fall«, protestierte Noah.

Das Team aus Josie, Noah, Mettner, Gretchen sowie den Deputys Moore und Nash stand am Anfang einer langen, gepflasterten Zufahrt im südlichen Lenore County. Nach Josies Schätzung war sie einen knappen Kilometer lang. Das Gebäude am anderen Ende, ein gedrungenes Farmhaus mit hellbrauner Fassade, wurde fast vollständig von hohen immergrünen Büschen verdeckt. Wie Josie aus den Unterlagen wusste, umfasste das Anwesen über zwei Hektar. Es wirkte gepflegt. Der größte Teil erstreckte sich hinter dem Haus und war bewaldet.

»Vergiss nicht, sie ist fast völlig taub«, sagte Josie.

»Du weißt nicht, wer sonst noch drinnen ist«, gab Noah zu bedenken.

»Ich lasse mein Funkgerät an.«

»Nein«, sagte Noah.

»Wir können einen Kordon um das Haus bilden, etwas enger als jetzt«, schlug Moore vor.

»Direkt neben dem Haus«, insistierte Noah. »Nur dann lasse ich dich allein da reingehen, Josie.«

Josie verdrehte die Augen. »Gut, aber bleibt außer Sichtweite. Sie wird mir nichts sagen, wenn sie sieht, dass draußen ein Trupp auf sie wartet, der aussieht wie ein Spezialeinsatzkommando.«

Gretchen hielt Josie eine schusssichere Weste hin. »Nimm die.«

Sie schlichen zu beiden Seiten der Zufahrt hintereinander zum Haus. Als sie an den Büschen vorbei waren, verteilten sie sich geduckt und liefen weiter, bis sie die Hauswand erreicht hatten. Fahrzeuge waren nicht zu sehen, doch stand etwas abseits eine Garage mit geschlossenen Türen. Josie ging beiläufig mit der Pistole im Holster zur Eingangstür und klopfte. Sie wartete eine Weile und klopfte erneut. Dann drückte sie auf den Klingelknopf.

»Josie«, zischte Noah. »Du kannst da nicht einfach reingehen.«

»Kann ich schon, wenn ich glaube, dass jemand in Gefahr ist«, entgegnete sie.

Sie drehte den Knauf. Die Tür ging auf. »Hallo?«, rief sie.

Niemand antwortete, doch hörte Josie eine Frau weinen.

Sie signalisierte ihren Leuten, ihr leise zu folgen. Dann ging sie in das spärlich möblierte, weiß gestrichene Wohnzimmer. Darin stand an einer Wand eine braune Couch und daneben eine Stehlampe. An einem Ende der Couch lag eine zerknitterte violette Fleecedecke. Die Wohnung wirkte unbewohnt und nüchtern. Josie ging weiter. Als Nächstes kam sie in ein Esszimmer mit einem alten ovalen Holztisch, unter den sechs dazu passende Stühle geschoben waren. Auch hier deutete nichts darauf hin, dass der Raum in letzter Zeit benutzt worden war.

Hinter dem Esszimmer gelangte sie in die Küche. Sie war in fröhlichem Gelb gehalten und hatte einen grau gefliesten

Fußboden. Neben einer Kochinsel in der Mitte stand Maya Bestler. Sie trug ein anliegendes schwarzes Baumwolltop und hellbraune Shorts. Ihr Haar war zerzaust, das Gesicht blass, die Augen weit aufgerissen. Sie hatte beide Hände zur Faust geballt und unter ihr Kinn gelegt. Als Josie näherkam, blickte sie auf. In ihr Gesicht trat ein Ausdruck des Entsetzens. Oder der Erleichterung – Josie konnte es nicht deuten.

»Maya«, sprach Josie sie an und achtete darauf, ihr direkt in die Augen zu sehen. »Sind Sie allein hier?«

Maya drehte sich zur Seite und deutete mit dem Kopf in eine Ecke hinter der Kochinsel. Josies Herz schlug schneller. Sie bemerkte die Schüsseln und Kochutensilien auf der Arbeitsplatte, als sie an der Kochinsel vorbeiging. Eine Schüssel war umgeworfen, die suppenartige Flüssigkeit, die darin gewesen war, gerann auf der Platte. Ein paar Zentimeter davon entfernt lag ein Löffel. Als Nächstes sah Josie zwei Füße auf dem Boden. Ihr Blick wanderte von den nackten Füßen zum Gesicht des Mannes. Er hatte ein blasses Gesicht, aus dem die Augen hervortraten. Seine Lippen waren blau angelaufen. Schaum und Erbrochenes sickerte aus seinem Mund und über den Hals auf den Boden.

Josie kniete sich hin und legte zwei Finger auf den Hals des Einsiedlers.

»Er ist tot«, sagte Maya.

Sie hatte recht. Josie erkannte es an dem leeren Ausdruck seiner glasigen Augen. Aber als Ersthelferin hatte sie seinen Puls fühlen müssen. Als sie aufstand, sah sie, wie sich Noah, Gretchen und das restliche Team stumm im Eingang drängten. Sie schüttelte leicht den Kopf und bedeutete ihnen, einen Augenblick zu bleiben, wo sie waren. Dann trat sie zurück und sah Maya an. »Was haben Sie ihm gegeben?«

Mayas Stimme war ein kaum hörbares, hohes, gepresstes Krächzen. »Fingerhut.«

Josie nickte. »Das war das erste Mal, dass Sie ihm Fingerhut gegeben haben, nicht wahr? Er hat Sie nicht entführt, oder?«

Maya schüttelte den Kopf.

»Wollen Sie mir nicht sagen, wer es war?«

»Das wissen Sie doch schon, oder? Sonst wären Sie nicht hier.«

»Stimmt«, gab Josie zu. »Sagen Sie, hat Jack Sie entführt oder sind Sie freiwillig mit ihm mitgegangen?«

Maya antwortete nicht.

Josie kam näher und deutete auf die Narben an Mayas Handgelenken. »Sie haben einen Pakt mit Jack geschlossen, nicht wahr? Sie haben ihm geholfen.«

Sie schien weiter in sich zusammenzusacken. »Ja«, hauchte sie.

»Sie sind ihm auf der Wohltätigkeitsveranstaltung begegnet. Er hat sich ganz auf sie fixiert.«

»Er hat mit mir geredet und kam jeden Tag dort, wo ich arbeitete, zum Mittagessen vorbei. Wir haben uns angefreundet.«

»Dann hat er angefangen, Ihnen vom Sanctuary zu erzählen.«

»Ja. Er wollte, dass ich mit ihm dorthin gehe. Das wollte ich auch, aber ich wusste, Garrett würde mich umbringen. Das habe ich ihm auch gesagt. Ich sagte ihm, ich hätte schon viele Male versucht, Garrett zu verlassen, es aber nicht geschafft. Er hätte mich umgebracht. Da hatte Jack eine Idee.«

»Sie haben Ihre Entführung inszeniert«, sagte Josie.

»Nicht ich. Jack. Es war seine Idee. Ich hätte nicht gedacht, dass er es tatsächlich durchziehen würde. Er hat es aber gemacht. Dann bin ich ins Sanctuary gekommen. Es war herrlich dort. Ich habe immer damit gerechnet, dass die Polizei auftaucht oder Garrett mich holt, aber sie kamen nicht. Zum ersten Mal im Leben fühlte ich mich im Einklang mit mir. Als

Charlotte mich bat, das Bekenntnis abzulegen, habe ich keine Sekunde gezögert.«

»Haben Sie nicht darüber nachgedacht, wie es Ihrer Familie ging? Sie dachte, Sie seien ermordet worden«, warf Josie ein.

Eine Träne rollte über Mayas Wange. »Mein Dad hat mir leidgetan, klar. Ich habe jeden Tag an ihn gedacht. Aber meine Mutter, dieses nörgelnde Miststück, hat mir überhaupt nicht leidgetan. Sie war wahrscheinlich froh, dass sie mich los war.«

Maya hatte Sandy Bestler vermutlich missverstanden, dachte Josie bei sich, doch machte sie sich nicht die Mühe, diesen Eindruck zu korrigieren. »Wenn es dort so schön war, warum sind Sie dann weg?«

»Wegen Jack. Mehr oder weniger. Im Sanctuary drehte sich alles darum, sein innerstes Ich auszubalancieren. Licht gegen Dunkelheit. Dunkelheit gegen Licht. Also, im Grund ging es darum, seine dunkle Seite zu finden, nehme ich an.«

»Weil Sie alle Opfer sind?«, fragte Josie. Sie konnte den Sarkasmus in ihrer Stimme nicht ganz unterdrücken.

»Aber wir *waren* alle Opfer«, entgegnete Maya ernst. Sie deutete auf sich. »Vor allem ich. Und als ich hinkam und begann, Jack zu helfen, merkte ich, dass ich schon wieder zum Opfer wurde. Er wollte einfach nur seine kranken Fantasien an mir ausleben.« Sie hielt ihre Handgelenke hoch. »Und es war okay, weil ich eingewilligt habe.«

»Aber es war nicht okay«, sagte Josie.

»Ich habe das nicht gemocht«, räumte Maya ein. »Ich bin … ich bin nicht deswegen in das Sanctuary gegangen. Ich habe es über mich ergehen lassen, weil ich irgendwie in ihn verliebt war. Aber er hat sich verändert. Er wurde gnadenloser, kälter. Und ich? Ich bekam nie Gelegenheit, meine eigene dunkle Seite zu finden. Es ging immer nur um ihn und seine Impulse und darum, dass er die Kraft finden musste, die in ihm steckte.«

»Ich habe in einer der Hütten einen Strick entdeckt«, sagte Josie. »Die DNA-Analyse ergab, dass Ihr Blut darauf war.«

»Ja, dorthin hat er mich gebracht, wenn er mit mir seine ... Fantasien durchexerzieren wollte. Er versuchte, mir diese Halskette zu geben, die er gebastelt hatte, ein Lederband mit einer Nuss daran. Einer Schwarznuss. Er mochte sie, weil sie so eine Art Herzform hatte, wenn man sie öffnete und hineinsah. Außerdem war er von den Wurzeln des Baums, von dem sie stammte, fasziniert. Sie würden irgendetwas absondern, etwas Giftiges, behauptete er. So wie er. Aber seine Liebe für mich würde das aufwiegen. Lauter so irres Zeug.« Sie lachte nervös. »Er wollte, dass ich es trage, während wir ... Sachen machten. Es sei ein Geschenk, sagte er. Und fand es auch noch romantisch, wenn er mich fesselte, Sex mit mir hatte und mich halb zu Tode würgte. Ich glaube nicht, dass das jemals Liebe von seiner Seite war. Es waren wohl nur perverse Fantasien. Denn irgendwann begann er sie auch mit einem anderen Mädchen dort auszuleben. Er sagte immer wieder, dass er sie eigentlich gar nicht mochte. Aber das hielt ihn nicht ab, bei ihr zu sein. Auf jeden Fall konnte er manchmal richtig heftig zur Sache gehen.«

»Ich weiß«, pflichtete Josie ihr bei. »Das Mädchen hieß Renee Kelly. Nachdem Sie weg waren, hat er sie umgebracht. Die Rechtsmedizinerin hat eine Schwarznuss-Halskette aus ihrem Rachen gezogen.«

Mayas Augen wurden groß. Sie fasste sich an die Brust. »O mein Gott.«

»Als die Sache mit Jack eskalierte, warum sind Sie nicht einfach gegangen?«, fragte Josie.

»Weil ich es gründlich vermasselt hatte. Ich konnte nicht einfach in die Welt zurückschlendern und jedem sagen, ätsch, ich hab nur so getan. Aber ich habe tatsächlich ein paarmal versucht, wegzugehen. Ich war sogar schon unterwegs. Dann bin ich doch umgekehrt, weil ich Angst bekam.«

»Die Lücke im Zaun«, fragte Josie. »Waren das Sie?«

»Nein. Ein Baum ist umgefallen und hat ihn niedergedrückt. Aber ich konnte dort das Gelände verlassen und zurückkehren, ohne dass es jemand merkte. Zumindest, bis ich Michael traf.«

Sie sah an Josie vorbei zu der Stelle, an der die Leiche des Einsiedlers auf den Fliesen lag.

Josie fing ihren Blick wieder auf. »Er hat Sie nicht gezwungen, mit ihm in die Höhle zu gehen, nicht wahr?«

»Nein«, flüsterte Maya. »Ich bin anfangs nicht einmal dort gewesen. Wir haben einfach angefangen, uns manchmal im Wald zu treffen. Er war so ... faszinierend.«

Josie dachte daran, wie wenig Michael Donovan selbst dann gesprochen hatte, nachdem er sie und Emilia gerettet hatte. Er hatte auf keine Frage geantwortet. Unter anderen Umständen hätte sein rätselhaftes Verhalten vielleicht einen gewissen Reiz gehabt, wenn auch nicht für Josie. Aber auf jemanden wie Maya, die in einer Notlage war und nach einem Ausweg suchte, ohne in die Zivilisation zurückkehren zu müssen, schien er gewirkt zu haben.

Josie konnte es selbst nicht glauben, dass die Worte über ihre Lippen kamen, aber sie sagte: »Sie hatten eine Affäre.«

Maya nickte.

»Aber da waren Sie schon von Jack schwanger.«

»Woher wissen Sie das?«

Josie schürzte die Lippen. »Die DNA. Michael Donovan war bereits im System, weil er vor vielen Jahren seine Frau umgebracht hatte. Jack nicht, bis wir ihn wegen Mordes und meiner Entführung sowie der von Emilia verhafteten. Ich habe die DNA Ihres Kindes danach erneut durch das System laufen lassen. Und diesmal landeten wir bei Jack einen Treffer.«

»Michael war gar nicht glücklich darüber. Er hat sehr schnell gemerkt, dass ich schwanger war. Da musste er nur noch zwei und zwei zusammenzählen. Es war ziemlich eindeutig, dass er nicht als Vater infrage kam.«

»Aber Sie erzählten ihm, dass er der Einzige war, mit dem Sie schliefen.«

»Ja, genau.«

»Dann hat er angefangen, Sie zu verprügeln, nicht wahr?«

Wieder nickte sie. Und begann erneut zu weinen. »Ich habe mich daraufhin nicht mehr mit ihm getroffen und bin zurück ins Sanctuary. Ich habe Jack erzählt, dass er das alles nicht mehr mit mir machen könne, weil ich schwanger sei. Charlotte wollte, dass ich Vorkehrungen treffe, das Sanctuary zu verlassen. Sie sagte, sie wolle keine Kinder auf dem Grundstück haben.«

»Aber dann stand die Geburt kurz bevor, und Jack brachte zwei Leute um und entführte Emilia.«

»Ja.«

»Und wer das Bekenntnis ablegt, verspricht, dem Sanctuary gegenüber loyal zu bleiben und alles zu tun, um es zu schützen.«

»Genau«, pflichtete Maya Josie bei.

»Wessen Idee war es, Michael Ihre angebliche Entführung und Emilias Verschwinden in die Schuhe zu schieben?«

»Jacks«, antwortete sie, doch Josie war sich sicher, dass sie log. Wäre es Jacks Idee gewesen, hätte er dafür gesorgt, dass Valeries, Tylers und Emilias Sachen in Michaels Höhle gefunden wurden, bevor Maya aus dem Wald gestolpert war. Stattdessen war Maya, im neunten Monat schwanger, einfach weggelaufen.

»Sie sind zuerst zum Zeltplatz gegangen«, mutmaßte Josie. »Aber Michael hatte bereits so viel von dort mitgehen lassen, dass es aussah, als sei er der Schuldige.«

»Genau«, räumte Maya ein.

»Und als Sie zu seiner Höhle gingen, wussten Sie, dass die Sachen dort waren.«

»Ja. Ich bin hinein, um nachzusehen. Er war weg, Fallen stellen oder Beeren und Kräuter sammeln oder so.«

»Sie haben ihm etwas angehängt. Und als er freigelassen wurde, hat er versucht, Sie zu finden. Er hat auf allen Grundstücken von Charlotte nach Ihnen gesucht.«

Maya sagte nichts. Josie ging wieder zu Michaels Leiche und wandte sich Maya zu. »Wo ist das Brandzeichen?«, fragte sie.

»Was?«

»Michael hat das Bekenntnis auch abgelegt. Wo ist sein Brandzeichen? In seinem Nacken? Auf seiner Hüfte?«

Maya begann am ganzen Körper zu zittern. »Woher wissen Sie das?«

»Charlotte hielt mich und Emilia in einem ihrer Häuser gefangen. In demjenigen nördlich von Denton. Als Emilia und ich entkamen, sind wir auf Michael gestoßen. Er hat uns geholfen, vor Jack zu fliehen. Ich habe ihn ein paarmal gefragt, was er dort macht, aber er wollte es mir nicht sagen. Er war viele Kilometer von seiner Höhle entfernt. Er hat nach Ihnen gesucht. Und von Charlottes übrigen Immobilien konnte er nur wissen, weil er ein Mitglied des Sanctuary gewesen war. Ein langjähriges Mitglied. Nachdem er seine Strafe für den Mord an seiner Frau abgesessen hatte, ging er gar nicht in den Wald. Er trat dem Sanctuary bei. Aber er war zu gewalttätig, zu unberechenbar. Charlotte hat ihn hinausgeworfen, nicht wahr?«

Maya nickte. Sie ging zu Michael und trat neben ihn, beugte sich zu ihm hinunter und hob sein Hemd an. Direkt unter dem linken Rippenbogen erkannte Josie das Symbol des Sanctuary. »Er hat mich hier aufgespürt und wollte mir eine Lektion dafür erteilen, dass ich ihn reingeritten hatte. Anfangs hat er mir übel mitgespielt. Er war sehr wütend.«

Sie zog den Saum ihrer Shorts hoch. Die Innenseite ihrer Schenkel war übersät mit blauen Flecken. »Irgendwann hat er sich beruhigt. Aber ich wusste, ich würde ihn nicht loswerden oder flüchten können. Dieses Haus ist völlig abgelegen.«

»Das Spiel war aus«, sagte Josie.

Maya starrte hinunter auf den Mann, der sie geliebt und zugleich misshandelt hatte. »Ja«, flüsterte Maya.

Josie bedeutete dem übrigen Team, zu ihnen zu kommen. »Maya«, sagte sie. »Das hier ist Deputy Moore. Er ist hier zuständig.«

Maya sah ausdruckslos zu, als alle eintraten und Deputy Moore sich vor sie stellte. Er verlas ihr ihre Rechte und als er seine Handschellen hervorholte, streckte sie ihm die Arme hin. In dieser Bewegung erkannte Josie auch ein gewisses Maß an Erleichterung. Sie war so viel weggelaufen, hatte so viel betrogen und getäuscht. Jetzt war alles vorbei.

Bevor Moore sie abführte, ging Josie zu ihr, beugte sich zu ihr und fragte: »Haben Sie je diese dunkle Seite für sich erschlossen, von der Jack und Charlotte immer sprachen?«

Maya blickte noch einmal an Josie vorbei zu Michael. »Was glauben Sie?«

EINUNDSECHZIG

Josie schob einen kleinen Tisch an die Wand ihrer Küche. Dann zog sie den Stecker des Minibackofens, trug den Ofen zum Tisch und stellte ihn darauf. Sie trat zurück, betrachtete ihn, stellte zufrieden fest, dass er genau darauf passte, und überlegte, ob er an anderer Stelle in der Küche besser aufgehoben wäre. Nein, entschied sie. Hier war er genau richtig. Das hörte sie, wie die Eingangstür geöffnet und wieder geschlossen wurde und Noah herumging. Sie wartete darauf, dass er in die Küche kam. Nach ein paar Minuten rief sie nach ihm.

»Einen Moment«, rief er.

Eine weitere Minute verging, dann noch eine. »Noah«, rief sie wieder.

Er kam mit rotem Kopf herein. Fast sah er aus wie ein Kind, das man bei etwas Unrechtem erwischt hatte. Josie runzelte die Stirn. »Was ist los?«

»Ich möchte dir etwas zeigen.«

»Ich möchte *dir* etwas zeigen«, entgegnete sie. Sie deutete auf den Tisch mit dem Minibackofen darauf. »Tataa! Du darfst den Ofen nicht nur behalten, er hat jetzt sogar seinen eigenen Platz.«

Noah lachte. Er kam zu ihr, nahm sie in seine Arme und küsste sie. »Ich liebe dich.«

»Weiß ich«, sagte sie.

Er sah ihr tief in die Augen. »Aber?«

Sie wollte ihn wegdrücken, aber er ließ sie nicht los.

»Ich habe gesehen, wie du das Bestler-Baby angesehen hast.«

Er runzelte die Stirn. »Was? Josie, wovon sprichst du?«

Sie drückte ihn erneut weg und diesmal ließ er sie los. Es fiel ihr nicht leicht, zu sagen, was ihr auf dem Herzen lag. Über Gefühle zu sprechen lag ihr nicht. Trotzdem schälte sie jedes Wort aus ihrer Psyche, als würde sie an einer verkrusteten Wunde kratzen. »Ich will für dich genug sein.«

»Was?«

»Herrgott, ich will das nicht noch einmal sagen müssen!«

Er trat nach vorn und nahm eine ihrer Hände. »Josie, du bist genug für mich.«

»Woher willst du das wissen?«

Er lachte und legte eine Hand eine Hand auf sein Herz. »Ich weiß es eben«, sagte er kurz und bündig.

»Aber du warst jede freie Minute im Krankenhaus bei dem Kind. Was, wenn du ein Kind willst? Was, wenn ich kein Kind will? Was, wenn wir uns darüber nicht einig werden? Kinder? Das ist nichts, worüber man uneins sein und es dabei belassen kann. Entweder man will welche oder man will keine. Und ich weiß nicht, ob ich welche will. Was, wenn ich nicht will, du aber schon? Was ist dann?«

Er tätschelte ihre Hand. »Josie.«

»Ich ... woher wissen wir, ob das mit uns so funktioniert? Du konntest dich nicht von diesem Kind losreißen. Jedes Mal, wenn ich mich umgedreht habe, warst du weg. Und wenn ich dann gefragt habe: ›Wo ist Noah hin?‹, hat jemand gesagt, dass du ins Krankenhaus seist, um zu sehen, wie es dem kleinen Bestler geht.«

»Josie.«

»Ich weiß nicht ...«

»Josie!«

Sie brach ab und sah ihn stumm an.

Er zog sie mit sich in das Wohnzimmer. »Ich möchte dir etwas zeigen.«

Verwirrt ließ sie zu, dass er sie durch den Flur in das Wohnzimmer führte, wo eine große braune Box ohne Deckel auf dem Couchtisch stand. »Ich war gar nicht bei dem Baby. Ich meine, nicht ständig. Die meiste Zeit habe ich mich davongeschlichen. Ich sagte, ich würde nach dem Kind sehen, aber in Wirklichkeit habe ich telefoniert oder mich mit dieser Frau, Phyllis, getroffen.«

Josie riss ihre Hand aus seiner. »Willst du damit sagen, dass du eine Affäre hast?«

Er lachte wieder. »Nein.« Er fasste in die Box. »Phyllis arbeitet bei der Northeast Boston Terrier Rescue, einem Tierrettungsverein.« Er holte einen kleinen schwarz-weißen Fellball mit den treuherzigsten Augen heraus, in die Josie je geblickt hatte. Der Hund hatte ein hübsches, leicht eingedrücktes Gesicht und Ohren, die ein perfektes Dreieck bildeten. Noah sah vom Hund zu Josie. »Das ist Trout«, sagte er.

Josie lächelte. »Trout?«

»Genau. Wie Trout, die Forelle. Sozusagen ein Hund, der wie ein Fisch heißt.« Noah stellte ihn auf den Boden. »Er ist drei Jahre alt. In die Obhut des Vereins kam er, weil seine Besitzer in finanzielle Schwierigkeiten geraten sind und in eine Wohnung umziehen mussten, in der sie keine Hunde halten durften. Er ist stubenrein.«

Trout blickte zu Josie hoch und setzte sich. Er sah sie an, als warte er darauf, dass sie ihm sagte, was er zu tun habe. Sie kniete sich vor ihn und kraulte ihn unter dem Kinn. »Hi, Buddy«, flüsterte sie.

Sie setzte sich mit überkreuzten Beinen hin und kraulte ihn

zwischen den Ohren. Vorsichtig kam er näher. Dann kroch er auf ihren Schoß, drehte sich einmal um die eigene Achse und legte sich mit einem zufriedenen Seufzer hin. Josie streichelte seinen weichen Rücken. Noah setzte sich ihr gegenüber auf den Boden und überkreuzte seine Beine ebenfalls. Er beugte sich nach vorn, bis seine Stirn die ihre berührte. Josie blickte hinunter zu dem warmen Bündel zwischen ihnen. »Du bist jetzt zu Hause, mein Kleiner«, sagte sie. »Du bist zu Hause.«

EPILOG

Trout lief durch den Wald und schnüffelte sich durch die unzähligen Gerüche dort. Alle paar Schritte blieb er stehen, um an einem Baum oder den Blättern einer Pflanze zu riechen, aber lange hielt es ihn nicht an einem Fleck. Sein kleines Hinterteil zitterte vor Aufregung. Gelegentlich blieb er stehen und sah mit hochgestellten Ohren und großen, leuchtenden Augen zu Josie auf.

»Schon okay, Boy«, sagte sie dann zu ihm und schon rannte er weiter. Sie hatte ihm ein rotes Tuch umgebunden, damit sie ihn im Wald nicht so leicht aus den Augen verlor. Aber er entfernte sich nie weit von ihr. In der kurzen Zeit, in der er nun bei ihnen war, hatte Josie gemerkt, dass Trout ein äußerst kluger Hund war und sein Vorbesitzer ihn ausgesprochen gut erzogen hatte. In der Stadt führte sie ihn an der Leine, doch im Wald draußen durfte er frei herumlaufen.

Sie schloss zu ihm auf, als er an einem Büschel Fuchsschwanzgras schnüffelte, holte tief Atem und setzte Lilas Urne von ihrer rechten Hüfte auf die linke. Der Himmel war schiefergrau verhangen, die kühle Morgenluft wärmeren Temperaturen gewichen, doch Josie war froh, dass die drückende

Augustschwüle endlich vorbei war. Bald würde es Herbst werden und das üppige Grün der Bäume sich in ein Kaleidoskop aus Gold-, Orange- und Rottönen verwandeln.

Trout hob den Kopf und sah sie an, als warte er auf weitere Anweisungen oder die Erlaubnis, weiterlaufen zu dürfen. »Gleich sind wir da«, sagte sie zu ihm. Er legte den Kopf zur Seite und hörte aufmerksam zu. Dann trottete er davon, weiter in den Wald hinein.

Josie hörte das Wasser bereits plätschern, bevor sie den Bach sah. Ihre Stiefel quietschten im Morast, als sie an das Ufer trat. Trout stellte sich auf einen Stein in der Nähe und beobachtete sie. Sie sah zu, wie das Wasser an ihr vorbeilief. »Genau hier«, sagte sie zu dem Hund.

Sie schraubte den Deckel von der Urne und nahm ihn ab. Langsam kippte sie ihren Inhalt in das Wasser des Cold Heart Creek. Trout hob die Schnauze und witterte. Als sie fertig war, schraubte Josie den Deckel wieder auf die Urne und klemmte sie sich unter den Arm. Trout lief zu ihr, drückte sich an ihr Bein und winselte leise und klagend. Josie lächelte, ging neben ihm in die Hocke und kraulte seinen Kopf. Er streckte den Hals und leckte ihre Wange. »Schon okay, Trout. Alles gut.«

Sie stand auf und ging den Weg zurück, den sie gekommen waren. Durch das Laubdach der Bäume fielen Sonnenstrahlen und tauchten den Wald in diffuses Licht. Ein großer oranger Monarchfalter flog vorbei und tanzte von Lichtstreif zu Lichtstreif. Trout lief hinter ihm her und Josie folgte ihm.

EIN BRIEF VON LISA

Vielen Dank, dass ihr *Die Namenlose* gelesen habt. Es hat mir viel Spaß gemacht, ein weiteres Abenteuer mit Josie Quinn für euch zu schreiben. Wenn euch das Buch gefallen hat und ihr über meine neuesten Veröffentlichungen informiert werden möchtet, meldet euch einfach unter nachstehendem Link an. Eure E-Mail-Adresse wird nicht weitergegeben und ihr könnt euch jederzeit wieder abmelden.

www.bookouture.com/bookouture-deutschland-sign-up

Ich nehme mir zwar viele Freiheiten, wenn es um Handlung und Erzählzeit geht, doch den Verein Northeast Boston Terrier Rescue gibt es wirklich. Er leistet wichtige Arbeit bei der Rettung, Vermittlung und Pflege von Hunden. Es würde mich freuen, wenn ihr den Verein googeln würdet und vielleicht eine Möglichkeit findet, ihn zu unterstützen. Ausgedacht habe ich mir dagegen die Route 9227 in Pennsylvania. Es gibt sie genauso wenig wie Denton, Alcott County und Lenore County.

Ein reger Austausch mit meinen Leser:innen liegt mir sehr am Herzen. Ihr könnt mich über die unten genannten sozialen Medien, meine Website und Goodreads kontaktieren. Gern dürft ihr auch meine Bücher bewerten und *Die Namenlose* anderen Leser:innen empfehlen. Rezensionen und Weiterempfehlungen tragen wesentlich dazu bei, Literaturfreunde auf meine Bücher aufmerksam zu machen. Wie immer danke ich euch sehr für eure Unterstützung. Sie bedeutet mir unglaublich viel. Ich kann es gar nicht erwarten, von euch zu hören. Bis zum nächsten Mal!

Herzlichen Dank, eure

Lisa Regan

www.lisaregan.com

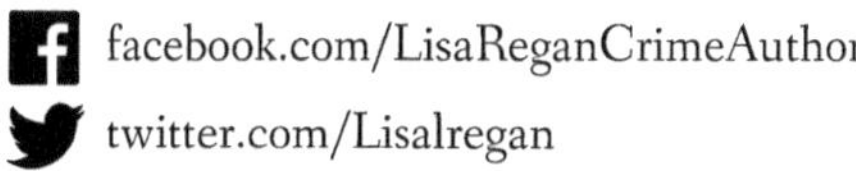

DANKSAGUNG

Wie immer danke ich vor allem meinen fantastischen Leser:innen und treuen Fans! Eure Begeisterung für die Serie ist ein kostbares Geschenk für mich. Ich kann es noch gar nicht glauben, dass wir schon beim siebten Buch der Reihe angelangt sind, und freue mich riesig, dass ihr dabei seid. Wie immer danke ich außerdem meinem Ehemann Fred und meiner Tochter Morgan für ihre Geduld und Unterstützung. Ein Dank geht ferner an meine Erstleserinnen Dana Mason, Katie Mettner, Nancy S. Thompson, Maureen Downey, Torese Hummel, Ann Bresnan und Karen Powell sowie an meine Entrada-Leser. Danken möchte ich ferner den üblichen Verdächtigen für ihre Unterstützung und Zuneigung: Donna House, William und Joyce Regan, Rusty und Julie House, Carrie Butler, Ava McKittrick, Melissia McKittrick, Andrew Brock, Christine und Kevin Brock, Laura Aiello, Helen Conlen, Jean und Dennis Regan, Debbie Tralies, Sean und Cassie House, Marilyn House, Tracy Dauphin, Dee Kay, Stacy Stanley, Jeanne Cassidy, Michael Infinito Jr., Jeff O'Handley, Fred und Debbie Bowman, Susan Sole, Claire Pacell, Tanya Veitch, Tanya Anderson, Rebecca Squires, den Familien Funk, Tralies, Conlen, Regan, House, McDowell, Bottinger und Kay. Ein weiterer Dank geht an Jaime Kelly und Renee Crabill dafür, dass sie sich geopfert haben! Danke, ihr Lieben von Table 25 für eure Klugheit, Unterstützung und gute Laune. Danke auch dir, Cindy Doty. Einen weiteren Dank verdienen die vielen netten Blogger:innen, Rezensent:innen, die die ersten sechs

Josie-Quinn-Bücher gelesen haben, weiter an der Serie dranbleiben und sie ihren Leser:innen so begeistert ans Herz legen!

Speziell erwähnen möchte ich Sgt. Jason Jay, weil er mir zu jeder Tages- und Nachtzeit all meine Fragen über Polizeiarbeit und Strafvollzug beantwortet und dabei nie die Geduld verliert. Ich bin dir so unendlich dankbar!

Ich bedanke mich außerdem bei Vicki und Chuck Wooters – sowie natürlich Rini und Quake – von Search and Rescue Dogs of Pennsylvania für eure unglaublich interessanten Informationen und dafür, dass wir zu euch kommen und euch bei eurer Arbeit mit euren erstaunlichen Hunden zusehen durften.

Danke, David Alford, Paul Bishop und Andy Parker, den Dozenten der Writers' Police Academy's Murdercon 2019, deren Kurse mir bei wichtigen Teilen dieses Buchs sehr geholfen haben. Von euch zu lernen war eine Erfahrung, die einen demütig werden lässt!

Weiter danke ich Oliver Rhodes, Noelle Holten, Kim Nash, Jennie und dem gesamten Bookouture-Team dafür, dass sie diese erstaunliche Reise nicht nur ermöglicht, sondern zum größten Genuss meines ganzen Lebens gemacht haben. Vielen Dank, Caolinn Douglas, für deine treffenden Einsichten. Last not least sende ich ein Dankeschön an die unvergleichliche Jessie Botterill für deine erstaunliche Arbeit und deinen Input. Ich habe es schon einmal geschrieben, aber es gilt noch immer: Ohne dich könnte und wollte ich das alles nicht machen.

www.ingramcontent.com/pod-product-compliance
Lightning Source LLC
Chambersburg PA
CBHW050852210726
48290CB00004B/1199